W0061156

Simon Mawer

Mendels Zwerg

Roman

Aus dem Englischen von
Sebastian Vogel

Albrecht Knaus

Titel der Originalausgabe «Mendel's Dwarf»
1997 erschienen bei Doubleday (Transworld Publishers Ltd),
London

Umwelthinweis:
Dieses Buch und sein Schutzumschlag wurden auf chlorfrei gebleichtem Papier gedruckt.
Die vor Verschmutzung schützende Ein-
schrumpffolie ist aus umweltschonender
und recyclingfähiger PE-Folie.

Der Albrecht Knaus Verlag
ist ein Unternehmen der Verlagsgruppe Bertelsmann

1. Auflage
© 1997 by Simon Mawer
© der deutschsprachigen Ausgabe:
Albrecht Knaus Verlag GmbH, München 1997
Gesetzt aus 10.2/12.6 pt. Stempel Garamond
Satz: Filmsatz Schröter, München
Printed in Germany · Presse-Druck, Augsburg
ISBN 3-8135-0068-3

*Für meinen Vater, der mir die
Hälfte seiner Gene gab und
manches mehr*

Dr. Benedict Lambert, der berühmte Benedict Lambert, der winzige Benedict Lambert, der mutige Benedict Lambert (die Adjektive vermeiden geflissentlich das Eigentliche) schickt sich an, das Mendel-Symposium zu eröffnen. Der Applaus ist erstorben. Das Schweigen – beobachtende Augen, angehaltener Atem, wartende Hände über Notizblöcken, die von Hewison Pharmaceuticals gestiftet wurden – ist vollkommen. Vor dem guten Doktor, aufgereiht wie Reagenzgläser in ihrem Gestell, sitzen alle Phänotypen, die man sich wünschen kann: männlich und weiblich, ektomorph und endomorph, dolichozephal und brachyzephal, nordisch und mediterran, slawisch, mongolid (drei), negroid (einer). Das Kinn ist gespalten[1] oder normal, die Haare gelockt[2] oder glatt, die Augen blau[3] und braun und grün, die Haut weiß, braun, gelb und schwarz[4], die Schädel kahl[5] oder behaart. Es ist fast, als hätten die Veranstalter (die Amerikanische Mendel-Gesellschaft in Zusammenarbeit mit Hewison Pharmaceuticals und der Masaryk-Universität von Brno) das ganze Spektrum menschlicher Variationen durchkämmt, um eine repräsentative genetische Mischung zusammenzustellen. Und dennoch …

… dennoch herrscht eine Einheitlichkeit, die für alle offensichtlich ist, aber bewußt wahrgenommen wird sie nur von der krüppelhaften Gestalt oben auf dem Podium: Jeder

[1] autosomal-dominant
[2] autosomal-dominant
[3] autosomal-rezessiv, vermutlich von Genen an zwei verschiedenen Loci abhängig
[4] polygen.
[5] geschlechtsspezifisch autosomal-dominant

einzelne dieser ernsthaften Beobachter fällt unter die Überschrift *phänotypisch normal.*

Dr. Lambert legt seine Armbanduhr ab und plaziert sie gut sichtbar auf dem Rednerpult, eine eingeübte Geste ohne Bedeutung für die Zeitmessung. Er lächelt, wirft einen Blick auf seine Notizen (von ebenso geringem Nutzen als Gedächtnisstütze), räuspert sich und beginnt: «Wir alle haben das Kloster besucht.» Haben sie. Manche nicken zustimmend; sie wollen seiner Meinung sein, wollen ihm einen Gefallen tun, wollen irgendwie etwas gutmachen. «Dabei sind wir alle, ohne besonders darauf zu achten, draußen über den großen Platz gegangen, den die Stadtväter zu seinen Ehren in Mendlovo náměstí umbenannt haben. Zu Zeiten von Gregor Mendel und noch viele Jahre danach hieß er einfach Klosterplatz. Er lag bis in unser Jahrhundert am Stadtrand zwischen dem Spielberg und den Feuchtwiesen am Ufer der Svratka.»

Eine Geschichtsstunde? fragen sie sich. Stadtplanung? Museumspolitik im Zusammenhang mit einer aufstrebenden Tourismusindustrie? Köpfe nicken. Augen starren. Der unterhaltsame Teil ist – vielleicht – vorüber. Es ist warm heute.

«Auf dem Klosterplatz fanden die Jahrmärkte statt. Es gab Buden, in denen Feuerschlucker Flammen aus dem Mund lodern ließen; Bären tanzten, und Taschendiebe klauten sich ihren Lebensunterhalt. Es war auch ein Ausstellungsort für Kuriositäten, ein Ort, wo man Monströses zur Schau stellte, der Ort, wo man Menschen mit Mißbildungen vorführte, damit alle Welt sie voller Schrecken, voller Abscheu und voller Belustigung anstarren konnte. Menschen wie mich.»

Jetzt hat er sie in der Hand wie Erbsen, die er gerade aus der Schote geschält hat.

«Auch siamesische Zwillinge. Ganz sicher Damen mit Bärten. Akromegale Riesen, Menschen mit Warzen, Elefantenmenschen, Kinder mit Schuppenhaut und Flossen als Arme, eigentlich die ganze Palette menschlicher Fehlbildungen und Katastrophen. Und Sie, meine Damen und Herren, wären hingegangen, um sie anzugaffen. Menschen wie mich.»

Schweigen. Ist jemand so unachtsam, eine Nadel fallenzulassen? Schuldgefühle liegen spürbar in der Luft, ein Dampf, der die Atemwege reizt und in den Augen brennt. Obwohl die untersetzte Gestalt auf dem Podium sie durch phänotypisch normale Augen (braun) ansieht, ist sonst nichts an ihr normal. Sein Körper ist nicht normal, sein Gesicht ist nicht normal, seine Gliedmaßen sind nicht normal. Er hat eine gewaltige Stirn und gedrungene, mopsartige Züge. Der Nasenrücken ist eingedrückt, Mund und Kiefer stehen vor. Seine Gliedmaßen sind kurz und krumm, die Finger bloße Stummel. Er ist einen Meter siebenundzwanzig groß.

«Gregor Mendel versetzte uns in die Lage, das alles zu verstehen, und mit dem Verstehen kommt eine Art Anerkennung. Er war derjenige, der über seinen Erbsen grübelte und in ihnen die Einheiten der Erblichkeit erkannte, die wir – in besserer oder schlechterer Form – alle besitzen. Er war der Galilei der Biologie, der diese Monde zum erstenmal sah, und er sah sie genauso klar wie wir heute, obwohl er kein Instrument als Hilfsmittel hatte und auch nichts Materielles, worauf er seine Vision hätte übertragen können.»

Ein Schluck Wasser, mehr um des Effektes willen, als um den Durst zu stillen. Seine Gesten sind routiniert, fast wie einstudiert. Er ist das alles gewohnt und nimmt jede Bewegung im Saal wahr, jedes Husten, jedes Flüstern, jeden Blick aus jedem Auge.

«Mendel experimentierte acht Jahre lang ganz allein mit seinen Erbsen. Am Ende hatte er insgesamt dreiunddreißigtausend Pflanzen gekreuzt. Er entwickelte für seine Befunde eine streng mathematische Interpretation, in deren Verlauf er als natürliche Folgerung die haploide Natur der Gameten und die diploide Natur der Körperzellen ebenso voraussagte wie die Notwendigkeit einer Reduktionsteilung bei der Entstehung der Gameten; und niemand sah, was das bedeutete. Er konnte ebenso großartig experimentieren wie Louis Pasteur, sein genauer Zeitgenosse, und niemand erkannte es. Er hatte einen scharfsinnigeren, konzentrierteren Geist als Charles Darwin, ein anderer genauer Zeitgenosse, und niemand hörte ihm zu. Er gehörte zu den Menschen, deren Visionen über das hinausreichen, was wir mit den Augen wahrnehmen und mit den Händen anfassen können, und niemand teilte seine Einsichten. *Einsichten* ist genau das richtige Wort. Mendel nahm die Natur genauso wahr wie Pasteur, der sich ein Virus vorstellen konnte, ohne es jemals zu sehen, oder wie Mendelejew, der sich noch nicht entdeckte Elemente vorstellen konnte, oder wie Thompson, der sich Teilchen vorstellen konnte, die kleiner sind als ein Atom. Wie sie, so blickte auch Mendel durch die Oberfläche der Dinge bis tief ins Gewebe der Natur, und er sah die Atome der Vererbung ebenso deutlich wie Dalton oder Rutherford die Atome der Materie; und niemand nahm es zur Kenntnis. Er war ein echter Visionär, während ein Mann wie Darwin als Alltagsnaturforscher seine alltäglichen Beobachtungen in eine zusammengestoppelte, tautologische Theorie faßte, der es an Strenge und Genauigkeit fehlte und die in ihrem tiefsten Inneren einen fatalen Schwachpunkt beinhaltete. Und niemand bemerkte es. Mendel machte unseren Ursprung und unser Schicksal der Untersuchung zugänglich, und keiner nahm es zur Kenntnis …»

Nach der Rede applaudierten sie. Wogen des Beifalls liefen durch den Vortragssaal; aber Sie werden mir verzeihen, wenn ich sage, daß ich daran gewöhnt bin. Sehr gewöhnt sogar. Sie würden alles beklatschen, was ich tue, wissen Sie – sie lindern damit das heimtückische Schuldgefühl, das sie alle empfinden.

Schuld? Wieso? Schließlich ist doch niemand *schuld*, oder? Man kann niemandem einen *Vorwurf* machen, daß ich diesen kurzen, verbogenen Körper besitze, dieses abscheuliche Gefängnis aus Fleisch und Fett und Knorpel? Nur der bösartigen Hand des Zufalls kann man die Schuld geben ...

Ihr Gefühl ist das Schuldgefühl des Überlebenden.

Der Vorsitzende erhob sich, strahlte wie ein Zirkusdompteur und bat um Ruhe. «Wir alle wissen es sehr zu schätzen, daß Ben hergekommen ist, um uns seine Erkenntnisse mitzuteilen.» Er lächelte zu mir herunter. Die Leute reckten die Hälse, um etwas zu sehen. «Ich hoffe, es stört ihn nicht, wenn ich sage, daß er nicht nur ein großer Mendelist ist, sondern ...» – blickte er mich wirklich an, damit ich zustimmte? Ich fürchte, ja – «... auch ein sehr *tapferer* Mann. Meine Damen und Herren, ich überlasse Ihnen Dr. Ben Lambert.»

Ein Crescendo des Beifalls wie das Getöse von Regen auf einem Blechdach. Blitzlichter flackerten wie die Blitze im Gewitter. Sie standen sogar Schlange, um mir die Hand zu schütteln, wie Pilger, die eine Märtyrerstatue küssen wollen. Vielleicht hatten sie die Hoffnung, sie könnten durch die Berührung ein wenig von meinem Wohlwollen erhaschen, von dem Mut, über den der Vorsitzende gesprochen hatte.

Die Sekretärin der Gesellschaft – sie hieß Gravenstein –, bückte sich und bekräftigte das Lob des Vorsitzenden. Sie

11

war dick[6] und wabbelig, ein in Paisley-Baumwolle gehüllter, besorgter Fleischberg. «Mensch, Ben, das ist toll! So tapfer, so tapfer ...»

Tapfer. Es war das Wort der Stunde. Aber ich hatte es Jean oft genug gesagt. Um tapfer zu sein, muß man die Wahl haben.

Am Abend fand im Restaurant des Hotels ein Bankett statt, eine gespenstische Angelegenheit mit mährischen Volkstänzen und Zigeunergeigen. Ein Journalist von der Lokalzeitung stellte mir Fragen – «Welches sind die allgemeinen Beweggründe für Ihre Forschung?» «Stimmt es, daß in Ihren Untersuchungen Ihr Interesse an Ihrer Abstammung zum Ausdruck kommt?» –, während Gravenstein und der Vorsitzende mich hätschelten und beschützten wie ein Kind. Eine Lautsprecherdurchsage rettete mich: «Telefon für Dr. Lambert. Ein Anruf für Dr. Lambert.»

Ich flüchtete in die Lobby. Das Hotel war gebaut worden, bevor der eiserne Vorhang vor der Volksrepublik hochging, und die Halle war so abgeblättert und protzig wie eine Bahnhofshalle. Man rechnete damit, am schwarzen Brett die Abfahrtszeiten von Zügen zu finden, und es war fast eine Überraschung, daß dort statt dessen die nächsten Veranstaltungen des Mendel-Symposiums angekündigt waren: ein Seminar in der molekularbiologischen Abteilung der Universität, ein Vortrag von Dr. Benedict Lambert über die neue Eugenik, eine Besichtigung der Klosterbibliothek. Man konnte einen Ausflug zu Mendels Geburtsort bei Olomouc buchen. Dr. Daniel Hartl von der

[6] Gen für Fettsucht (*obesity*, OBS), vermutlich dominant, liegt auf dem langen Arm des Chromosoms 7 (Friedman et al., *Genomics 11*, 1991)

medizinischen Fakultät der Universität Washington würde die Frage stellen: «Was glaubte Mendel entdeckt zu haben?»

Ich reckte mich zur Empfangstheke. «Da ist ein Anruf für mich. Telefon.»

Die Rezeptionsdame spähte über den Rand. Sie hatte einen spitz zulaufenden Haaransatz und angewachsene Ohrläppchen[7]. So etwas fällt auf. Der Geist stellt sich darauf ein. Braune Augen. Braune Haare. Phänotypisch normal. Ich erkannte den vertrauten Ausdruck auf ihrem Gesicht, als sie mich sah: Überraschung, Widerwille, Besorgnis, das eine unbeholfen mit dem anderen vermischt und alles von Unglauben zusammengehalten. «Da ist ein Anruf für Dr. Lambert.»

«Ich bin Dr. Lambert.»

«Sie sind Dr. Lambert?»

«Ich bin Dr. Lambert.»

Der Unglaube gewann fast die Oberhand. Beinahe hätte sie die Tatsache geleugnet. Dann zuckte sie mit den Schultern, zeigte auf eine Reihe von Kabinen hinter dem Springbrunnen – «Nehmen Sie dort ab» – und wandte sich wieder ihren Fingernägeln zu.

Die Telefonkabine war stickig und roch nach Tabak, aber in den Ecken lauerte ein noch schlimmerer, namenloser Gestank. Ich mußte mich auf die Zehenspitzen stellen, um den Hörer abzunehmen. «Hallo?»

Eine zerbrechliche Stimme, gedämpft durch Entfernung, elektrische Leitungen und Angst, flüsterte in mein Ohr. «Bist du's, Ben?»

«Jean. Wo steckst du?

«Im Krankenhaus.»

[7] beide vermutlich autosomal-dominant

«Das Baby …?»

«Sie wollten, daß ich frühzeitig komme. Mein Alter oder so etwas. Es war alles so schön …»

«Geht es ihm gut?»

«Sie sagen, es ist gesund.»

«Woher hast du meine Nummer?»

Murmeln und Zwitschern irgendwo in der Leitung. «Ich hab' im Institut angerufen. Willst du mir nicht viel Glück wünschen?»

Ich sagte ihr, das sei nicht notwendig. Ich sagte, es habe mit Glück nichts zu tun. Aber ich wünschte es mir genauso. Dann ging ich wieder zum Essen, zu Gravensteins lauten, vielfältigen Geräuschen, zur Betriebsamkeit des Vorsitzenden, dem Gehüpfe der Volkstänzer und den geistlosen Fragen des Reporters.

MUTATION

Am nächsten Morgen sonderte ich mich vom Kongreß ab. Ich verließ das Hotel und spazierte allein die Husova entlang, den breiten Boulevard, der sich zwischen der Innenstadt und dem bewaldeten Spielberg hinzieht. Die Leute starrten mich an. Am Ende wandte ich mich zu der Kreuzung mit der Pekarská, wo die Straßenbahnen vor den Verkehrsampeln warten, und die Leute starrten. Ich ging weiter, den Hügel hinunter nach Altbrünn, Staré Brno (das eigentlich nur dem Namen nach alt ist), vorbei an baufälligen, schmutzigen Häusern aus dem vorigen Jahrhundert, und die guten Leute aus der Stadt starrten. Man muß sich daran gewöhnen. Es ist nicht das einfache Was-haben-wir-denn-da-Starren. Sie wissen sofort, was sie da haben. Vielleicht ist es ein Starren nach dem Motto «Um Gottes willen nicht hinsehen», ein heimliches, seitliches Starren, das Gesicht demonstrativ und absichtlich tangential zur Blickrichtung. Eine Frau bekreuzigte sich. Eine andere berührte mich heimlich, als ich stehenblieb und mir die geschmacklosen Auslagen eines Schaufensters ansah. Die machen so etwas, wissen Sie. Es bringt Glück.

Und wonach suchte ich? Auch nach Glück? Natürlich dachte ich an Jean. Ich dachte an Jean, und ich dachte an das Glück, das nur Zufall ist, verkleidet mit einem anderen Namen – die Tyrannei des Zufalls.

Am Fuß des Hügels gelangte ich zur Mendlovo Náměstí. Der Geruch gerösteten Hopfens aus der nahe gelegenen Brauerei hing schwer in der Luft. Straßenbahnen rumpelten die Straße entlang, stauten sich auf dem Platz und entschwanden wieder, wie Luft, die in die Lunge der Stadt strömt und wieder entweicht. Die Fahrgäste warteten in trägen Schlangen. Ich überquerte die Straße an einer Ampel (die Autofahrer starrten) und näherte mich dem Kloster. Die Gebäude mit ihren roten Dächern und weißen Wänden hoben sich liebenswürdig und sanft von den dunklen Backsteinpfeilern und gotischen Spitztürmen der Kirche ab: Das Rationale erwuchs aus dem Irrationalen, wenn man so will. Nach solchen Zeichen sucht man, oder? – nach den Machwerken des Menschen, durchdrungen von dem Geist, in dem sie erschaffen wurden. So als wenn man den Menschen selbst betrachtet und nach den Kräften fragt, die ihn geschaffen haben.

Ich ging um die lange Südwand des Klosters herum zum Tor. Über dem Ganzen – heben Sie den Blick einmal kurz über die Mauern, über die Dächer, über den Uhrturm der Bibliothek und die Kirchspitze, über die verrußten Wohnhäuser und das ganze Stadtviertel – stand die Festung Spielberg, wo die k.u.k. Kaiser ihre politischen Häftlinge gefangenhielten. Es ist schon ein interessanter Gedanke: Während hier unten, im Garten hinter dem Kloster, zum erstenmal die Geheimnisse der Genetik offenbart wurden, offenbarte man in den Verliesen oben auf dem Hügel zum tausendstenmal die Geheimnisse von Demokratie und Umsturz: Natur, menschliche und pflanzliche, auf der Folter. Wußte er davon? Natürlich wußte er es. Und was *hielt* er davon, na? 1858 gaben die Habsburger Spielberg als politisches Gefängnis auf, aber den Makel kann man nicht von einem solchen Ort nehmen. Nach noch nicht einmal einem Jahrhundert nahm die Gestapo es wieder in Betrieb.

Ich blickte durch das Tor in den Garten. *Klášter.* Kloster. Weiße Gebäude säumten die Grasfläche und verliehen dem Ort so etwas wie die Atmosphäre eines Universitätscolleges – vielleicht der Garten für die Doktoranden. Man erwartete fast, Gestalten in Talaren zu begegnen.

Ich bin emotionalen Appellen gegenüber sehr mißtrauisch, aber ich bin auch ehrlich. Zugegeben: Als ich dort stand, spürte ich eine seltsame Erregung, ein Gefühl, als habe sich irgendwie alles auf das hier konzentriert – auf diesen Platz, diese majestätischen Gebäude mit ihren roten Dächern und Mansardenfenstern, diesen ruhigen Ort unter dem Sommerhimmel, wo eine Frau allein mit ihrem Hund (Dackel) den Weg entlangspaziert, wo ein Gärtner Unkraut jätet, wo zwei Männer zu dem Torbogen am anderen Ende schlendern und wo eine Inschrift sagt: MENDELIANUM. O ja, ich empfand etwas, als ich dort stand und über den Rasen blickte: Etwas wühlte im Bauch ebenso wie im Gehirn, etwas, das sich mit Worten nicht einfangen ließ. Auf den Beeten unter den Fenstern hatte er seine ersten Pflanzen gezüchtet. Das lange Kiesrechteck auf dem Rasen war die Stelle, wo sein Gewächshaus gestanden hatte, wo er zwischen den Erbsen herumwerkelte, leise mit sich selbst sprach, zählte und numerierte, mit seinem Kamelhaarpinsel tupfte, Samen ausbrachte, wieder zählte, immerzu zählte … Auf diesen paar Quadratmetern hatte alles angefangen. Hier hatte der hartnäckige Mönch eine Zündschnur in Brand gesteckt, die fünfunddreißig Jahre unbemerkt schwelte, bis man seine Arbeiten 1900 wiederentdeckte und die Bombe endlich explodierte. Die Explosion ist immer noch im Gang. Sie umfing mich vom Augenblick meiner Empfängnis an. Vielleicht wird sie uns letztlich alle umfangen.

In dem Gebüsch auf der anderen Seite des Gartens stand eine Statue. Von weitem sah sie aus wie ein Engel, der seine Arme über die Seelen im Fegfeuer erhebt. Aus der Nähe war es natürlich kein Engel, sondern eine blutleere, schlichte Gestalt im Priestergewand, die ihre Hände über einer Staude runzeliger Gartenerbsen ausstreckte:

P. GREGOR MENDEL
1822–1884

Zu Füßen des Standbildes hatte jemand eine Reihe Gartenerbsen gepflanzt, und auf dem Sockel der Statue lag ein
kleiner Strauß Wildblumen. Es war fast, als sei er seit seinem Tod zum Gegenstand eines geheimen Kults geworden,
als schlichen fromme Genetiker nachts hierher, um ihrem
Heiligen verstohlene Opfer zu bringen.

Einmal fragte ich meine Mutter: «Wo komme ich her?» Ich
war damals höchstens vier, aber schon in diesem Alter erkannte ich den Schmerz in ihrem Gesicht, als sie mir zu antworten versuchte; es war eine Mischung aus Hilflosigkeit
und Schuldgefühlen, und ich fragte nie wieder. Heute über-
lege ich, wann sie ihr wohl sagten, was mit mir los war, und
wie sie ihr die Nachricht beibrachten. Ein Geburtshelfer
erkennt es natürlich sofort. Die Diagnose ist einfach. Aber
für eine verzückte Mutter, die mit Nachwehen im Bett liegt,
sieht ein verschrumpeltes Neugeborenes aus wie das andere – die Knochen sind noch nicht entwickelt, und die bös-
artige Hand der Mutation hatte noch kaum Zeit, die Ver-
zerrungen auszuprägen. Wie sie es ihr wohl gesagt haben?
Und wann …?
   Mein Vater blickte mich nie geradeheraus an, können Sie
sich das vorstellen? Ich kann mich nicht erinnern, mein
ganzes Leben lang nicht, daß er mir in die Augen sah. Sein
Blick war immer schräg, tangential, als würde er es dann
nicht bemerken.
   Ich weiß, was jetzt in Ihrem Geist vorgeht. Sie versuchen, sie sich auszumalen, ihnen Form und Substanz zu geben. Sie versuchen herauszufinden, ob sie normal sind.
   Sie sind normal.

Ich sehe ihnen nicht einmal ähnlich. Ja, sicher, wir haben ein paar gemeinsame Merkmale – dunkle Haare, braune Augen, die Kinnspalte meines Vaters, solche Sachen; aber es gibt keine Ähnlichkeit im Körperbau, keine Ähnlichkeit im Gesicht. Ich sehe nicht aus *wie* mein Vater, meine Mutter oder meine Schwester. Ich habe nicht die Nase meiner Mutter oder die Kieferkante meines Vaters oder die Augenbrauen meines Großvaters. Ich bin allein. «Du bist etwas Besonderes», beharrte meine Mutter, wenn sie mich zu allen möglichen Spezialisten schleppte – zu Kinderärzten, Orthopäden, Neurologen, Kieferchirurgen, die mir nie auch nur im geringsten helfen konnten.

«Du bist etwas Besonderes, deshalb kümmern sich alle diese Leute um dich.»

Eine Zeitlang ließ ich mich von ihren Versicherungen täuschen. Oft malte ich mir sogar aus, ich sei meinen Eltern von außerirdischen Wesen untergeschoben worden, eine Art Kuckucksei; aber die Wahrheit erfuhr ich früh genug: Ich bin genau das, was ich zu sein scheine – eine Abweichung, eine Mutante, ein Produkt des reinen, bösartigen Zufalls.

Wie wäre es mit folgendem Bild: Früher Morgen in einer Wüste, die sich in Richtung des Sonnenaufgangs erstreckt, weit weg bis zur vollkommenen, haarfeinen Linie des Horizonts. Auf halbem Weg, mehr nach links, ist eine Felsformation; im Vordergrund eine Ansammlung von Militärfahrzeugen und eine Gruppe Soldaten. Die Männer sind nervös. Sie unterhalten sich halblaut. Man spürt, daß gleich etwas geschehen wird, etwas Folgenschweres, vielleicht eine Hinrichtung. Die Männer kratzen sich, treten gegen die Steine auf dem Boden und sehen auf ihre Armbanduhren, als könne die Zeit sich plötzlich beschleunigt haben, ohne daß sie es merkten.

Trotz aller Erwartungen werden sie von der körperlosen Stimme, die von einem der Fahrzeuge durch die stille, kalte Morgenluft krächzt, überrascht: «Fünf Minuten», gibt sie bekannt. «Alle Mannschaften legen den Augenschutz an. Ich wiederhole, alle Mannschaften ...»

Ein kleines Aufflackern von Aktivität, als die Männer Schutzbrillen aus ihren Rucksäcken holen und aufsetzen. Jemand reißt einen Witz über die Ähnlichkeit mit fickenden Fröschen, aber niemand lacht. Als alles bereit ist, wenden sie sich um und starren in die Wüste, als suchten sie etwas mit ihren dicken, dunklen Brillengläsern.

Eine Sirene beginnt zu heulen. Es ist das einzige Geräusch in der Wüste, während die Minuten verrinnen: das Heulen einer Sirene wie jenes in den Städten während der Luftangriffe, Rachel heulte wegen der Kinder und niemand tröstete sie. Dann schweigt die Sirene, die Männer warten, und der Morgenwind pfeift über die Landschaft, ein weicher, düsterer Klang.

«Noch eine Minute.»

Und die Minute vergeht wie ein Jahrhundert.

«Dreißig Sekunden.»

Jetzt gibt es nichts mehr zu flüstern. Die Männer stehen still, ihre Gestalten heben sich scharf von dem blassen Rosa der Morgendämmerung ab.

«Fünf, vier, drei, zwei, eins ...»

Und plötzlich zerreißt ein Blitz die Dämmerung, lautlos. Wie Urmenschen stehen die Männer da und sehen zu, wie eine neue Sonne aufgeht und ein neues Zeitalter ankündigt.

War es damals? Die Männer trugen Schweißerbrillen gegen das Blenden, aber in dem gleichen Augenblick, als der Blitz des lautlosen Lichtes sie erreichte, erreichten sie auch die Gammastrahlen; und während das Licht von den dunklen Brillengläsern gefiltert wurde, drangen die Gammastrahlen, heimtückisch und unbemerkt, geradewegs durch Kleidung und Fleisch und Knochen. Berührten sie auf ihrem Weg mit bösartigen, federleichten Händen die Zellen, die sich gerade teilten, tief in den Hoden meines Vaters verborgen? War das der Augenblick, in dem ich angelegt wurde?

Wir haben ein Foto von ihm aus dieser Zeit in Australien. Es zeigt ihn in der Uniform der Royal Engineers. Sergeant Eric Lambert. Er lächelt strahlend und hoffnungsvoll, vor allem weil er es geschafft hat, dem Kriegsdienst in Malaya zu entgehen. Statt dessen schickten sie ihn zur Waffenentwicklung nach Australien; und als er zurückkam, zeugte er mich.

Bin ich so entstanden?

Wer weiß? Wer wird es jemals wissen? Es war sicher eine einzige Mutation irgendwo auf dem Faden, denn ich bin in gut Mendelscher Manier eine einfache dominante Mutante. Ich müßte mit jedem meiner Eltern fünfzig Prozent meiner Gene gemeinsam haben, aber dieses besondere teile ich mit keinem von ihnen. Es kann nicht ohne eine Mutation vonstatten gegangen sein …

Man muß alle Möglichkeiten in Betracht ziehen.

Noch etwas gehört zu der bizarren genetischen Gleichung, die sich zu Benedict Lambert addiert. Es gibt Onkel Harry – Großonkel Harry Wise.

In meinen Kindheitserinnerungen sitzt Onkel Harry, grobknochig und dunkeläugig, auf einem schäbigen Ohrensessel im Wohnzimmer seines Häuschens an der Südküste, den Hals in einem Stützkragen und die gefleckten Hände um die Armlehnen gekrallt, als wolle er sich am Leben festhalten. Onkel Harry war der einzige Mensch, dem mein Zustand offenbar gleichgültig war, der einzige, der mich nie mit aufgesetzter Fröhlichkeit ansah, der einzige, der zu meiner Mutter nie schlecht getarnte Bemerkungen darüber machte, was ich doch für ein tapferer kleiner Bursche sei. Vielleicht lag es einfach daran, daß er es sich in der umnebelten Welt seines hohen Alters nicht klarmachte.

«Komm her und guck mal, Junge!» pflegte er zu rufen, und mit dem Finger lockte er mich auf sein Knie (der schwache Geruch von Feuchtigkeit und Fäulnis), damit ich mir Familienfotos ansah. Eines davon zeigte – zeigt immer noch, denn es steht auf dem Schreibtisch in meinem Labor – eine Gruppe von drei Erwachsenen, die sich neben einer Gipssäule in einem kleinen Urwald aus künstlichen Pflanzen aufgebaut haben. Sie starren steif in die Kamera wie auf ein Exekutionskommando aus früheren Zeiten: ein vierschrötiger Mann in schwarzer Soutane; neben ihm ein jüngerer Mann mit Gehrock und einer ziemlich albernen Krawatte; und zwischen ihnen – sitzend – eine junge Frau. Auf den Knien hält sie ein kleines Kind.

«Meine arme Mutti», sagte Onkel Harry in bekümmertem Ton. «Mit mir auf den Armen.» Das Kind – vier, fünf

Jahre alt – hat keinen Gesichtsausdruck, keine reale Existenz, kaum die Unterscheidungsmerkmale eines bestimmten Geschlechts. Als Fleck, als ausstaffiertes Ding mit Bändern und einer Art lächerlicher Kopfhaube, sitzt es dort auf dem Schoß der Mutter wie ein Familienerbstück. Vor langer Zeit, länger als ein Kind ermessen kann, wurde Harry Wise als Heinrich Weiss in Wien geboren; das Foto war das einzige Überbleibsel, das er aus jenen toten Tagen besaß.

«Und dieser Mann ist dein Großvater, Junge», fuhr Onkel Harry fort.

«Urgroßvater», verbesserte ihn meine Mutter.

«Urgroßvater Gottlieb», gab Harry auf deutsch feierlich zu, als hätte die Entdeckung einer weiteren dazwischenliegenden Generation ihn irgendwie traurig gemacht. «Mit» – sein knochiger Finger klopfte auf die Gestalt in der Soutane, als versuchte er, sie zum Leben zu erwecken – «Onkel Hans. So kannte ihn die Familie. Onkel Hans. Er war ein berühmter Mann, mein Junge, ein berühmter Mann.»

Das Bild ist in einem gewissen Sinn der Dreh- und Angelpunkt. Es ist ein Zeugnis für die letzten Tage der österreichischen Existenz der Familie Weiss. Noch ein paar Jahre, dann wurde die Mutter, dieses zerbrechliche, hoffnungsvolle Ding mit dem Kind auf dem Schoß, im fernen Wien tot oder lebendig – die Familiengeschichte ist in diesem Punkt unsicher – im Stich gelassen, und Gottlieb Weiss brachte seinen einzigen Sohn nach England. Dort fand Gottlieb eine zweite Frau – englisch, anglikanisch, schwächlich, streng –, und 1914, als Namensänderungen ratsam wurden, auch einen zweiten Namen: Godley Wise. Vermutlich hatte er das etymologisch genaue Theophilus White in Erwägung gezogen, aber offenbar paßte diese auffällige Kombination nicht zu jemandem, der Freidenker, Agnostiker und dann auch noch ein unberechenbarer Freud-Anhänger war. Also wurde Gottlieb Weiss zu Godley Wise – *Dr. Godley Wise* –, und aus Heinrich, dem Jungen, wurde Harry. Später kam eine Tochter zur Welt, für Harry eine Halbschwester, die aber ganz anders war als er, behauptet meine Mutter. Die Rassenmischung hatte das österreichische Blut bis zur Unkenntlichkeit verdünnt. Meine Großmutter war ganz und gar englisch.

Ich lasse die Zeit rückwärts laufen, die Generationen rückwärts, zurück bis zu diesem Porträt, das in einem Wiener Fotostudio aufgenommen wurde, und immer weiter zurück bis in die Bereiche der Mythen und Legenden: Onkel Harrys Mutter, die erste Frau von Gottlieb Weiss, war Rosine Schindler. Rosine Schindler war die Enkeltochter eines Anton Mendel aus Heinzendorf in Schlesien. Anton Mendel war der Vater von Gregor Mendel. Gregor Mendel ist der Geistliche auf dem Familienfoto. Benedict Lambert und Gregor Mendel sind also verwandt. Genau das erklärte mir Onkel Harry mit seinem schwerfälligen, gleichförmigen Tonfall. Durch einen Dreh der Geschichte, eine Laune des Schicksals, eine Grille von Genetik und Vererbung, sind Gregor Mendel und ich verwandt. Wir haben gemeinsame Gene: drei Prozent, um genau zu sein. Ich bin Gregor Mendels Ururgroßneffe.

Mit elf Jahren machte ich die Aufnahmeprüfung für die örtliche Oberschule. Die Prüfung hieß «eleven-plus» und war nach streng Mendelschen Prinzipien aufgebaut. Der wichtigste Fürsprecher dieser Tests war Sir Cyril Burt von den Universitäten Oxford, Liverpool, Cambridge und zuletzt London, und ihm habe ich eine Menge zu verdanken. Sir Cyril war ein Schüler Galtons. Er behauptete, er habe mit seinen Zwillings- und Familienuntersuchungen bewiesen, was Galton nur vermutet hatte: daß Intelligenz im wesentlichen erblich ist und daß man mit der Intelligenz eines Kindes auch seine Eignung für eine anständige Ausbildung messen kann; wer gut abschneidet, geht zur Oberschule, die Versager kommen auf zweitklassige Lehranstalten.

Ich erinnere mich noch an eine Frage, nur an eine: Wenn es drei Minuten dauert, ein Ei zu kochen, wie lange braucht man dann für hundert Eier?

Die Antwort, geneigter Leser, lautet: *drei Minuten*. Alles andere ist falsch. Damals, in einem anonymen Klassenzimmer der Oberschule, angestarrt von dem Dutzend Kinder, die wie ich die Prüfung ablegten, wollte ich schreiben: *Das kommt darauf an …* aber ich war zu intelligent, um so etwas Dummes zu tun. *Drei Minuten.*

«Zumindest hat er etwas, das für ihn spricht, der arme kleine Kerl», sagte ein Bekannter zu meiner Mutter. Ich belauschte sie, wie sie sich unterhielten, kurz nachdem die Nachricht von meinem Erfolg die Runde gemacht hatte. «Wenigstens hat er Grips im Kopf. Ich frage mich, woher er das hat. Von seinem Vater? Ich nehme es an. Aber man weiß es nicht, stimmt's?» Meine Mutter saß an der Nähmaschine, die Augenbrauen konzentriert gerunzelt, und fabrizierte eine Art Hemd, das mir passen würde, das meinen alles andere als normalen Rumpf und meine Stummelarme aufnehmen konnte. Immer wenn sie zu Hause war und nicht kochte oder abwusch, schien sie Kleidung für mich zu nähen. Man kann unmöglich Kleider kaufen, wissen Sie. Die Industrie nimmt auf Leute mit meinen Maßen keine Rücksicht.

Wenigstens hat er Grips im Kopf. Schon damals war ich mir nicht sicher, ob das ein großer Trost war. Aber ich bestand das Examen und wurde zur Oberschule zugelassen.

Das Klassenzimmer, in dem an der Oberschule der Biologieunterricht stattfand, war wie alle anderen. An dem einen

Ende war eine Tafel und ein erhöhter Podest, und gegenüber standen geneigte Schreibpulte in pflichtschuldiger Aufmerksamkeit. Was für ein Ort das war, hätte auch Mendel bemerkt. Anderswo in der Schule gab es richtige Labors für Physik und Chemie, aber Biologie war ein Nachzügler, verbannt in ein Zimmer, das sich für Diktate eignete, zum Sitzen, Zuhören und Mitschreiben. Dort herrschte eine Atmosphäre der Lässigkeit, ein Gefühl, als werde sich nie viel ereignen. Ein Plakat an der Wand zeigte die inneren Organe des menschlichen Körpers in grellen, unwirklichen Farben. Es war ein prüdes, geschlechtsloses Bild, und jemand hatte versucht, Geschlechtsorgane hineinzukritzeln, wo zuvor keine gewesen waren. Man hatte die Striche wieder abgekratzt, aber die groben Linien waren noch erkennbar wie Narben einer entsetzlichen Operation. Unter dem Plakat stand ein Pult mit staubigen Reagenzgläsern; sie enthielten Dünnschnitte von *Tradescantia*, Abfälle eines halbherzigen Experiments, das man Wochen zuvor angesetzt und dann vergessen hatte. Mikroskope gab es auch, aber die waren in irgendeinem Schrank eingeschlossen und nur für die älteren Schüler bestimmt.

Ich kletterte mühsam auf einen Stuhl. Die Klasse sah zu und flüsterte. Der Biologielehrer, ein Mr. Perkins, hustete ungeduldig, als sei es meine Schuld, daß ich zu spät kam, meine Schuld, daß ich ein Gegenstand der Neugier war, daß ich war, was ich war und was ich bin. «Gregor Mendel war ein österreichischer Mönch», erklärte er uns, als endlich Ruhe eingekehrt war. Er schenkte den Tatsachen knappe Aufmerksamkeit. «Das Kloster war meilenweit von allem anderen entfernt. Niemand wußte etwas von ihm und seinen Arbeiten, und er wußte nicht, was in der wissenschaftlichen Welt seiner Zeit vorging, aber trotz aller dieser Nachteile begründete er die ganze Wissenschaft der Genetik. Daraus könnt ihr etwas lernen. Man braucht kein teures Labor und die ganze Ausrüstung. Man braucht nur Entschlossenheit und Konzentration. Nicht schwatzen, Dawkins. Du hörst nie auf zu reden, Junge, und dabei hast du nie etwas zu sagen. Auf Seite 145 in eurem Biologiebuch findet ihr ein Foto von Mendel. Seht es euch genau an und denkt darüber nach, daß der Mann auf diesem Bild in seinem kleinen Finger mehr Verstand hatte als ihr in eurem ganzen Schädel. Aber Fotos helfen nicht bei den Prüfungen, stimmt's, Jones? Jedenfalls nicht, wenn man nicht aufpaßt und nichts lernt und die ganze Zeit nur herumalbert.»

Ich blätterte. Auf Seite 145 blickte ein Gesicht aus dem 19. Jahrhundert ins 20., mit schwachem, rätselhaftem Lächeln, als wüßte er, was bevorstand. Ich hielt mein Geheimnis vor der Brust wie ein Kartenspieler ein hervorragendes Blatt.

«Unter dem Bild seht ihr eine von seinen Kreuzungen», sagte Mr. Perkins. «Befaß dich sorgfältig damit, Jones.»

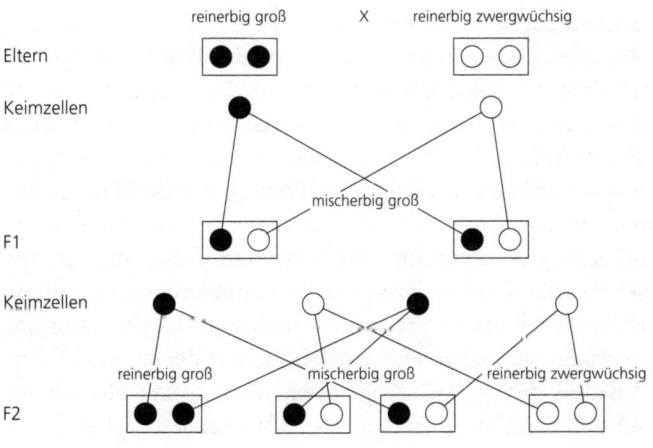

«Es ist sein berühmtestes Experiment. Mendel nahm zwei Stämme von Gartenerbsen...»

«Entschuldigung, Sir, seit wann haben Erbsen Stämme?»

«Halt den Mund, Junge!»

«Dawkins hat einen Stamm, wenn er im Erbsenfeld pinkelt. Hat das etwas damit zu tun, Sir?»

«Nachsitzen, mein Junge! Du wirst heute nachsitzen. Der eine Stamm war groß, der andere war eine Zwergform...»

«Ist eine Zwergform so etwas wie Lambert, Sir?»

Das lärmende Gelächter verstummte. Mr. Perkins wurde rot.

«Jetzt reicht's, Kleiner.»

«Aber ist sie so etwas, Sir?»

«Ich habe gesagt, jetzt reicht's. Ich werde euch erklären, was Mendel entdeckte. Schlagt eure Hefte auf und schreibt, was ich euch diktiere ...»

Und dann spielte ich mein Blatt aus. «Bitte, Sir, er ist mein Onkel. Ich meine mein Großonkel. Ururgroßonkel. Das hat Onkel Harry mir gesagt.»

Ein entsetzliches Schweigen trat ein. Jemand kicherte.

«Erzähl keinen Unsinn, Kleiner», sagte Mr. Perkins.

«Er ist es wirklich, Sir.»

Das Kichern breitete sich aus, schwoll an, verwandelte sich in Gelächter.

«Aber er *ist* es. Onkel Hans. Ururgroßonkel Hans Gregor.»

Das Gelächter wogte und brandete durch den Raum, rund um den kleinen Brennpunkt meines Körpers und um die Trümmer meiner absurden Prahlerei. Ururgroßonkel. «Urururur!» riefen sie. «Ururur! Ururur!»

«Ruhe! JETZT IST AUGENBLICKLICH RUHE!»

Das Gelächter erstarb und wandelte sich in schiere Verachtung. «Schlagt eure Hefte auf», wiederholte Mr. Perkins in drohendem Ton, «und schreibt, was ich euch diktiere …»

Nach der Stunde fingen sie mich auf dem Schulhof ab und ärgerten mich mit Onkel Gregor. «Er ist einer von ihnen!» riefen sie. «Er ist einer von Mendels Zwergen!»

Das bin ich natürlich nicht. Mendels Zwerge waren rezessiv. Ich bin dominant. Aber damals wußte ich eigentlich noch nicht viel, außer ausweichenden Blicken und einem frischen Lächeln auf dem Gesicht meiner Mutter und einer fröhlichen, aber wenig überzeugenden Versicherung, es komme auf die inneren Werte an. So etwas sagt sich leicht. In dieser besten aller Welten ist alles, wie es ist, am besten. Zu Hause hatte ich kleine Stühle und ein kleines Bett und niedrige Bücherregale. Die Bücher hatten die normale Größe.

«Mendels Zwerg!» riefen sie auf dem Schulhof hinter mir her. «Mendel, Mendel!» Der Name wurde zur Qual, zum Gesang des Abscheus. Ich zog mich zu den Fahrradschuppen zurück, aber sie lauerten mir auch dort auf, ihre Knie schwankten in meiner Augenhöhe, ihre Füße traten nach mir, als sei ich etwas, das man im Staub zertrampelt, eine Küchenschabe vielleicht. «Mendel, Mendel, Mendels Zwerg!» riefen sie, und die Füße kamen zwischen den Fahrradständern auf mich zu, bis ein paar ältere Mädchen auftauchten. «Laßt ihn in Ruhe», sagten sie unbekümmert. «Was hat er euch getan, Blödmänner?»

«Er ist Mendels Zwerg.»

«Ach, haut ab.»

Durch Alter und Geschlecht eingeschüchtert, zogen die Jungen ab. Die Mädchen beäugten mich voller Widerwillen zwischen den Fahrradständern hindurch. Eine von ihnen wollte offenbar etwas sagen, aber dann zuckte sie mit den Schultern, als lohnte es sich nicht. «Na komm», sagte sie zu der anderen. «Gib uns 'n Glimmstengel.»

Ich ging, während sie ihre billigen Zigaretten anzündeten und sich kratzten.

«Es ist ein Problem, mit dem du leben mußt», belehrte mich der Schuldirektor. Ich erwiderte, das sei mir noch nicht klar gewesen, und dankte ihm herzlich, daß er mir seine Erkenntnis mitgeteilt hatte. Darauf sagte er, Überheblichkeit werde mir nichts nützen. Oder Arroganz. Ich fragte ihn, ob es besser wäre, unterwürfig zu sein. Oder rezessiv. Er antwortete, ich solle sein Zimmer verlassen.

Ein Problem, mit dem du leben mußt. Das ist gut, was? Es ist nicht etwas, *mit* dem ich lebe wie mit einem Muttermal oder mit dem Stottern oder mit Plattfüßen. Es ist nichts *Zusätzliches*, wie eine Warze im Gesicht, und es *fehlt* auch nichts, wie bei einer frühzeitigen Glatze: Es *ist ich*. Etwas anderes gibt es nicht.

Das Seltsame ist, daß ich doppelt verflucht bin. Ich bin, wie ich bin, und doch will ich leben. Das ist eine andere Eigenschaft, verwickelter als der Zwergwuchs, aber dennoch eine tierische Eigenschaft, die fast jeder Mensch besitzt. Der selige Sigmund Freud hatte unrecht. Es gibt keinen *Todeswunsch*. Wäre er vorhanden, könnte keine Tierart überleben und unsere verfluchte eigene schon gar nicht. Aber wenn wir einen Todeswunsch hätten, wäre für mich vieles einfacher geworden: Tod im Backofen, eine Überdosis Tabletten, ein Fenster im vierten Stock, die Möglichkeiten sind endlos. In der U-Bahn habe ich oft am Bahnsteigrand gestanden, wenn der Zug kam, und darüber nachgedacht. Aber nein, man muß damit leben. Eigentlich hat man keine Wahl. Keiner hat sie. Ich sage «man», weil ich die ganze Menschheit meine. Niemand ist eine Ausnahme. Jeder ist das Opfer der Genauswahl, die in diesem absurden, scheinbar bedeutungslosen Augenblick zusammengestellt wird, wenn eine zappelnde Samenzelle ihre Rivalen aus dem Feld schlägt und in eine Eizelle eindringt. «Was haben wir denn da?» fragt sich Mutter Natur. «Welche Kombination haben wir denn diesmal zusammengeworfen?» Es ist, als prüfte man die Ergebnisse einer Lotterie. Die Zahlen werden jeden Tag gezogen, jede Minute an jedem Tag; und jedesmal ist einer der Gewinner und einer der Verlierer. Was ich war, brauche ich wohl nicht zu sagen.

Zwei Stammbäume aus Studien an Zwergwüchsigen; ich stieß darauf in einem Buch über medizinische Genetik, das ich eines Tages in der öffentlichen Bibliothek entdeckte. Die Diagramme zeigen ein erfreuliches Gespür für Design, stimmt's? Sie haben eine Ausgewogenheit, einen Rhythmus, eine raffinierte Asymmetrie, die das Auge fesselt. Das Ganze hat etwas von der Komposition eines Mondrian-Gemäldes oder vielleicht auch von einer Gestalt von Miró:

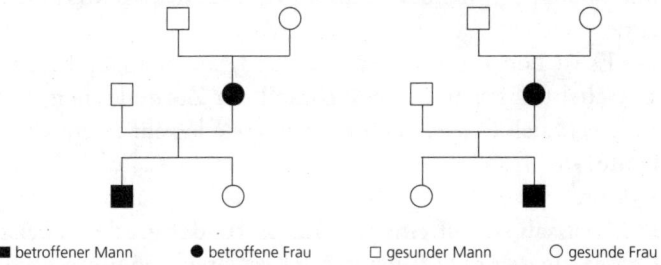

■ betroffener Mann   ● betroffene Frau   □ gesunder Mann   ○ gesunde Frau

Die vier Kinder der beiden achondroplastischen Mütter kamen ausnahmslos durch Kaiserschnitt zur Welt. Falls die betroffenen Jungen Kinder haben, besteht für jedes davon eine Wahrscheinlichkeit von fünfzig Prozent, die Krankheit zu erben.

So etwas machte ich in meiner Freizeit: Ich lief in die öffentliche Bibliothek. Sie war ein Zufluchtsort, wissen Sie, ein Ort der Ruhe, ein Ort der Sympathie. Vor allem mit einer Hilfsbibliothekarin freundete ich mich an. Sie legte immer die Bücher beiseite, von denen sie meinte, sie könnten mir gefallen; sie sprach mit mir fast so, als wäre ich normal. Und sie war keine schlechtaussehende Frau. Frau, Mädchen, sie stand an der Grenze, ein oder zwei Akneflecken tummelten sich noch auf ihrem Kinn, die Röte schoß ihr noch schnell in die Wangen, wenn der Oberbibliothekar etwas zu ihr sagte. Mausgrau, natürlich. Ich glaube, alle Bibliothekarinnen sollten mausgrau aussehen. Es muß wohl eine notwendige (aber nicht hinreichende) Voraussetzung für ihren Beruf sein. Mausgrau? Agutiflecken? Was, so frage ich mich, ist die genetische Kontrolle? Vielleicht ist es eng mit dem Gen für Ordentlichkeit gekoppelt. Sie war etwa achtzehn, diese mausgraue Bibliothekarin: achtzehn, ordentlich und voller Angst vor dem Oberbibliothekar (der auch mausgrau war, aber in den Vierzigern und mit einem beginnenden Kahlkopf), und sie hieß Miss Piercey.

«Es ist Benedict», pflegte sie zu sagen, wenn ich hereinwatschelte. Es war fast ein Tonfall der Zufriedenheit, fast als ob sie sich *freute*, mich zu sehen. «Wie geht es uns denn heute?»

Uns.

Meist saß sie auf einem Stuhl hinter der großen Theke. Oft genug, gerade oft genug, daß es eine besondere Möglichkeit war, aber nicht so oft, daß es mehr als Zufall sein konnte, war ihr Rock an den Beinen zu hoch gerutscht, als daß es noch anständig gewesen wäre. In der Regel verschaffte ich mir einen interessanten Blickwinkel, wenn sie so dasaß. Es war in meinem ganzen Leben die einzige Gelegenheit, bei der ich normalen Menschen gegenüber einen Vorteil hatte: Ich beäugte Miss Pierceys Beine und sehnte mich danach, Miss Piercey zu piercen. «Suchen wir heute etwas Besonderes», fragte sie, «oder stöbern wir nur herum?»

Wir. In diesen Augenblicken teilten wir meine armselige Existenz. «Herumstöbern», erwiderte ich, und meine Blicke stöberten in dem Winkel ihrer Knie herum und hinein in die Schatten darüber. «Nur herumstöbern.» Manchmal wurde es recht schwierig. Gelegentlich – wenn sie sich zum Beispiel auf dem Stuhl umdrehte, um sich mit einem anderen Leser zu befassen, mußte sie die Beine nebeneinander stellen – entschuldigte ich mich hastig, und dann rannte ich nicht zu den Bücherregalen, sondern zur Toilette, wo ich mit meinen eigenen Händen Trost und Erleichterung fand.

Das wundert Sie? O ja, in der Hinsicht bin ich ganz *normal*. Nur meine Knochen sind verformt ...

Nun ja, man könnte es Knochen *nennen*, aber es ist keiner. Das *Os penis* oder Baculum, ein verlagerter Knochen, den man bei vielen Insektenfressern und Nagetieren, aber auch bei den meisten Primaten findet, ist beim Menschen nicht vorhanden. Es ist kein Knochen, und ich bin in dieser Hinsicht alles andere als ein Zwerg. Wegen meiner kurzen Arme muß ich mich bücken, um ihn zu erreichen, aber wenn ich rankomme, ist er ganz normal. Erigiert siebzehneinhalb Zentimeter. Ich habe ihn einmal gemessen, als ich an Miss Piercey dachte.

Preisfrage: Wer lobte einmal die Masturbation als die vollkommene sexuelle Beziehung, weil sie die einzige ist, in der die gespendete Lust genau gleich der empfangenen Lust ist? Die Antwort: Jean Genet.

Einmal sah ich Miss Pierceys Unterhose. Ich plauderte gerade mit ihr, da rief eine alte Dame sie zu sich, damit sie ihr ein Buch aus einem hohen Regalfach holte. «Einen

Augenblick, mein Lieber», sagte Miss Piercey, «ich komme gleich zurück.» Und als sie von ihrem Stuhl glitt, rutschte ihr Rock, der an einem Holzsplitter hängenblieb, bis über die Schenkel nach oben. «Huch!» rief sie und zerrte den Rock nach unten. «Hüte deinen Blick, junger Mann!»

Miss Piercey eilte der älteren Dame zu Hilfe; ich eilte zur Toilette. Es war ein unbedeutender Vorfall, und die Normalität war schon bald wiederhergestellt (mein Verlangen an die Toilettenschüssel verschwendet; die alte Dame mit einem Buch vom oberen Regal ausgerüstet; und Miss Piercey wieder auf ihrem Stuhl, den Rock sittsam bis zu den Knien hinuntergezogen), aber die Erinnerung lebte weiter. Weiße Baumwolle mit rosa Blumen, Miss Pierceys Höschen. Es war in meinem Geist eingebrannt. Das gleiche Muster sah ich wenig später in einem Schaufenster, und ich rannte hinein, um mein Taschengeld auszugeben. «Für meine Schwester», erklärte ich. Die Verkäuferin sah mich skeptisch an; aber sicher, wenn der Zweck ein anderer gewesen wäre, hätte ich bei der schwarzen Spitze herumgestöbert, bei den Strapsen und den durchsichtigen französischen Slips, und nicht bei den einfachen Unterhosen mit Blümchen. Man muß die Sache realistisch sehen.

Wieder in der Sicherheit meines Zimmers, drückte ich das Stückchen Baumwolle ans Gesicht und träumte von Miss Piercey: Weiß wie eine Maus lag sie unter meinen Blicken und hatte nur diese Unterhose an. Der Geschlechtsdimorphismus steht unter der Kontrolle von zwei Chromosomen namens X und Y, aber was kontrolliert das *Verlangen*? Das ist eine Frage, die sich den größten Genetikern unserer Zeit entzogen hat. Manche behaupten, ein anormaler Bereich auf dem langen Arm des X-Chromosoms (Abschnitt Xq28, um genau zu sein[1]) sei möglicherweise für homosexuelle Wünsche verantwortlich; aber was trieb meinen Körper in Zuckungen der Begierde nach der mausgrauen Miss Piercey?

Ich habe ihre Augen noch nicht erwähnt, oder? Ich habe unausgesprochen andere Teile ihrer Anatomie erwähnt, insbesondere ihre Haare, aber noch nicht ihre Augen. Sie hatten unterschiedliche Farben. Das eine war blau, das andere grün. Wie erklärt man das mit dem mathematischen Tanz der Gene …?

Miss J. Piercey. So stand es auf dem Namensschild an der Bibliothekstheke. (Ich konnte nur dann einen Blick darauf werfen, wenn ich weit genug entfernt stand.) Ich wußte noch nicht einmal ihren Vornamen. J? Ich stellte mir «Jenny» vor – Jenny, Penny, es hätte genau gepaßt. Sie machte eine Art Bibliothekarsausbildung an der Fachhochschule, und dazu gehörte ein Praktikum in der Bücherei. Ich war sechzehn und studierte Biologie und Chemie und Mathematik, all diese Dinge, in denen sie durchgefallen war. Die Kluft zwischen uns war riesig – sie bestand aus Materiellem und Emotionalem, Strukturellem und Spirituellem. Ich nehme an, wenn sie meine Gefühle gekannt hätte, hätte sie einen Entsetzensschrei ausgestoßen und mir vorgeworfen, ich hätte eine schmutzige Phantasie. Aber es war fast so etwas wie Liebe.

In Biologie war ich natürlich sehr gut; insbesondere wenn es um Genetik ging. Die Worte *Segregation, Dominanz, Rezessivität, Mutation* flossen mir leicht aus der Feder. Meine Kreuzungsquadrate waren kreuzbrav. Meine Bruchrechnung ging bruchlos auf.

[1] Hamer et al., *Science*, 1993

Mäuse eines Stammes namens waltzer *leiden an einem Defekt im Kleinhirn und machen deshalb unkoordinierte Bewegungen, die man als Walzertanz bezeichnet. Kreuzt man* waltzer*-Mäuse mit normalen Mäusen, sind alle Nachkommen normal ...*

Haben die nicht Glück?

Menschen eines Typus, den man als achondroplastischen Zwergwuchs bezeichnet, leiden an einem Mangel an Knorpelzellen, so daß Knochen, die mit ihrer Entwicklung auf eine Knorpelvorstufe angewiesen sind, nicht wachsen können. Wenn man solche Zwerge mit normalen Menschen kreuzt, sind fünfzig Prozent der Nachkommen normal, und fünfzig Prozent sind zwergwüchsig.

Haben die nicht Pech?

Man kann eine Münze werfen. Es ist alles eine Frage von Wahrscheinlichkeit und Zufall. Versuchen Sie es. Na los, nehmen Sie eine Münze aus der Hosentasche oder aus dem Portemonnaie. Werfen Sie sie hoch, rufen Sie Kopf oder Zahl, und das war's. Verflucht oder nicht?

Das Biologielabor in der Schule besaß fünf Mikroskope. Es waren schimmernde, alte Dinger mit einer Menge Messing, aber die Optik war gut. Nur die älteren Schüler durften sie benutzen, und auch das nur unter der Aufsicht des langweiligen Mr. Perkins, aber es gibt immer Mittel und Wege, immer. Ich besorgte mir einen Schlüssel zu dem Raum (die Putzfrau meldete den Verlust, aber alle nahmen an, sie habe ihn nur verlegt) und blieb eines Nachmittags da. Die ärmliche Schulbibliothek war dienstags und donnerstags länger geöffnet; deshalb las ich dort eine Zeitlang, um mir ein Alibi zu verschaffen, aber dann schlich ich mich den Korridor entlang und die Hintertreppe hoch zur Rückseite des Gebäudes, wo das Biologielabor lag, die Fenster in Richtung eines Parkplatzes und des Lagers eines Supermarkts. Hineinzukommen und die Tür hinter mir zu verschließen, war eine Sache weniger Augenblicke.

Die Mikroskope standen in einem verschlossenen Schrank, aber ich wußte Bescheid. Der Schlüssel hatte seinen Platz in Mr. Perkins' Schreibtisch. Nach ein paar Augenblicken (gefährlichen Augenblicken, denn der Schrank stand im Blickfeld der Glasscheibe in der Tür) hatte ich mir das beste Mikroskop (tschechische Optik, ich erinnere mich genau) geschnappt. Ich baute das Ding in einer Ecke auf, weit weg von der Tür. Dann holte ich eine Schachtel mit Objektträgern und eine zweite mit Deckgläsern, einen Glaskolben und eine Saugpipette.

Ich war, ich bin der geborene Forscher. Zielstrebig, geduldig, bereit, entschlossen; wie Ururgroßonkel Gregor selbst. Ich hatte das Foto, ein besonders geschätztes, mit Bedacht ausgewählt. In einem von rosa Licht erfüllten Boudoir beugte sich ein süßes Mädchen, taufrisch und weich wie Angorawolle, nach vorn, präsentierte ihre Kehrseite der Kamera und jetzt – an ihrer Statt – meinen hungrigen Blicken. Sie blickte nach hinten, wie auf ihren Hintern, während eine Hand die Gesäßbacken teilte und den Zauber goldenen Flaums sowie das Geheimnis feuchten, rötlichen, gefalteten Fleisches offenbarte. Wie gesagt, ich bin ein geborener Forscher. Kein Hindernis steht mir im Weg. Ich stellte das Bild auf einen Tisch und fummelte an meiner Kleidung herum. Ein paar Augenblicke später spürte ich das vertraute Zucken der Lust, und ich hatte eine hohle Hand voll perlmuttfarbener Flüssigkeit.

Eine Million Millionen Spermatozoen
Und alle lebendig
Aus ihrer Sintflut kann einzig ein armer Noah
Auf das Überleben hoffen.

Der Autor? Aldous Huxley, Enkel des großen Thomas Huxley, des Vorkämpfers Darwins gegen den Klerus, und Bruder von Julian Huxley, *Sir* Julian Huxley, irgendwann einmal Professor für Zoologie am King's College in London, irgendwann einmal Generaldirektor der UNESCO, irgendwann einmal führender Eugeniker …

Ich pipettierte einen Tropfen klebrige Flüssigkeit auf einen Objektträger und senkte das Deckglas mit höchster Sorgfalt darauf; dann stellte ich das Licht ein und schob den Objektträger auf den Kreuztisch. Schwache Vergrößerung … mittlere Vergrößerung. Ich spähte, regulierte die Irisblende, drehte den Revolver mit dem großen Objektiv. Es rastete ein.

Eine Million Millionen Spermatozoen, und alle lebendig. Kleine Ausrufungszeichen der blinden, sträflichen Absicht! Fragezeichen, die eine absurde Frage stellen? Tausend Punkte, jeder mit seiner machtvollen, verworrenen Botschaft … Sie schimmerten und zuckten, strebten in Richtung einer wer weiß wie schwach wahrgenommenen Eizelle, und ich wußte, o ja, ich wußte: von tausend, die ich in diesem gleißenden Lichtkreis sah, trugen fünfhundert den Befehl für Größe, für Normalität, für Glück und Zufriedenheit; und fünfhundert trugen den Fluch.

Aber welche?

War es eine Eingebung? War das der Augenblick, als irgend etwas, irgend jemand – die strenge, düstere Muse der Wissenschaft – zu mir sprach? Wurde damals meine zukünftige Forschung festgelegt, so wie mein zukünftiges Leben siebzehn Jahre zuvor festgelegt wurde, als eine Samenzelle wie diese den Weg in den Eileiter meiner Mutter gefunden hatte und dort auf eine wandernde, sich wundernde Eizelle und ihren empfindlichen Haufen aus Follikelzellen getroffen war? Die Kopulation kann man vergessen. Der Augenblick des wahren Eindringens ist gekommen, wenn die glückliche Samenzelle, der arme Noah, der Eizelle einen Stups gibt und ihre Kapsel mit Verdauungsenzymen platzen läßt. Der Schwanz wird abgeworfen, und der Kopf dringt ein. Einen Augenblick lang liegen zwei Chromosomensätze, einer vom Ei, einer von der Samenzelle, in unbehaglicher Gegenüberstellung nebeneinander. Und einer davon trägt meinen Fluch. Die Chromosomen, raffinierte Knäuel aus Nukleinsäure und Protein, nähern sich zu einer einzigen, schicksalhaften Verbindung; und Benedict Lambert hat angefangen. Chromosomen, die zuvor die meines Vaters und meiner Mutter waren, sind jetzt meine. Ich habe angefangen. Und ich bin verflucht.

Und Gregor Mendel, war er auch verflucht? Ein Augenblick der Paarung in dem schweren Bett in dem Bauernhaus Heinzendorf Nummer 58, einem Dorf am Fuß des Sudetengebirges in Österreichisch-Schlesien, nicht weit von der polnischen Grenze. Es ist der 22. Oktober 1821, mehr oder weniger. An der Wand steht ein breiter Kachelofen, um den herum die Familie in den eisigen Winternächten schläft. Aber jetzt ist erst Herbst, ein kalter Herbst, die Lärchen, die Weißbirken und die Pappeln werden golden und rostrot, und Anton und Rosine benutzen das große Bett. Auf der einen Seite schläft Tochter Veronika, während die Eltern sich leise und bedacht auf der anderen paaren. Sie beziehen Wärme aus dem Körper des anderen, und einen zuckenden Augenblick lang schenken sie sich noch etwas anderes, eine flüchtige Ablenkung von den Mühen des

Landlebens. Hinterher liegen sie sich ruhig in den Armen, während eine schimmernde Galaxie von Samenzellen ihre blinde, vorherbestimmte Wanderung durch Rosines Geschlechtsorgane antritt.

Trugen gerade diese Chromosomensätze, die damals zusammenfanden, für Gregor Mendel gerade diese Zukunft in sich? War das alles in den Genen niedergeschrieben? Kann man Gene für Geniales besitzen?

Francis Galton, ein Vetter von Charles Darwin, suchte nach Belegen, daß Intelligenz sich in bestimmten Familien konzentriert – und wie nicht anders zu erwarten, fand er sie bei seinen eigenen ehrenwerten Verwandten. Man fragt sich, was er wohl zu Gregor Mendel gesagt hätte, seinem genauen Zeitgenossen. Man fragt sich, was er zu der ärmlichen Welt gesagt hätte, aus der Mendel kam, zu der stumpfsinnigen Dummheit, zu der mühseligen Plackerei auf den Feldern, zu der Armut und dem Elend. Mendels Vater war nicht mehr als ein Leibeigener. Er mochte einen kleinen Landbesitz sein eigen nennen, aber er unterlag dennoch dem *Robot*. Das war die Welt, aus der Mendel kam.

Robot ist ein symbolträchtiges Wort. Genau das hatte der Schriftsteller Karel Čapek natürlich beabsichtigt, als er es aus der Rumpelkammer der tschechischen Sprache holte und seine moderne Bedeutung prägte.[1] Zu Mendels Zeit war *Robot* nichts Maschinelles, sondern etwas Menschliches: drei Tage Zwangsarbeit in jeder Woche eines Bauernlebens. Nach der Revolution von 1848 waren die Bauern gleichberechtigt, und der *Robot* wurde abgeschafft; aber vorher hatte er Anton Mendel zugrunde gerichtet. Das war der Familienbesitz, den Gregor erben sollte.

Galton dagegen erbte ein riesiges Vermögen und erfand die Wissenschaft der Eugenik, weil er beweisen wollte, daß die höheren Schichten tatsächlich etwas Höheres waren (in seinem speziellen Fall waren sie auch noch unfruchtbar, aber lassen wir das einmal durchgehen). In meinem Syn-

---

[1] In dem Schauspiel *R. U. R. (Rossums Universelle Roboter)*, 1920

onymlexikon steht «Galtons Gesetz» unmittelbar hinter «Mendelsches Verhältnis». Es ist schon paradox.

Das Dorf gibt es natürlich noch, versteckt zwischen den Bergen Nordmährens – der Nabel Europas, von Madrid so weit entfernt wie von Moskau, von der Ostsee so weit wie vom Mittelmeer. Es ist wirklich eine schöne Gegend. Ein ländliches Idyll, könnte man meinen. Felder und Wälder liegen wie zu Mendels Zeit friedlich unter dem sanften Sommerhimmel, und derselbe Fluß fließt neben derselben Straße (nur ist sie heute geteert) zum Odratal. Am Flußufer wachsen dieselben Bäume – Erlen, Weiden und Pappeln –, und im Norden, jenseits der Äcker, erheben sich die Böschungen derselben Berge mit ihren schwarzen Fichten. Man kann sie sich fast noch vorstellen, die Familie in der Hütte: Rosine stämmig und vergnügt, Anton bläßlich und bedrückt, die beiden Töchter Veronika und Theresia; und Johann, der Sohn. Das alles kann man sich ausmalen, aber damit wäre man weit von der Wahrheit entfernt.

In Wirklichkeit mag zwar die Geographie dieselbe sein, und auch die meisten Häuser mögen dieselben sein, aber der Ort selbst hat sich über alle Phantasie hinaus verändert. Der Name hat sich verändert, die Sprache hat sich verändert, die Menschen haben sich verändert, die ganze Welt hat sich verändert. Nichts ist noch, wie es war. Heinzendorf ist eine versunkene Welt – heute ist es Hynčice, ein Gewirr von Obstgärten, Hütten und Scheunen entlang einer einzigen Straße, das in den Nachbarort Dolní Vražné übergeht, das frühere Großpetersdorf. Die Berge, die im Norden aufsteigen, gehören zum Sudety-Gebirge.

Es ist das Sudetenland.

An der Kreuzung in der Mitte dieses idyllischen Dorfes steht ein seltsames Gebäude. Es sieht aus wie eine Kreu-

zung aus einem Buswartehäuschen und einer Kapelle.
Oben auf dem Dach steht aufrecht eine schwarze Steintafel
mit einer Inschrift in gotischen Lettern:

Zum Andenken
an den hervorragenden Naturforscher
u. Klassiker der Botanik
Prälaten Gregor Joh. Mendel
Ehrenbürger u. Stifter der Feuerwehr
seines Heimatsortes
geb. 22. Juli 1822 zu Heinzendorf No. 58
gest. 6. Januar 1884 in Brünn
errichtet 1902

Man kann sich ohne weiteres vorstellen, wie eine Abteilung Soldaten in Feldgrau an dieser Kreuzung haltmach-
te und zu der Tafel aufsah. Das wäre dann ein schöner
Tag im Herbst 1938. Vielleicht hatten sie ein Halbketten-
fahrzeug; vielleicht auch ein Motorrad mit Beiwagen. Mit
der Zufriedenheit der Befreier blickten sie nach oben zu
der Inschrift, während die Dorfbewohner – Frauen mit
geblümten Schürzen und Mehl an den Armen, Männer in
Arbeitsanzügen und schlammigen Stiefeln – aus den Häusern und Scheunen kamen, um sie freundlich zu begrü-
ßen.

«Hier wurde Mendel geboren», erklärten die Dorfbewohner.

«Mendel? Ein Jude?»

«Nein, nein.» Gelächter. «Prälat Mendel. Entdecker der
Genetik.»

Als Beweis zeigte man einen grinsenden, verlegenen Verwandten vor. Im Bewußtsein von Rasse und Blut, überzeugt von der Reinheit ihrer Gene und der minderwertigen

Natur der Slawen, hörten die Soldaten voller Entzücken, daß sie in Mendels Heimatort Station gemacht hatten. Es erschien ihnen als Omen. Heiterkeit kam auf. Vielleicht wurde sogar mit einer eleganten, hübschen, futuristischen Leica ein Foto gemacht, das man nach Hause an die Familie in Rostock schicken konnte.

Oświecim/Auschwitz ist nur zwei Autostunden entfernt, kurz hinter der polnischen Grenze.

Das Haus der Mendels steht noch, ein massives Gehöft, ein wenig von der Straße zurückgesetzt an einem überwucherten Weg, umgeben von Kirsch- und Apfelbäumen. Es trägt eine Metalltafel, die in den groben Buchstaben der früheren Volksrepublik beschriftet ist – *Památka G. Mendela*, G.-Mendel-Gedenkstätte –, und den Schlüssel bekommt man von der Frau, die den Laden im Dorf betreibt. Sie ist natürlich Tschechin und versteht kaum deutsch.

Nur zwei Räume sind für die Öffentlichkeit zugänglich, beide weiß getüncht, beide fleckig von Feuchtigkeit. An den Wänden hängen die üblichen Fotos – Gärtner, Nägeli, Darwin, die Klosterbrüder – und die üblichen Faksimiles von Mendels Veröffentlichungen. Ein paar Diagramme von Erbsenkreuzungen sind da, ein Zitat von T. H. Morgan und ein stilisiertes, ungenaues Modell von einem Teil eines DNA-Moleküls. Kaum mehr. Nur in dem hinteren Zimmer ist etwas, das Mendel selbst vielleicht erkannt hätte: In einer Ecke steht ein Kachelofen als stummer Zeuge der langen, harten Winter.

Im Gästebuch hat jemand das Beiwort «Sudetendeutscher» unter seinen Namen geschrieben.

Wie war es, dieses weit entfernte, sudetendeutsche Leben vor hundertfünfzig Jahren? Bescheiden, gottesfürchtig, pflichtbewußt, nehme ich an. Die Zukunft war nichts anderes als eine Fortsetzung der Vergangenheit, etwas, das sich nicht ändern würde. Man akzeptierte sein Los und suchte regelmäßig die Familiengräber auf, nur um zu sehen, was Akzeptieren bedeutet. Man betete und man arbeitete. Fragen stellte man nicht.

Johann Mendel entkam durch die einzige Tür, die halb offenstand: Ausbildung. Vom örtlichen Schulmeister ermutigt, machte er 1834 die Aufnahmeprüfung am Kaiserlich-Königlichen Gymnasium in Troppau (Opava) und wurde zugelassen.

Man stelle sich den Stolz seiner Mutter vor, als sie die Nachricht hörte: Man kann sie sehen, wie sie in der Küche steht, die geröteten Hände an einem Tuch abwischt und sich umdreht, um den Sohn mit kräftigem, mütterlichem Druck zu umarmen. Sie hat große Pläne, das können wir uns vorstellen: Ihr Onkel war früher Lehrer gewesen, und etwas Ähnliches schwebt ihr auch für ihren Sohn vor. Und dann stellen wir uns den alten Anton vor, wie er Verbitterung und Neid hinunterschluckt und seinem Sohn auf die Schulter klopft. «Zu meiner Zeit hatte man solche Gelegenheiten nicht, mein Junge. Zu meiner Zeit mußte man arbeiten, um vorwärtszukommen ...»

«Aber er *hat* gearbeitet. Er hat mit dem *Kopf* gearbeitet.» Der Vorwurf war da, knapp unter der Oberfläche, die Andeutung, daß Johann zu Besserem bestimmt war, die Vorstellung, daß man den Fängen von Leibeigenschaft und *Robot* entgehen konnte, wenn man den Kopf benutzte; und die Folgerung, daß Rosine Schwirtlich irgendwie eine Leitersprosse nach unten gestiegen war, als sie Anton Mendel geheiratet hatte.

Johann wurde in die Oberschule mit Halbpension aufgenommen – ich nehme an, das bedeutete freies Abendessen. Er gab sich Mühe und schnitt im Unterricht gut ab – *prima classis cum eminentia* –, aber so einfach war die Flucht nicht: Im Winter 1838 wurde sein Vater beim Holzfällen im Wald oberhalb von Ostrau schwer verletzt – während er unter dem *Robot* arbeitete. Ein Stamm riß sich los und überrollte ihn; sie brachten ihn auf einem Wagen mit halb zerquetschtem Brustkorb nach Hause.

Heinzendorf muß voller Spekulationen gewesen sein. Was würde Johann Mendel tun? Der Vater überlebte schlecht und recht, aber an körperliche Arbeit war nicht mehr zu denken. Was würde sein Sohn, der einzige Sohn, jetzt unternehmen? Grausam und unerbittlich stand der *Robot* im Hintergrund, um Johann Mendel für sich zu vereinnahmen.

Kann es ein Gen für Halsstarrigkeit geben? Johann war ein halsstarriger Mensch, ganz gewiß. Er war halsstarrig bei seiner Arbeit mit den Erbsen (acht Jahre, acht Generationen, über dreißigtausend Pflanzen); er war halsstarrig in seinem Kampf mit dem Steuereintreiber, als er Abt des Klosters war; und er war schon damals halsstarrig, mit sechzehn, als sein Vater ein Invalide war und der Hof vor dem Ruin stand. Man kann sich leicht ausmalen, welches ländliche Drama sich in diesem Gehöft in dem kleinen Heinzendorf abspielte, als er nach Hause kam. Es ist nicht schwer, sich den mörderischen Kampf vorzustellen, der die Familie zu spalten drohte – die Eifersüchteleien, die Vorwürfe, die falschen Appelle an das Pflichtbewußtsein und die unaufrichtige Beschwörung des Mitleids, die ganze sarkastische Lösung eines Familienstreits.

«Der Junge muß die Möglichkeit haben weiterzulernen», beharrte Rosine.

Und der alte Anton saß in einem Sessel am Ofen, hustete und keuchte, würgte Blut und Schleim hoch wie einen Beweis. «Ich habe für das hier meine Knochen hingehalten. Und jetzt bekomme ich noch nicht einmal ein Dankeschön.»

«Aber so ist es nicht, Vater», versuchte der Sohn zu erklären, aber ohne viel Erfolg.

«O doch, genauso ist es. Bauernarbeit ist unter deiner Würde. Du glaubst, es ist unter deiner Würde. Du glaubst, du kannst was Tolles werden, nur weil du ein paar Bücher liest ...» Der alte Anton hustete und spuckte und zeigte mit dem Finger auf seinen Sohn, während die Töchter sich im Hintergrund hielten und ihn anflehten aufzuhören. «Du wirst dir noch weh tun, Vater.»

«Ihr haltet euch da raus. Das geht Frauen nichts an.»

Aber es ging sie etwas an. Es ging gerade die Frauen etwas an, denn die Töchter hielten den Schlüssel in der Hand – Veronika, die ältere, mit ihrem strahlenden neuen Ehemann, und die kleine Theresia, Onkel Harrys Großmutter, die damals ein elfjähriges Kind war. Ich stelle mir vor, wie sie das Ganze mit ihrer Mutter ausgeheckt hatten und es dem Vater jetzt als vollendete Tatsache präsentierten. Alois Sturm, Veronikas Mann, hatte ein wenig Geld auf die hohe Kante gelegt. Er konnte den Hof kaufen, so daß er in der Familie blieb. Der Verkauf würde soviel einbringen, daß Anton und Rosine sich zur Ruhe setzen konnten – schließlich konnte er in seinem Zustand nicht mehr weitermachen, oder? –, und es würde noch etwas übrigbleiben, so daß sie Johann auf der Universität unterstützen konnten. Theresia, die tapfere, empfindsame Theresia, würde ihren Anteil am Erbe, also eigentlich ihre Mitgift, abtreten, um ihrem geliebten Bruder beim Studieren zu helfen.

Also blieb es beim Studieren. Er lebte von der Hand in

den Mund, gab ein wenig Privatunterricht, kratzte sich seinen Lebensunterhalt zusammen, kämpfte mit Armut und Schuldgefühlen.

Die Kirche von Dolní Vražné/Hynčice liegt auf dem Hügel jenseits des Flusses, halb verborgen hinter Feldwegen und Gärten, geduckt zwischen den Weißbirken. Es gibt dort eine Gedenktafel aus dem Ersten Weltkrieg mit einem Mendel (Ferdinand) unter den Gefallenen. Innen ist die Kirche kahl wie eine protestantische Kapelle. Hierher kam die Familie Mendel jeden Sonntag: In ihrem unförmigen Sonntagsstaat stapften sie den Feldweg entlang, unerschütterlich in ihrem Deutschtum. Auch wenn sie kaum mehr als Leibeigene waren, sahen sie am Sonntag aus wie freie Männer und Frauen. Sie sangen «Ein feste Burg» und «Gott erhalte Franz den Kaiser» zusammen mit allen anderen guten Leuten aus den Dörfern.

Als ich durch die offene Tür spähte, putzte ein Paar mittleren Alters rund um den Altar. Sie hielten inne und sahen mich überrascht an. Offenbar waren sie verblüfft, als sei ich der Inbegriff all dessen, wovor sie sich immer gefürchtet hatten, eine Verkörperung von Volksmärchen und Legenden, ein Zwerg aus dem Sudety-Gebirge, wo Kobolde zweifellos seit undenklichen Zeiten nach Gold gruben. «Dobrý den», grüßte ich sie.

Die Frau gewann ihre Fassung zurück und erwiderte meinen Gruß. «Trpaslík», murmelte der Mann. Die übrigen Worte verstand ich nicht, aber dieses eine kannte ich nur allzu gut. Ich kenne das Wort in jeder Sprache. Zwerg. Einen Augenblick lang starrten wir einander an wie durch einen Stacheldrahtzaun, dann drehte ich mich um und ließ sie mit ihrer Arbeit allein.

Weiter den Berg hinauf fand ich den Friedhof. Die Mitte der Fläche nahmen die modernen Gräber ein, die Tschechen, die Markovas und Chudys, schwarzglänzend in der Sonne. Ganz vorn stand ein Denkmal für die russischen Soldaten, immer noch blank, immer noch mit einer brennenden Kerze, immer noch mit frischen Blumen:

NA VECNOU PAMET
SOVETSKYM HRDINUM

Dem ewigen Gedenken der sowjetischen Helden, irgend so etwas.

Ich liebe die Ironien der Geschichte. Diese hier hat einen bitteren, scharfen Beigeschmack wie kaum eine andere. Hier in Mähren, genau in diesem Dorf, wo der Begründer der Genetik geboren wurde und wo die Nazis ihre Ideen von reiner Rasse und Lebensraum verfolgten, kamen die Sowjets als Befreier. Sie brachten Befreiung von der Tyrannei der Genetik und setzten an ihre Stelle die Tyrannei der Gesellschaftstheorie. Die Menschen sind gut im Tyrannisieren.

Auf einer Seite fand ich unter den Brennesseln die deutschen Grabsteine. Ein paar verwitterte standen noch:

Franz Mendel 1878–1930

Franz Mendel 1906–1940
Obertruppenführer im RAD

Ganz am Rand war unter wilden Rosen und Dornengestrüpp eine Kreuzigungsgruppe versteckt. Die Stacheln drangen in meine Hände, als ich nach oben griff, die Zweige auseinanderzog und entdeckte:

Hier ruhen in Frieden
ALOIS STURM
gest. 1892 mit 42 Jahren
und
ROSINE STURM
gest. 1927 mit 72 Jahren

Das war Gregor Mendels Neffe, der Sohn seiner ältesten Schwester Veronika. Mendel selbst traute sie 1873 bei seinem letzten Besuch in Heinzendorf. Aber wo waren die anderen? Wo war Veronika, oder Alois' Vater? Wo war Theresia? Und wo waren Anton Mendel und Rosine Schwirtlich?

Im Leben eines Friedhofs gibt es eine Evolution wie im Leben selbst. Es gibt Entwicklungslinien, zeitliche Veränderungen, Anpassung, Aussterben. Die meisten Grabsteine der Mendels, die meisten der Sturms und alle von den Schwirtlichs sind ausgestorben – Dinosaurier und Dodos in der kleinen Welt der Totengeschichte von Hynčice. Vielleicht liegen ihre Fossilien hier in dem Haufen zerbrochener Steine, die man seitlich unter die Hecken gefegt hat.

Nichts außer moosüberwucherten Steinen soll bleiben von der Epoche, als das Genie erschien.

Diese Worte stammen von Gregor Mendel selbst. Weitsichtig? Prophetisch? Er schrieb sie lange bevor er Mönch wurde, als er noch der kleine Johann war und in Heinzendorf wohnte. Die Zeile gehört zu einem Gedicht, einem Lobgesang auf die Druckerkunst, den vermutlich ein vergessener und leicht zu vergessender Lehrer als Hausarbeit aufgegeben hatte und den Theresia, seine zweite Schwester, mit anderen Kindheitserinnerungen aufbewahrt hat. Entstehungsdatum unbekannt. Sollen wir sagen: 1838 – zehn Jahre bevor die Revolution im gesamten Reich zur Befreiung der Bauern führte; sechzig Jahre bevor Heinrich Weiss mit seinem Vater Gottlieb Wien verließ; hundert Jahre vor dem Verrat von München?

Ja, seine Lorbeeren sollen niemals welken,
Wenn auch die Zeit mit ihrem Strudel
Generationen in den Abgrund zieht ...

Abgrund. Ich glaube, das ist nicht übel. Ich stand zwischen den Trümmern des Friedhofs von Hynčice und bemühte mich, über den Abgrund hinweg einen Blick auf Mendel und seine Familie zu erhaschen. Aber die Mendels und die Sturms und die Schindlers und die Weiss' waren 1945 verschwunden, zusammen mit allem anderen, was deutsch war. Heinzendorf zu Hynčice. In diesem Jahr kehrte Eduard Beneš aus dem Londoner Exil zurück, und im Kielwasser der Roten Armee wurde die kurzlebige, zerbrechliche demokratische Regierung der Tschechoslowakei eingesetzt. In diesem Jahr begann die Vertreibung der Deutschen. *Odsun*, Umsiedlung, nannten es die Tschechen. Heute heißt es ethnische Säuberung. Während die Rote Armee zusah und die westlichen Alliierten sich ruhig verhielten (man hatte sich bei der Potsdamer Konferenz auf alles geeinigt), wurden drei Millionen Deutsche aus den tschechischen Gebieten vertrieben, damit sie sich so gut sie konnten in Deutschland und Österreich einrichteten; und die Sudetenfrage verlief im Sand. Heinzendorf und Mendel liegen irgendwo jenseits dieses Ereignisses.

Ich stand neben Alois und Rosina Sturm und dachte an Vorfahren und Abstammung. Und an Jean.

Ausbildung als Ausweg. Ich griff zu, Mendel griff zu. Verschuldet und zu Dank verpflichtet, wechselte er vom Gymnasium zur Universität Olmütz, und seinen Lebensunterhalt verdiente er sich mit Privatstunden. Er versuchte, seiner kleinen Schwester etwas zurückzuzahlen und gleichzeitig zu werden, was er nicht war: einer aus dem Bildungsbürgertum. Es war nicht einfach. Ein Bauernsohn hatte damals so gut wie keine Chance, und es ist kaum verwunderlich, daß er 1843 bei den Augustinern von St. Thomas in Brünn eintrat. Die Kirche ging immer freundlich mit ihren Schäfchen um, wenn sie etwas im Kopf hatten und bereit waren, den Preis zu bezahlen: zu schwören, daß sie keine Gene, für Intelligenz oder irgend etwas anderes, an die nächste Generation weitergeben werden. Es ist genau das Gegenteil von Eugenik.

Bei seiner Einführung nahm er den Namen Gregor an. Bruder Gregor Mendel. Im ersten Jahr an der theologischen Fakultät in Brünn studierte er Kirchengeschichte, kirchliche Archäologie und Hebräisch, im zweiten kanonisches Recht, Bibelexegese und Griechisch, im dritten Dogmatik und Moraltheologie und im vierten Seelsorge, Katechetik und Grundschulpädagogik. Seine Zeugnisse bezeichnen ihn wieder einmal als *prima classis cum eminentia* und loben seine Sorgfalt und sein gutes Betragen, aber das allein macht ihn wohl kaum zu einem der Genies des 19. Jahrhunderts. Im letzten Jahr wird er mit ungebührlicher Eile (es herrscht Priestermangel) zum Subdiakon, zum Diakon und schließlich zum Priester geweiht, alles innerhalb von zwei Wochen. Die Priesterweihe findet an seinem Geburtstag statt.

Brief von Abt Cyrill Napp an Prior Baptist Vorthey:
*Mir ist zu Ohren gekommen, daß Pater Gregor an den
Vorlesungen teilnimmt, ohne eine Universitätsmütze zu
tragen. Obwohl Pater Gregor nunmehr Priester ist, ist er
doch noch nur ein Student ... Ich muß den ehrenwerten
Prior bitten, ihn in Kenntnis zu setzen, daß er während
der Vorlesungen wie die anderen Studenten eine Universitätsmütze zu tragen hat.*

Ein Schimmer von Stolz? Vielleicht. Aber nach allem anderen suchen wir vergeblich. Es gibt keine Spur, keinen
Hauch von etwas, das genial sein könnte. Das Problem ist,
daß wir mit dem Genialen nicht zurechtkommen. Wir wissen nicht, wo es sitzt. Im Herzen oder im Kopf? Ist es me-
chanisch oder mystisch, zufällig oder unausweichlich?
Liegt es in den Genen oder in der Erziehung? Wenn es das
eine ist, ist es nur reine Mechanik; ist es das andere, ist es
nur reiner Zufall. So oder so ist damit kein Verdienst verbunden. Der Apfel, der auf Newtons Kopf fällt, mag ein
Phantasiegebilde sein, aber er hat Symbolcharakter – die
Tatsache, daß es das Bild gibt, meine ich; nicht die Tatsache,
daß es keine Tatsache ist, daß das Bild nicht mehr ist als ein
Mythos. Gerade der Mythos interessiert mich. Wir verstehen den Menschen nicht, und deshalb schaffen wir ein Ereignis, einen Augenblick, etwas, das wir begreifen können.
Aber Millionen andere Stücke Fallobst sind auf Millionen
andere Füße gefallen und hatten keinerlei Wirkung; was
also bleibt uns als Erklärung noch übrig?
    Ich habe zwei Bilder von ihm. Ich fotografierte sie aus
einem Buch in der Institutsbibliothek, und dann ließ ich sie
von einer Assistentin aus der elektronenmikroskopischen
Abteilung entwickeln und Abzüge machen – ein Gruppen-
bild von der ganzen Ordensgemeinschaft und ein Studio-

porträt des Mannes allein. Man sucht nach Anhaltspunkten, stimmt's? Man versucht, aus einem Gesicht etwas herauszulesen. Pater Gregor hat eine hohe Stirn, kräftige Kieferknochen und einen entschlossenen Mund, aber sein Gesichtsausdruck ist der eines sanften Menschen und Träumers. Auf dem Porträt hat er die Augen eines Visionärs. Er sieht aus, als starrte er ins Unbekannte, in die schemenhafte Welt der Entdeckungen, in die Zukunft.

Die Augen eines Visionärs? Seien Sie mißtrauisch gegenüber dem, was ich gerade geschrieben habe. Er war schlicht und einfach kurzsichtig. Physiognomie ist eine Pseudowissenschaft, und im Namen der Phrenologie wurden Verbrechen begangen. Aus dem Äußeren eines Menschen kann man nichts ablesen, nichts außer der Stärke der eigenen Vorurteile. Und außerdem wurde das Foto nach den Angaben seines Biographen ohnehin verfälscht, retuschiert, geglättet und ganz allgemein so gemacht, wie es nicht war.

Und dennoch …

In dem Gruppenfoto ist etwas Greifbares, eine Art Bewegung, ein Hinweis auf die Stimmung an jenem längst vergangenen Tag. Das Bild scheint einen Schatten in die Zukunft zu werfen, ins helle Licht des 20. Jahrhunderts, einen Schatten von dem Augenblick, als der Fotograf kam mit seinem Sammelsurium von Apparaten und Chemikalien und Glasflaschen, seiner Wichtigtuerei und Ungeduld, um das Bild der Augustinergemeinschaft von Brünn für die Nachwelt festzuhalten.

«Bitte, meine Herren, bitte stillhalten!» Die Verärgerung eines Künstlers, der nicht ernstgenommen wird. «Patres, BITTE!»

Man kann es fast hören, das Geplapper und Gelächter, den Protest von Pater Thomas, die ironische Belustigung von Pater Baptista, und dann Pater Anselm, der darauf beharrt, man müsse diese neue Erscheinungsform des wissenschaftlichen Fortschritts ernst nehmen. Anselm posiert mit dem linken Zeigefinger am Kinn und starrt in die Linse der Kamera, als wolle er zeigen, daß *er* die Bedeutung des Experiments versteht. Pater Pavel hat ein Buch mitgebracht und tut, als schriebe er darin – er ist der Chorleiter und Organist, und vielleicht arbeitet er an einem vierstimmigen Satz für die Messe am nächsten hohen Feiertag. Prälat Cyrill, der Abt, hat eine Bibel auf dem Schoß. Er blickt ein klein wenig ungeduldig auf die ganze Betriebsamkeit.

Und Pater Gregor? Pater Gregor hat eine Fuchsie in der Hand. Er hält sie hoch, fast als solle die Kamera sie sehen, und blinzelt sie anzüglich an, mit einem spöttischen Gesichtsausdruck, als ob er sie etwas gefragt und keine Antwort erhalten hätte …

Das Foto wurde aufgenommen, als die Fotografie noch in den Kinderschuhen steckte. Der Besuch des Fotografen aus der neuen Stadt war ein großes Ereignis, das mit viel Aufregung und Vorfreude angekündigt wurde. Man stellte sich nicht locker hin, wenn der Fotograf unter dem schwarzen Tuch verschwand. Man überlegte sich, was man tat. Und Pater Gregor hält eine Fuchsie und stellt ihr eine Frage …

Sagen Fotos irgend etwas aus?

Am nächsten Tag machten sie das offizielle Foto von dem Institut, draußen auf dem Rasen vor dem Hauptgebäude. Jean war natürlich nicht da. Und ich blieb auch weg.

Sagen Fotos irgend etwas aus? Sagt das Äußere irgend etwas aus?

Pater Gregor hat eine hohe Stirn, kräftige Kieferknochen und einen entschlossenen Mund. Aber er fiel zweimal beim Lehrerexamen durch, weil seine Nerven versagten, und danach konnte er nur noch als Hilfsschulmeister arbeiten. Ich habe eine breite Stirn und gedrungene, mopsartige Züge. Mein Nasenrücken ist eingedrückt, Mund und Kiefer stehen vor. Meine Gliedmaßen sind kurz und krumm, meine Finger bloße Stummel. Ich bin einen Meter siebenundzwanzig groß.

Sagt das Äußere irgend etwas aus? Wer weiß, wer wird jemals wissen, was darunter vorgeht?

Der Schulbeamte sah an mir auf und ab (vor allem ab) und brummte ein wenig. «Universität», schlug er vor. «Mit Ihren Noten dürften Sie einen Studienplatz bekommen. Für welches Fach interessieren Sie sich? Ach, ich sehe schon … Biologie.»

«Eigentlich Genetik. Vor allem Genetik.»

«Richtig.» Er schien nach einem Ausweg zu suchen. «Das ist groß im Kommen.»

«Und wenn nicht?»

«Was wenn nicht?»

«Wenn ich nicht zur Universität gehe. Wenn ich eine Stelle haben will.»

«Ach.» Der Mann kratzte sich und dachte ein wenig nach.

«Darf ich mich setzen?» fragte ich. «Mir tut der Rücken weh. Er tut immer nach einiger Zeit weh. Lordose.»

Er schien verwirrt. «Lordose?»

«Nach innen gebogene Wirbelsäule.»

«Aha, natürlich, natürlich. Bitte …» Er stand auf und fuhrwerkte herum, um einen Stuhl zu holen. «Ich dachte … Bitte setzen Sie sich doch … ja, bitte … *Ich dachte, Sie würden schon …*»

Ich kletterte auf den Stuhl, und als ich saß, sah ich ihn an. Er war fast kahlköpfig (geschlechtsgekoppelt autosomal-rezessiv), braunäugig (autosomal-dominant) und verlegen (umweltbedingt/gesellschaftlich). «Sie wollten mir einen Vorschlag für einen Beruf machen», gab ich ihm das Stichwort.

«Ach ja. Nun …» Seine Verlegenheit nahm zu. «Vielleicht … hm, das ist schon ein bißchen kompliziert ist das.»

«Vielleicht schaffe ich die Prüfung nicht.»

«Richtig, richtig …»

«Und was soll ich dann machen?»

Er kratzte sich am Kopf. «Vielleicht …» Er hustete und klopfte vergeblich auf eine Broschüre auf seinem Schreibtisch. Dann sah er mich mit dem Licht der Erkenntnis in den Augen an. «Vielleicht der Zirkus?»

Kretin. Angeborene Schilddrüsenfehlfunktion mit verzögerter Ossifizierung der Knochen. Es kommt zu Wachstumsbeschränkungen des Gehirns und übermäßiger Vergrößerung des Hypophysenvorderlappens. Unbehandelt wird das Kind körperlich und geistig zum Zwerg.

Ich nicht, ist das klar? Ich nicht. Die Leute sind immer wieder verblüfft, wenn sie merken, daß ich nicht nur nicht geistig behindert bin, sondern sogar intelligenter als sie. Natürlich ging ich zur Universität. Keine mit verträumten Türmchen, keine mit Festungsmauern und verzweigten Wegen dazwischen, keine, in der die Kuckucksrufe widerhallten, keine glockentönende, lerchenverzauberte, krähengeplagte oder flußumrundete; aber auch keine blöde technische Hochschule. Glasfassaden und Rasenböschungen und nach ehrenwerten, vergessenen Gönnern benannte Wohnräume, wo alles immer ein wenig zu hoch war und wo man die Tür der nächsten Toilette umbauen mußte, weil ein Blödmann von Architekt die Klinke knapp außerhalb meiner Reichweite angebracht hatte. Wahrscheinlich hatte er auch noch irgendeinen Preis gewonnen. Die Treppenstufen waren hoch, so daß ich auf jedem Absatz eine Pause machen mußte, um wieder zu Atem zu kommen, und im Aufzug konnte ich keinen Knopf über der zweiten Etage erreichen, aber zumindest war die Verwaltung so anständig, mir ein Zimmer im Erdgeschoß zu geben. Allmählich fand ich so etwas wie meinen Platz im Leben, wie ein Tier, das seine Nische in einem komplexen Ökosystem entdeckt.

Mendel war nach seiner Ordination kurze Zeit Hilfsgeistlicher in Altbrünn. Er fand die Erfahrung unerfreulich. Das städtische Krankenhaus lag ein Stück weiter an der Straße und gehörte zum Bezirk des Klosters: eine Klinik wie jede andere Klinik dieser Zeit. Die wichtigste Voraussetzung für die Arbeit im Krankenhaus war damals ein kräftiger Magen, und die grundlegende Anforderung beim Operieren war Schnelligkeit. Oft hörte man das Singen der Knochensäge und die Schmerzensschreie. Die Anästhesie befand sich in Großbritannien und den Vereinigten Staaten im Versuchsstadium; Lister hatte seine Entdeckungen über die Keimfreiheit noch nicht gemacht; und Pasteur war gerade mit der Ausbildung fertig. Blut und Lymphe, Kot und Urin, der Gestank des Wundbrandes und der Klang der Schmerzen – der reinen, unstillbaren Schmerzen – waren die Merkmale des Krankenhauslebens. Man hatte das überwältigende Gefühl, die Menschen seien nur Fleisch, nur Mechanik, ausgeliefert auf Gnade und Ungnade dem Zufall und einer chaotischen Natur. Für Mendel war es zuviel.

«Er ist sehr sorgfältig im Studium der Wissenschaft, aber für die Arbeit als Gemeindepfarrer eignet er sich viel weniger, und zwar weil er von einer unkontrollierbaren Furcht ergriffen wird, wenn er an ein Krankenbett treten oder jemanden mit Leiden und Schmerzen sehen muß», so Abt

Napp zum Bischof. Für den jungen Pater war es eine Erleichterung, daß man ihn als Hilfslehrer in die nächste Stadt abordnete, während der Antrag auf Teilnahme am Lehrerexamen an die Behörden in Wien geschickt wurde.

Ich nehme an, sie fragten sich allmählich, was sie mit ihm anfangen sollten. Wer etwas kann, tut es; wer nichts kann, lehrt. Shaw, natürlich. Sie drängten Mendel, er solle Naturwissenschaften unterrichten; die Arbeit schien ihm tatsächlich Spaß zu machen, und im Sommer 1850 wurde entschieden, daß er das Examen ablegen sollte. Unter seinen Prüfern waren von Baumgartner, der Minister für öffentliche Angelegenheiten, und Christian Doppler, der neu ernannte Professor für Experimentalphysik an der Wiener Universität – wir reden hier also nicht über Provinzgrößen. Ein Minister aus der Regierung des österreichisch-ungarischen Kaiserreichs und der Doppler des Effekts der Polizeisirene, deren Tonhöhe sich beim Vorbeifahren ändert; der mit dem *iiiii-jouuu*, wenn der Wagen auf der Straße an uns vorbeirast; der mit der Rotverschiebung, die uns armen Geschöpfen sagt, daß die Galaxien in jeder Sekunde ein paar hundert Kilometer auseinandersausen. Vielleicht versuchen sie alle, von *uns* wegzukommen.

Im Spätsommer 1850 saß Mendel also in einem kahlen Raum des Finanzministeriums in Wien und wurde über Physik ausgefragt. Er fiel durch. Seine Antworten bestätigten die Meinung, die seine Prüfer sich schon nach den schriftlichen Arbeiten gebildet hatten:

Dennoch hoffen wir, daß er die Gelegenheit zu umfassenderen Studien und Zugang zu besseren Informationsquellen erhält. Dann wird er sich bald die Befähigung aneignen, zumindest für die Tätigkeit als Lehrer in den niederen Schulen.

Wie nennt man das? Lobende Verurteilung? Flüchtig

ausgebildet, in aller Hast ordiniert und möglicherweise hier und da reuig, versagte Mendel bei dem einzigen, was er offenbar tun wollte.

Ich möchte Ihnen einen Witz erzählen. Wer Partei ergreifen muß, kann das jetzt tun. Als ich noch im Grundstudium war, dachte ich, ein Mädchen hätte sich in mich verliebt. Ein normales Mädchen, meine ich. Die Sache ist nämlich die: Meinesgleichen mag ich nicht. Gleich und gleich gesellt sich gern, sagen Sie? Aber das stimmt nicht, oder? Es gibt die Anziehung der Gegensätze, die Vorliebe des Positiven für das Negative, und die ist sicher viel stärker als alles gegenseitige Verständnis; und Dinah war so entgegengesetzt, wie es nur ging. Schon der Name beschwört sie herauf. Sie war – und ist, soweit ich weiß, immer noch – groß und schlank, ektomorph und dolichozephal (während ich nur phallisch bin). Sie war blond und hellhäutig, ganz und gar vollkommen und von allen geliebt. Und sie freundete sich mit mir an. Wir saßen in den Vorlesungen nebeneinander, und ich konnte ihr die seltsamsten Dinge erklären, Themen wie Kopplung und Rekombination; hinterher gingen wir manchmal Kaffee trinken.

«Komm mit, wir gehen in die Kneipe», schlug sie vor. «Warum nicht? Ich habe ein Auto, das weißt du doch?» Achtlos wischte sie die Vollkommenheit der bleichen Haare beiseite und verzog den Mund zu einem sorgfältig konstruierten achtlosen Lächeln. «Warum gehst du mit uns nicht einen trinken?»

Ich wurde für ihre Bekannten so etwas wie eine Kuriosität. Sie gehörten zu der seltsamen Rasse von Geschöpfen, die in einer Welt der Sicherheiten wohnen. Sie waren sicher, daß es einen Gott gibt, und sicher, daß er sich nicht in ihr eigenes Leben einmischte, außer wenn er alle vier oder fünf

Jahre auftauchte und die Torys wählte. Sie waren sicher, daß es ein unveräußerliches Recht auf Reichtum und materielle Zufriedenheit gibt, und sie waren sicher, daß es nur bestimmten Personen zusteht. In ihrer Sicherheit, daß schön gleich gut ist, waren sie durch meine Gegenwart zutiefst verwirrt. «Es ist Ben!» riefen sie zweifelnd, wenn ich neben der zarten Dinah mit ihrem schönen Hintern in die Kneipe watschelte. «Netter Kerl, der Ben. Ganz toller Bursche.» Sie sagten es in einem Ton, der einem klarmachte, daß sie sich selbst gut zureden mußten. «Kletter rauf auf den Stuhl. Na komm, rauf mit dir! Bestell dir ein Bier!»

«Ein halbes», beharrte ich.

«Ein halbes? Nur ein halbes?»

«Ein Halbling!» rief einer, der *Der Herr der Ringe* gelesen hatte und sich für einen Kenner von Mittelerde hielt.

«Ach, verpiß dich», antworteten die anderen.

Diese Abende waren voller Bier und heiserem Gelächter und Dartswettbewerben und verrückten Spielen, bei denen man im Kreis saß und irgend etwas tun mußte, meist mit schnellen Reaktionen und einer leichten Demütigung des Verlierers. Zum Beispiel mußte man mit den Händen in der richtigen Reihenfolge auf den Tisch hauen und ein Bier trinken, wenn man es falsch machte. Zur allgemeinen Verwunderung konnte ich dabei genauso gut mithalten wie sie.

«Toller Kerl, der Ben! Spot an!»

«Wahnsinnsreflexe!»

Einmal spielten wir eine Art Quiz, aber nur einmal. Ich wußte alle Antworten.

«Der ist ja ein Phänomen, unser Ben! Hat richtig Köpfchen!»

«Der Kopf ist groß genug, um alles zu behalten.»

«Halt die Klappe!»

«Wißt ihr, er ist nämlich so eine Art Verwandter von

Mendel», sagte Dinah zu ihnen. «Das stimmt doch, Ben, oder?»

«Wer ist denn Mendel?»

«Wer soll das sein? Mendel-sohn?»

«War Mendel nicht dieser Arzt in Auschwitz?»

«Das war Mengele, du Idiot.»

Nein, die Abende mit Dinah allein waren mehr nach meinem Geschmack.

O ja – Abende mit Dinah allein. «Ben, um Gottes willen, hilf mir!» flehte sie. «Ich verstehe nicht die Bohne!» Ihre Augen waren azurblaue (autosomal-rezessiv mit hoher Inzidenz bei Menschen nordischer Herkunft) Seen der Furcht und Hilflosigkeit. «Ich mach dir was zum Abendessen, wenn du mir bei dieser blöden Hausarbeit hilfst.» Manche lange Nacht erklärte ich ihr die rII-Region des Phagen T_4, den Cis-Trans-Test und unzählige andere Kleinigkeiten. Sie hatte Schwierigkeiten mit dem Kurs in mikrobiologischer Genetik, wissen Sie.

«O Ben, du bist ein Schatz.»

Ich nehme an, sie hielt mich für ungefährlich. Ich bot ihr nicht nur Unterstützung beim Studium, sondern auch eine Schulter zum Ausweinen (metaphorisch, um Gottes willen: Man konnte nicht erwarten, daß sie sich so weit hinunterbückte), ohne das Risiko, das normalerweise damit verbunden ist, wenn man einer Person des anderen Geschlechts sein Herz ausschüttet. Nach den Unterrichtsstunden redeten wir nämlich oft, oder vielmehr sie redete, während ich mehr oder weniger zuhörte. Vor allem redete sie von sich, ihrer Familie, ihren ehrgeizigen Zielen. Wozu sie sich auf ein Examen in Anthropologie und Biologie vorbereitete, konnte ich mir einfach nicht vorstellen. Sie wollte zum Fernsehen, in den Journalismus, in irgendeinen kreativen Beruf – sagte sie, sagten ganze Generationen geistig umnachteter junger Leute. Es hätte also so etwas wie Englisch und Theaterwissenschaft sein müssen, etwas, das sich in nächtlichen Talkshows und auf schicken Partys anbringen ließ, aber statt dessen war es Anth und Bio. «Eigentlich wollte ich Medizin studieren, aber meine Zeugnisse waren nicht gut genug. Meine Leute hatten die Nase gestrichen voll von mir.»

Meine Leute. Aufschlußreich, nicht wahr? Wenn sie mir Fragen stellte, war es *deine Familie*; sie hatte *Leute*. Ich stellte sie mir auf Pferden vor, die Männer mit Speer und Schwert vorneweg, und dahinter die Frauen und Kinder mit den Fußtruppen und Dienern zur Aufwartung. Sie hatten eine besondere Blutgruppe, so daß man sie von der gemeinen Masse der Menschheit unterscheiden konnte, den Kell-Blutfaktor oder so etwas. Natürlich lernte ich sie nie kennen. Ihre Mutter sah ich einmal von weitem: eine große, pferdeartige Frau, die zweifellos wieherte und bockte, wenn sie zur rituellen monatlichen Brunst vom *paterfamilias* geritten wurde; aber vorgestellt wurde ich nie. Ich vermute, es wäre nicht angebracht gewesen. Was ist schon eine entfernte Verwandtschaft mit einem seltsamen österreichischen Mönch im Vergleich zu den familiären Verbindungen, die sie gewohnt waren?

Wie dem auch sei: Dinah hatte schon schlechte Schulzeugnisse gehabt und nicht Medizin studieren können, und sie war auch in Biologie nicht besonders gut. Genkartierung und Cistrons waren einfach nicht ihre Sache. Aber sie gab sich wirklich Mühe. Und sie lernte. Und sie küßte mich.

Aha! Sie haben sich schon gefragt, wie es wohl weitergehen würde, stimmt's?

Es war uns gerade gelungen, ein besonders schwieriges Thema zu begreifen, das mit der Rekombination bei *Neu-*

rospora zu tun hatte; und sie küßte mich. Wir waren auf gleicher Höhe – sie saß am Schreibtisch, ich stand neben ihr –, so daß das Manöver technisch möglich war. «Ach, du bist ein *Schatz*, Benjamin!» rief sie. Benjamin war und ist natürlich nicht mein richtiger Name. Aber sie nannte mich so. «Du bist Benjamin», pflegte sie zu sagen, «Benjamin Bunny. Ich bin die einzige, die dich Benjamin nennen darf. Alle anderen können ja mit Ben auskommen.»

Sie nannte mich Benjamin, und sie küßte mich.

Man ist verletzlich. Man hat wenig Übung, wissen Sie. Übung braucht man, Übung im Deuten der Zeichen. Dinah küßte mich, und ich erwiderte den Kuß, und einen Augenblick lang, nur einen Augenblick (schwer zu messen ohne Chronometer, der so empfindlich ist wie meiner – sagen wir etwa eine Nanosekunde) berührten sich unsere Lippen. Dann zuckte sie mit dem Kopf zurück. «Es ist schon spät», sagte sie. «Ich bringe dich besser nach Hause.»

Eine Nanosekunde ist definiert als der maximale Zeitraum, für den ein Zwerg in normaler Gesellschaft seinen Zustand vergessen darf.

Dinah und ich saßen schweigend im Auto und ließen die Dinge geflissentlich ungesagt. Worte haben etwas entsetzlich Endgültiges. Man kann sie nicht rückgängig machen, oder? Man sollte seine Worte sorgfältig wählen, wenn man sie überhaupt aussprechen will. Meistens sagt man besser gar nichts. Als sie den Wagen vor meinem Wohnheim zum Stehen gebracht hatte, wandte sie sich zu mir und brach das zweideutige Schweigen. «Ich hab' dich sehr gern, Benjamin, das weißt du doch.» *Gern.* Es ist eine Ausflucht. Ich weiß noch, wie mein Vater das zu meiner Mutter sagte. Bei ihm hieß es, daß er sie nicht liebte. «Das weißt du doch?» wiederholte sie.

Ich nickte. Sie sollten mal mein Nicken sehen. Es ist eine gewaltige, absurde Angelegenheit, denn mein Kopf ist ungefähr genauso groß wie der Körper. Man kann es nicht übersehen. Es ist als Bewegung das Gegenstück zum Schreien. Dann berührte sie ganz sanft meine Wange. «Du gehst jetzt besser, sonst kommst du noch zu spät. Schließen sie nicht um Mitternacht ab?»

«Ich hab' einen Schlüssel.»

«Trotzdem.»

Sie sah mir vom Auto aus nach, während ich den Weg zum Haupteingang des Wohnheims hinaufwatschelte. Als ich mich streckte, um den Schlüssel umzudrehen, hörte ich, wie sie den Motor anließ und wegfuhr.

Sie hatte mich geküßt.

Liebste Dinah, ich muß mich für meine Unbeholfenheit beim Küssen entschuldigen. Weißt Du, ich habe noch keine Übung, und deshalb fällt es mir schwer, die technischen Feinheiten richtig einzuschätzen, ob und wie lange man die Zunge einführt, ob die Zunge von Anfang an beteiligt sein soll oder erst nach einer angemessenen Wartezeit, ob ich die Innenfläche meiner Schleimhaut auf die äußere der Deinen legen soll (feucht) oder ob ich bei der strengen Lippe-auf-Lippe-Variante bleiben soll (trocken und deshalb möglicherweise angenehmer). Ich nehme an, ich hätte in dieser Hinsicht einige Informationen von meinen Eltern erhalten sollen, aber weißt Du, ich habe nie gesehen, wie sie einen Kuß dieser Art getauscht haben. Und ehrlich gesagt, ist es doch wohl auch kaum das richtige, wenn man versucht, es so zu machen wie in den Filmen. Also schreibe ich Dir mit der Bitte um Verzeihung und in der Hoffnung, daß Du mich für meine Hilfe bei den Arbeiten von Seymour Benzer in Naturalien bezahlen und mich in den Details dieser besonderen Sitte unterrichten wirst. Persönlich (und da bist Du vielleicht anderer Meinung) bevorzuge ich den feuchten Kuß ...

Nein, natürlich schrieb ich das nicht ... aber am nächsten Tag fand ich *ihren* Brief in meinem Postfach am Eingang.

Lieber Benjamin, ich muß Dir wirklich für Deine Hilfe danken. Ich glaube, ich weiß jetzt alles, was ich wissen wollte, und werde Dich nicht mehr weiter belästigen. Vielen Dank für alles. Dinah.

Vielen Dank für alles. Nicht gerade der Gipfel in der Kunst des Briefeschreibens.

Zwei Tage später sah ich sie in einer Vorlesung. Ich nahm meinen Mut zusammen und ging zu ihr. Sie sprach eifrig mit einem der Dozenten, vielleicht zu eifrig, vielleicht ein wenig zu sehr bemüht, die kleine Gestalt zu übersehen, die durch die auseinanderstrebende Menge auf sie zukam. Ich zog an ihrem Rock. «Nur auf ein paar Worte», sagte ich, «über Kopplung und Rekombination.» Sie kam ohne Umschweife mit; fast gehorsam folgte sie mir aus dem Gebäude und um eine jener Betonecken, die das wichtigste architektonische Merkmal solcher Universitätskomplexe sind. Über uns war eine Art Strebebogen, und an die Wand hatte jemand *Hilfe für die Kleinen* gesprayt. Ich wußte nicht, ob der Slogan sich auf kleine schwarze Männer bezog, die unter der Erde arbeiten, oder auf irgendeine zweifelhafte Kampagne für die Rechte der Kinder.

«Ich hab' mich in dich verliebt», sagte ich. Ich betrachtete ihre Knie. Über Knie wußte ich eine Menge, über ihre besondere Form, ihre Seltsamkeiten, ihre schiere Plumpheit. Aber diese Knie hier waren schlank und elegant, die zarte Kontur jeder Kniescheibe ein perlmuttfarbener Grabhügel für meine Hoffnungen.

«Ich wußte, daß es so kommen würde», sagte sie leise.

«Was meinst du damit?»

Sie war den Tränen nahe. «Siehst du denn nicht, daß es unmöglich ist?»

«Natürlich ist es unmöglich», gab ich zurück. «Gerade das Unmögliche zieht mich an. Wenn du wärst wie ich, wer würde dann einen Pfifferling auf das Mögliche geben? Du bist das schönste Mädchen, das ich jemals kennengelernt habe – halt, falsch: die schönste Frau, die ich jemals *gesehen* habe, und das schließt alle Ausgaben von *Penthouse* aus den letzten zehn Jahren ein – und ich will, daß du mich auch liebst.»

«Aber es *kann* nicht sein.»

«Ich mach' es dir leichter: Du kannst mich nicht lieben, weil ich widerlich und unförmig bin, eine Laune der Natur, und die Leute würden uns anstarren. Na gut, dann liebst du mich eben heimlich. Ich dränge dich nicht. Es gibt in meinem Leben nicht viele Augenblicke wie diesen, und ich rede ins Unreine, aber ich mach' dir ein Angebot: gar nichts. Keine Verpflichtungen, keine Versprechungen, nichts. Ich will nur hören, daß du es zugibst. Du liebst mich.»

«Das ist doch völlig bescheuert.»

«Rede nicht so. Das paßt nicht zu deinem tollen Äußeren. Ich komm' dir entgegen. Du kannst es so sagen: Ich *würde* dich lieben, wenn du kein Schrumpfmonster wärst.»

Damit kann man ein Mädchen zum Heulen bringen. Wenn man ist wie ich, ist das besser als gar nichts. Ich ließ sie leise weinend stehen und ging weg.

Benjamin ist ein jüdischer Name. *Binyamin*. Es bedeutet «Sohn der rechten Hand». Die rechte Hand ist die glückliche, also heißt Benjamin «glücklich». Es dürfte eine ziemlich falsche Bezeichnung sein. Inwieweit Rechts- und Linkshändigkeit unter genetischer Kontrolle stehen, ist nicht geklärt. Man hat behauptet[1], es handle sich um einen Fall von unvollständiger Dominanz: Danach sind dominant Homozygote Rechtshänder, rezessiv Homozygote Linkshänder, und Heterozygote sind beidhändig, aber die gesellschaftlichen Vorurteile gegen diejenigen, die sich der falschen Hand bedienen, sind völlig offenkundig. Die Vorurteile gegen diejenigen, die soviel Pech haben wie dieser spezielle Sohn der rechten Hand, sind ganz etwas anderes ...

---

[1] Annett, M., «A model of the inheritance of handedness and cerebral dominance», *Nature*, 1964

Ich bekam im Examen eine Eins. Damit hatten Sie gerechnet, stimmt's? Ich bekam eine Eins, und ich bekam ein Stipendium des Medical Research Council, und ich rutschte ganz leicht an die Stelle, für die ich bestimmt war. Kein Zirkus. Und auch kein Schulunterricht. Die wahre, abstrakte Armut der wissenschaftlichen Forschung.

«Ich bin sicher, es gibt kein Problem, das wir nicht gemeinsam bewältigen könnten», sagte der Professor für Molekularbiologie beim Einstellungsgespräch. «Überhaupt keins.» Damit meinte er körperliche Probleme. Die wissenschaftlichen waren ganz etwas anderes. Ich begann mit meiner Doktorarbeit in Oxford im Oktober des Jahres, in dem Onkel Harry starb.

Harry Wise starb mit über Neunzig an einer Gehirnblutung, als er unter der Dusche stand. Langlebigkeit hat genetische Elemente[1], aber es ist auch ein gerüttelt Maß Glück dabei: Onkel Harry hatte offensichtlich eine Menge Glück. Und ebenso offensichtlich hatte er von Großonkel Gregor nicht die Fettleibigkeit und das schwache Herz geerbt … aber dann habe ich auch nicht Onkel Harrys Knochenbau oder seine Langlebigkeit. Achondroplastiker überleben das vierte oder fünfte Lebensjahrzehnt meist nicht. Ich bin gespannt, wie es ausgeht.

Der Name auf Onkel Harrys Totenschein und auf seinem Testament lautete immer noch Heinrich Weiss. Der Phänotyp mag abgewandelt werden, aber er ändert sich nicht.

---

[1] Abbott et al., *Johns Hopkins Medical Journal* 134, 1974

Der Rest meiner genannten Gelder soll nach Treu und
Glauben zu gleichen Teilen (falls es mehrere sind) an mei-
ne Nichte, die genannte Emily Lambert, und meine Groß-
nichte, die genannte Beatrice Lambert, und meinen Groß-
neffen, den genannten Benedict Lambert übergehen, vor-
ausgesetzt, sie sind bei meinem Tod noch am Leben …

«Er hat uns alles vermacht!» rief meine Schwester Beatrice.
Das letzte Kodizill hatte etwas Romantisches:

Ich wünsche eingeäschert zu werden, und die Asche soll
man an der Küste in den Wind streuen, wenn er in süd-
östlicher Richtung weht.

So kam es, daß Beatrice, meine Mutter und ich an einem
meteorologisch geeigneten Nachmittag an der Promenade
von Eastbourne standen. Beatrice hielt eine Urne hoch, die
das Krematorium der Stadt zur Verfügung gestellt hatte,
und sah dabei mit ihrem fließenden Gewand und den offenen Haaren eindeutig präraffaelitisch aus. Möwen standen
ungefähr auf unserer Höhe im Wind und beäugten uns, für
den Fall, daß wir Sandwiches dabei hatten. Mutter behielt
wegen des Windes den Hut auf. «Ich finde es krankhaft»,
sagte sie immer wieder. «Die Familie Wise war schon immer ein bißchen verrückt. Warum konnte er sich nicht in
die Erde legen lassen wie alle anderen?»

Aber für Beatrice hatte das alles seinen Reiz. «Es ist doch
liebenswert. Was glaubt ihr, wie weit er kommen wird?» Sie
hatte vermutet, er wolle nach Österreich zurückgeweht
werden.

«Pevensey?» schlug ich vor.

«Das ist ja noch nicht einmal bis über das Meer. Bei dem
Wind schafft er es sicher bis Calais.»

«Calais ist weit weg. Eher Dieppe.»

«Ich war einmal mit eurem Vater in Dieppe», sagte Mutter. «Auf einem Tagesausflug. Ich hätte mir nie träumen lassen, daß wir Onkel Harry da hinschicken.»

Die Möwen lärmten, lachten und spotteten über die ganze absurde Vorstellung. Beatrice nahm den Deckel von der Urne und starrte ihn da drinnen an. Sie zeigte mir einen Haufen graues Pulver.

«Ich will es nicht sehen», sagte meine Mutter warnend. «Es ist irgendwie nicht richtig. Als ob man ihn ohne Kleider sieht. Na los, bringen wir es hinter uns. Ich bin schon halbtot vor Kälte.»

Also hob Beatrice den Arm. Sie sagte «Achtung, fertig ... los!» als ob jemand an einem Wettlauf teilnahm. Dann schüttelte sie die Urne, und Harry Wise zerstob in der Luft wie ein kleiner Klumpen Waschpulver. Die Möwen stießen erwartungsvoll herab, aber nicht einmal sie berechneten den Wind richtig, denn genau in diesem Augenblick gab es eine Bö und einen Wirbel, und die Pulverwolke machte kehrt und wehte uns ins Gesicht.

«O wie schrecklich!» protestierte Mutter hustend und mit den Armen wedelnd. «Ich glaube, jetzt reicht es wirklich!»

Wir waren rechtzeitig zum Tee wieder in seinem Häuschen. Mutter machte sich in der Küche zu schaffen, während Beatrice und ich schnell seinen Schreibtisch nach unbezahlten Rechnungen und ähnlichem durchsuchten. Voller Wonne zog Beatrice die Schubladen auf. «Es ist schrecklich, das Zeug von dem alten Kerl durchzusehen», beschwerte sie sich wenig überzeugend. «Ich hoffe, wir finden keine unanständigen Bilder oder so was. Ich habe das Gefühl, als ob er uns beobachtet.» Es schien mir besser, ihr nicht zu sagen, daß Onkel Harry in einem gewissen Sinn tatsächlich noch bei uns war, als Ahnenkrümel in ihren Haaren und auf ihren Schultern.

Während sie den Inhalt des Schreibtisches untersuchte, konzentrierte ich mich – teilweise in der Hoffnung auf die unanständigen Bilder, teilweise aus einem Gefühl der Verbundenheit mit meiner Mendelschen Vergangenheit – auf die unteren Schubladen. Vielleicht war dort etwas, ein Fetzen eines Briefes von Ururgroßonkel Gregor vielleicht. Zwischen den Papieren – Umschläge mit staubigen Fotos, Bündel staubiger Briefe, alle in Pappschachteln geordnet – fiel mir das Porträt von Gottlieb Weiss und seiner ersten Frau in die Hände, das Foto, das in Wien aufgenommen worden war. Irgendwie fehlte ihm die Lebhaftigkeit, an die ich mich aus meiner Kinderzeit erinnerte. Die Gestalten erschienen hölzern und unbeweglich, das Gesicht des Geistlichen ein weißer Fleck, in dem der berühmte Mönch kaum zu erkennen war.

Schließlich öffnete ich die allerletzte Schachtel. Darin lag zuoberst auf einem Stapel von Papieren, verfärbt und vom Alter spröde geworden, eine Broschüre von etwa einem Dutzend Seiten. Es hätte ein Theaterprogramm sein können, aber das war es nicht. Auf dem Umschlag stand:

GOTTLIEB WEISS'
ANATOMISCHE KURIOSITÄTEN

«O Gott», sagte Beatrice, als ich es ihr zeigte. Gottlieb und Heinrich Weiss, so schien es, hatten früher eine Monstrositätenschau betrieben.

In diesem Augenblick kam Mutter mit dem Tee herein. «Wußtet ihr das nicht?» fragte sie beiläufig, als sie sah, was Beatrice gefunden hatte. «Ich dachte, Harry hätte davon gesprochen. Er hat immer von früher geschwärmt, das alte Ekel!»

Sie konnte mich mit ihrer lässigen Art nicht täuschen. Gottlieb Weiss hatte einen Zirkus der Mißgebildeten und Entrechteten betrieben, und Onkel Harry hatte die ganze Geschichte mit seltsam teutonischem Takt vor mir geheimgehalten. Ich blätterte. Sie standen alle in dem Programm, mit Abbildungen und genauer Beschreibung – die zusammengewachsenen Zwillinge «direkt aus Siam»; die bärtige Dame; der menschliche Gorilla; der Riese; die Zwergenfamilie; der Warzenmann, dessen Gesicht (wie ein unscharfes Foto bezeugte) mit tausend Pusteln übersät war; der menschliche Berg (zweihundertfünfzig Kilo); der Junge mit den drei Beinen. Es gab sogar ein Katzenkind, «halb Mensch, halb Katze, mit dem kläglichen Schreien eines jungen Kätzchens», aber diese Nummer kam nicht über Manchester hinaus. Sie wurde aus der Show geworfen, und die Eltern zahlte man pflichtschuldigst aus – es war wie alles andere in dem ledergebundenen Buch verzeichnet, das ich am Boden der Schachtel fand. Die Aufzeichnungen waren genau, auch der Terminkalender: von London nach Nottingham, Manchester, Liverpool, Birmingham und wieder nach London zu einer großen Vorstellung im Hammersmith Palladium. Alles, was mit der Show zu tun hatte, war hier unter Onkel Harrys Sachen noch erhalten: Vertragskopien (... *der zuvor benannte Joseph, der das Aussehen eines Schimpansen hat, erklärt sich einverstanden, sich zu zeigen, nackt bis auf eine Bedeckung der Lenden, für eine Gage von* ...), Handzettel, ein Ordner mit Zeitungsausschnitten (*Ein bemerkenswertes, allerdings ein wenig gruseliges Erlebnis*, meinte die *Liverpool Post*), sogar ein Foto (braun, unscharf) des Eingangs zur Show, deren Name in Leuchtbuchstaben über dem Kassenhäuschen prangte:

Und im Vordergrund der Besitzer mit seinem Sohn, Gottlieb jetzt mit langem Bart und Heinrich mit einem hübsch zur Schau gestellten, buschigen Schnauzer.

Die letzte Tournee war 1914 verzeichnet. Vielleicht machten der Krieg und die Namensänderung der Sache ein Ende. Was der Grund auch sein mochte: Zu der Zeit, als das nächste Unternehmen in Onkel Harrys Papieren ans Licht kam, hatte Gottlieb sich in Godley verwandelt:

DOKTOR GODLEY WISE

**VERTRAUTER DER GEKRÖNTEN HÄUPTER EUROPAS
BERATER VON PRINZEN UND PRÄSIDENTEN
ANALYTIKER DER WIENER SCHULE
NACHKOMME DES BEGRÜNDERS DER GENETIK**

**Vorlesungen in der Masonic Hall,
Pimlico, 13. Mai 1922**

Eintritt frei für alle Männer und Frauen von Intelligenz und Kultur

---

Worüber hielt Urgroßvater Godley Vorlesungen? Ich schlug eine Broschüre auf und erfuhr es: Er sprach über «die Wissenschaft der Humangenetik, die sich auf die neuen Mendelschen Prinzipien gründet, mit einer umfassenden Darlegung der Gefahren, die der britischen Rasse durch den Verfall ihrer genetischen Reserven drohen».

Godley Wise, der Besitzer einer Monstrositätenschau, war zum Eugeniker geworden. Ich fand eine Liste der Gründungsmitglieder seiner Gesellschaft. Ob sie wohl einen befriedigenden geistigen Gegenwert für ihre Investition bekamen? Unter ihnen waren Mr. H.G. Wells, Mr. G.B. Shaw, Mr. H. Belloc. Wirklich seltsame Genossen.

Ururgroßonkel Gregor wurde im Oktober 1851 an die Wiener Universität geschickt, wo er sich auf einen neuen Anlauf für das Lehrerexamen vorbereiten sollte. Heutzutage ist Wien die aufgeblähte Hauptstadt einer kleinen, spießigen Provinz, aber damals war es das kaiserliche Wien, das Wien der Habsburger: Wien, Vienna, Viden, Bécs, eine Drehscheibe, ein Schmelztiegel der Nationen, ein Mischmasch von Genen – Deutsche, Slawen, Ungarn, Zigeuner, Juden, eine halbe Million Menschen, alle Nationen Mitteleuropas, die brodelten, diskutierten, produzierten, protestierten und gärten. Die Revolution von 1848 war noch frisch in Erinnerung. Die Stadt war ein Ort der geistigen Unruhe und Vitalität, wo Rationalisten und Demokraten im Konflikt mit Kirche und Staat lagen. Sigmund Freud war nicht mehr weit, ebenso wie Wiens übles Geheimnis Adolf Hitler. Und in diese Stadt machte sich der unbeleckte junge Priester von Heinzendorf aus auf den Weg: Am 27. Oktober 1851 nahm er in Brünn den Nachtzug. Er hatte einen Brief des Abtes Napp an den Minister Andreas von Baumgartner dabei. Was brachte er sonst noch aus der Provinzstadt Brünn mit in das weltoffene Wien? Einen geschliffenen, aufnahmebereiten Geist? Eine scharfsinnige Intelligenz? Eine begnadete Phantasie? Genie?

Einen Abschluß machte er nie. Er hörte Dopplers Vorlesungen in Experimentalphysik und die von Franz Unger über Botanik, auch ein Seminar in höherer mathematischer Physik, das von Ettinghausen abhielt; aber einen Abschluß machte er nie. So werden Genies ausgebildet. Aber der Einfluß Ungers – eines erklärten und umstrittenen Anhängers der Evolutionstheorie, der sich die Feindschaft der Kirche zugezogen hatte – war ebenso entscheidend wie die Mathematik, die er zu Füßen der Physiker lernte. Eine Zeitlang arbeitete der junge Mönch als Vorlesungsassistent in Dopplers Physikalischem Institut. Auch in die Wiener Zoologische und Botanische Gesellschaft trat er ein. Er hörte zu und dachte nach. Er hatte Ideen, aber dabei kaum Selbstvertrauen; er hatte intellektuellen Ehrgeiz, aber kaum Selbstsicherheit.

1853 kehrte er nach Brünn zurück, und vom Frühling des folgenden Jahres an arbeitete er als nichtexaminierter Hilfslehrer an der Oberrealschule von Brünn. Er war jetzt einunddreißig, das Produkt einer ungefähren, unzusammenhängenden Ausbildung; und doch glühte irgendwo in ihm ein Funke. Im Garten hinter dem Kloster fing er an, Fuchsien und andere Pflanzen zu kreuzen.

Und Erbsen …

Pisum sativum, die Gartenerbse, gehört zur Familie der Schmetterlingsblütler, einer Allerweltsgruppe mit Blüten, die wie Schmetterlinge über dem Blattwerk tanzen. Diese Schmetterlingsblüten haben fünf Kronblätter: die große, auffällige, lebhaft gefärbte Fahne, die beiden Flügel und zwei weitere, die das Schiffchen bilden, eine hübsche, glatte, geheimnisvolle Hülle. In ihrem Inneren liegen, feucht und zerbrechlich, die Fortpflanzungsorgane. Keine zufällige Wahl. Man sucht das Material mit Bedacht aus. Da es Nutzpflanzen sind, gibt es eine ganze Reihe verschiedener Sorten: Andere haben sie bereits künstlich und mit Erfolg gekreuzt[2]. Das Schiffchen gewährleistet unter normalen Umständen die Selbstbestäubung, so daß verschiedene Linien mit Sicherheit reinerbig sind, und die großen Blüten lassen sich leicht handhaben. Mendel beobachtete und prüfte und überlegte. Er hatte den Geist eines Schachspielers (er spielte tatsächlich Schach) und sah den Spielzügen der Natur geduldig zu.

Ist es möglich, ihn aus der Vergangenheit heraustreten zu lassen, aus den Schatten der wenigen Fotos, die uns noch bleiben, aus Onkel Harrys ungenauen Erzählungen, aus den muffigen Erinnerungen und den ewigen Wiederholungen der Lehrbücher? Kann der Mann in irgendeiner Form lebendig werden? «Sieh mal!» sagte er.

Bratranek beobachtete. Hager und selbstzufrieden lächelte Bratranek beim Anblick des jüngeren Mannes, der mitten im Gemüse auf den Knien lag.

«Du mußt herunterkommen, wenn du es richtig sehen willst», murmelte Mendel. «Es nützt nichts, wenn man herumsteht wie ein blöder Priester. Beuge die Knie vor Mutter Natur.»

Protestierend raffte Bratranek seine Gewänder und kniete nieder, während Mendel in dem Durcheinander aus Stengeln und Ranken nach einer geeigneten Blüte suchte, die er ihm zeigen konnte. Seine Finger waren voller Erde. Wie bei einem Bauern. Blut kam heraus. «Das hier sind die Zwergformen. Ganz eindeutig. Das sind eindeutig die Zwergformen. Jetzt machen wir folgendes …» Er biß sich in die Oberlippe und legte die Stirn in konzentrierte Falten, öffnete eine der unreifen Blüten, spähte durch seine goldgerandete Brille hinein, murmelte etwas, als spräche er zu den Pflanzen und nicht zu dem mageren Priester neben

[2] z. B. T. A. Knight und J. Goss in England

ihm. «Das ist mein kleines Kind. Wir entfernen die Staub-blätter» – die Schere schnippte –, «und da haben wir sie. Weg damit. Wenn diese Blüte ausgereift ist, wird sie der weibliche Elter. Beutel.» Er schnippte hinter sich mit den Fingern. Bratranek gab ihm einen der Papierbeutel, die man ihm zum Halten gegeben hatte. Mendel stülpte sie über die ausgewählte Blüte. «Jetzt kannst du bei der Pollenübertra-gung zusehen. Das gute ist, daß man Blüten in allen Reife-stadien bekommt. Ganz unten die Früchte, auf halber Höhe reife Blüten, und ganz oben ungeöffnete Knospen. Könnte nicht besser sein.»

Der Mönch kam mühsam auf die Füße und wies den Weg hinüber zu einer Reihe großer Pflanzen. Ächzend und keuchend stolperte er über das unebene Beet, und beim Gehen murmelte er vor sich hin. «Was sagt Bacon? Die Na-tur offenbart ihre Geheimnisse, wenn man sie auf die Fol-ter spannt, war es so? Aber es ist keine Folter. Es ist eine Liebkosung.» Er grinste nach hinten zu Bratranek, einen Kamelhaarpinsel in der Hand. «Die Natur offenbart ihre Geheimnisse, wenn man sie *streichelt*», sagte er. Er öffnete eine reife Blüte, tippte sie an und hielt den Pinsel in die Höhe, um den winzigen Fleck aus goldenem Pollen an der Spitze zu zeigen. «Da. Das hier» – womit er zu den Zwerg-formen zurückkehrte und sich wieder in das Gewirr der Stengel kniete – «kommt hierhin.» Eine weitere in einen Beutel gehüllte Blüte wurde einen Augenblick lang ent-hüllt, so daß ihre abgeschirmten Teile zum Vorschein ka-men. Wie eine Zunge glitt der Malerpinsel zwischen die zarten Kronblätter. Mendel kritzelte etwas auf den Pa-pierbeutel und befestigte ihn wieder an seinem Platz. «Weib-lich reinerbig groß, gekreuzt mit männlich reinerbig ver-zwergt.»

Bratranek blickte gequält. «Das ist widerwärtig.»

78

«Es mag widerwärtig sein, aber es ist natürlich. War euer Goethe nicht ein Bewunderer der Natur?»

«Das waren Höhenflüge des menschlichen Geistes, nicht einfach nur Sexualität. Und was ist eigentlich natürlich an dieser ... *Manipulation*?» Bratranek sprach das Wort voller Abscheu aus, als ob er die nähere Bestimmung *geschlechtlich* meinte.

«Was glaubst du wohl, was die Pflanzenzüchter tun, Mensch? Zaubersprüche aufsagen?»

«Und wenn du diesen ... unnatürlichen Akt vollzogen hast?»

«Dann ernte ich die Hybriderbsen und säe sie aus. Sie werden alle groß werden. Das große dominiert über die Zwergform, verstehst du?»

«Wenn du das Ergebnis schon kennst, was ist dann der Witz an der Sache?»

«Wenn sie sich dann selbst bestäuben, und wenn wir die Hybridgeneration[3] bekommen, dann werden wir sehen. Ich habe eine Theorie, weißt du? Die Zwergformen, die in der ersten Generation verschwunden sind, werden in der zweiten wieder auftauchen, im Durchschnitt eine verzwergte Pflanze auf drei große. Es ist alles eine Frage der Wahrscheinlichkeit. Genau wie bei der Lotterie. Ich habe in Wien oft in der Lotterie gespielt. Wie ist die Chance, daß man gewinnt, na? Ziemlich gering. Hier ist die Wahrscheinlichkeit, daß sie von einem Elter einen Faktor für Zwergwuchs oder für Größe erben, jeweils einhalb. Die Wahrscheinlichkeit, daß man ein Zwerg wird, beträgt ein Viertel. Es ist einfach nur eine Frage der Logik.»

[3] In Mendels eigener Terminologie wäre das die *erste* Hybridgeneration; nach dem heute üblichen Sprachgebrauch der Mendel-Genetik ist aber die *zweite* Filial- oder Hybridgeneration gemeint.

Bratranek schien wenig beeindruckt. «Mathematik in der Botanik? Was soll das überhaupt? Und *wann* rechnest du mit alledem?»

«Die ersten Schoten in einer Woche ... und die Hybriden werden nächstes Jahr ausgesät. Übernächstes Jahr bekomme ich dann die erste Hybridgeneration. Glaub mir, ich hätte gerne eine Möglichkeit, zweimal im Jahr zu ernten, aber ...» Mendel zuckte die Schultern. «Das geht nicht mit Erbsen.»

Jenseits des Klostergebäudes läutete eine Glocke. «*Naturae enim non imperatur, nisi parendo*», sagte Bratranek.

Mendel sammelte seine Sachen ein und folgte seinem Begleiter über den Klosterhof. «‹Man kann der Natur nicht befehlen, außer indem man ihr gehorcht›, stimmt das so?»

«Mehr oder weniger. Auch Bacon; aber Francis, nicht Roger.»

«Aber eines verstehe ich noch nicht ... unter anderem, jedenfalls ... woher *kommen* eigentlich diese verschiedenen Sorten? Darüber denkt niemand nach. Es sind einfach gewöhnliche Samen, die man bei jedem Lieferanten in der Stadt bekommt. Sie sind reinerbig, also müssen sie stabil sein; aber *entstehen* sie irgendwie? Man nennt sie Varietäten. Wie kommen sie zustande? Es hat sicher irgendwie mit der Frage der Artbildung zu tun. Wie entstehen sie?»

Bratranek zuckte die Schultern. «Ich kann wirklich nicht erkennen, warum das von Belang sein soll. Trifft das alles auch auf Tiere zu? Das ist die Hauptfrage. Auf den Menschen vielleicht sogar? Trifft es auf den Menschen zu? Ich meine, beim Menschen hat man eine *Abstufung* der Körpergröße, oder?» Bratranek öffnete die Tür des Gebäudes.

Mendel murmelte etwas und fuhrwerkte draußen herum, um Erde an einem Stein abzuklopfen. «Man weiß es nicht», sagte er.

«Was weiß man nicht?»

«Beim Menschen. Es gibt keine Abstufung der Größe. Nicht in diesem Sinn.»

«Wovon redest du? Ich bin größer als du, und zwar um …» Bratranek richtete sich auf, als wollte er es genau messen. «Ein paar Zoll auf jeden Fall. Und Pawel –«

«Zwerge, du Dummkopf, nicht du und ich. Zirkuszwerge.» Mendel schob ihn durch die Tür. «Komm. Ich zeige es dir.»

«Hältst du Zirkuszwerge in deinem Zimmer.»

«Sei kein Idiot.»

Sie gingen die Hintertreppe hinauf, Mendel in Socken, Bratranek mühsam und mit erdverschmierten Schuhen hinter ihm her. «Du hast ein Loch in der Ferse», sagte Bratranek, aber Mendel achtete nicht darauf. Er stand vor der Tür seines Zimmers und suchte in den Falten seiner Soutane nach dem Schlüssel. Als er ihn hatte, stieß er ein leises, zufriedenes Grunzen aus, als ob ihm dieser Fund nicht immer gelang. Sobald die Tür sich öffnete, wurde Bratranek von Gestank eingehüllt, von dem warmen, schmutzigen Geruch von Acetamid. «Diese Mäuse. Kein Wunder, daß der Abt sich beschwert hat.»

«Sie riechen nicht so schlimm wie er.»

Das Zimmer war geräumig, aber ausgefüllt, ausgefüllt von einem Schreibtisch mit Papieren, einer Truhe, zwei hochlehnigen Stühlen, einem Tisch mit einem Mikroskop aus Messing und einer Schachtel voller Objektträger, einer Garderobe, einer Reihe alter, mitgenommener Stiefel vor der Fußleiste, ein paar Keimlingen in einem Gestell und fünf unter dem Fenster aufgereihten hölzernen Käfigen. Vor ihnen auf dem Fußboden war Sägemehl verstreut. Die Mäuse kratzten mit winzigen, scharfen Krallen an den Gitterstäben. Jenseits der schabenden Geräusche hörte man noch etwas anderes, ein leises Schreien wie von jungen Vögeln im Nest. Mendel kauerte sich vor die Käfige.

«Es ist genau dasselbe», sagte er und tippte mit dem Finger an eine der kleinen Nasen. «Ich habe gerade die erste Hybridgeneration fertig. Es ist genau dasselbe. Ich habe eine Albinomaus mit einer dunkelbraunen gekreuzt, und alle Nachkommen waren dunkelbraun. Drei Männchen und vier Weibchen. Daraus habe ich drei Paare mit Bruder und Schwester gemacht.» Er sah sich um. «Das war vor sechs Wochen. Diese drei Käfige.» Er zeigte darauf. Mäuse kratzten. Bratranek bückte sich, um besser zu sehen. An der Rückseite der Käfige konnte man die Mütter in ihrem Nest erkennen. Unter zwei von ihnen lagen winzige rosafarbene Klumpen, die sich wanden und piepsten. «Insgesamt neunzehn Junge», erklärte Mendel. «Die Haare wachsen gerade, deshalb kann man schon etwas sagen. Die Hybrideltern waren alle braun, aber ein paar von den Jungen sind Albinos. Genau wie bei den Erbsen. Die Albinoform verschwindet bei den Hybriden, aber in der nächsten Generation kommt sie wieder zum Vorschein, genau wie bei den Erbsen. Es sind fünf Albinos und vierzehn braune. Natürlich ist die Stichprobe bisher nicht groß genug. Nicht wie bei den Erbsen. Aber das Verhältnis ist zwei und vier Fünftel zu eins. Genau wie bei den Erbsen, das gleiche Verhältnis von drei zu eins. Es ist wirklich allereinfachste Mathematik.»

«Aber was hat das alles zu bedeuten?»

«Es bedeutet genau das, was du gefragt hast. Es bedeutet, daß Mäuse nicht anders sind. Es bedeutet, daß Tiere nicht anders sind. Es bedeutet, daß der Mensch nicht anders ist.»

Meine Doktorarbeit beanspruchte die vorgeschriebenen drei Jahre und brachte so etwas wie eine Sensation. Keine besonders große, aber immerhin. DIE WIRKUNG INDUZIERTER PUNKTMUTATIONEN IM HOMÖO-BOX-Gen *HOX7* BEI DER MAUS, *Mus musculus*. Im Verlauf der Arbeiten veröffentlichte ich ein paar ergänzende Fachartikel, und ein Semester lang studierte ich als Doktorand an der Johns Hopkins University in Baltimore. Ich hörte Nirenbergs Vorlesungen über den genetischen Code, besuchte das Salk Institute, wo Holley zum erstenmal die Transfer-RNA isoliert hatte (ein Milligramm aus neunzig Kilo Hefe, können Sie sich das vorstellen?), und diskutierte in Cold Spring Harbor mit Watson über die ethischen Folgen der Gentechnik. «He, dieser kleine Bursche hat es in sich», hörte ich einmal über mich sagen. Während der Doktorarbeit erhielt ich das Angebot, danach am Royal Institute of Genetics in London zu arbeiten. Eine Stelle. Ein Gehalt. Dozent für Molekulargenetik.

Das Royal Institute of Genetics hieß bei seiner Eröffnung
Galton Institute for Plant and Animal Breeding. Es ist in
einem dieser roten Backsteinkästen in Kensington unterge-
bracht, die gleichermaßen als Museen, Krankenhäuser, an-
glokatholische Kirchen oder Universitätscolleges dienen –
die Gebäude strahlen jene neugotische Überzeugung des
19. Jahrhunderts aus, es sei fast alles schon getan und bewiesen, und was noch fehle, stehe unmittelbar vor der Tür
und sei ganz einfach, wenn man erst einmal darauf stößt.

Das Institut ist unstet hin- und hergerissen zwischen Al-
tem und Neuem, zwischen Tradition und Fortschritt, zwischen imperialer Vergangenheit und empirischer Gegenwart. Auf der einen Seite steht das alte Gebäude mit Spitz-
bogenfenstern, gotischen Streben und den Statuen längst
verstorbener Wissenschaftler, die sich wie Sittenstrolche im
Schatten herumdrücken; und auf der anderen, völlig anderen Seite, erreichbar über eine dieser Kunststofframpen,
wie man sie auch auf Flughäfen findet, glitzernd und sum-
mend wie eine große Maschine, liegen die Gordon Hewison Laboratories, eine Kathedrale der Neuzeit, deren Priester und Schriftgelehrte geheimnisvolle Texte entziffern
und kopieren, wobei sie ebensoviel niedergeschriebene
Verdammnis finden wie zu jeder beliebigen Zeit im Mittelalter.

Ich folgte James Histone, dem Direktor, in diese andere
Welt. Die Beleuchtung war gleichförmig und unbarmher-
zig. Die Luft hatte die glatte Konsistenz von Staubfilterung
und Keimfreiheit. «Keine Aufregung, keine Aufregung»,
sagte er ständig zu den Leuten. Er trug einen glänzend
grauen Anzug und eine gepunktete Fliege, und er strahlte

über alles und jedes mit dem ewigen Optimismus eines Fernsehtalkmasters. «Nur ein formloser Besuch. Beachtet uns gar nicht.» Aber natürlich beachteten uns die Leute. Sie blickten von ihren Labortischen auf, wenn wir vorbeikamen, und starrten jenen Sekundenbruchteil lang, den ich so gut abschätzen kann. Manche lächelten nervös. Einer oder zwei nickten, als ob sie etwas wiedererkannt hätten. Das Schlimme ist, daß man alles bemerkt: jedes Zucken, jedes Verziehen des Gesichts, jede erweiterte Pupille. Man sieht, wie sie gucken, wenn man ihnen den Rücken zuwendet; man hört sie reden, wenn man außer Hörweite ist; man weiß, was sie denken. Auf der Straße ist es die Faszination der Mißbildung, des Monströsen, des wandelnden Scheusals; im Labor, im Tempel der Molekularbiologie, ist es der Nervenkitzel, weil man eine Erscheinungsform der Texte sieht, die man mit minuziöser Aufmerksamkeit gelesen hat – als ob eine Bestie aus der Apokalypse durch die Schreibstube eines mittelalterlichen Klosters läuft und durch ihr Dasein die Wahrheit all dessen bestätigt, was die Mönche gerade abgeschrieben haben.

Im Aufenthaltsraum bückten sich die zukünftigen Kollegen, um mir die Hand zu schütteln. Die Frauen blickten mütterlich und unbehaglich drein; die Männer strahlten eine bedrohliche, gezwungene Lässigkeit aus. «Schön, dich kennenzulernen, Ben. Schön, daß du da bist.» Patricia Primer (rothaarig, Sommersprossen) erklärte ihre Arbeiten über Supercoils und Überspiralisierung; sie verdeutlichte die Vorgänge durch Biegungen ihrer geschmeidigen Finger, was bei dem armen Benedict, dem kleinen Lustmolch, einen Schauder des Entzückens auslöste; Ochre Codon (ungepflegt, üppig) starrte ernst zu mir herunter und redete von überlappenden Genen bei Adenoviren; Vincent Vector (erloschene Aknekrater und fettige Haare) erläuterte ein

System, um mit dem Computerprogramm zur Kopplungs-analyse im Fußballtoto zu gewinnen. «Ich bin sicher, du wirst dich gut einleben, sehr gut», sagte der Direktor. Seine Äußerungen waren voller Zufallswiederholungen. «Ihr werdet ein gutes Team sein», versicherte er mir, als wir wieder in seinem Büro waren. «Ein gutes, engagiertes Team. Ich rechne mit großartigen Dingen, ganz großartigen …»

Auf seinem Schreibtisch stand ein silberglänzendes Modell von einer Windung der DNA, eine blitzende Wendeltreppe, die wie Jakobs Leiter aufwärts in ein zweifelhaftes Paradies führte. Eine Silberplakette an ihrem Sockel verkündete, er habe den Jahrespreis des Biological Institute of Georgia für besondere wissenschaftliche Leistungen erhalten, oder etwas Ähnliches. An den Wänden hingen gerahmte Fotos des Mannes selbst mit Crick, mit Nirenberg, mit Sanger. Sein wichtigstes Gesprächsthema war Geld. Er redete über Angebot und Nachfrage, Produktionsanlagen und Patente. «Wir leben in einer Marktwirtschaft», sagte er immer wieder, «und da gibt es nichts umsonst.»

Ich unterbrach ihn: «Da ist nur noch eines. Ich bin ziemlich scharf auf ein eigenes Forschungsprojekt. Ich bin sicher, daß ich die Finanzierung bekomme …»

«Ein *eigenes* Projekt?»

«Der Nachweis des Gens für Achondroplasie.»

Schweigen trat ein. Der Direktor betrachtete mich ernst durch das komplizierte Gitterwerk des DNA-Moleküls. «Achondroplasie», echote er. «Natürlich. Es ist dominant, stimmt's?»

«Sicher.»

«Hundert Prozent Penetranz.»

«Leider.»

Sein Lächeln, das zunächst mit Sympathie gespickt war, verwandelte sich. Es wurde zu etwas Vorsichtigem, Kompliziertem – ein Blick voller Enttäuschung, eine verwickelte Mischung aus Verständnis und Bedauern, ein stummes Eingeständnis, daß die Welt ein Jammertal ist und daß es keine andere Möglichkeit gibt, als das eigene Feld so gut wie möglich zu beackern. «Für dominante Gene gibt es kein Geld», sagte er bekümmert. «Es sei denn, sie prägen sich erst spät im Leben aus. Kein Geld, keine Zukunft.»

«Aber ich bekomme die Finanzierung. Das ist der einzige Vorteil, wenn man so ist … wie ich. Eine Menge Organisationen sind daran interessiert. Die Kleinen Menschen in Amerika, solche Gruppen. Wenn die mich sehen, greifen sie nach ihren Vertragsformularen …»

Er sah mich äußerst skeptisch an. «Rezessiv, das ist aktuell. Rezessive Gene sprechen die Ängste bei den Leuten an. Die machen sich ihr ganzes Leben lang Sorgen, ob sie wohl Überträger sind, und dann kommen wir daher und bieten ihnen einen Test. Rezessiv und X-gekoppelt. Sieh dir bloß an, was sie heute mit dem Fragile-X machen. Und mit der zystischen Fibrose. Stell dir nur die geschäftlichen Möglichkeiten vor, wenn du eine Sonde für so etwas wie die Gaucher-Krankheit konstruieren und patentieren kannst …»

Die Gaucher-Krankheit kommt besonders häufig bei Aschkenasim vor – Aschkenasim kontrollieren das weltweite Banken- und Wirtschaftssystem (siehe *Mein Kampf*) – *ergo* wird ein Test für die Gaucher-Krankheit eine Menge Geld einbringen.

«Aber *behandeln* kann man noch keine davon», warf ich ein.

Er öffnete die Hände, als wolle er das Offensichtliche offenbaren. «Man gibt den Eltern das Recht zu entscheiden, ob sie abbrechen wollen.» Seine Geste verwandelte sich in einen Ausdruck der Hilflosigkeit. «Aber bei der Achondroplasie … neunzig Prozent sind sporadische Fälle, stimmt's? Neumutationen. Ich meine, deine Eltern …?»

«Beide normal.»

«Da hast du's.» Wieder spreizte er gewinnend die Hände. «Was ist der Witz an der Sache? Wer kauft uns so etwas ab?»

«Die Leute wollen es *wissen*. Wir» – das zusammenfassende Pronomen war mir zuwider – «*wir* wollen unseren Feind kennenlernen.»

Er nickte. «Ich verstehe dein Interesse, Ben. Glaube nicht, ich hätte kein Verständnis dafür. Aber die Welt hat sich verändert seit damals, als man etwas um seiner selbst willen erforschen konnte. Heutzutage muß es kommerziellen Nutzen bringen.» Dann hellte sein Gesicht sich auf. «Stimmt das, was ich gehört habe? Du bist eine Art Nachkomme von Mendel? Ist das wahr?»

«Eine Familiengeschichte.»

Er schürzte die Lippen und sah mich mit schräggestelltem Kopf an wie ein Schneider, der für einen Anzug maßnehmen will. «Daraus ließe sich etwas machen, weißt du. Ein bißchen Publicity schadet nie. Wie wäre es, wenn ich mit dem Programmdirektor von BBC rede? Er ist ein guter Freund von mir. Da ist bestimmt was drin. Vielleicht machen sie sogar einen Dokumentarfilm. Hast du Lust dazu? Wir müssen darüber reden …»

Ich lächelte zurück. «Nur wenn ich Unterstützung für mein Projekt bekomme. Ich spiele nur dann den Zirkusclown, wenn du mitmachst.»

«Ein Tauschhandel, was?»

«Marktwirtschaft», erinnerte ich ihn.

Nach unserem Einstellungsgespräch wanderte ich allein durch den Tempelbezirk. Mehr zufällig denn aus Absicht stand ich plötzlich vor der Bibliothek – der Bateson Library, benannt nach dem ersten Direktor des Instituts. Eine Bronzebüste des Mannes stand vor dem Eingang wie das Abbild des Schutzheiligen vor der Tür einer Kapelle. Bateson war einer von denen, die als zweite ans Ziel kamen, einer der großen Verlierer; der derbe Mann aus Yorkshire hatte sich in den letzten Jahren des 19. Jahrhunderts mit Vererbung beschäftigt und war nach der Wiederentdekkung von Mendels Arbeit plötzlich ins Hintertreffen geraten. Bateson blieb nichts anderes übrig, als nach Brünn zu reisen – in der Hoffnung, er könne irgend etwas über den Mann in Erfahrung bringen, der seinen eigenen Entdeckungen um fünfundzwanzig Jahre zuvorgekommen war. Bateson war auch derjenige, der einen Namen für die neue Wissenschaftsdisziplin prägte: *Genetik*. Seine etymologische Kreativität ist nicht einmal dem Oxford English Dictionary eine Erwähnung wert.

Trübsinnig watschelte ich durch den Eingang der Bibliothek, um mir das *Journal of Molecular Biology* oder etwas Ähnliches zu suchen. Man kann es sich gut ausmalen, wie ich dort kurz in der Tür stand und die teppichbedeckte Länge des Hauptlesesaals entlangblickte. Der Verkehr in der Cromwell Road wird durch die Doppelverglasung bis zur Unmerklichkeit gedämpft. Der Raum ist warm und still, erfüllt vom trockenen Staub der Bücher und einem Hauch von Ehrfurcht. Von der üppig verzierten Decke hängen Kronleuchter. Ein Schild verkündet warnend, wer Fotokopien machen wolle, müsse sie im voraus bezahlen.

Während ich mir das ansehe, hustet jemand, und die Frau hinter der Bibliothekarstheke sieht sich mit unwilligem Stirnrunzeln um. Als sie mich dastehen sieht, zeigt ihr Gesicht kaum Überraschung. «Sie sind es tatsächlich!» ruft sie aus.

Wie nennt man diese Augenblicke im Leben, wenn die Vergangenheit uns einholt und uns auf die Schulter tippt? Wendepunkt? Krise? Erleuchtung? Eigentlich stimmt nichts davon. Das hier, dieser Zeitpunkt, war ein Augenblick der völligen Belanglosigkeit: In einer Ecke saß ein Studentenpärchen, das händchenhaltend über demselben Buch brütete; ein anderer Leser hockte vor einem Computerterminal und starrte auf einen Bildschirm voller grünflimmerndem Text; die Bibliothekarin sah mich an. Mit diesen Augen.

«Ich wußte, daß Sie es sind», fuhr sie fort. «Das muß der Bursche sein, den ich kenne, sagte ich mir. Das muß dieser Benedict sein. *Dr.* Lambert mittlerweile. Ich wußte, daß er es weit bringen würde.»

«Psst», machte der Mann am Computer. Die Studenten in der Ecke blickten auf. Überraschung, Belustigung, Neugier, blanke Abscheu, alle diese Gefühle konnte man auf ihren Gesichtern lesen. Es war ziemlich peinlich.

«Wir gehen wohl besser nach draußen», schlug die Bibliothekarin vor. Also verließen wir den Raum, gingen vor Batesons Büste auf und ab und wußten nicht recht, was wir sagen sollten. Zumindest wußte *ich* nicht, was ich sagen sollte. Sie schien solche Probleme nie zu haben. «Ein Lüftchen hätte mich umhauen können, so aufgeregt war ich, als ich es hörte.» Das war der Wortschatz, den Miss Piercey benutzte, ein Mischmasch aus Ohs uns Ahs und kunstvollen Sos.

«Als Sie was hörten?»

«Daß der neue Dr. Lambert» – sie zögerte und sah peinlich berührt aus – «von untersetzter Statur ist. Natürlich hatte ich nicht damit gerechnet, daß er sich an mich erinnert.»

Diese Augen, wie zwei schlecht zusammenpassende

Stücke Modeschmuck. Sie erinnerten mich an einen Teddybären, den ich als Kind gehabt hatte. Ein Auge war herausgerissen, und meine Mutter kam ihm mit einem Transplantat zu Hilfe. Aber es paßte nicht zu dem auffälligen Blau des Originals, sondern der Ersatz hatte ein helles Ockergelb wie Karamelbonbons. Das eine kornblumenblau, das andere ockergelb, eine seltsame Mutation. «Natürlich erinnere ich mich an Sie, Miss Piercey.»

«Inzwischen Mrs.»

«Mrs. Piercey?»

«Unsinn. Miller, Mrs. Miller.» Sie zog ein Gesicht. «Nicht daß es ein großer Erfolg wäre, aber man tut, was man kann, oder?»

Ich stimmte ihr zu und überlegte, wie ich da rauskommen konnte. Es hatte etwas entfernt Peinliches, so unerwartet mit den Gelüsten meiner Jugend konfrontiert zu werden.

«Jedenfalls haben Sie ja selbst genug Arbeit, stimmt's?» sagte sie. «Sie wollen nicht, daß ich Sie mit meinem Leben belästige. Wenn Sie etwas brauchen, fragen Sie einfach.» Einen Augenblick lang lächelte sie zu mir herunter, dann drehte sie sich um und machte sich wieder auf den Weg in die Bibliothek. Ich beobachtete den grauen Schimmer ihrer Beine beim Gehen, die schlanke Biegung von Knöchel und Wade – eine Art Vollkommenheit.

Miss Piercey. Miss J. Piercey. Mrs. J. Miller. Ich mußte lachen, als ich herausfand, was das J bedeutete. Ich hatte mir Jenny vorgestellt. Jenny, Penny, es hätte alles gut gepaßt. Passen Namen zu ihrem Besitzer, oder entwickelt sich der Besitzer so, daß er zum Namen paßt? Es stimmt, oder? Der Name gehört offenbar genauso zum Phänotyp eines Menschen wie Nase, Ohren oder Augen. Sogar ich *fühle* mich wie Benedict.

Miss J. Piercey.

Jean.

Lachen Sie nicht.

Mendel lebte wie ich zölibatär, allerdings vielleicht aus anderen Gründen. Ich frage mich: Was tat er für sein Sexualleben? War er Handarbeiter? Gelüstete es ihn nach Chorknaben oder ehrbaren Witwen? Irgend etwas erwarten wir, oder? Völlige, absolute Enthaltsamkeit ist sicher unmöglich. Es muß etwas geben, und sei es nur der diskrete Rückzug auf die Toilette und eine aufregende Selbstliebkosung – und während sie stattfindet, muß einem etwas durch den Kopf gehen, eine Vorstellung von Schenkeln oder Pobacken oder einem muskulösen Torso, irgendein geistiges Bild von seidenen Haaren, geknöpften Stiefeln oder engen Strapsen. Ich frage mich: Was brachte wohl Ururgroßonkel Gregor auf Touren?

Gelegenheiten gab es natürlich: zum Beispiel in jenen drei Jahren in Wien. Wer kann sagen, ob er damals der Versuchung nicht erlag? Das kaiserliche Wien, das Wien der Operette und des Walzers, das Wien der Stelldicheins und Schäferstündchen im Volksgarten. Gelegenheiten beflügeln den Geist und die Phantasie. Machte er mit pochendem Herzen einsame Spaziergänge um die Großmärkte in der Nähe seiner Wohnung, wo man Fleisch und Hühner für ein paar Kreuzer kaufen konnte? Sah er nur voller Verwunderung zu, oder nahm er das eine und andere Mal seinen Mut zusammen, um ein Mädchen mit in die enge Pension kurz hinter der Einmündung der Invalidenstraße zu bringen, wo die Menschen zu allen Tageszeiten kamen und gingen und wo sich Augen abwandten in dieser Stadt, die soviel sah und soviel wußte? Ein junger Priester, allein, der sich mit seinen Büchern herumschlug und weit entfernt war von al-

lem, was er kannte. Einsam. Es war so leicht, die Fesseln ab-
zustreifen. So leicht, die Sympathie einer jungen Slowakin
vom Land zu erlangen, die sich in der Stadt ein paar schnel-
le Kreuzer verdiente.

*Er blieb streng bei seinem Gelübde und ging allen Be-
ziehungen zu Frauen aus dem Weg.* So Hugo Iltis in seiner
Biographie. Mit der Mentalität vom Ende des 20. Jahrhunderts grinst und zwinkert man, aber eigentlich glaubt man
solchen Unsinn nicht, stimmt's? Da ist zum Beispiel das
Rätsel der Frau Rotwang. Es ist schon seltsam: Selbst in den
anständigen zwanziger Jahren läßt Iltis seinem Dementi
eine zarte, boshafte Anspielung folgen: *Tatsächlich sprach
Niessl gewöhnlich von einer gewissen Frau Rotwang, die
Mendel in den Anfangsjahren häufig besuchte.*

Rotwang. Wangen im zarten Rosa der Verwirrung oder
Begeisterung. Frau Rotwang ist mit dem Eigentümer einer
Baumwollspinnerei verheiratet, die wie viele andere kurz
zuvor am Ufer des Flusses Zwittawa entstanden ist. Herr
Rotwang hat ein großes Stadthaus in der Nähe der Kapuzinerkirche und ein bescheidenes, aber produktives Anwe-
sen draußen auf dem Land. Er ist oft auf Geschäftsreise: in
Prag, in Wien, gelegentlich auch in München; und Frau
Rotwang – hübsch, jünger als ihr Mann, anständig, fromm
– ist oft allein. Sie ist Gartenliebhaberin. Es ist eine sittsame Freizeitgestaltung, und Frau Rotwang ist eine höchst
sittsame junge Dame; man erwartet von ihr nichts anderes,
als daß sie kurze Besuche eines Mönchs aus dem Augusti-
nerkloster empfängt, eines Mannes, der ihr sowohl geistlichen als auch botanischen Rat geben kann. Auf dem Rück-
weg von der Oberrealschule Brünn in der Johannesgasse
zum Kloster ist es kaum ein Umweg zum Haus der Rotwangs in der Josefsgasse. Dem Hausmädchen ist die kleine,
lächelnde Gestalt des Pater Mendel wohlvertraut.

«Frau Rotwang ist im Wohnzimmer, Pater. Darf ich Ihnen die Pflanze abnehmen ...?»

«Nein, ich trage sie selbst, vielen Dank.»

Das schwere Mobiliar eines Bürgerhauses im 19. Jahrhundert, voller Samt und Plüsch. Deckchen auf den Tischen, schwere Brokatvorhänge, an den Wänden raffinierte Gaslampen (ein neues Wunder der Technik) und überall Holz – dunkles, reich verziertes Holz, das einen Duft von Wachs und Politur verströmt und – trotz aller Bemühungen einer kleinen Armee von Hausmädchen – auch den Geruch von Staub. Auf dem Weg die Treppe hinauf geht Mendel durch Flecken farbigen Lichts, die durch die bunten Scheiben über dem Treppenabsatz auf den Fußboden fallen – die Wappen der Rotwangs, phantasievoll und absurd, durchleuchtet von der Morgensonne.

«Welche *Freude*, Sie zu sehen, Pater Gregor.» So begrüßte sie ihn immer, als sei sein pünktliches Eintreffen jedesmal eine Überraschung. «Kommen Sie, setzen Sie sich. Sie müssen müde sein, nachdem Sie den ganzen Tag diese Jungen unterrichtet haben.» Ein Lächeln, ein wenig geziert; Erröten. *Rotwang.* Sie trägt ein Kleid aus steifem, glänzendem Stoff, zweifellos das Allerneueste, zweifellos die allerneueste Farbe – Lila wie das Gewand eines Priesters beim Begräbnis, einer der neuen Anilinfarbstoffe. Gegen die schwere Kleidung wirken Hals und Gesicht zerbrechlich und blaß wie Porzellan. Frau Rotwang bittet das Hausmädchen, Kaffee und Mohnkuchen zu bringen (Pater Gregors Lieblingsgebäck), und erst dann bemerkt sie, daß er eine Hand hinter dem Rücken versteckt hält. Ein plötzlicher scheuer Blick. «Was haben Sie da, Pater Gregor? Sie verbergen etwas vor mir ...»

Natürlich tut er das, schon die ganze Zeit. Er verbirgt seine Verehrung; aber an ihrer Stelle bringt er wie einer der

Zauberkünstler, die in den Buden auf dem Klosterplatz Kaninchen aus dem Hut ziehen, mit einem lächerlichen Schwung einen schlechten Ersatz zum Vorschein: die Pflanze in ihrem Topf.

· Das Rosa auf ihren Wangen breitet sich aus. Es ist fast die Farbe der Blüten an dem kleinen Strauch. «Für mich?»

«Für Sie, Frau Rotwang. Eine Fuchsie. Von mir selbst gezüchtet. Ich habe mir die Freiheit herausgenommen …»

«Die Freiheit, Pater Gregor?»

«… sie Adelaide zu nennen. Die Adelaide-Fuchsie.»

«Oh.» Ein kleines Ausstoßen des Atems. Ein Schock. Zum erstenmal hat er auf ihren Vornamen angespielt, hat er überhaupt zu verstehen gegeben, daß er ihn kennt. Als er ihr die Pflanze entgegenstreckt, tanzen und hüpfen die kleinen Blüten wie ebensoviele winzige Ballerinen.

«Sie sind mir nicht böse?»

«Nein, nein.» Rosa, Fuchsienrosa, macht sich auf Hals und Gesicht breit. «Geehrt. Ich fühle mich geehrt.» Sie nimmt die Topfpflanze und bewundert sie. «Sie ist wunderschön. Einfach wunderschön.» Irgendwie schafft sie es, seinen Arm zu berühren, während sie gleichzeitig versucht, den Topf festzuhalten. Fast fällt er herunter. Sie beugt sich nach vorn, um ihn zu retten. Er greift nach dem Topf, nach ihrem Handgelenk, ihrem Ellbogen, und einen Augenblick lang haben sie die unsichtbare Grenze überschritten, die der Anstand zwischen ihnen zieht. Einen Augenblick lang droht die Verwirrung mitten in den sorgfältig beachteten Formalitäten ihrer Bekanntschaft Unheil anzurichten.

«Ach du meine Güte. Ich glaube, ich muß mich setzen.»

Er hilft ihr in einen Stuhl und stellt die Pflanze auf einen Beistelltisch. Eine segensreiche Unterbrechung tritt ein, als das Hausmädchen mit einem Tablett hereinkommt. Pater

Gregor ist heiß unter seiner Soutane. Das Mädchen wird abkommandiert, die Pflanze ins Gewächshaus zu bringen, während Frau Rotwang hinter der verzierten Kaffeekanne die Contenance zurückgewinnt. Das Gleichgewicht der Dinge pendelt sich wieder ein.

«Erzählen Sie mir von Ihren Kindern», sagt Frau Rotwang beiläufig. Ihre Worte haben etwas ganz leicht Anzügliches. Frau Rotwang hat keine Kinder. Und Pater Gregor hat auch keine – aus ganz anderen Gründen. Aber beide tun so. Pater Gregors Kinder sind seine Pflanzen, vor allem seine Fuchsien, aber auch die Erbsen, Reihe um Reihe im Klostergarten, die ihre graugrünen Finger umeinander und um die Kletterstäbe winden wie Kinder, die an der Schürze ihrer Mutter hängen.

«Sie müssen einmal kommen und sie besuchen. Ich könnte Ihnen meine Gedanken über sie erklären ...»

Ganz anders Frau Rotwang: Ihre Kinder sind ihre Hunde, vier an der Zahl, die um die Zipfel von Mendels Soutane schleichen und um Futter betteln, während ein fünfter zu seinem Frauchen geht und zu ihren Füßen katzbukkelt. «Was ist los mit dir?» fragt Frau Rotwang, während sie ihn auf den Arm nimmt. Der Hund leckt an ihrem Kinn und versucht einen Krümel Mohnkuchen zu erhaschen, der an der augenblicklich hochroten Rotwangschen Unterlippe hängt. «Ungezogener kleiner Kerl. Du bist eifersüchtig, stimmt's?» Über den schmalen Kopf des Tiers hinweg starrt sie ihren Gast an. «Eifersüchtig auf Pater Gregor.»

Die Hunde sind Dackel; achondroplastische Zwerge. Pater Gregor hat sich schon nach ihrem Stammbaum erkundigt ...

In London durchbrach ich endlich meinen erzwungenen Zölibat. In meinem Fall gibt es kein Rätsel und keine Neigung, den Stürmen der Versuchung zu widerstehen; aber bis dahin hatte ich ausschließlich eine lange, heftige Affäre mit diversen Schönheiten aus Hochglanzmagazinen, die sich auf Sofas räkelten oder verwegen breitbeinig auf Stühlen saßen und sich mit zarten Fingern berührten, fast als merkten sie gar nicht, daß ihnen jemand zusah. Es gab auch billige Videos und gelegentlich das lebendige Gegenstück, ein Etablissement mit Münzkabinen für Voyeure, wo man viel zuviel bezahlte, damit eine Sichtblende nicht herunterfiel, sondern den Blick auf bestrapstes, behaartes Fleisch jenseits einer Glasscheibe freigab. Aber ich sehnte mich nach etwas Richtigem.

Ich tat es auf die einzige Art, die in meiner Macht stand, und glauben Sie nicht, daß es einfach war! Es dauerte Tage und Wochen, bis ich zu einem befriedigenden Entschluß gelangte. Natürlich, Sie haben es schon erraten. Abends fuhr ich oft mit dem Auto – o ja, ich fahre Auto. Ich habe erhöhte Pedale und einen verlängerten Schaltknüppel, und ich parke, wo ich will, denn an meiner Scheibe klebt eine von diesen Plaketten. *Den* Stolz besitze ich nicht. Mein Stolz ist anders und viel schwieriger zu bewältigen – abends also fuhr ich, kurvte ich oft durch die Gegenden, wo die Vorzüge einer Stadt den schweifenden Blicken der Kundschaft dargeboten werden. Ich sah mich um, wunderte mich, ließ meine Phantasie und meine Faust ihre kleinen Kunststücke ausführen, und eines Abends, ausgestattet mit dem kläglichen Mut des Whiskys, fuhr ich neben einer schattenhaften, erwartungsvollen Gestalt an den Bordstein und kurbelte das Fenster herunter.

Sie machte einen Schritt vorwärts. «Ich hab' 'n Zimmer gleich um die Ecke, Schätzchen», sagte sie; dann sah sie, worauf sie sich einließ. «Ach du lieber Gott. Das kostet Zuschlag. Tut mir leid, Süßer, aber so ist das nu mal. Die

Marktgesetze. Zuschlag für Sonderbehandlung, Zuschlag für starke Mißbildungen.»

«Wieviel?»

«Darüber reden wir am besten bei mir. Die Bullen sind unterwegs, und im Augenblick sind die richtig ekelhaft. Irgendwas mit einem Minister, den haben sie neulich abend übers Ohr gehauen. Darf ich?» Sie stieg neben mir ein. Sie war schlank und dunkelhäutig, die Schminke in dicken Schichten aus greller Farbe, die Beine in schwarzes Netz gehüllt. «Bißchen kalt so spät abends, was? Einfach geradeaus und an der Kneipe links. Um die Zeit müßtest du 'ne freie Parkuhr finden.»

Ihr Zimmer lag über einem chinesischen Restaurant namens «Tu Can». «Ich hoffe, tu cannst», sagte sie und quiekte vor Lachen. Sie begrüßte den Wirt mit Namen, als wir hineingingen, und murmelte «schlitzäugiges Arschloch» hinter ihm her, als ich ihr die Treppe hinauf folgte. Es roch nach Essen, und unten aus der Küche konnte man das Klappern der Teller hören.

«Mein Bud-wah», verkündete sie, als sie die erste Tür öffnete.

Das Zimmer bestand aus rosa Rüschen, Fellen und blumigem Parfüm. Am Kopfende des Bettes hing ein großer Spiegel, ein zweiter an der Wand. Ein Schminktisch bog sich unter einem Durcheinander von Cremetuben und Schachteln mit Papiertüchern. Auf dem Nachttisch lag eine Familientube mit Gleitpaste.

«Ich mag keine Spiegel», sagte ich zu ihr.

«Kein Problem.» Sie zog an diskreten Vorhängen, und die mehrfachen Bilder von mir – klein – und ihr – knochig und glitzernd – verschwanden. «Wie hättest du's denn gern? Fuffzich Mäuse für 'ne einfache Nummer oder zwanzig mit der Hand. Die raffinierten Sachen mach' ich nich so gern, verstehste? Kann heutzutage 'n bißchen gefährlich werden. Hast du schon mal? Na ja, jeder muß irgendwann anfangen. Ach ja, und du mußt 'n Pariser nehmen. Früher hab' ich's mit Zuschlag auch ohne gemacht, aber ich glaub', das lohnt sich heutzutage nich mehr ...» Sie knöpfte ihre Bluse auf, aber dann zögerte sie und sah mich fragend an. «Was meinst du? Alles ausziehen, oder stehst du auf Unterwäsche?» Sie warf den Büstenhalter beiseite und legte unglaublich pneumatische Brüste mit sorgfältig rot geschminkten Warzen frei. «Gefällt dir das? Na komm, Schätzchen, sei nicht schüchtern. Ich knöpf' dich auf.» Während ihre Finger ans Werk gingen, trat eine nachdenkliche Pause ein. «Mein lieber Mann, nicht schlecht», sagte sie.

«Es ist der einzige Teil an mir, der nicht betroffen ist», erklärte ich ihr.

«Mal sehen, was ich tun kann.» Sie ließ die Unterhose herabgleiten – eine weite, auffällige französische Unterhose – und bot sich meinem Blick dar. «Na, wie findest du das?» Sie war völlig unbehaart. Ein schimmernder, unverhüllter *Mons veneris* mit der köstlichen Furche eines Schmollmundes aus nackten Lippen. Natürlich hätte es das Ergebnis eifriger Benutzung von Rasierer und Enthaarungscreme sein können, aber um die Wahrheit zu sagen: Vermutlich war sie das (glückliche? resignierte? gleichgültige?) Opfer der testikulären Feminisierung (X-gekoppelt rezessiv, lokalisiert auf dem langen Chromosomenarm Xq11), eines Syndroms, das Männer mit normalem Chromosomensatz (2A + XY) zu – ich zitiere die Literatur – «üppigen Frauen macht, die aber keine Achsel- und Schambehaarung haben».

Sie war ein Monstrum, genau wie ich.

Ich fragte mich, o ja, in meiner verzweifelten, herzklopfenden Erregung fragte ich mich, ob ihre Mutter wohl die entwicklungsbedingte Asymmetrie von Brüsten, Körperbehaarung und Vulva aufgewiesen hatte, die sich bei Überträgerinnen der rezessiven Veranlagung manchmal zeigt, als Folge der Lyonisierung (ein köstlicher, hinterhältiger Begriff), die in jeder Körperzelle der Frau nach dem Zufallsprinzip ein X-Chromosom ausschaltet, so daß das Feminisierungssyndrom sich zeigt und nicht zeigt, zeigt und nicht zeigt, je nachdem, welches X-Chromosom in einem bestimmten Bereich aktiv ist. Mal sieht man es, mal wieder nicht. Genetische Taschenspielerkunst, raffinierte Tricks der Chromosomen.

«Wie gefällt dir das?» fragte sie. Ich zeigte ihr hier und jetzt meine Gefühle, und dann stand ich vor ihr, während sie mit mir schimpfte, mich bemitleidete und mit den Papiertüchern herumhantierte wie eine Hausfrau mit verschütteter Milch. «Warte ein paar Minuten, dann darfst du noch mal, Schätzchen. Mach dir keine Gedanken. So geht es oft, weißt du. Warst ganz schön angeturnt, was?»

Sie stammte aus Wales. Man konnte es an der Stimme hören – der schwache Widerhall der Täler lag noch unter den Verschlußlauten des Londoner Beckens. «Du bist okay, trotz allem», versicherte sie mir, als sie sich auf das Bidet in der Ecke des Zimmers hockte, nachdem alles vorüber war. «Ist bestimmt nicht schön für dich, was? Deine Eltern sind auch so, was? Was machen die, Zirkus oder so was?»

«Nein, das nicht. Sie sind normal.»

Sie nickte und trocknete sich zwischen den Beinen ab. «Das muß ja noch schlimmer sein. Mein Bruder hat 'ne Hasenscharte. Sie sagen, das ist das gleiche. Genetisch. Na komm, zieh dich an. Ich muß wieder auf meinen Posten. Du gehst am besten zuerst. Ich werde nicht gern gesehen, wie ich mit einem Kunden rauskomme.» Und dann fügte sie lächelnd hinzu: «Wenn du magst, kannst du wieder kommen, wenn du weißt, was ich meine.»

«Ja, gerne. Wenn es dir nichts ausmacht.» *Wenn es dir nichts ausmacht.* Ich haßte mich selbst dafür.

«Ach wo. Hier, meine Karte. Wenn du willst, kannst du morgens anrufen und 'n Termin machen. So ist es mir eigentlich lieber. Wenn ich nicht da bin, läuft der Anrufbeantworter. Hinterlaß deine Nummer, ich ruf' dich zurück.»

EVE.
VERBOTENE FRÜCHTE
SCHMECKEN SÜSS

Das stand auf der Karte über ihrer Telefonnummer und einer groben Zeichnung von Pobacken und Strapsen. Sie war forsch und geschäftstüchtig, verkaufte Ware wie jeder andere Händler. Kein Herz mit Schmerz, sondern eine ehrliche Arbeiterin. Ich ging vier- oder fünfmal zu ihr, und dann ließ ich einen Bluttest machen, nur für alle Fälle. Ich hatte Angst, wissen Sie. Sogar mit Kondom hatte ich Angst. Ich weiß, wie klein Viren sind.

1856 begann die große Arbeit, eine Saat des Neuen im wörtlichen wie im übertragenen Sinn. Mit einer mathematischen Strenge, wie sie zu jener Zeit außerhalb der Physik unbekannt war, konnte Mendel das Verhalten des grundlegenden Erbmaterials nachzeichnen. Er stand im Begriff, Licht in den Tanz der Gene zu bringen. Aber was hätte man gesehen? Wie sieht ein Genie bei der Arbeit aus? Eine untersetzte, vierschrötige Gestalt in fadem Schwarz, die jeden Morgen zielstrebig vom Kloster zur Schule den Berg hinaufstapft, und am Nachmittag, wenn der Unterricht vorüber ist, wieder zurück, zweimal in der Woche mit einem Kaffeebesuch im Hause Rotwang bei der Kapuzinerkirche. Ein rundes Bauerngesicht, das durch goldgerandete Brillengläser in die Welt blickt und in sich hineinlächelt wie über einen heimlichen Scherz, mit liebenswürdigem Nikken zu vorübergehenden Bekannten. Er gehört zur Landschaft, ein einfacher Geistlicher, ein einfacher Lehrer; er führt ein zurückgezogenes Leben, akzentuiert vom Läuten der Glocken, umschrieben von Stundenplänen und Kalendern, abgegrenzt durch Routine. Genie ist eine schwer faßbare Eigenschaft.

«Guten Tag, Vater. Wie geht es Ihnen?»

«Ach, kann nicht klagen, kann nicht klagen.»

«Und die Pflanzen?»

«Ich glaube, sie wachsen mir über den Kopf.» Ein Scherz, den er schon hundertmal gemacht hat, offenbar ohne sich der Wiederholung bewußt zu werden. Er redet ein paar Minuten über das Wetter (sein besonderes Interessengebiet), über Bienen, über seine Schüler, und man soll über Witze lachen, die man nicht versteht, oder wenn man sie versteht, findet man sie nicht besonders lustig. Und dann: «Wenn Sie mich jetzt bitte entschuldigen, ich muß wirklich gehen. Ich muß mich um meine Kinder kümmern.»

Kinder. Sublimation, ist es das? Man klammert sich eifrig an die Vorstellung. Der selige Sigmund Freud (der damals gerade im gar nicht weit entfernten Freiberg, dem heutigen Příbor, seine orale und anale Phase durchmachte) hätte es zweifellos auf diese Weise abgetan. Aber was erklärt das Wort eigentlich? Objektiv betrachtet war es sicher eine Besessenheit. Zwei Jahre brauchte Mendel, nur um den Boden vorzubereiten, und weitere acht Jahre verbrachte er mit den eigentlichen Arbeiten. Er ging von vierunddreißig verschiedenen Erbsensorten aus, verminderte die Zahl dann auf zweiundzwanzig und beschränkte sich schließlich auf sieben Stämme mit deutlich unterscheidbaren Merkmalen: eckige und runde Erbsen; gelbe und grüne Kotyledonen[1]; weiße Samenhülle mit weißer Blüte und graubraune Samenhülle mit violetter Blüte; glatte Schote und eingeschnürte Schote; grüne Schote und gelbe Schote; achselständige Blüten und endständige Blüten; große Stengel und Zwergform. Und während die verschiedenen Sorten sich im Garten hinter dem Kloster kreuzten, kreuzte sich in seinem Geist die Logik der Algebra mit den Tatsachen des Lebens.

$$(A + a)(A + a) = AA + 2Aa + aa$$

Das ist alles, wissen Sie – die Geheimnisse der Vererbung, aufgespießt auf der Spitze einer einzigen Binominalgleichung. Die ganze geniale Einfachheit. Aber welche Komplexität steckt dahinter?

[1] Kotyledonen sind die Keimblätter, die den größten Teil der eßbaren Erbse ausmachen.

Erstes Jahr (1856)

Insgesamt wurden zweihundertsiebenundachtzig künstliche Kreuzungen mit siebzig verschiedenen Pflanzen der ausgewählten reinen Sorten (*A x a*) vorgenommen.

Zweites Jahr (1857)

Hybride (*Aa*) aus den Kreuzungen des ersten Jahres wurden ausgesät und beurteilt. Die genaue Zahl ist nicht bekannt, aber allein fünfhundertelf Hybridpflanzen wurden im Hinblick auf Form und Farbe der Samen gezählt. Bei diesen Hybriden wurde die Selbstbestäubung zugelassen (die sie von Natur aus vollziehen); die Erbsen wurden gesammelt, getrocknet und für das nächste Jahr beschriftet.

Drittes Jahr (1858)

Viertausendsechshundertzwölf Nachkommen aus dem Vorjahr wurden ausgesät, gezählt und beurteilt. In dieser Generation zeigte sich das berühmte Verhältnis von drei zu eins zwischen den dominanten (AA oder Aa) und rezessiven Typen (aa). Die einzelnen zwergwüchsigen Pflanzen wurden, nachdem sie zu erkennen waren, sofort ausgegraben und in Töpfe gesetzt, damit sie nicht im Schatten ihrer größeren Nachbarn standen. (Man sieht, daß er eine klare Vorstellung von dem Unterschied zwischen ererbten und erworbenen Eigenschaften hatte. Er konnte Gene und Umwelt auseinanderhalten.) Wieder wurde bei allen Pflanzen die Selbstbestäubung zugelassen. Im gleichen Jahr kon-

struierte Mendel auch die ersten *Kombinationen* mehrerer
Eigenschaften an derselben Pflanze.

Viertes Jahr (1859)

In dieser Generation zeigte sich, daß alle rezessiven Typen
aus dem Vorjahr ausschließlich rezessive Nachkommen
hervorbrachten, das heißt, sie waren reinerbig. Von den dominanten Typen waren, wie sich jetzt herausstellte, manche
(nämlich ein Drittel) reinerbig, während die übrigen zwei
Drittel wiederum dominante und rezessive Nachkommen
im Verhältnis drei zu eins entstehen ließen; damit war ge-
zeigt, daß sie die rezessive Eigenschaft in sich trugen (das
heißt, sie waren genetisch unreine Hybridformen). Um das
deutlich zu machen, wählte er hundert Pflanzen von den
dominanten Typen des Jahres 1858 aus und säte von jeder
zehn Samen aus. Das allein ergibt tausend Pflanzen. Wenn
man seinen Aufsatz liest, verliert man die Übersicht. Von
1859 an ist es nicht mehr möglich, die Zahl der beteiligten
Pflanzen genau zu berechnen. Nach Fishers Vermutung[2]
waren es 1859 über fünftausend und 1860 mehr als sechs-
tausend. Das Gewächshaus war ständig in Betrieb. Reihe
um Reihe wuchsen die Erbsen in dem schmalen Garten
hinter dem Kloster. Besitz? Besessenheit? Der Mönch war
ihr Herr und ihr Sklave zugleich. Die Arbeit wurde zum
Brennpunkt, der sämtliche Sichtlinien seiner Welt anzog,
zum Fluchtpunkt seiner ganzen Existenz. Alles andere –
persönliche Unzulänglichkeit, nagende religiöse Zweifel,
die kranke Mutter, der Tod des Vaters – verschwand ebenso zuverlässig, wie die Dämonen der Nacht im hellen Licht

[2] Fisher, *Annals of Science I*, 1936, S. 115–137

des Tages verschwinden. Der brave Mönch hatte seinen Ankerplatz verlassen; er befand sich auf hoher See, und gewöhnliche Sterbliche hatte er weit hinter sich gelassen. Das Land war außer Sichtweite, jenseits des Horizonts.

Fünftes Jahr (1860)

Von den ursprünglichen Linien werden einige weitergezüchtet; sie sollen zeigen, daß die Nachkommen der Hybride zur Hälfte reinerbig sind, das heißt, sie sind genetisch genauso einheitlich wie die Linien, mit denen die ganzen Arbeiten begonnen hatten. Außerdem wird die zweite Generation der Pflanzen mit zwei oder drei Merkmalen ausgesät; damit soll nachgewiesen werden, daß die Faktoren, die eine Eigenschaft kontrollieren, völlig unabhängig von denen für eine andere Eigenschaft vererbt werden (das sogenannte «zweite Mendelsche Gesetz»). Außerdem nahm er in diesem Jahr Rückkreuzungen zwischen Doppelhybriden (AaBb) und rein rezessiven Ausgangslinien (aabb) vor, und zwar sowohl mit Pollen als auch mit Eizellen der Hybride. Im gleichen Jahr begann er mit Arbeiten zur Blütezeit der Erbsen, für die er eine früh- und eine spätblühende Varietät verwendete. Die anderen Stammbäume aus den Vorjahren wurden weitergezüchtet, und er legte Experimente mit der Gartenbohne *Phaseolus* an …

Und so geht es weiter. Besessenheit? Mit ein oder zwei anderen Wendungen des Schicksals – einer anderen Verflechtung der Synapsen in irgendeinem Teil des Großhirns, einer anderen Drehung des Halses im Augenblick der Geburt – hätte es zur fixen Idee eines Psychotikers werden können, zur Leidenschaft für Pornographie oder zum Voyeurismus; oder auch nur zur ermüdenden Verrücktheit des Briefmarkensammlers. In jedem Frühjahr und Sommer von 1854 bis 1871 (als er sich bereits anderen Pflanzenarten zugewandt hatte) verbrachte der Mann Stunde um Stunde damit, seine Pflanzen zu versorgen; er bestäubte, beurteilte, beschriftete, erntete, trocknete, legte Samen für das nächste Jahr beiseite, rätselte und überlegte, zählte und kontrollierte, hielt die Ergebnisse in seinen ledergebundenen Büchern fest, erklärte jedem, der ihm zuhörte, worum es ging, und spürte den Weg zu einem der größten Geheimnisse der Natur auf: jede erbliche Eigenschaft wird von eigenen, getrennten Teilchen bestimmt, die in der Eizelle und im Pollen liegen. Für jede einfache Erbeigenschaft erhält jeder Nachkomme ein solches Teilchen vom Vater und eines von der Mutter. Die Teilchen bleiben getrennt und erkennbar, auch wenn unterschiedliche Exemplare vorübergehend in einem Lebewesen zusammentreffen. Man kann verfolgen, wie die Teilchen durch die Generationen wandern und genauso auf die Nachkommen weitergegeben werden, wie sie von den Eltern gekommen sind. Nur das Glück bestimmt darüber, welche von zwei unterschiedlichen Eigenschaften weitergegeben wird – die Auswahl ist reiner Zufall.

Fast zwanzig Jahre. Besucher waren hier mit einem erleuchteten Mann zusammen, vom Format eines Beethoven oder Goethe, aber sie sahen nur einen untersetzten, zurückhaltenden kleinen Mönch mit einem Sinn für Ironie, der an der örtlichen Oberschule unterrichtete und in dem Ruf stand, gerecht zu seinen Schülern zu sein, einen Mann, der die Welt mit leisem Lächeln durch eine Brille betrachtete, deren Gläser durch Staub und zweifellos auch durch Pollen getrübt waren.

Besessenheit stellt man nicht zur Schau, wissen Sie, echte Besessenheit nicht. Man lernt, sie zu verbergen. Man erkennt den Ausdruck der Gleichgültigkeit oder Begriffsstutzigkeit, der sich in die Blicke des Zuhörers schleicht. Man lernt die Kunst der Selbsterniedrigung, die Kunst des Heimlichen, die Kunst, wie eine Maus eins mit dem Hintergrund zu werden. Aber hinter dem sanften, neutralen Äußeren schafft man große Gebäude der Phantasie.

«Sie sehen traurig aus, Mrs. Miller.»

Sie sah mich mit ihren unterschiedlichen Augen an. «Sagen Sie Jean zu mir. Mrs. Miller klingt so unpersönlich.»

«Jean. Du siehst traurig aus, Jean.»

Mausgrau und mürrisch kauerte sie auf dem Stuhl in der Kneipe gleich um die Ecke beim Institut und fingerte lustlos an einem kleinen Bier herum. Ich starrte auf ihre Beine, und ich fürchte, ich stellte mir geblümte Unterhosen vor. Außer dieser rein hypothetischen geblümten Unterhose trug sie ein Wollkleid (grau, wie es sich für eine Maus gehört) und einen Schal mit Paisleymuster. Miss Piercey, Miss Mausi. Miss Aguti. Die Agutifärbung der Mäuse entsteht durch einen gelben Streifen knapp unterhalb der Spitze jedes einzelnen Haars. Sie wird von einem autosomaldominanten Gen gesteuert. Die doppelt rezessive Form ist schwarzhaarig.

An der linken Hand trug sie einen Ehe- und einen Verlobungsring. «Opal», sagte sie und spielte mit dem Verlobungsring. «Bringt Unglück. Ich hab' es ihm gesagt, als wir ihn ausgesucht haben. Aber er hört nicht zu. Der Feueropal ist ein Zeichen für das Feuer meiner Liebe zu dir, das hat er gesagt. Er sagt solche Sachen, die einem Mädchen den Kopf verdrehen. Ich glaube, in Wirklichkeit wollte er immer nur das eine.» Ich rutschte unbeholfen auf meinen Stuhl herum und fragte mich, wie viele Dinge ich wohl von ihr wollte.

So im Sitzen war ich fast auf einer Höhe mit ihr. Ich konnte es mir fast ausmalen, wie ich mich über den Tisch (gehämmertes Kupfer) beugte, ihre Hand nahm und sie tröstend drückte. «Aber Sie wollen doch nichts von meinen Sorgen hören, Dr. Lambert.»

«Hör um Gottes willen auf mit dem Dr. Lambert. Wenn ich Jean sagen soll, mußt du mich auch Benedict nennen.»

«Benedict.» Sie lächelte matt. «Es kommt mir vor, als wäre es ewig her, dir nicht? Ich war gerade mit der Schule fertig, das weißt du ja. Und nur ein mittelmäßiges Zeugnis. Angenommen für irgendeinen Ausbildungsgang als Bibliothekarin. Weißt du, von wem ich geträumt habe?»

Hoffnung und Fleisch stiegen in seltener Eintracht. «Sag's mir.»

«Vom Oberbibliothekar.» Hoffnung zerstob, Fleisch sank herab. «Er war ein liebenswürdiger Mann. Deshalb bin ich weggezogen und nach London gegangen.» Ihre ungleichen Augen glitzerten.

«Ich kann dir nicht folgen.»

«Erinnerst du dich an ihn?»

«Ich erinnere mich nur an dich.»

Sie kicherte, und vielleicht verfärbte sie sich ein wenig. «Ach, komm.»

«Doch, wirklich.»

«Jedenfalls war er der Bibliotheksleiter, und von ihm habe ich geträumt. Mr. Jacobs hieß er. Gordon Jacobs.»

Dunkel erinnerte ich mich an einen schwerfälligen, ergrauenden Mann, der sich im Hintergrund zu schaffen machte, während ich die Piercey-Oberschenkel beäugte. Er war mir alt vorgekommen; vermutlich war er erst in den Vierzigern. «Und?»

«Er war verheiratet und hatte zwei Kinder.»

«War etwas …»

«Eigentlich sollte ich es dir nicht erzählen ...» Ihre Finger waren vor dem ersten Gelenk unbehaart. Ob auf dem mittleren Fingerglied Haare wachsen oder nicht, hängt von einem autosomalen Gen ab. Meine eigenen Finger tragen auf dem mittleren Glied dunkle Haarbüschel, die wie Satzzeichen aussehen. Ich sah zu, wie die ihren kondensierte Perlen vom Bierglas wischten, während sie in die Vergangenheit starrte. «Einmal ist es passiert, nachdem wir geschlossen hatten, bei den Regalen mit der Belletristik.»

«Bei den Regalen mit der Belletristik?»

Sie blickte auf. «Romane, F bis H. Ich weiß noch, wie ich über seine Schulter die Werke von Catherine Gaskin sehen konnte. Kennst du Catherine Gaskin?»

«Nicht persönlich.»

«Ach, sie ist wirklich gut.»

«Was geschah dann? Bei den Romanen F bis H, was ist da passiert?»

Sie errötete und blickte zur Seite. «Was glaubst du wohl?»

«Einfach da?»

Sie nickte. «Einfach da.»

«Im Stehen?»

Ein Zusammenziehen der Augen. «Warum interessiert dich das so?»

«Ich versuche es mir vorzustellen.»

«*Doktor* Lambert!» Sie errötete noch stärker. «Du bist immer so frech. Genauso frech wie früher als Junge.» Sie griff nach dem Glas und stieß es vor Aufregung fast um.

«Stört es dich?»

Sie nahm einen Schluck und lachte überrascht. «Eigentlich nicht. Ehrlich gesagt, ist es ziemlich lustig.» Sie leerte das Glas und setzte es ab. Nicht ganz so mausgrau. «Ich habe das noch nie jemandem erzählt, weißt du? Noch nicht einmal meiner Mutter.»

«Was ist passiert?»

«Mit Mr. Jacobs?»

«Da hast du ihn doch nicht mehr Mr. Jacobs genannt, oder? Nicht während …»

«Es war das erste Mal –«

«Du warst noch Jungfrau?»

«Du bist wirklich *gräßlich*. Es war das erste Mal, daß ich ihn Gordon nannte. Bis dahin war er immer Mr. Jacobs gewesen. Aber damals, bei den Regalen mit der Belletristik, sagte ich Gordon zu ihm.»

«Das hoffe ich doch. Wenn man bedenkt, was da los war.»

«Eigentlich fand ich, daß es ziemlich dumm klang.»

«Und was geschah als nächstes?» Ich stellte mir vor, wie Mr. Jacobs und Miss Piercey sich durch die ganze Dewey-Bibliothekssystematik arbeiteten. «Habt ihr bei den Sachbüchern weitergemacht?»

Sie kicherte heftig. Vielleicht war ihr das eine Glas Bier schon zu Kopf gestiegen. «Du bist schrecklich. Nein, danach bekam er kalte Füße.»

«Das hast du gespürt?»

«Das ist ein Vergleich», sagte sie tadelnd. «Gordon sagte zu mir, es sei unmöglich, und ich müsse eine Abtreibung –«

«Eine *Abtreibung*? Du bist schwanger geworden?»

«*Falls* ich schwanger würde. Er wollte bezahlen, aber ich sollte es für mich behalten, es sei alles ein schrecklicher Fehler gewesen, und er liebe seine Frau und seine Kinder, und ich solle weggehen, mir eine andere Stelle suchen, all so was. Der war richtig in Panik, kann ich dir sagen.» Sie legte die Hand auf den Mund. «Und heute lache ich darüber …»

«Das mußt du auch», erwiderte ich. «Lach drüber.»

«Und ich habe nachgegeben. Deshalb bin ich von zu Hause weggegangen. Ich hab' gekündigt und bin hierher gekommen, genau wie er wollte. Und dann habe ich Hugo Miller kennengelernt.»

«Und ihn geheiratet?»

«Eher hat er mich geheiratet. Versprach mir die ganze Welt, und dann bekam ich ein Wochenende in Brighton, wenn du verstehst, was ich meine.» Sie sah auf die Uhr. «O Gott, ich muß los, sonst komme ich zu spät. Ihr Wissenschaftler habt es gut. Ihr könnt kommen und gehen, wann ihr wollt, aber wir ehrlichen Arbeiter müssen uns an die Uhr halten.» Sie stand auf und schob den Tisch beiseite, so daß die Gläser fast umfielen. «Siehst du, wie ungeschickt ich bin? Kann nicht einmal gerade gehen. Komm, ich bezahle dein Mittagessen.» Sie kramte in ihrer Handtasche.

«Kommt nicht in Frage», sagte ich. «Dr. Lambert gibt einen aus!»

Sie sah mich mit glänzenden Augen an. «Wirklich? Das ist aber nett von dir. Ich meine, es ist schon seltsam, oder? Nach all den Jahren.»

«Nur sieben.»

«Sieben Jahre älter, sieben Jahre weiser.»

«Bist du das?»

«Nein.»

Dem zusammenhängenden Denken kamen Bilder in die Quere. Ich malte mir aus, wie ich Miss Piercey in der belletristischen Abteilung piercte, sie mit dem Rücken zu Catherine Gaskins, ich stehend auf einem Bibliotheksstuhl, das Gesicht an ihren unzulänglichen Busen gedrückt; während wir in Wirklichkeit die Kneipe verließen und die Cromwell Road entlanggingen und die Leute uns auf diese seitliche Weise ansahen. «Das war schön, wirklich», sagte sie.

«Was? Die Catherine Gaskins?»

«Du kannst nicht genug kriegen, wie? Das *Mittagessen*.»
Sie blieb stehen und sah zu mir herunter. «Ich dachte, du
wärst ...»

«Was?»

«Schwierig. Ich weiß nicht. Weißt du, was sie über dich
sagen?»

«Nein.»

«Schwierig. Schwieriger Mensch, aber ein erstklassiger
Kopf. Das sagen sie. Es macht dir doch nichts aus, daß ich
es dir erzählt habe, oder?»

«Überhaupt nicht.»

«Das ist die höchste Ehre, weißt du, ein erstklassiger
Kopf. Aber ein bißchen schwierig, sagen sie. Ich hatte gedacht, du würdest von Sachen reden, die ich nicht verstehe.»

«Du tust dir selbst unrecht.»

«Ich bin nur Hilfsbibliothekarin. Ich bin nichts Besonderes.»

«Für mich schon.»

Wir bogen in den Eingang des Instituts. «Verrückt», sagte sie.

Miss Piercey. Ich habe ihre Augen noch nicht erklärt,
stimmt's? – ihre asymmetrischen, schrulligen, ungewöhnli-
chen Augen, himmelblau das eine und meergrün das andere. Ich habe sie beschrieben, aber noch nicht erklärt. Sie
sind natürlich nichts Ererbtes: Zumindest eines davon ist
die Folge einer somatischen Mutation. Es tut mir leid,
wenn ich schon wieder den Lehrer spiele, aber man muß
sich einmal einen frühen Augenblick im Leben dieses form-
losen Zellhaufens vorstellen, der dazu bestimmt war, eine
Frau zu werden: die Proto-Piercey, der Mäuseembryo. Die
kleine Kugel aus Zellen, nicht größer als ein Stecknadel-
kopf, rollt den Eileiter entlang, vorangetrieben vom Schlag

der Zilien und völlig unbemerkt von der Besitzerin des Eileiters, bei der es sich, nur der Vollständigkeit halber, um Mrs. Janet Piercey handelte, gestorben am 15. Januar 1988. Die Zellen teilen sich – 2…4…8…16…32…64 – und durch reinen Zufall, durch völligen, unverfälschten Zufall – oder vielleicht auch durch die unterschwellige Einwirkung eines unbekannten, unbemerkten chemischen Mutagens –, wird ein einziges Gen auf dem Chromosom Nummer neunzehn in einer einzigen Zelle dieses Haufens ungenau kopiert. In dem ärmlichen Alphabet der Nukleinsäuren wird an einer einzigen Stelle ein einziger Buchstabe falsch abgelesen. Zuvor war dieses Gen nicht in der Lage, seine Aufgabe zu erfüllen und für die Ablagerung einer dünnen Pigmentschicht in der Mitte der Iris zu sorgen. Deshalb codierte es eine Iris in der Farbe von Kornblumen. Aber jetzt, wo es falsch kopiert ist – ein einfacher chemischer Fehler –, nimmt es seine ursprüngliche Funktion wieder wahr. Die fragliche Zelle liegt auf der linken Seite des Embryos, und alle ihre Nachkommen tragen nun ein Gen für blaue Augen und ein Gen für grüne Augen, während die Zellen auf der anderen Seite des Haufens das enthalten, was sie geerbt haben: zwei Gene für blaue Augen, das eine der Beitrag der blauäugigen Mrs. Janet Piercey, das andere von dem blauäugigen Mr. Reginald Piercey. Also entwickelt sich die eine Hälfte der embryonalen Miss Jean Piercey grünäugig und die andere weiterhin blauäugig. Miss Piercey ist ein Mosaik, ein Gemisch aus Zellen mit unterschiedlicher genetischer Ausstattung. Sie ist auf ihre eigene bescheidene Art ein Monstrum.

Wir haben etwas gemeinsam.

Seltsam, wie Bekanntschaft in Freundschaft übergeht. Im Rückblick scheint es eine fortschreitende Entwicklung gewesen zu sein, wie das Anschalten der Gene während der Ontogenie: Kennenlernen, Bekanntschaft, Vertrautheit, Freundschaft. Aber ist es so? Hat es wirklich diese Logik? Oder unterstelle ich Absicht in einer Sache, die nicht mehr ist als das Zusammentreffen zweier verlorener Seelen? Sie gingen aus ganz unterschiedlichen Gründen verloren, aber auch die Schiffbrüchigen auf einer Insel müssen ja nicht unbedingt von demselben Wrack stammen.

Was auch daraus werden mochte, jedenfalls war es schon bald normal, daß ich jeden Dienstag und Donnerstag auf Miss Piercey wartete, die aus der Bibliothek zum Mittagessen kam – die anderen Tage blieben für die Primers und Codons und Vectors, mit denen ich arbeitete. Aber zweimal in der Woche wartete ich auf sie. Mausgrau und schüchtern, mit ernstem Nicken, wenn jemand vom Personal sie ansprach, betrachtete sie die Welt mit ihren überraschenden, verschiedenartigen Augen, und wenn sie mich erblickte, lächelte sie plötzlich. Ich glaube, sie fühlte sich in meiner Gesellschaft sicher. Ich glaube, sie fühlte sich wieder wie ein Kind. Ja, ich weiß, die Gespreiztheiten der Amateurpsychologie sind eine deprimierende Lektüre. Ich weiß, daß Freud ungefähr so interessant ist wie Ealing in London an einem regnerischen Sonntagnachmittag. Aber es muß einen Grund dafür geben, daß Miss Piercey und Dr. Lambert sich anfreundeten; bewußt oder unbewußt müssen sie ein Ziel im Kopf gehabt haben. War es einfach nur die gegenseitige Anziehung der Unglücklichen?

Die Kneipe hieß «Die Katze im Sack». «Ich bin die Katze», pflegte der Wirt zu sagen, wenn man ihn danach fragte, «und sie» – damit zeigte er auf die Thekenbedienung, eine Frau mittleren Alters mit dunklem Phänotyp und furcht erregenden Schimpfworten – «ist der Sack.»

«Du kämst doch nicht mal bis an den Rand», erwiderte

sie dann. «Das wäre ja, als ob ich mir mit einem Streichholz in der Nase bohre.»

Die anderen Institutsangehörigen gingen in der Regel in den «Prinz von Wales», so daß wir das Lokal mehr oder weniger für uns hatten, und nach einiger Zeit erkannte der Besitzer («Eric, der Herr Wirt», wie ein Schild über der Bar verkündete) uns wieder. «Was macht ihr eigentlich?» fragte er. «Ihr arbeitet hier irgendwo, stimmt's?»

«Ich beschäftige mich mit Vererbung», erklärte ich ihm.

Er beäugte mich schräg. «Ich hab' einen Partner in Clerkenwell, der will seine Tante beerben», sagte er vertraulich. «Kein Schund, richtig Knete. Interesse?»

Schallendes Gelächter von Miss Piercey. Das Mißverständnis wurde zu einer stehenden Redewendung, zu einer Verbindung mit dem Lokal. «Heute schon geerbt, Prof?» rief Eric jedesmal hinter seinen Zapfhähnen hervor, wenn wir eintraten. «Schon einen reichen Onkel gefunden?»

«Ist er nicht zum Schreien?» sagte Miss Piercey dann.

Natürlich blieb es nicht bei der Kneipe. In der Albert Hall fanden Mittagskonzerte statt, genau das Richtige für kulturbeflissene Büroangestellte und verarmte, intellektuelle Studenten. Ziemlich zögernd schlug ich vor, wir sollten uns Karten für eine Konzertreihe mit slawischen Komponisten besorgen. Sie war ganz scharf darauf. «Ich liebe romantische Musik», gestand sie, wie ich gefürchtet hatte; doch dann fügte sie zu meiner Überraschung hinzu: «Aber ich mag auch die klassische Epoche. Was mir nicht so liegt» – und ihre Augen wurden überraschend klein – «ist das 20. Jahrhundert. Na ja, das stimmt nicht ganz. Dvořák gefällt mir, aber Dvořák ist auch nicht wirklich der Geist des 20. Jahrhundert, stimmt's?»

«Ich dachte, mitteleuropäischer Nationalismus sei durchaus 20. Jahrhundert.»

Ihr Gesicht nahm einen mißbilligenden Ausdruck an. Ich hatte ihre wahre Leidenschaft entdeckt. «Ich meine die musikalische *Form*. Schon Bartók interessiert mich nicht mehr, und Leute wie Janáček – Hu!» Sie schauderte. Ich bin in Bekennerlaune: Ihr Schaudern reizte mich. Ich brachte sie dazu, eine ganze Aufführung der absurd betitelten *Glagolithischen Messe* durchzustehen, und sie wand sich fast auf dem Sitz neben mir vor Mißvergnügen, während der Chor sich mit Vergnügen die Tonleitern des Stückes hinauf- und hinunterwand. «Und dafür meine ganze Mittagspause!» rief sie aus. «Riesige Klangwellen, die nirgendwo hinführen. Hast du es bemerkt? Jedesmal wenn eine Melodie aufkommt, *zerstört* er sie absichtlich. Hast du es bemerkt? Was ist so schlimm an Melodien? Warum haßt das 20. Jahrhundert sie so?» Aber der Janáček-Klavierabend, zu dem ich sie mitnahm, machte ihr Spaß. Hinterher schenkte ich ihr eine Platte mit einem der Stücke, das dabei gespielt wurde: «Auf verwachsenem Pfad».

«Zum größten Teil geht es um den Tod der Tochter des Komponisten», erklärte ich ihr, nachdem sie mir gesagt hatte, wie gut es ihr gefiel. Aber das machte ihr nichts aus. Manchmal kam ich in das Bibliotheksbüro und stellte fest, daß sie es auf ihrem tragbaren Kassettengerät spielte. Die mausgraue Miss Piercey. In ihr steckte ein bißchen mehr, als ich angenommen hatte.

Wir aßen also gemeinsam zu Mittag, manchmal hörten wir gemeinsam ein Konzert, und wenn wir dann ins Institut zurückkehrten, ging wieder jeder seiner Wege – sie in die muffigen Räume der Bibliothek, ich ins Labor, die geheimnisvollen Hallen, das Allerheiligste des 20. Jahrhunderts.

Was hätte Ururgroßonkel Gregor zu den Labors gesagt? Er mußte sich mit dem Abt Napp herumschlagen, um im

Garten hinter dem Kloster mehr Platz für seine Erbsen zu bekommen. Was hätte er zu den Korridoren und Räumen mit ihren summenden Apparaten gesagt, zu den Computerterminals, Ultrazentrifugen, glitschigen Elektrophoresegelen, Oligonucleotidsynthesizern und automatischen DNA-Sequenziergeräten? Und was hätte er dazu gesagt, daß wir die Botschaften in den Erbteilchen tatsächlich lesen können, auf deren Existenz er ausschließlich aus der Beobachtung ihres Verhaltens schließen mußte?

«Was machst du eigentlich?» fragte Miss Piercey. «Mal abgesehen von den Witzen mit Eric und so, was *machst* du?»

Vieles. Aber vor allem eines. Ich suche nach dem Gen, das mich verursacht hat.

Frau Rotwangs Röcke streiften den Tau der Grashalme, als sie unter den Linden entlangging. Ein Dackel tollte neben ihr herum und wickelte seine Leine ab und zu um ihre Fußgelenke. Wenn dieser glückliche Vorfall eintrat, stützte Mendel ihren Ellbogen, während sie auf einem Fuß hüpfte und sich bückte, um sich zu befreien. Ihre Knöchel – einer davon wurde einen Augenblick lang enthüllt, während sie die Leine entwirrte – erschienen unwirklich schlank. Ihr Kleid war bis zum Hals eng geknöpft, aber dort sah ein kleines Stück weißer Litze von weiter unten hervor. Schmale Fesseln, schmale Taille, schlanker Hals. Nur ein kleiner Fehltritt.

Sie sah ihn mit diesem Lächeln an und fragte: «Ist Damenbesuch erlaubt?»

«Im Garten ja, natürlich.»

Einer der Patres – es war Anselm – kam den Weg entlang. Im Vorübergehen nickte er dem Paar zu. Sein Gesicht zeigte einen Anflug von Mißbilligung. «Sie sind so bedrohlich», sagte sie, als er weg war.

«Wer?»

«Die Mönche.»

«Aber ich bin auch einer.»

Ganz kurz berührte sie seinen Unterarm. «Sie nicht, Gregor. Die anderen.»

«Ohnehin sind wir keine Mönche.»

«Ich dachte –«

«Brüder. Unsere Berufung liegt bei den Menschen. Und fünfzig Prozent der Menschen …»

«… sind Damen.»

«Fünfzig Prozent sind *Frauen*», korrigierte Mendel. «Ich bin mir nicht sicher, ob beides das gleiche ist. Ich glaube, Damen sind viel *weniger*.»

«Davon verstehe ich sicher nichts, Pater Gregor.» Sie lachte, errötete leicht und machte damit ihrem Namen Ehre. «Aber jetzt zeigen Sie mir Ihre … Kinder.»

«Da drüben.» Er deutete über den Rasen, hinter das Gewächshaus (ein freistehendes, zweistöckiges Gebäude mit Seitenwänden aus Backsteinen), zur Wand des Refektoriums. Erbsen. Allmählich war er völlig davon besessen. Zuerst waren es Fuchsien gewesen, empfindliche, schöne Fuchsien. Aber jetzt waren es nur noch Erbsen.

«Führen Sie mich hin.»

Sie überquerten den Rasen, duckten sich unter den niedrigen Ästen der Linden und sogen den schweren, sättigenden Duft der Bäume ein, einen sinnlichen, weiblichen Geruch, der in seltsamem Widerspruch zur staubigen Männlichkeit des Ortes stand. Unter den Fenstern des Refektoriums lagen die Beete: Die Erbsen standen in unordentlichen, anarchischen Reihen und hingen von den Kletterstangen wie Betrunkene. Erbsen, reihenweise. «Ein Nutzgarten!» rief sie aus.

«Ein Versuchsbeet. Dort drüben sehen Sie die vierte

119

Hybridgeneration aus der ersten Serie von Experimenten ...»

Der Dackel hob ein Stummelbein und ließ einen Strom von gelbem Pipi an den Stengel einer Pflanze laufen. «Adolfus! Du ungezogenes Kind!» Fast kleinlaut, als sei es seine Schuld, murmelte Mendel etwas von den Notwendigkeiten der Natur. Der Hund schnupperte an seinem Produkt.

«Aber wozu sind die Papierbeutel da?» fragte Frau Rotwang, mehr um von der Peinlichkeit abzulenken als aus besonderem Interesse. Die Erbsen – ganz gewöhnliche Gartenerbsen – schienen Papiertüten als Blüten zu haben. Man fragte sich, ja man fragte sich wirklich, ob der liebe Gregor nicht ein klein wenig exzentrisch war. Wie als Antwort auf diese Frage ergriff er eine unverhüllte Blüte, ein raffiniertes, lila und purpurrot gefärbtes Geschöpf wie ein Schmetterling, und öffnete mit seinen groben Bauernhänden die Kronblätter.

«Die Beutel schützen die Blüten vor jeder Bestäubung außer der mit meinem Pinsel.» Er zog den Finger zurück und zeigte Frau Rotwang einen Hauch goldenen Pollens. «Ich, Gregor Mendel, lenke hier die Paarungen. Keine Erbse kann sich ohne meine Zustimmung paaren. In der Natur bestimmt der blinde Zufall darüber, welche Kreuzungen stattfinden. Hier bin ich es. Einige Pflanzen züchte ich sogar im Gewächshaus, damit keine Käfer in die Blüten gelangen und meine Arbeit stören. Erbsenkäfer[3] zum Beispiel. Als ich in Wien war, habe ich bei der dortigen Zoologischen und Botanischen Gesellschaft einen Vortrag über den Erbsenkäfer gehalten. Er ist ein zu allem entschlossener kleiner Bursche, und ich kann mich nicht darauf ver-

---

[3] *Bruchus pisi*

lassen, daß er keinen Pollen von einer Blüte zur anderen überträgt. Ich muß äußerst vorsichtig sein, Frau Rotwang, *äußerst* vorsichtig.»

«Und hat er es getan? Hat er bestäubt, wo er nicht bestäuben sollte?»

Aus der aufgeladenen Atmosphäre ihrer Unterhaltung schien sich ein entsetzliches, beängstigendes Wort herauszuschälen: Ehebruch.

«Nach meinen Feststellungen nicht. Ich bin der einzige Bestäuber.»

«Der Allmächtige hat in der Angelegenheit doch sicher ein Wort mitzureden.»

«Der Allmächtige wirkt durch den Zufall. Der Zufall ist Sein Instrument. Deshalb haben Sie» – sie sah ihn mit ihren kornblumenblauen Augen an –, «deshalb haben Sie, Frau Rotwang, durch den Zufall Ihrer Mutter und Ihres Vaters blaue Augen.»

«Sie auch, Pater Gregor.»

Einen Moment lang sahen sie einander in die Augen. Ihm wurde schwindlig. Der heiße Frühlingstag, der schwere Duft der Linden, die Nähe der Frau mit ihren wachen, tiefblauen Augen, alle diese Dinge, die dazu da waren …

«Geht es Ihnen gut, Pater Gregor?»

«Mir ist ein bißchen warm. Diese Soutane.» Aber diese Soutane verbarg etwas, das er kaum eingestehen konnte, nicht einmal seinem Beichtvater. «Sie ist unpraktisch in der Sonne. Schwarz absorbiert Wärme, wußten Sie das? Weiß reflektiert, Schwarz absorbiert. Wenn Sie hier herüberkommen, können Sie ein paar Ergebnisse meiner Mühen sehen. Die Farbe der Samen zum Beispiel.» Er nahm einen Zweig und hielt ihn so, daß sie ihn betrachten konnte. Die Blüten am oberen Teil der Pflanze nickten und tanzten wie Schmetterlinge. «Das ist eine Hybride aus der zweiten Versuchsreihe. Ich habe gerade angefangen, die Eigenschaften paarweise zu untersuchen, um die Beziehungen zwischen einer Gruppe von Merkmalen und einer anderen aufzuklären. Hier sehen Sie, wie die Blüten in den Blattachseln stehen, und dort drüben stehen sie an den Enden. Das ist eines der Merkmale, mit denen ich arbeite. Ein anderes ist die Farbe der Samen.» Er knackte eine Schote auf, so daß eine Reihe glänzender Samen zum Vorschein kam. Sechs waren gelb, zwei waren grün.

«Oh.» Sie so liegen zu sehen, eingebettet in frisches Grün, hatte etwas Verblüffendes, etwas verwirrend Indiskretes, als hätte man sie in ihrem intimsten Augenblick gestört.

«Nehmen Sie sie.»

Sie zögerte. «Ich kann sie essen?»

«Natürlich.»

«Ich kann Ihr Experiment *essen*?»

Er hielt ihr die geöffnete Schote hin. «Bitte.» Sie griff nach den Samen. Ihre Finger waren lang und dünn, die Nägel vollkommen geformt wie Mandeln. *Mandel.* Eine einzelne gelbe Erbse wurde von diesen Nägeln ausgewählt, herausgelöst und zum Mund gehoben. Ihre rot geschminkten Lippen waren geschlossen wie eine Knospe. Er sah genau zu, als sie die Erbse nahm. Plötzlich der Anblick einer feuchten Zunge.

«Mmmmh. Süß.»

«Nehmen Sie noch eine.»

«Wirklich?»

«Eine grüne.» Irgendwo im Hintergrund schnitt einer der Gärtner eine Hecke. Das Geräusch bildete einen monotonen Rhythmus, der die köstliche Gegenwart des Besuches neben ihm begleitete.

«Grün.» Eine weitere Erbse verschwand. Ihr Mund arbeitete. Die Sonne brannte ungebührlich heiß für die Jahreszeit. Er fuhr sich über die Stirn. «Noch eine.»

Sie gehorchte. Die Erbsen wanderten in ihren Mund … vier, fünf, sechs, sieben, acht. Sechs gelbe; zwei grüne. Ihre Kiefer bewegten sich unter der Seide ihrer Rotwangen. Sie lachte, und er sah ihre Zähne, weiß wie Zuchtperlen, gefleckt von den Stücken der zerkauten Erbse. Ein Verhältnis von drei zu eins. Sie hatte ein Verhältnis von drei zu eins gegessen.

«Köstlich!» rief sie aus.

Abendessen bei Jean und Hugo Miller, 34 Galton Avenue, Ruislip. Es war eine Doppelhaushälfte, wie man sie in den dreißiger Jahren in allen Vorstädten Englands geklont hatte. Als die Eugenik ihren Höhepunkt erreichte, als die Eugenics Society Propaganda für die gezielte Sterilisierung machte, und als Gropius, Le Corbusier und Mies van der Rohe überall auf dem Kontinent Betonkästen bauten, schuf man so etwas in Großbritannien für den Neuen Mann und seine Frau. «Du kannst es nicht verfehlen», hatte sie zu mir gesagt. «Es ist das einzige, bei dem die Satellitenschüssel so angemalt ist, daß sie zu den Backsteinen paßt.» Und da war sie tatsächlich, die Schüssel: Sorgfältig im Tarnmuster gestrichen, ragte sie unmittelbar über dem Erkerfenster aus der Wand. Alles andere – der makellos gemähte Rasen vor dem Haus, die bepflanzte Umrandung mit Levkojen und Wicken, der unauffällige Gartenzwerg, der in der Vogeltränke angelte, der mit unregelmäßigen Platten gepflasterte Weg, die Garage mit dem Ford Escort davor – fügte sich hervorragend in die übrige Straße ein; nur das falsche Mauerwerk auf der Satellitenschüssel nicht.

An der Haustür begrüßte mich ihr Mann. Er hatte rötliche Haare und blaue Augen (beide autosomal-rezessiv, Chromosom 4 bzw. 19), und obwohl der Zusammenhang zwischen Jähzorn und roten Haaren eine reine Erfindung ist, hatte man bei Hugo Miller das Gefühl, es könnte etwas dran sein. «Sie müssen Dr. Lambert sein», sagte er, und sein Tonfall hörte sich an, als hätte ich etwas falsch gemacht, einen schrecklichen Fauxpas begangen.

«Eine andere Möglichkeit gibt es kaum, oder?» bemerkte ich, und er lächelte verärgert.

In der engen Diele gab es einen Hutständer ohne Hüte («die Frau ist verrückt nach Antiquitäten») und eine schimmernde Nachbildung eines Telefons aus Edwards Zeit. An der Wand hingen ein Druck von Van Goghs Zimmer in Arles – das Zimmer, aus dem man nicht hinauskommt, weil das unbequeme, klobige Bett die Tür versperrt – und eine gerahmte Urkunde, derzufolge Hugo Miller der Vereinigung staatlich geprüfter Bauingenieure angehörte. Und es gab einen Geruch, einen üppigen, gemütlichen Geruch: den Duft häuslicher Enge. «Es macht dir doch nichts aus, wenn ich dich Ben nenne?» fragte er, während er mich eintreten ließ. «Es kommt mir vor, als ob ich dich schon gut kenne, so wie meine Frau immer von dir redet. Ich hätte direkt eifersüchtig werden können.»

Hätte können.

Wir gingen ins Wohnzimmer. Dort wartete Jean mit einem anderen Paar. Ihren Namen habe ich vergessen – Coldstream? Downstream? Der Mann war ein Kollege von Hugo, ein Systemingenieur, was das auch sein mochte; während seine schwerfällige, üppige Frau «nur eine Frau» war und kicherte, um das unter Beweis zu stellen. Ich saß, die Füße ein Stück über dem Boden, und beobachtete die vier durch eine Fuchsie im Blumentopf.

«Ich bin so froh, daß du kommen konntest, Benedict», sagte Jean. Sie ließ ein schüchternes Lächeln sehen, als probierte sie den Gesichtsausdruck zum erstenmal aus. «Benedict ist einer der führenden Wissenschaftler im Institut», erklärte sie. «Er entdeckt Gene. Er hat schrecklich viel zu tun.»

Ihr Mann starrte mich mit wäßrigen Augen an. «Ach, du heißt *Benedict*?»

Ich zuckte mit den Schultern. «Ben, Benedict, das spielt eigentlich keine Rolle. Nur nicht Benjamin.»

«Benedict», wiederholte Miller nachdenklich, während er versuchte, einer Flasche den Hals umzudrehen. Er schien sich darüber zu ärgern, daß man es ihm nicht gesagt hatte. «Schöner Name, Benedict. Klingt nach Shakespeare. Ein sehr guter Esser, war es nicht so? Ausgezeichneter Magen.»

«Das ist Benedick.»

«Wir haben diesen tollen Film gesehen», fügte Mrs. Downstream hinzu, wobei sie errötete. Sie versuchte verzweifelt, nicht zu starren, blickte ein wenig zu oft zu ihrem Mann und Jean, und wenn sie den Mut aufbrachte, mich anzusehen, lächelte sie zuviel. Vielleicht war das der Grund, daß sie nicht bemerkte, wohin meine Blicke wanderten. Ich erhaschte jedesmal ein Aufblitzen von verborgenem Weiß, wenn sie ihre plumpen Beine bewegte.

Endlich hatte Miller die Flasche entkorkt. «Probier den mal … Benedict.» Er goß mir ein Glas Wein ein und beobachtete meine Reaktion, fast als hätte er mir einen Fehdehandschuh hingeworfen oder so etwas. «Es ist eine seltene Sorte, die wir im letzten Urlaub entdeckt haben. Kommt aus einer Bodega in Aldeanueva. Die kennen nur ganz wenige Leute.»

Jean ging in die Küche; wir anderen nippten und nickten und pflichteten Miller bei, daß man sogar in der Welt des Weins noch Entdeckungen machen kann. Das schien ihn zufriedenzustellen. Er mochte es, wenn man seiner Meinung war. Etwas Angespanntes war an ihm, als ob jedes Wort, das er aussprach, eine Diskussion eröffnen sollte. Er lehnte sich in seinem Sessel zurück und beobachtete mich mit diesen farblosen Augen. «Jean hält eine Menge von dir, weißt du das?» Ich spürte, wie er auf einen Ausrutscher wartete, auf einen Fehler in meiner Geschichte, der mich verriet. «Sie kannte dich schon damals zu Hause, stimmt's? Du bist für sie der Kleine vom Dorf, der sich hochgearbeitet hat. Gegen alle Widerstände, wenn du verstehst, was ich meine.»

Ich verstand, was er meinte. Mr. und Mrs. Downstream vermutlich auch.

«Erklär mal, was du machst, wenn es für einfache Gemüter wie uns nicht zu schwierig ist. Von Jean höre ich den ganzen Tratsch. O ja, ich weiß genau, was in eurem Laden los ist. Olga mit ihren Affären, all so was. Wie stehst du persönlich dazu?»

«Zu Olgas Affären?»

Gequältes Lachen. «Zur Genetik.»

Ich zuckte die Achseln. «Es ist ein bißchen langweilig, wirklich. DNA-Sonden, Kopplungsanalyse. Wir versuchen, die wirkliche Lage von Genen auf den Chromosomen herauszufinden.» Miller nickte, biß die Zähne zusammen und sah aus, als hätte ich bestätigt, was er bereits wußte. Mrs. Downstream gelangte zu dem Schluß, das sei ihr zu hoch, da sei sie sicher, und sie wolle lieber nachsehen, ob sie Jean helfen könne. Miller schenkte wieder Wein ein, zufrieden, daß die Männer jetzt unter sich waren. «Ich habe vom Projekt des menschlichen Genoms gelesen und mir eine Menge Zeug aus dem Internet runtergeladen. Machst du da mit?»

«Fast alle machen da mit.»

«Du weißt doch, wie sie es nennen? HUGO. Human Genome Organization. Wie findet ihr das, hm?» Er wartete auf Beifall, als sei es sein Verdienst. «Jedenfalls nach dem, was ich gelesen habe, sieht es so aus, als könnten wir die Kinder bald so bestellen, wie wir sie haben wollen. Wir können die Augenfarbe aussuchen, das Geschlecht aussuchen, alles aussuchen, was wir wollen. Kinder aus dem Katalog.»

«Bis dahin ist es noch ein weiter Weg.»

«Das glaubst du doch selbst nicht. Könnte die tollste Sache seit dem Penicillin sein. Ich war mal im Internet bei einer Klinik in Amerika, die machen schon dafür Reklame – Reagenzglasbabys, Samen sortieren, lauter solche Sachen. Das ist nicht die Zukunft, das ist hier und jetzt.»

Jean und Downstreams Frau kamen mit dem Essen herein, und wir ließen uns um den Tisch nieder. Es gab ein wenig Verwirrung darüber, wo ich sitzen sollte – ein Kissen wurde angeboten, all so etwas. «Bitte», sagte ich, «bitte laßt mich einfach in Ruhe. Es ist alles in Ordnung.» Aber Miller blieb hartnäckig. An ihm war etwas Zerbrechliches, als könnte die Glasur aus gutem Willen jeden Augenblick zerspringen. Nachdem wir alle am Tisch saßen, nickte er seiner Frau zu. «Wenn du Genetiker bist, wie erklärst du dann *das*?» Es sollte wohl eine Art Herausforderung sein.

«Was?»

«Das.» Wir sahen uns ratlos an. Jean errötete und machte sich mit dem Verteilen der Gemüsesuppe zu schaffen. Als einzige wußte sie, was jetzt kommen würde. «Die Augen dieser Dame.» Miller sprach, als ob er etwas Offensichtliches feststellte. «Ich fand es immer höchst reizvoll. Aber wir erklärst du es, na? Wie erklärt ein Genetiker *so etwas*?

Ich sah, wie Jean rot wurde, und mir fiel ein, daß ich es ihr schon erklärt hatte, bei einem Mittagessen in der «Katze im Sack». Damals hatten wir darüber gelacht. «Du erinnerst mich an meinen Teddybären», hatte ich zu ihr gesagt. Die Erinnerung verschaffte mir eine kleine Welle der Lust. «Jean ist ein genetisches Mosaik. Das vermute ich jedenfalls.»

«Ein Mosaik!» rief Mrs. Downstream aus. «Wie künstlerisch! Ich finde, das paßt zu Jeanie. Sie hat eine künstlerische Ader, mit ihren Antiquitäten und diesen Sachen. Auf unserer Reise nach Rom haben wir Mosaiken gesehen, nicht wahr, Ernest?» Das hatten sie wirklich: bunte Mosaiken in irgendeiner Kirche, aber es waren so viele – die Kirchen, meine ich –, daß sie sich nicht an den Namen erinnern konnten.

«Das ist doch etwas anderes», sagte Miller ungeduldig. «Was ist ein genetisches Mosaik?»

Ich erklärte. Mosaik, Chimäre, ich erläuterte die klassischen Monster aus der Welt der Gene. «Man muß wissen, welche Augenfarbe Jeans Eltern hatten …

Miller schien überrascht. «Weißt du das nicht? Ich dachte, ihr kanntet euch schon als Kinder …»

«Blau», sagte Jean. «Ben hat meine Eltern nie kennengelernt. Sie hatten blaue Augen, alle beide.»

«Dann ist eines der Gene für blaue Augen zu grün mutiert. Es gibt ein Blau-grün-Gen auf dem Chromosom 19, glaube ich. Ich müßte nachschlagen, um es genau zu sagen. Es war nur eine zufällige Mutation.» Ich tat es achselzuckend ab, wie man es mit Mutationen macht. «Aber eine sehr schöne», fügte ich hinzu, und Jean errötete wieder einmal, weil sie der Gegenstand solcher Aufmerksamkeit war und weil man ihr Genom in solch intimen Einzelheiten erörterte. Die ganze Zeit umgingen wir natürlich sorgsam ein anderes Thema, als ob wir am Rand eines Abgrunds balancierten: mich.

Miller spitzte nachdenklich die Lippen. «Dann will ich dir mal einen anderen Schuß vor den Bug geben, Ben», sagte er. «Vor ein paar Tagen hab' ich im Radio so einen Burschen gehört, irgendeinen Studierten aus Nordirland. Hieß er Lynn? Richard Lynn? Er sagte, es bestünde wirklich die Gefahr, daß die genetischen Reserven in diesem Land zerfallen. Was hältst du davon?» Er schenkte sich Wein nach und sah mich mit einem Ausdruck an, der einem genau sagte: Er wußte schon Bescheid, er verstand, was mir durch den Kopf ging, und ich hatte unrecht. «Bist du auch dieser Meinung?»

Ich zuckte die Achseln. «Was meinst du mit genetischen Reserven? Und was meinst du mit zerfallen?»

Jean seufzte. Die Downstreams schenkten ihren Tellern größte Aufmerksamkeit, als wüßten sie etwas, das ich nicht wußte. Millers Blick verwandelte sich. «Dieser Lynn sagt, es sei ganz einfach. Leute in guten Berufen – wir zum Beispiel – bekommen immer weniger Kinder, so daß die Mehrzahl der Bevölkerung in Zukunft von ungelernten Arbeitern abstammen wird. Da Ungelernte weniger intelligent sind als Leute mit einer Ausbildung, und da Intelligenz erblich ist, bedeutet das, daß die Intelligenz in der Bevölkerung insgesamt geringer wird. Was zu beweisen war.»

«Ich fürchte, das gehört nicht zu meinem Fachgebiet.»

«Du hast also keine Meinung?»

«Eine Meinung schon, doch, natürlich. Aber die hat nichts mit meiner Arbeit zu tun. Du hast gesagt, ich sei Genetiker, aber mein Beruf hat mit solchen Dingen nichts zu tun. Ich habe eine Meinung, aber das ist nur eine Meinung wie von jedem anderen.»

«Und wie steht es mit den ganzen Afrikanern, die hierherkommen? Dieser Lynn sagt, nach den besten Untersuchungen über die Intelligenz der Afrikaner hätten sie einen IQ von neunundsechzig.»

Ich lachte. «Ich würde sagen, dieser Professor Lynn erzählt Unsinn.»

«Er hat also unrecht, stimmt's?»

«Er sagt genau das gleiche, was die Leute auch um die Jahrhundertwende gesagt haben. Es war schon damals falsch, und ich kann nicht erkennen, warum es heute richtiger sein sollte.»

«Was meinst du mit *falsch*, hm? Moralisch falsch, ist es das?»

«Wissenschaftlich falsch. Es gibt dafür keine Belege.»

«Aber es gibt doch die Tests. Er hat sie zitiert.»

«Bei solchen Ergebnissen würde ich mir um den Test mehr Sorgen machen als um die Menschen.»

«Na gut, aber was ist dann mit den Erbkrankheiten? Was ist mit dieser zystischen Fibrose, von der man jetzt dauernd hört? Oder irgend so etwas? Das ist doch dein Fachgebiet, oder? *Das* kannst du doch nicht leugnen. Diabetes und so ein Zeug. Wir halten doch alle diese Leute am Leben und erlauben, daß sie sich fortpflanzen. Heißt das nicht, daß ihre Mutationen in der Bevölkerung erhalten bleiben? Hat nicht dieser Francis Crick gesagt, man sollte solchen Leuten nicht gestatten, sich fortzupflanzen? Was ist mit der natürlichen Selektion, hm? Haben wir nicht die natürliche Selektion ausgeschaltet? Wir halten Menschen am Leben, die in der Wildnis ausgemerzt würden, weil sie schwächer sind, oder etwa nicht? Was hält Doktor Benedict davon?»

«Hugo, bitte», sagte Jean. «Sprechen wir doch lieber von etwas Einfacherem.»

Er wandte sich zu ihr. Sein Ton war sehr geduldig. «Überlaß das Reden mir, Schatz, ja?»

Sie sah mich an. Ihr Gesichtsausdruck war schwer zu deuten. Entschuldigung? Warnung? Bedauern?

«Du kannst nicht erwarten, daß ich das Gesetz des Dschungels gutheiße, oder?» sagte ich. «Wenn bei uns das Gesetz des Dschungels gelten würde, wäre ich tot.»

Jean schloß die Augen. Mrs. Downstream sagte: «Aber nein, ganz sicher nicht!» Hugo Miller dachte über meine Äußerung nach. Sein Gesicht war fleckig, als versuchte er, eine große Wut zu verbergen. «Ach, daß du *lebst*, dagegen ist nichts einzuwenden», sagte er. «Aber wie steht es mit der Fortpflanzung, hm? Sollte man Leuten wie dir erlauben, Kinder zu bekommen?»

Verlegenheit, pubertäre Verlegenheit. Sie ist etwas Heimtückisches, denn sie hat in der Hierarchie der Gefühle keinen festen Platz. Niemand hat Gedichte über die Verlegenheit geschrieben. Verlegenheit ist etwas, das sich auswachsen sollte wie Akne; aber sie tut es nicht. Ich kletterte von meinem Stuhl wie ein Kind, das man des Tisches verwiesen hat. Ich hätte bleiben und kämpfen sollen. Benedict Lambert hätte seinen gefeierten, sarkastischen Witz ins Spiel bringen sollen. Er hätte Miller mit ein paar gut gezielten Bemerkungen vernichten sollen. Aber er tat es nicht. Absurderweise fühlte er sich einfach wie ein Idiot.

«Mach bitte kein Theater», sagte ich zu Jean. «Laß mich einfach gehen.» Aber natürlich brachte sie mich trotzdem nach draußen. Sie entschuldigte sich, als sie die Tür öffnete, folgte mir über die unregelmäßigen Fliesen zum Gartentor, entschuldigte sich die ganze Zeit. «Hugo meint es nicht böse. Es ist einfach seine Art. Er provoziert gern …»

Ich sagte, sie solle es vergessen. Ich erklärte ihr, man finde sich mit der Zeit damit ab, so wie mit Sommersprossen, einer Hasenscharte oder einem Silberblick. Es sei, als ob der Hund den Mond anbellt. Plötzlich gab sie ein leises Weinen von sich, als ob sie Schmerzen hätte, und dann hockte sie sich hin wie vor einem Kind und küßte mich auf den Mund, dort auf dem Bürgersteig vor der Galton Avenue Nummer 34, umgeben vom peinlich hellen Licht der Straßenlampe. «Du bist so tapfer, Ben», flüsterte sie. «Das warst du immer. So tapfer.»

Ich schüttelte den Kopf. «Nicht tapfer», sagte ich. «Um tapfer zu sein, muß man die Wahl haben.» Dann kletterte ich ins Auto und knallte die Tür zu.

Sie stand auf dem Gehweg und sah zu, wie ich wegfuhr. Sie winkte nicht, aber sie streckte die Hände aus, geöffnet wie zum Gebet. Ich bemerkte die Downstreams, die durch die Gardinen des Erkerfensters spähten und die Szene so gut wie möglich auskosteten. Von Hugo Miller war nichts zu sehen.

Eine seltsame Empfindung. Natürlich hat man den Wunsch zu weinen, aber man lernt schon früh, ihm nicht nachzugeben. Der Tränengangdefekt dürfte eine erbliche Störung sein, aber meine trockenen Augen haben mit einer solchen Mutation nichts zu tun – sie sind einfach das Ergebnis langjähriger Übung. Statt der Tränen lernt man Wut zu empfinden, eine Wut, die sich auf vielfältige Ziele richtet: auf den Urheber der Beleidigung; auf die Menschheit im allgemeinen; auf die namenlosen Kräfte, die einen in diesen unfruchtbaren, ohnmächtigen Gefühlszustand versetzt haben; und auf einen selbst – als ob man irgendwie am eigenen Zustand schuld wäre. Und in diese Wut mischen sich natürlich Rachegelüste. Ich bin schließlich auch nur ein Mensch. Also ein Wunsch nach Rache, ein Wunsch, Hugo Miller möge um Vergebung oder Gnade oder so etwas betteln. Und dann noch etwas anderes, unendlich viel gefährlicher als alle anderen Gefühle: Hoffnung. Dieser Kuß, wissen Sie. Oh, er war natürlich wie der Kuß von Dinah: ein Unfall, ein pures Resultat schlechter Koordination, ein danebengegangener Schuß, der für die Wange gedacht war und durch die Mühe, sich auf meine Höhe hinabzubeugen, sein Ziel verfehlte. Oder noch schlimmer: Wenn es kein Zufall, sondern wirklich Absicht war, dann war er vielleicht als eine Art Trost gedacht. So oder so war er ohne Bedeutung. Und doch hoffte ich. Man hofft gegen jede Hoffnung, selbst nach über dreißig Jahren hofft man noch.

An diesem Abend fuhr ich nicht nach Hause. Zu Hause,

das war eine freudlose, kahle Souterrainwohnung, gekauft von dem Geld, das Onkel Harry hinterlassen hatte, und eingerichtet mit ein paar Möbelstücken, die mein Vater für mich gebaut hatte – kurzbeinige Stühle, ein niedriger Tisch, verkleinerte Kleiderschränke, eine richtige Höhle für Märchenzwerge. Aber an diesem Abend konnte ich es dort nicht aushalten; also fuhr ich ins Labor, wo die Nachtwächter Dienst hatten und ein oder zwei Kollegen noch spät bei der Arbeit waren. Ich hatte ein Alibi – eine Zellkultur im Brutschrank oder etwas Ähnliches –, und ich hatte etwas zu tun, triviale Arbeiten, die durch Ablenkung Trost vermittelten. Arbeit ist eine gute Medizin, wissen Sie.

«Alles in Ordnung, Ben?» fragte ich.

Es ging mir gut. Ich schaltete den Computer an und loggte mich bei Johns Hopkins ein, um ein paar neue Fachartikel durchzusehen. Es ging mir gut. Ich las etwas über das Fragile-X-Syndrom, über familiäre Polyposis coli und über Fehlpaarungsreparatur. Zwanzig Minuten nachdem ich angekommen war, läutete das Telefon, der Durchwahlanschluß in meinem Labor. Es war Jean. Ihre kleine graue Stimme zitterte in meinem Ohr. «Ich hab' mir gedacht, daß ich dich dort finden würde. Ich rufe an, um mich zu entschuldigen.»

«Das hast du schon.»

«Eigentlich wollte ich wissen, ob es dir gutgeht.»

«Es geht mir gut. Einfach großartig. Woher wußtest du, daß ich hier bin?»

«Ich hab' es vermutet. Irgendwie wußte ich es. Ich dachte, dorthin könntest du gehen. Verzeihst du mir?»

«Dir habe ich nichts zu verzeihen.»

«Diese blöden Leute sind weg. Sie sind kurz nach dir gegangen. Eigentlich nicht verwunderlich. Hugo ist schon im Bett.»

«Und du nicht?»

«Ich bin aufgeblieben, um den Abwasch zu machen. Hugo schläft, und ich dachte, ich ruf' dich mal an.»

Die Brutschränke summten. Jemand öffnete die Tür zum Sterilraum und schloß sie wieder. Um mich herum leuchtete das zeitlose, kalkige Licht des Labors. Die Fenster über den Regalen mit den glänzenden Flaschen waren schwarz wie Ebenholz. «Gehst du gleich schlafen?»

«Ich bin gerade dabei. Ben, ich habe nur angerufen, um dir zu sagen, wie leid es mir tut ...»

Natürlich konnte ich mich in sie hineinversetzen. In solchen Dingen ist meine Phantasie sehr einfühlsam. Ich konnte sie mir in der engen Diele vorstellen, wie sie den lächerlichen, nachgemachten edwardianischen Telefonhörer ans Ohr hielt und schüchtern dastand, einen Fuß auf den anderen gestellt. Ich konnte mir ihre Zehen vorstellen, die durch lebenslanges Tragen enger Schuhe verbogen waren. Ich konnte mir ihre frisch gekämmten Haare vorstellen. Ich sah das einfache Baumwollnachthemd und die blassen Beine. Ein schwacher Hauch von Behaarung am Schienbein, wo der Rasierer keine ganze Arbeit geleistet hatte. Ich bin Experte für Beine. Ich lebe auf der Höhe von Beinen. Ohne die Panzerung aus Nylonstrumpfhosen hatten ihre Beine etwas seltsam Verletzliches.

«Ich glaube, du machst jetzt besser Feierabend und gehst nach Hause», sagte sie. «Fahr vorsichtig.»

Du armer, trauriger Zwerg, verborgen in deiner Höhle, mit dreizackigen Händen (welch schönes, schelmisches, neptunisches Adjektiv!), die mit Methode und Sachkunde auf die einsamen Genüsse hinarbeiten, während dein Geist die Rundungen eingebildeter und abgebildeter Körper erforscht, die dort in bunten, schimmernden Farben auf der

Bettdecke liegen – die glorreiche Gloria, wild und immer willig, behauptet die Überschrift, was zweifellos eine Lüge ist. Die Vorstellungskraft wirkt, die Phantasien blühen. Man versucht, die Sache eine Zeitlang einzudämmen, die ärmliche Ekstase zu verlängern, aber die Flut steigt unausweichlich. Gloria wird zu Olga Codon, wird zu dem kurzen Blick auf Mrs. Downstreams Unterhose, wird zu einer entfernten Erinnerung an Dinah, einer lebhaften Erinnerung an Eve, wird zu Jean ... Die Gefühle brechen hervor. Die Woge kommt plötzlich und als Umschwung, fegt alle Phantasien hinweg wie Treibgut im Hochwasserkanal und schwemmt sie als gallertige Flüssigkeit auf das strategisch angeordnete Handtuch.

Der Feind ist das Selbstmitleid. Man wappnet sich dagegen, baut Wälle aus Zynismus, hebt Schützengräben der Ironie und des Sarkasmus aus; aber manchmal, nur manchmal, brechen die Dämme.

Eine Art Schlaf. Der Schlaf des Verdammten. Um von Jean zu träumen.

Ich träume viel. Was hätte wohl der selige Sigmund Freud
dazu gesagt? Ich träume von einer Eisenbahnstrecke. Der
selige Sigmund hat schon vor langer Zeit kundgetan, Ei-
senbahn bedeute den Tod. Wenn es nach ihm geht, träume
ich also vom Tod.

Meine Eisenbahnstrecke führt von nirgendwo nach nirgendwo. Die leeren Gleise erstrecken sich in die Ferne; der
Zug saust darauf entlang und hämmert über die Schienen.
Klacketi-klack, klacketi-klack machen die Räder, und das
Gleis ist alles, die Gesamtsumme der Wahrnehmungen, die
einzige Kulisse. Manchmal, ganz selten, eine Abwechslung:
ein Signal huscht vorbei, gefolgt von einem Signalkasten,
auf dem ein Name steht, ein seltsamer, kindlicher Name,
der zu dem kindischen Traum paßt – TATA –, und danach
plötzlich das reliefartige Bild eines Bahnhofs – der Bahn-
steig aus Beton, der am Rand aufsteigt wie eine Welle, die
Reihe einsamer Menschen, die im Regen stehen, ein langes,
verwirrendes Stationsschild mit einem Namen wie ein
Anagramm aus dem Kreuzworträtsel, und dann wieder nur
noch die Gleise, das monotone Wummern der Räder, die
vorübersausenden Bahnschwellen, Tausende und Abertausende, alle ohne Inhalt, ohne Sinn und ohne Bedeutung.

Der selige Sigmund hatte unrecht. Meine Träume handeln nicht vom Tod, sondern vom Leben: von der Leere des
Lebens.

«Was *machst* du eigentlich?» fragt Miss Piercey beim
Mittagessen in der «Katze im Sack». Man kann das Kursi-
ve in ihren Worten hören. «Ich möchte verstehen, was du
machst.»

«Wenigstens bist du nicht wie dein Mann. Der weiß offenbar schon, was ich mache, und zwar besser als ich selbst.»

Sie übergeht meine Boshaftigkeit. «Erzähl es mir. Erklär es.»

Es ist sehr einfach, das ist das wichtigste, was man begreifen muß. Atomphysiker, Astronomen, Chemiker – die Musterwissenschaftler, die Erben der Alchemie – leben seit jeher in einer anderen Welt, einer Welt, umgrenzt von den unüberwindbaren Schranken komplizierter Gleichungen, von Methoden und Ideen, die sich deinem und meinem dürftigen Begriffsvermögen entziehen. So sind wir Molekulargenetiker nicht. O ja, ein bißchen Taschenspielerei ist dabei. Es ist, als ob man ein Puzzle zusammensetzt oder ein Bilderrätsel löst. Man braucht einen gewissen Hang zum Rätseln, zu Kopfnüssen; aber das ist auch schon fast alles. Wenn Sie eine Begabung für Anagramme oder eine Ader für Kreuzworträtsel haben, oder wenn Sie sich mit Begeisterung in die Denkaufgaben stürzen, die auf der vorletzten Seite von Zeitschriften stehen, dann können Sie es auch.

Suzie hat eine Schnur von einem Meter Länge. Bill schneidet sie in fünf unterschiedlich lange Stücke. Dann schneidet Jim Bills Fragmente noch einmal in sechs Teile. Jetzt möchte Suzie ihr ursprüngliches Stück Schnur wiederherstellen. Sie weiß, daß Bills Schnitte ...

Die Molekularbiologen unter Ihnen haben sicher schon gelächelt, als ich bloß das Wort *Fragmente* erwähnte. Es hat semantische Kraft. Aber die anderen haben wahrscheinlich nur die Achseln gezuckt wie Miss Piercey: «Es kann doch nicht nur ein Spiel sein», protestiert sie.

Aber genau das ist es. Und auch die Methoden sind einfach. Etwa so schwierig wie das Kochen der *Haute cuisine*, das heißt: ab und zu raffiniert, aber nichts, das nicht auch Miss Piercey bewerkstelligen könnte, wenn es sein muß.

138

Außerdem sind das Essen und der Koch in diesem Fall ein und dasselbe, was für den Gaumen einen angenehmen Beigeschmack schafft.

Meinen Macher meistern, das mächtige Molekül

Dieses Molekül – die berühmte Doppelhelix, abgekürzt DNA – kennt heute jeder irgendwie. Selbst Verfassungsrichter müssen eine Vorstellung davon haben, selbst die Leser der Boulevardpresse haben davon gehört, und sei es nur, weil man damit einen Vergewaltiger dingfest machen kann, indem man seine Samenzellen analysiert. Wenn ich von so etwas spreche, zieht Miss Piercey ein Gesicht, das Abscheu und Mißbilligung ausdrückt.

«Aber sie sind da», versichere ich ihr, «ob du willst oder nicht: Sie sind in den Kernen aller deiner Zellen.»

«Die Samen?»

«Die DNA-Moleküle. Sie sind in jeder Zelle, sorgfältig zusammengefaltet wie die Bettlaken in der Kommodenschublade. Alle Funktionen aller Zellen sind von ihnen abhängig.»

«Du meinst» – ein Runzeln zerfurcht ihre Stirn – «sie sind in diesem Augenblick da und wimmeln in mir?» Sie rutscht auf ihrem Stuhl herum, als ob ihr etwas unter den Rock gekrochen wäre. Und als sie sich bewegt, ist da dieses Geräusch: das schwache, intime Flüstern von Nylon auf Nylon.

«In jeder Sekunde.» Um es zu verdeutlichen, zeichne ich ein Diagramm auf eine Papierserviette. Ich fürchte, es ist wieder einmal meine didaktische Ader, aber es hat Erfolg: Sie beugt sich nach vorn, um es anzusehen. Eine Locke ihrer Haare streicht über mein Gesicht, und ihr Duft hüllt mich ein, ein schwacher Hauch von Moschus. Sind es absichtliche Signale? Weiß sie, was sie tut? Während ich meine Skizze zeichne, bin ich genötigt, die Dinge in meiner Hose anders anzuordnen. «Das Molekül hat die Form einer verdrehten Leiter», erkläre ich ihr. «Eine Himmelsleiter, wenn du so willst, aber eine, die in beide Richtungen läuft: Wir können versuchen, auf ihr bis zu Gottes Thron hinaufzusteigen ... aber wir können mit ihrer Hilfe auch in die Tiefe hinuntersteigen. Also Vorsicht!»

«Und in welche Richtung möchtest du gehen, Doktor Lambert?» fragt Jean, während sie die widerspenstige Locke hinter das Ohr schnippt.

Die Botschaft

Die Botschaft der Gene liegt in einem der Leiterholme und ist in einem Alphabet aus nur vier Buchstaben geschrieben – A, C, G und T. Das ist das Alphabet des Lebens. Die Buchstaben sind in Wirklichkeit chemische Gruppen, die man Basen nennt, und die Basen des einen Stranges verbinden sich mit denen des anderen zu den Leitersprossen. Diese Paarung sieht so aus: Ein «A» im einen Strang verbindet sich immer mit einem «T» im anderen, und ein «C» verbindet sich immer mit einem «G». Diese Regeln haben zur Folge, daß die Reihenfolge oder «Sequenz» der Basen im einen Strang genau von der Sequenz im anderen ergänzt wird. Der Buchstabenfolge

... GGCATCCTCAGCTACGGGGTG
GGCTTCTTCCTG ...

entspricht zum Beispiel im anderen Strang die ergänzende oder «komplementäre» Sequenz

... CCGTAGGAGTCGATGCCCCAC
CCGAAGAAGGAC ...

Ich drehe die Papierserviette um, damit sie besser sehen kann. «Die Reihen dieser Buchstabenpaare gehen über große Entfernungen immer weiter wie die Bahnschwellen in einem Schienenstrang. Die eine Seite ist die Botschaft, die andere ist die Antibotschaft. Sinn und Antisinn, wie in einem Spiegel. Etwas über tausend solche Basenpaare bilden ein durchschnittliches Gen, aber das ganze DNA-Molekül ist länger – viel, viel länger.» Ich spreche von Megabasen – Millionen Basen –, und Jean blickt verwirrt drein. «Ein durchschnittliches menschliches Chromosom», erkläre ich ihr, «enthält ein einziges DNA-Molekül von achtzig Millionen Basenpaaren. Das ist viel, und zwar nicht nur nach den Maßstäben der Zelle, sondern auch nach normalen Maßstäben: Es ist mehrere *Zentimeter* lang. Wenn man die sechsundvierzig Chromosomen einer Zelle zusammenzählt, kommt man insgesamt auf etwa zwei Meter DNA.»

Sie schüttelt den Kopf. «Aber was *bedeutet* das alles? Hier steht ‹Gag›.» Sie zeigt mit dem Nagel ihres schlanken Fingers auf das Gekritzel auf der Serviette. «Und ‹Tag›. Es sieht wie Kauderwelsch aus.»

«Aber für deine Zellen ist es kein Kauderwelsch.» Im Hintergrund brüllt Eric vor Lachen über einen neuen Witz, den ein Gast ihm erzählt hat. Neben uns piept und pfeift der Flipperautomat. Und ich frage mich nach Jeans DNA, nach ihren Zellen, nach dem ganzen Aufbau ihres Körpers, während sie mir gegenübersitzt und die Beine so kunstvoll gekreuzt hat, daß ich über ihren Knien nur einen dreieckigen Tunnel aus Schatten sehen kann.

Sie richtet sich auf und sieht mich an. «Also was besagt dieses DNA-Zeug nun?»

«Es enthält die Anweisungen, um dich herzustellen: eine phänotypisch normale Frau, braune Haare, schlank, gutaussehend, nervös, unterwürfig, verwirrt wegen deines Mannes ...»

Röte hat ihre Wangen überzogen. «Das alles? Ach komm!»

«Oder, mit einem einzigen, heimtückischen Rechtschreibfehler in der ganzen Bauanleitung, *mich*.»

Sie ist still. Das nervöse Herumrutschen hat aufgehört, die Röte ist verblaßt. Ihre Augen, diese seltsamen, nicht zusammenpassenden Augen, die von einem ebenso großen Fehler wie meinem hervorgerufen wurden, glänzen. «O Ben», flüstert sie.

Aber natürlich ignoriere ich ihren kleinen Gefühlsausbruch, und ich ignoriere auch die schmale Hand, die sich über den Tisch streckt, um meine plumpe zu ergreifen. Das ist mein Gebiet, meine Arbeit, es ist das, woran ich – mangels eines besseren Wortes – glaube. Hier tritt Ben, der Wissenschaftler, an die Stelle von Ben, dem Zwerg. «Du mußt begreifen, daß die DNA nicht die Botschaft *trägt*; die Botschaft ist ein untrennbarer Teil des Moleküls. Die Information *ist* das Molekül. Und genauso gibt es kein eigentliches *Du*, das außerhalb von alledem steht und es von irgendeinem höheren Standpunkt aus betrachtet wie der Leser, der sich ein Buch ansieht. Es ist viel seltsamer. Du betrachtest die Information mit dem Apparat, den sie erschaffen hat. Du verstehst sie – oder auch nicht – mit dem Apparat, den sie erschaffen hat. Das ist der springende Punkt. Das Medium ist tatsächlich die Botschaft.»

«Du sagst immer, es sei eine Botschaft, aber wenn es eine Botschaft ist, wie liest man sie dann? Was *besagt* sie?»

Ich zuckte die Achseln. «Sie besagt Proteine. Das ist alles, und mehr braucht es nicht. Die Botschaft entscheidet, welche Proteine deine Zellen herstellen, und die Proteine bestimmen über alles andere. Es gibt in deinen Zellen eine Menge unterschiedliche Proteine, weil es viele verschiedene Dinge zu tun gibt, und deshalb gibt es auch viele verschiedene Gene – im Genom des Menschen insgesamt vielleicht hunderttausend. Wir sind mit dem Zählen noch nicht fertig, aber es dauert nicht mehr lange.»

«Und wenn die Botschaft etwas *bedeutet*», fragt Jean, «wer hat sie dann geschrieben?»

Der genetische Code

Es ist kein Code. Einen Code konstruiert man, um zu täuschen. Hier hat niemand versucht, etwas zu verbergen, kein Gott hat irgendein Spiel gespielt, ein Rätsel vorgelegt, ein Geheimnis geschaffen. Der sogenannte genetische Code hat sich einfach so entwickelt, daß er funktioniert. Er ist kein Code, sondern eine *Sprache*, und zwar eine verwirrend einfache. Jedes Wort besteht nur aus drei Buchstaben, jeweils drei von den vier möglichen: A, C, G und T. Jede Kombination bedeutet etwas, das heißt, die Sprache hat vierundsechzig Wörter. Das Englische hat sechsundzwanzig Buchstaben und einen Wortschatz von etwa fünfhunderttausend Wörtern, aber die Sprache der Gene reicht aus, um Systeme hervorzubringen, die alle Sprachen der Welt sprechen und alles verstehen, was jemals verstanden wurde – und diese genetische Sprache hat nur vierundsechzig Wörter. Außerdem sind viele dieser Wörter auch noch Synonyme – es mag vierundsechzig Wörter geben, aber sie haben zusammen nur einundzwanzig Bedeutungen.[1]

[1] Zwanzig Aminosäuren und den Befehl STOP

Auch in anderer Hinsicht ist das System einfach. Die Sprache der Gene ist fast ausnahmslos[2] immer die gleiche. Deine eigenen Zellen bedienen sich derselben Sprache wie das Virus, das dir einen Schnupfen verschafft, oder das Bakterium, das Halsschmerzen hervorruft. Ob die Gene nun vor deinem Fenster eine Eiche wachsen lassen oder die Fliege hervorbringen, die gegen die Fensterscheibe summt, immer sprechen sie die gleiche Sprache. Alle ihre Wörter bedeuten für alle Tiere und Pflanzen das gleiche. In der Evolution der Zellen hat es keinen Turmbau zu Babel gegeben.

«Das kommt mir ganz schön kompliziert vor», sagt Jean. Und dann sieht sie mich mit neugieriger Direktheit an. Das ist eines der Dinge, die ich an ihr so bemerkenswert finde: ihre kindliche Direktheit. «Und wie paßt du zu alledem?» fragt sie. «Was genau tut der große Benedict Lambert?»

Ja, was eigentlich? Als Täter und Opfer dringe ich in die intimsten Einzelheiten des menschlichen Genoms vor. Während Onkel Gregor nur entdeckte, wie die Erbfaktoren vom Vater an die Tochter oder von der Mutter an den Sohn weitergegeben werden, hantiere ich mit diesen Faktoren: Sanft zerlege ich sie in Stücke wie ein kleiner Junge, der einer Fliege die Flügel und Beine ausreißt. Als ich diese Tätigkeit erwähne, löse ich bei Jean Piercey ein köstliches Schaudern aus. «Oder wie ein junges Mädchen, das die Blütenblätter von einer Blüte pflückt. Er liebt mich, er liebt mich nicht, er liebt mich, er liebt mich nicht …»

«Und die Zwerge?» Ihr Blick ist fest und direkt. Sie hat einen seltsamen Mut.

«Ach ja, die Zwerge …»

[2] Das heißt bis auf zwei geringfügige Unterschiede in der DNA der Mitochondrien und des Zellkerns

144

Ich suche in den Druckfehlern des Lebens nach Bedeutung, und damit bin ich eine Art Impresario geworden, ein Billy Smart der Genetik, ein Barnum and Bailey des Genoms, ein Erbe des Großvaters Godley und seiner Monstrositätenschau.

Ich sammle Zwerge.

«Was soll das eigentlich alles?» fragt einer von ihnen lautstark im Wartezimmer der Klinik. Der Raum ist mit Topfpflanzen – Aspidistra, Ficus – geschmückt, und an den Wänden hängen fröhliche, hoffnungsvolle Bilder. Mißtrauisch sieht der Mann sich um. Er ist mit seiner ganzen Familie gekommen. Die Frau lächelt mütterlich und gibt dem Kind eins hinter die Ohren, weil der muntere, arglose Dreijährige gerade versucht, ein Exemplar der *Cosmopolitan* zu zerreißen. Sie kommen ganz aus der Nähe – aus dem Olympia; dort zeigen Plakate derzeit grimmige Löwen und Clowns mit roter Nase, schielendem Blick und runden Hüten, aus denen oben Blumen herauswachsen. Chipperfields Zirkus ist in der Stadt.

«Wo ist der Macker, der uns hierhaben wollte?» So drückt der Vater sich aus. *Macker.* «Wo ist nun der Macker?»

Eine Krankenschwester lächelt geduldig und zeigt ihnen, wo sie die Namen und Geburtsdaten aller Familienmitglieder eintragen sollen. «Dann wird Dr. Lambert Ihnen ein paar Fragen stellen, wenn es Ihnen nichts ausmacht. Wir wissen es sehr zu schätzen, daß Sie uns Ihre Hilfe angeboten haben.»

«Hilfe? Hilfe für wen?» Er wendet sich an mich wie an einen Verbündeten. «Wer ist dieser Macker Lambert? Haben Sie eine Ahnung?»

«Dr. Lambert wird Ihnen alles erklären», wiederholt die Schwester.

Der Mann blickt mißtrauisch in die Runde. «Ich will nicht, daß jemand versucht, uns zu *heilen*. Wo wären wir denn dann, hm? Auf der Straße, ohne Arbeit.»

«Machen Sie sich deswegen keine Sorgen», erwidert die Schwester fröhlich. «Es gibt keine Heilung. Wenn Sie bitte mit dem Doktor mitgehen …»

Erst jetzt dämmert es ihm. Er starrt mich an. «Ach, *du* bist das? Ich dachte, du wärst einer von uns. Na so was, das haut mich richtig um. Eigentlich tun sie das ja andauernd – mich umhauen, meine ich.» Er brüllt vor Lachen, so daß sein Gesicht sich verzieht, und der Lärm läßt die Fensterscheiben des Untersuchungsraums klappern. Er ist es gewohnt, vor großem Publikum zu lachen und damit anzuzeigen, wann etwas lustig sein soll, was vermutlich meistens der Fall ist. «Bist du auch vom Zirkus?» fragt er.

«Nein, das nicht.»

Sein übergroßer Kopf nickt zustimmend. «Bist einfach aus heiterem Himmel gekommen, was? Lottoglück, hm? So was kommt vor, stimmt's? Ich bin Hans Däumling. Sieht man sofort. Am Ende bist du immer Hans Däumling. Idealbesetzung. Schön, dich kennenzulernen.» Er streckt seine Stummelhand aus, damit ich sie mit ihrer Zwillingsschwester, meiner eigenen Stummelhand, schütteln kann. Es ist etwas Seltsames, als ob man in den Spiegel blickt. Wenn man einen anderen trifft, ist es immer, als wenn man in den Spiegel blickt, als ob die Mutation alle Launen der erblichen Variation überlagert und eine Art Klon erzeugt. Und doch haben wir nur eines gemeinsam: ein winziges Pünktchen, ein Tüttelchen, einen einzigen blöden Buchstabierfehler in der ganzen Bauanleitung.

Ich habe mich oft gefragt, wie der wirkliche Benedict Lambert ausgesehen hätte, derjenige, der in diesem absurden Zirkuskörper gefangen ist, derjenige ohne die Ma-

146

krozephalie, den eingedrückten Nasenrücken, die ausgeprägte Lendenwirbellordose, die kurzen, stummelför-
migen Gliedmaßen; derjenige, der mehr oder weniger so
ist wie mein Vater. Wie hätte dieser kryptische Benedict
ausgesehen? Mein Vater war einen Meter dreiundachtzig
groß.

«Das ist natürlich meine Frau», sagt Hans Däumling.
«Und das hier ist der Sohn und Erbe. Das kleine Ekel. Er
heißt Joe. Joseph. Nicht daß wir Juden wären; nur der
Name, sonst nichts.» Joe grinst und grapscht sich von meinem Schreibtisch eine Handvoll Stifte. «Eine Schwester
hatte er auch», fügt der Vater hinzu, «aber die ist gestorben.»

«Gestorben? Wann war das?»

«Vor fünf Jahren. Sie war erst achtzehn Monate alt, das
arme kleine Wurm. Es hatte sie böse erwischt. Das passiert
manchmal, stimmt's?»

«Ja, das stimmt. Haben Sie einen Arztbericht darüber,
den Obduktionsbefund oder irgend so etwas?»

«Ich weiß nicht, ob wir den noch haben. Weißt du, wie
das ist, wenn man auf der Walze ist? Das meiste, was man
nicht unbedingt braucht, behält man nicht, und als das
arme kleine Wurm weg war …»

Homozygot. Sie wäre nützlich gewesen. Ich habe vier
Homozygote, alle von Krankenhäusern überwiesen, zwei
davon aus den Staaten, und alle müssen in den nächsten
Monaten sterben. Verstümmelt, verbogen, dem boshaften
Würfelglück in die Falle gegangen, sind sie besonders *nütz-
lich*. Besonders aufschlußreich.

«Andere lebende Verwandte?»

«Ich habe einen Bruder.»

«Ist er … betroffen?»

«Normal.»

«Und glauben Sie, er würde uns helfen?»

«Weiß ich nicht. Ich sehe ihn nie. Ehrlich gesagt, ich bin ihm ein bißchen peinlich.» Ein Achselzucken. «Was willst du überhaupt von ihm?» Hans Däumling platzt fast vor empörtem Stolz und bezieht mich in die Bruderschaft der Entrechteten ein. «Bist du nicht hinter *uns* her?»

«Klar. Aber wir müssen den Stammbaum möglichst vollständig rekonstruieren.»

«Stammbaum, darum geht es? Wie bei Hunden?»

Ich lächelte. «Ein bißchen wie bei Hunden. Wir brauchen nur von jedem eine Blutprobe. Von Ihnen, von Ihrem Bruder, wenn er dazu bereit ist, und von allen anderen Verwandten. Auch von den Verwandten Ihrer Frau.»

«Blutproben? Sie mag keine Nadeln, meine Deidre. Stimmt's, Liebling?»

Deidre nickte geistesabwesend, während sie die Bleistifte aus der Faust ihres Kindes befreite. «Gib dem Doktor seine Stifte wieder, sei ein lieber Junge.»

«Tut ihr richtig weh, die Nadel. Wozu brauchst du das Blut überhaupt? Bist wohl so eine Art Dracula.»

«Wir züchten Ihre Zellen und gewinnen daraus die DNA ...»

«Ach, *davon* hab' ich schon gehört», sagt Deidre. «Das kommt doch immer im Fernsehen. Fingerabdrücke. Weißt du noch, dieser Inspektor Morse? Da war ein Blutfleck, und darin haben sie den Fingerabdruck des Mörders gefunden. Erstaunlich.»

Man merkt ziemlich schnell, wann man nicht mehr weiterkommt. «So etwas Ähnliches», stimmte ich zu. «Wir versuchen auf Ihren Chromosomen Markierungen zu finden, die wir wiedererkennen können. Dann können wir herausfinden, welches Chromosom Ihr Sohn von Ihnen geerbt hat ...»

«Den Joe willst du auch anstechen? Ob ich da mitmache, weiß ich nicht …»

«Es tut nicht weh, da können Sie sicher sein.»

«Du hast doch schon so viele andere Leute. Reicht das nicht?»

«Je mehr wir haben, desto besser. Wissen Sie, die Markierungen müssen etwas aussagen. Wir müssen auf jedem von Ihren Chromosomen andere Markierungen finden, damit wir sie unterscheiden können.»

«Chromosomen?» Hans Däumlings Gesicht hellt sich auf. Er befindet sich wieder auf vertrautem Terrain. «Wie erkennt man, ob ein Chromosom etwas taugt?» fragt er.

«Ich weiß nicht», erwidere ich pflichtschuldigst. «Woran erkennen *Sie* es?»

Das macht Hans Däumling Spaß. «Sieh dir an, was es geerbt hat!» schreit er. «Wie wär's damit? Sieh dir an, was es geerbt hat!»

«Genau das tun wir ja. Wir versuchen, die Gene in dem Chromosom zu untersuchen. Wenn wir die Markierungen gefunden haben, verfolgen wir sie von den Eltern zu den Kindern, weil wir wissen wollen, welche Markierungen zusammen mit der Störung vererbt werden. Und wenn wir eine Markierung finden, die mit der Krankheit zusammen vererbt wird, dann bedeutet das, daß die Markierung und das Gen für Achondroplasie wahrscheinlich auf demselben Chromosom liegen. Für solche Arbeiten braucht man viel Geduld, aber das Prinzip ist ziemlich einfach. Und Sie alle können dabei mithelfen.»

«Was haben wir davon?»

«Überhaupt nichts. Sie wissen nur, daß Sie mitgeholfen haben. Vielleicht gibt es irgendwann eine Therapie. Irgendwann in der Zukunft.»

Wieder dieser mißtrauische Blick. «Wir wollen keine

Therapie. Dann würden wir ohne Arbeit auf der Straße stehen. Wozu ist ein großer Zwerg gut, hä?» Er brüllt vor Lachen über die Idee.

Stellen Sie sich diese Unterhaltung in beliebig vielen Wiederholungen vor, mit Unterschieden in Begriffsvermögen und Mutterwitz, dann haben Sie die erste Phase, das Sammeln der Stammbäume. «Ich nehme an, es wird eine Art statistische Analyse stattfinden?» fragte eine Frau. «Irgendwie werden Sie feststellen, mit welcher Wahrscheinlichkeit die Marker mit dem Gen für Achondroplasie gekoppelt sind. Ich meine, vermutlich könnten doch beide, der Marker und das Gen, auch rein zufällig gemeinsam vererbt werden ...»

«Haben Sie Genetik studiert?»

Sie schüttelte den Kopf. Aus ihrem Mopsgesicht blickten helle, intelligente Augen. Sie war von einer seltsamen Schönheit, als könne man durch dunkles Glas, durch die Verformungen von Fleisch und Knochen die dahinter verborgene normale Frau sehen. «Ich bin Anwältin», erklärte sie. «In der Schule habe ich mich um die Biologie gedrückt, aber man versucht doch, etwas herauszufinden, oder? Wenn man es akzeptiert hat, will man so viel wie möglich begreifen.» Darin waren wir Bundesgenossen. Sie sah mich mit einem Lächeln an, das sie sonst vielleicht für ihren Mann reserviert hatte, als ob ich an der größten Intimität teilhaben sollte, die sie bieten konnte. Einen Augenblick lang malte ich mir aus, wie wir uns zusammen auf dem Bett wanden und uns mit unseren Stummelgliedmaßen umklammerten. Kam ihr auch ein solcher Gedanke? Sie hatte einen normalen Mann, einen normalen Sohn und eine kleinwüchsige Tochter – beide Kinder waren durch Kaiserschnitt zur Welt gekommen. «Sie sollten mal sehen, was für

Blicke ich ernte. Manchmal kommt jemand auf der Straße zu mir und sagt, so etwas sollte verboten werden. Wildfremde Leute …»

Holt die Clowns. Holt die Zwerge. Und dann laßt die Kapelle spielen.

Zirkus

Am 29. Juni, Peter und Paul, dem Feiertag der Schutzheiligen der Stadt, kam der Zirkus nach Brünn. Das ganze Tohuwabohu, teils Jahrmarkt, teils Zigeunerlager, ein Dorf aus Wohnwagen, Zelten und Buden, breitete sich auf dem offenen Gelände am anderen Ende des Klosterplatzes entlang des Flusses Schwarzawa aus. An diesem hellen Sommertag bot sich ein schöner Anblick: Rauch stieg empor, Fahnen wehten, und dahinter erhob sich der dunkle Schreibwald wie ein riesiges Zirkuszelt. In der Stadt fand ein großer Umzug statt: Wagen und Clowns, ein schwerfälliger Elefant und ein Käfig mit Tigern (zwei), eine Jongleurstruppe, ein Haufen Akrobaten, ein Rudel federgeschmückte Ponys und zwei mottenzerfressene Kamele mit Araberjungen auf dem Rücken. Auf den Straßen sah man dunkelhäutige Ausländer. Die Ladeninhaber behielten ihre Waren genauer als sonst im Auge. Und die Hausbesitzer achteten darauf, daß ihre Türen verschlossen waren.

Mendel ging natürlich hin. Er konnte es nicht außer acht lassen. Es gab eine bärtige Dame; es gab einen Schlangenmenschen namens «Das knochenlose Wunder»; es gab einen Kopf, einen lebenden, blinzelnden, lippenleckenden menschlichen Kopf, der ganz ohne Körper aus einer Pflanzenranke herauszuwachsen schien; es gab einen zweiköpfigen Riesen (der getrocknet und eingeschrumpft in einem Sarg lag), einen dreibeinigen Jungen und – in einem Gefäß eingelegt wie Sauerkraut – siamesische Zwillinge. Mendel war schon im Krankenhaus gewesen – ein Erlebnis, für das er alle seine Kräfte hatte zusammennehmen müssen –, um sich dort einige Mißbildungen anzusehen. Er hatte schon einen Stammbaum seiner eigenen Familie aufgestellt – der zurückweichende Haaransatz, die untersetzte Statur, die blauen Augen, die Kurzsichtigkeit. Er hatte schon Mäuse in der Enge seines Zimmers im Kloster gezüchtet und damit den Zorn des Abtes Napp auf sich gezogen. Wie hätte er dem Zirkus seine Aufmerksamkeit versagen können?

Er ging mit einer ganzen Gruppe aus dem Kloster hin, mit dem Chorleiter Pavel Křižkovsky, mehreren Chorknaben und zwei anderen Brüdern.

Das Zirkusdorf hatte eine besondere Atmosphäre. Äußerlich war es ein Mischmasch aus zertretenem Gras, Holzkohlenrauch, dem versengten Geruch der Lampen und hundert anderen Dingen, die man nicht benennen konnte. Im übertragenen Sinn war es der exotische Duft des Geheimnisvollen und Fremden, das Gefühl, daß die maßvolle Normalität der Dinge nur eine Illusion ist, daß unter dem Sicheren das Chaos liegt. Es gab Franzosen und Italiener, Inder und Chinesen, Kosaken und Tscherkessen, einen türkischen Eunuchen und eine arabische Bauchtänzerin – das verkündeten zumindest die Plakate –, und natürlich gab es die Zigeuner, die *cikáni*, mit dunkler Haut, dunklen Haaren und dem Blut der alten Ägypter, das durch ihre Adern und ihre Sprache floß.

«Inder, glaube ich», sagte Franz Bratranek in seiner belehrenden Art. Sein Vorbild war Goethe, und wie der berühmte Mann hielt er sich für einen Universalgelehrten. «Überhaupt nicht ägyptisch. Die Untersuchung ihrer Sprache zeigt die Verwandtschaft mit den Hindus. Der Theorie zufolge sind sie irgendwann im Mittelalter aus Indien ausgewandert, und seitdem ziehen sie immer umher.»

«Wie die Juden», warf Mendel ein.

«Eben nicht wie die Juden», verbesserte Bratranek mißbilligend. «Die Schriften von Gobineau zeigen ihre Stellung ganz eindeutig. Die Zigeuner sind arischer Abstammung, während die Juden» – er nannte sie *Židi*, obwohl sie deutsch sprachen – «Semiten sind, also etwas ganz Fremdes …»

«Jesus war Jude», bemerkte Mendel.

Die Gruppe nahm ihre Plätze unter dem großen Zeltdach ein, mitten im Geruch von Menschen, Pferdemist und Stroh. Die Jungen aus dem Knabenchor schwatzten und zappelten. Křižkovsky verteilte Ohrfeigen, Mendel spielte mit seiner Brille, und Klacel ließ sich in voller Breite auf die hölzerne Bank fallen, um die erste Nummer, in der Pudel steif auf den Hinterbeinen im Kreis herumstolzierten, mit einem Vortrag über Hundeausbildung zu begleiten.

Nach den Hunden kam eine Nummer am fliegenden Trapez. Die Artisten waren ein Vater und seine drei Söhne. Unter ihnen schwenkte eine Frau anmutig die Arme, um die Luftakrobatik über ihr zu betonen. Die Frau hatte einen bedenklich kurzen Rock an, der kaum die Knie bedeckte, aber glücklicherweise kletterte sie nicht in die Zeltkuppel hinauf. Das wäre nicht mehr anständig gewesen. Bratranek dachte laut darüber nach, ob sie die Mutter sei und ob eine Frau, die drei Kinder zur Welt gebracht hatte, noch einen so athletischen Körperbau haben könne. Mendel putzte eifrig an seinen Brillengläsern. Als nächstes folgte ein Zwischenspiel mit Clowns und Zwergen («eine

Störung der Ontogenie, hervorgerufen durch ein Ungleichgewicht der Körpersäfte in der Familie», verkündete
Bratranek, als sei er Arzt), und dann – das Publikum hielt
den Atem an – wurde in der Mitte der Arena ein Käfig aufgebaut.

Tiger.

Das Wort verbreitete sich unter den Zuschauern wie das
Gerücht von einer drohenden Katastrophe.

Tiger. Löwen, wilde Tiere. Man setzte einen Tunnel zusammen, der aus dem Zelt hinausführte, geradewegs in die
Dunkelheit des Dschungels.

Mendel murmelte etwas zu Bratranek und glitt von seinem Platz.

Familien dachte Mendel mehr oder weniger. Vergiß die
Tiger. *Familien*. Er fragte sich, wie man so blind sein konnte. Natürlich dachte man als erstes an die Familie der Tra-
pezkünstler, und dadurch vernebelte man das Thema mit
Fragen nach Ausbildung, Erziehung und Kindheitserleb-
nissen. Man mußte die Wirkungen der Vererbung von den
Wirkungen der Umwelt unterscheiden. Bei seinen Erbsen
hatte er sich dabei große Mühe gegeben, indem er die
Zwergformen je nach Bedarf umtopfte, so daß sie nicht im
Schatten ihrer großen Vettern standen. O ja, die körperliche Gewandtheit der Trapezartisten mußte ererbt sein, und
vielleicht auch die Stimme und das musikalische Gehör dieses neuen Chorknaben – dieses Leo Sowieso oder so ähnlich –, und ganz sicher die besondere Kehlkopfkonstruk-
tion, durch die er wie eine Lerche singen konnte. War das
der Vergleich, den Pavel Křižkovsky gebraucht hatte? Na
dann eben Nachtigall. Aber nicht die Tatsache, daß er Or-
gel spielen oder überhaupt singen konnte. Nein, wie in der
Artistenfamilie sind die *Begabungen* eines Kindes das eine,
seine *Leistungen* ganz etwas anderes: Die Leistungen moch-

154

ten zwar von den Begabungen abhängen, aber sie mußten entwickelt werden, geformt durch Ausbildung und Übung, und manche mußte man ganz neu erfinden. Diese Unterscheidung hatte Darwin in seinem Buch nicht getroffen, er hatte nicht eindeutig zwischen Erbe und Umwelt getrennt ...

Also verließ Pater Gregor das Zelt nicht, um nach den Trapezkünstlern zu suchen (bei denen ohnehin das Problem mit der Frau bestand). Nein, er suchte

die Zwerge.

Sie waren nicht schwer zu finden. Am Rand des Lagerplatzes stand ein winziger Wohnwagen, und in der Nähe weideten zwei winzige Pferde, wie man sie für die Arbeit in den Bergwerken züchtete. Es war nicht zu übersehen.

Auf sein Klopfen antwortete eine mürrische Stimme: «Ja?»

«Darf ich eintreten?»

«Herein.»

Man sprach also deutsch. Er hatte mit einer Art Slawisch gerechnet. Von deutschem Blut erwartete man eine gewisse Reinheit. Er stieg die Stufen hinauf, duckte sich im Eingang und befand sich plötzlich in einer Miniaturwelt mit kleinen Bewohnern und kleinen Möbeln – die ganze Einrichtung sah aus, als ob man sie durch das falsche Ende eines Fernrohrs betrachtete. Hier war er die Kuriosität, die gebückt im Eingang stand und mit dem Kopf an die Decke stieß. Drei kleine Geschöpfe beäugten ihn mit einer Neugier, die ebenso groß war wie seine eigene. Es waren eine junge Frau mit einem Baby auf dem Arm und ein älteres Paar, vermutlich ihre Eltern. Trotz des Altersunterschiedes hatten sie alle ähnliche Merkmale, ähnlicher sogar als die üblichen gemeinsamen Eigenschaften, die man in normalen

Familien findet. Große Köpfe, kurze Gliedmaßen und die Gesichter von Schoßhunden. Ein Ungleichgewicht der Körpersäfte, hatte Bratranek vermutet.

«Darf ich …?»

«Kommen Sie rein, kommen Sie rein», erwiderte der Mann. «Stehen Sie nicht so förmlich herum. Am besten stehen Sie überhaupt nicht. Sie stoßen sich den Kopf am Dach.» Das ältere Paar brach in schallendes Gelächter aus, aber die junge Frau brachte sie zum Schweigen. «Sie sind Priester, nicht wahr?» fragte der Mann. «So eine Überraschung. Wir sind nicht katholisch, wissen Sie. O nein, überhaupt nicht katholisch. Lutheraner, wie finden Sie das?»

«Ich bin nicht gekommen, um Sie zu bekehren.»

Er zuckte die Achseln. «Oh, Sie können es versuchen, Sie können es versuchen. Wie wär's, wenn Sie uns» – er sah seine Frau an – «zum Riesenwuchs bekehren?» Auf diesen Vorschlag hin brüllten die beiden wiederum vor Lachen. «Wie dem auch sei, setzen Sie sich», befahl der Mann. «Setzen Sie sich, bevor Sie ein Loch ins Dach reißen!»

Also setzte Mendel sich an ihren Tisch, während der Mann eine Flasche *slivovice* öffnete und zwei Gläser vollschenkte. «Was kann ich für Sie tun?» fragte der Zwerg.

Mendel überlegte, welche Möglichkeiten er hatte. «Ich züchte Pflanzen», begann er vorsichtig.

Die Augen des Zwerges leuchteten auf. «Ich züchte auch ein bißchen, wirklich. Ponys. Haben Sie draußen die beiden gesehen? Die bringen in Mährisch Ostrau einen guten Preis. Für die Bergwerke natürlich. Bei Kindern sind sie auch beliebt. Ich würde sie lieber nicht für die Bergwerke, sondern zum Reiten verkaufen, aber von irgendwas muß man ja leben. Hier, stopfen Sie sich eine.» Er schob eine hölzerne Tabaksdose über den Tisch.

«Vielen Dank, ich rauche nicht Pfeife. Zigarren.»

«Tun Sie sich keinen Zwang an.» Der Zwerg entzündete ein Streichholz und setzte sorgfältig und aufmerksam seine Pfeife in Brand. «Und was für Pflanzen züchten Sie?» fragte er zwischen den Rauchwölkchen hindurch.

«Gartenerbsen, Fuchsien. Verschiedene Sorten. Ich befasse mich mit der Frage nach der Vererbung.»

«Wirklich? Komplizierte Sache, die Vererbung.» Er nickte, stieß Rauch aus und nickte wieder. «Kompliziert.» Plötzlich drang aus dem Zirkuszelt eine Welle des Beifalls herüber.

«Warum kompliziert?»

Der Mann zuckte die Achseln und fuchtelte mit seiner Pfeife herum. «Nehmen Sie zum Beispiel uns.»

Mendel rutschte auf seinem Stuhl hin und her. «Sie?»

«Na ja, zum Beispiel die Kleine da drüben.» Er machte eine Bewegung in Richtung des Mädchens mit dem Wollbündel in der Ecke. «Zeig's dem Pastor, Heike, zeig's dem Pastor.»

Die junge Heike hielt das Bündel schräg, so daß man das gleiche Mopsgesicht wie bei den anderen sehen konnte, die gleiche gewölbte Stirn, die gleiche platte Nase. Mendel versuchte, einen Schauder des Abscheus zu unterdrücken.

«Der kleine Knilch ist ganz normal», sagte der Mann.

«Normal?»

«O ja, ganz normal. Sehen Sie das nicht? Aber er hat seine Mutter zugrunde gerichtet, Gott segne sie.»

«Zugrunde gerichtet? Sie meinen ...»

«Tot. Vor drei Monaten in Wien. Heike ist nicht die Mutter.»

«Und der Vater?»

«Mein Schwiegersohn. Sie haben ihn in der Nummer gesehen. Er ist der, der sich in dem Eimer versteckt. Er ist wie wir, aber sein Sohn ist normal.»

«Was wird nun aus dem Kind?»

«Ach, wir werden ihn zur Adoption freigeben. Wir können ihn hier nicht großziehen, oder? Es wäre nicht richtig. Und für die Nummer wäre er auch nicht von großem Nutzen. Ich meine, wer will schon den größten Zwerg der Welt sehen?» Er brach in Gelächter aus, und als hätte man den Witz im großen Zelt gehört, gab es draußen eine neue Welle des Applauses.

Mendel stand auf und stieß sich den Kopf an der Decke. «Sehen Sie?» sagte der Mann. «Es wäre nicht natürlich, stimmt's?»

«Ich muß gehen. Die werden sich schon fragen, wo ich stecke.»

«Wie Sie wollen.»

«Darf ich wiederkommen? Morgen vielleicht? Ich bringe Ihnen ein paar von meinen Pflanzen mit. Fuchsien.»

«Klar», erwiderte der Mann. «Nicht daß ich mit Pflanzen viel anfangen könnte, wo wir dauernd herumreisen. Deshalb habe ich Ponys. Aber hier drin werden sie sicher hübsch aussehen.»

Am nächsten Tag nahm er ihre Namen und ihre Abstammung auf, die ganze Sippe:

Johann, der Großvater, auch als der Große Johann bekannt. Seine Frau Magda. Ihre Kinder Johann (Kleiner Johann genannt), Willy, Heike und Birgit (die Verstorbene). Alles Zwerge. Johann und Magda berichteten ihm auch von ihren Vorfahren. Ebenfalls alles Zwerge, mit Ausnahme von Magdas Großvater mütterlicherseits. «Das hat man mir erzählt», sagte Magda. «Das haben sie mir immer erzählt.» Und dann war da noch etwas anderes: «Wenn einer von uns Kinder mit einem von euch bekommt, ist alles in Ordnung», erklärte der Mann, «aber wenn zwei von uns zusammen Kinder bekommen, geht manchmal etwas schief.»

«Es geht etwas schief?»

«Es wird kein normales Baby. Es ist wie wir, aber noch mehr. Kleiner.» Er zeigte es mit seinen Händen, winzigen, kurzen Dingern. «Kleine Knilche sind sie. Bleiben nie länger als ein paar Monate am Leben. Vor zwanzig Jahren hat meine Frau so eines zur Welt gebracht.»

Natürlich ist nichts davon sicher, schrieb er in sein Notizbuch, *denn es ist nur eine kleine Stichprobe. Um den mathematischen Beweis zu bestätigen, braucht man viele Beispiele, Aufzeichnungen über ganze Familien; aber es ist zumindest ein Anhaltspunkt. Wie der Große Johann mir berichtete, ist es in ihren Kreisen allgemein bekannt, daß eine Zwergenmutter mit einem normalen Mann niemals einen von diesen besonders kleinen Zwergen bekommt.*

Ein menschlicher Stammbaum, der die Vererbung
des Zwergwuchses zeigt:

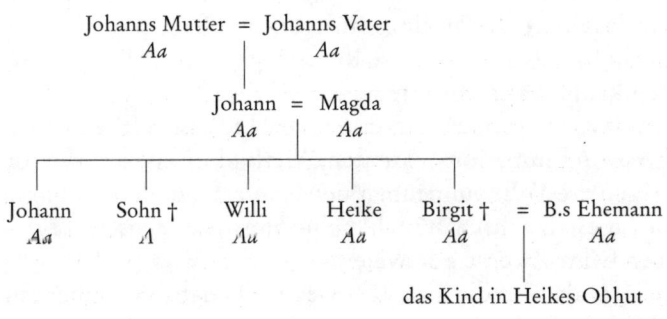

a

Er gab Bratranek das Diagramm. «Hier. Ich habe meine eigenen Vermutungen über ihre ererbten Eigenschaften hinzugefügt, aber ansonsten ist es so, wie man es mir berichtet hat. Es paßt genau zu meinen Vorstellungen. Im Gegensatz zu den Gartenerbsen sieht es bei den Menschen so aus, als ob die Eigenschaft des Zwergenwuchses über die normale Größe dominiert. Ich würde über das Thema gerne bei der Gesellschaft einen Vortrag halten, aber ich fürchte, der Abt würde sich darüber ärgern. Was meinst du?»

Bratranek starrte auf das Schema. Sein Gesichtsausdruck war streng. Er spitzte die Lippen, griff sich ans Kinn und runzelte die Stirn, wie er es auch bei faulen, dummen Schülern tat. Mendel beobachtete ihn ängstlich. «Was meinst du? Wie du vielleicht siehst, ist Magdas Mutter nicht bekannt – Magda wurde als Kind vor dem Wohnwagen der Zirkusleute ausgesetzt, so haben sie es mir erzählt. Aber wenn man annimmt, daß Magda und der Große Johann Hybride sind, und wenn meine Theorie stimmt, kann man damit rechnen, daß sie Kinder im Verhältnis von drei Zwergen zu einem normalen haben werden, und daß Magda kein normal großes Kind zur Welt gebracht hat, ist nur dem reinen Zufall zu verdanken. Außerdem sieht es so aus, als sei jeder Zwerg, der kein Hybrid ist, von der Natur AA, das heißt reinerbig; allerdings stirbt er dann früh, so daß er sich nicht fortpflanzen und die Reinerbigkeit unter Beweis stellen kann. Was meinst du?»

«Was ich meine?» Bratranek machte eine hilflose Geste. «Sie sind nur Monstrositäten, Mißbildungen, ein Verstoß gegen die Vollkommenheit der Natur. Und woher kommt sie, diese Eigenschaft? Ich meine, normale Menschen bringen keine Zwerge zur Welt.»

«Ja, das ist die Frage!» Mendel beugte sich über die Schulter des hageren Mannes und zeigte auf die Zeichnung.

«Sieh dir Birgits Mann an. Soweit ich feststellen konnte, stammt er von Eltern, die beide normal waren. In einem gewissen Sinn *sind* diese Menschen also normal. Sie unterscheiden sich von anderen nur in einem, und dieser Unterschied kann bei jedem auftreten. Wie er im einzelnen entsteht, weiß ich nicht, aber daß es geschieht, darüber gibt es keinen Zweifel. Ich vermute, es ist etwas Seltenes, Spontanes, eine Veränderung der Erbeigenschaften aufgrund eines Fehlers – eine Abart. Eine normale Eigenschaft gestaltet sich zu einer anormalen um, und obwohl ihr neuer Besitzer von seinen Eltern keine abweichende Eigenschaft geerbt hat, wird er zu einer Art Hybrid. Im Gegensatz zu Darwins Behauptung – der arme Mann liegt mit seinen Vorstellungen von der Bastardisierung völlig daneben – nehme ich an, daß eine solche Umgestaltung äußerst selten vorkommt.»

«Was hat Darwin damit zu tun? Das hier sind Mißbildungen …»

«Mein lieber Bratranek, das hier ist mindestens ebenso wichtig wie Darwins Theorie, da kannst du sicher sein. Und im Gegensatz zu seinen Vorstellungen ist diese Idee von fast mathematischer Genauigkeit. Sie stellt auch andere Dinge in Frage. Sind wir nur Kinder des Zufalls? Sind wir nur das Produkt mathematischer Wahrscheinlichkeiten, kaum anders als das Werfen eines Würfels?»

Bratranek schnaubte. «Das ist völlige Narretei. Wenn es so wäre, könnte dann jemals etwas so Vollkommenes wie der menschliche Körper entstehen? Wenn es nur reiner Zufall wäre, dann wären wir alle Monstren!»

«Und dann ist da noch etwas: Hätte ich die Familie warnen sollen, daß zu ihrer Ausstattung auch die normale Eigenschaft gehört, die ihnen alles andere als willkommen ist? Magda selbst hatte Glück. Ihre Tochter Heike, die bisher weder Frau noch Mutter gewesen ist, trägt den Faktor verborgen in sich. Vielleicht liegt eine qualvolle Schwangerschaft vor dem armen Geschöpf, das uns so fremd erscheint, obwohl es sich nur in einer einzigen Erbeigenschaft von uns unterscheidet.»

Im Labor summen die Kühlschränke, die Ultrazentrifugen winseln, der Rotationsverdampfer surrt. Patricia Primer, die sich mittlerweile schlicht als Pat Storey entpuppt hat und deren Bewegungen immer noch den Lustmolch Benedict wecken, beugt sich über ein Gestell mit Reaktionsgefäßen und spritzt aus einer Mikropipette Flüssigkeit hinein. Sie schnippt die benutzte Pipettenspitze in eine Dose, setzt eine neue auf, saugt eine weitere Probe an. Es sind nur Mikroliter. Sie sieht sich um und lächelt, wobei die präzisen Bewegungen ihrer Hand kaum innehalten. Ihr Lächeln hat auf mich die gleiche Wirkung wie ihre Gesten. Was, so frage ich mich und habe ich mich schon oft gefragt, würde sie wohl denken, wenn sie etwas von Eve wüßte? Was würde sie denken, wenn sie wüßte, wie scharf ich auf sie bin? Wäre sie überrascht? Schockiert? Geschmeichelt? Abgestoßen? Vielleicht alles zusammen.

«Der Kurier hat eine Kiste gebracht. Ich hab' sie da drüben hingestellt.»

«Eine Kiste?»

«Aus Amerika. Vielleicht sind es die Zellkulturen, auf die wir warten.»

«Warum hast du sie nicht aufgemacht?»

«Es ist nicht meine Art, anderer Leute Post zu öffnen. Es könnten ja Liebesbriefe sein. Oder unanständige Zeitschriften.»

«In Trockeneis verpackt?»

Ochre Codon (Olga Conlon, wie Sie jetzt zu Ihrer Freude erfahren, bei vielen allerdings nur als Olga Condom bekannt) taucht aus dem Sterilraum mit einer Plastikflasche auf, in der eine blaßgelbe Kulturflüssigkeit schwappt. Sie ist groß und liederlich: Im vergangenen Jahr hat sie mindestens zwei andere Postdocs und einen von den Projektleitern vernascht. Ich war natürlich neugierig. Der Lustmolch Benedict hat ihre drallen Knie gesehen und war neugierig auf ihre noch dralleren Schenkel. Sie stürmt zu den Brutschränken und zieht einen besonderen Duft hinter sich her, so süß und verdorben wie eine blühende Rose. Vincent Vector, im wirklichen Leben Eric Venables (er hat es bei Olga versucht, aber offenbar vergeblich; sie ist freizügig, aber nicht einfach) kommt ihr auf seinem Weg vom PCR-Thermocycler zum Elektrophoresegel in die Quere; jedesmal steigt er vorsichtig über eine umfangreiche Styroporschachtel, die fast in der Mitte des Labors auf der Erde liegt. Grüne Lämpchen am PCR-Gerät zeigen den Temperaturanstieg – 76, 77, 78, 79 – und die Zahl der Zyklen, während sich in seinem Inneren, in Röhrchen, die in einem Heizblock eingeklemmt sind, DNA-Fragmente auf der Raketenbahn einer Exponentialkurve vermehren – 2, 4, 8, 16, 32, 64, 128 … Nach zweiunddreißig Zyklen hat man tausenddreiundsiebzig Millionen siebenhunderteinundvierzigtausend achthundertvierundzwanzig identische Kopien des ursprünglichen Moleküls. Es ist fast, als kämen sie aus dem Nichts.

«Ich bin gerade mit der Familie aus Edinburgh beschäftigt», sagt er.

«Die mit der Homozygote?»

«Richtig.»

Benedict der Lustmolch, Benedict der Proband, wuchtet die Kiste auf einen Labortisch und klettert auf einen Stuhl, um sie zu öffnen. «Ist ja wie Weihnachten», sagt er.

«Chanukka», meint Olga über die Schulter.

Die Absenderangabe auf meinem Chanukka-Geschenk lautet *The Reduced Human Stature Foundation, Chicago*. Als ich den Deckel hochhebe, schlägt mir zur Begrüßung der gespenstische Atem von Trockeneis entgegen. Mitten in dem Nebel, zwischen rauchenden Trockeneisplatten, ruhen dreißig Kunststoffröhrchen, jedes mit einem roten Deckel, jedes mit einem Etikett, jedes mit einem kleinen weißen Klümpchen in der Spitze am unteren Ende. Die Klümpchen bestehen aus gefrorenen weißen Blutzellen, herangezüchtet aus fünf Familien mit Achondroplasie. Die Stammbäume, die sich genau auf die Röhrchen beziehen, habe ich bereits aus dem Internet heruntergeladen.

«Wann können wir …»

«Ach du lieber Gott», sagt Pat hilflos. «Ich kann mich frühestens in einer Woche damit befassen. Wir müssen sie lagern.»

«Laß es doch einen von den Doktoranden machen.»

«Die vermasseln es bloß.»

Es ist eine prosaische Welt, eine Welt des belanglosen Geschwätzes, während man ein Protokoll befolgt, das man schon hundertmal befolgt hat und jetzt ohne Nachdenken ausführen kann. Wie beim Kochen, ganz ähnlich wie beim Kochen. Ein Protokoll, das klingt nach Diplomatie, nach Gesetz, nach Etikette, aber in Wirklichkeit ist es ein Kochrezept. Man baut eine *Sauce Bearnaise*. Wie beim Kochen machen die Uneingeweihten es falsch, und die *Sauce Bearnaise* gerinnt. Um es hinzukriegen, braucht man nichts als die ständige Wiederholung, wie Mendel mit den Kreuzbestäubungen, Hunderte und Aberhunderte von Kreuzbestäubungen mit einer Erfolgsquote von neunundneunzig Prozent (nur sehr wenige [Fehler] … unter mehr als zehntausend[3]). Sie und ich würden es etwa bei einem von zehn Versuchen schaffen, bis es zur Routine geworden ist ...

«Wie geht's der Dame aus der Bibliothek?» fragt Olga. Im Vorbeigehen verwuschelt sie meine Haare. Ob ich das mag oder nicht, konnte ich nie entscheiden.

«Gut.»

«Ihr habt wohl ... ein ziemlich enges Verhältnis.»

«Sie ist eine alte Freundin. Von früher.»

Das Gespräch verläuft im Sande, während sie Gummihandschuhe (zwei Paar) anzieht und eine Plexiglasscheibe zwischen sich und den Ständer mit den Röhrchen stellt. Sie will eine radioaktive Sonde erzeugen. Jemand ... ist es Pat? ... summt eine Melodie. Schweigend arbeitet jeder vor sich hin.

Sie ist ein Geduldsspiel, diese Forschung. Man beobachtet, verteilt die Karten immer wieder neu und liest die Informationen, die in den geheimnisvollen Banden der radioaktiven Sonden verborgen sind. In der Klinik stehen die Patienten Schlange, ein ganzer Zirkus der Kleinen und Verkümmerten, die Formulare ausfüllen und sich Blut abnehmen lassen. Die weißen Blutzellen werden wie in einem Karussell geschleudert, aufgelöst[4], gespalten und vermehrt[5], und die kleinen DNA-Proben, durchscheinend wie Sperma und glitzernd wie Samen, werden sortiert und markiert und identifiziert. Das Geheimnis des Lebens in einem

---

[3] Mendel, *Versuche über Pflanzen-Hybriden*, 1868

[4] Lyse mit Natriumdodecylsulfat, Abbau mit Proteinase K, Extraktion mit Phenol und Chloroform, Ethanolpräzipitation und Resuspendieren in Tris-EDTA

[5] PCR (Polymerasekettenreaktion) mit 1 U Taq-Polymerase und dreißig Zyklen aus Denaturieren, Anhybridisieren und Kettenverlängerung

Klümpchen Gelee. Früher war dieses Mysterium als Obla-
tenscheibchen im Sakramentshäuschen eines Altars eingeschlossen. Heute liegt es – bloßgelegt, so daß die Menschen
es lesen können – in einem denaturierenden Polyacrylamidgel.

Ururgroßonkel Gregor hätte es verstanden.

Wie man das Gen findet

Aus den Zellen gewinnt man die DNA. Dann zerlegt man
das ganze mit besonderen Enzymen (den Restriktionsen-
zymen) in handhabbare Stücke. Restriktionsenzyme schnei-
den die DNA an ganz bestimmten, bekannten Stellen ihrer
Information. Neben mir steht griffbereit ein Katalog, in
dem fünfundneunzig solche Enzyme aufgeführt sind; fünfzig davon haben wir im Kühlschrank. Ich rede hier nicht
von der vordersten Front der Wissenschaft. Solche Sachen
kann man heutzutage im Handel beziehen. Mit dem Enzym, das man ausgesucht hat, spaltet man die DNA, und
dann versucht man, aus dem ganzen Durcheinander, aus
den zigtausend verschiedenen Genen in dem geleeartigen
DNA-Klumpen dasjenige herauszusuchen, für das man
sich interessiert.

Analogien, Metaphern, Vergleiche. Naheliegend ist natürlich der von der Nadel im Heuhaufen. Das Genom des
Menschen besteht aus $3,3 \times 10^9$ Basenpaaren. Dreitausenddreihundert Millionen Buchstaben. Brauchen Sie einen
Maßstab? Frißt Ihr Gehirn sich fest, wenn die Leute davon
reden, wie viele Zentimeter es von uns bis zum Mond sind
oder wie groß die Gesamtlänge aller Blutgefäße im menschlichen Körper ist, und solche Sachen? Nun ja, ich habe eine
Bibel im Bücherregal – es muß ein Exemplar sein, das Jean

hinterlassen hat, denn gekauft hätte ich es nie, da können Sie sicher sein –, und ich habe einmal grob abgeschätzt, wie viele Buchstaben sie enthält. Fünfzig Buchstaben pro Zeile, fünfundfünfzig Zeilen auf einer Seite, tausendsechshundertachtundsechzig Seiten. Die Zahl der Buchstaben? Viereinhalb Millionen, so ungefähr. Einschließlich der Apokryphen. Das menschliche Genom, die Gesamtheit des genetischen Materials, ist also fast tausendmal so umfangreich wie die ganze Bibel. Nur ein Bruchteil dieser Buchstaben verschlüsselt tatsächlich Gene, aber ein einzelnes Gen zu finden, ist dennoch ganz schön schwierig.

Vielleicht ist es nicht die Suche nach der Nadel im Heuhaufen. Wie wäre es damit: Man sucht in der Bevölkerung einer ganzen Stadt nach einem Mörder?

Aha! Jetzt kommen wir der Sache schon näher, stimmt's? Sie können sofort den unermüdlichen Polizisten spielen und sich eine Strategie ausdenken. Sie wissen, daß es diese Person gibt, Sie wissen, was sie getan hat (vielleicht ist es ein Serienmörder), aber Sie wissen nicht, wo sie wohnt. Man kann sich vorstellen, wie man anfangen könnte, oder? Wie wäre es mit einer Suche von Tür zu Tür, wobei man nach dem Alphabet in der Aachener Straße anfängt und im Zypressenweg aufhört? Dauert ewig. Besser grenzt man die Suche ein und konzentriert sich nur auf die Stadtteile, in denen er auftauchen könnte …

Wie eine Stadt, die in Bezirke eingeteilt ist, gliedert sich das menschliche Genom in Chromosomen. Im ersten Schritt stellt man deshalb fest, auf welchem Chromosom das gesuchte Gen liegt. Wir suchen uns also Familien mit Achondroplasie und stöbern in ihrer DNA. Wie Polizisten, die Kontaktpersonen des Unbekannten überprüfen, sehen wir uns gezielt bekannte genetische Markierungen an in der Hoffnung, daß eine davon zusammen mit dem Bösewicht weitervererbt wird. Solche genetischen Markierungen nennt man Restriktionsfragment-Längenpolymorphismen oder abgekürzt RFLPs, aber im Labor spricht man immer, wirklich immer nur von *Riflips*. Es klingt wie etwas, womit ein Jazzschlagzeuger spielen könnte: «Gib mir die Riflips, Mann.»

Die Riflips spürt man mit radioaktiven DNA-Sonden auf. Anfangs ist es reine Glückssache. Man kennt RFLPs überall im menschlichen Genom, in allen Stadtbezirken. Ob man nun gerade denjenigen verfolgt, der mit dem gesuchten Gen gekoppelt ist, hängt nur vom Zufall ab. Es kann Wochen dauern, es kann Jahre dauern. Man muß immer wieder raten und immer wieder ausprobieren. Wie bei jeder polizeilichen Untersuchung ist es eine mühselige, sich ständig wiederholende Tätigkeit. Und wie bei der Polizeiarbeit ist auch ein ganzes Stück Glück oder Pech dabei.

Hat man einen gekoppelten Marker gefunden, untersucht man, von welchem Chromosom er stammt. Und wenn man das weiß, hat man den Stadtbezirk, in dem der Verdächtige wohnt. Jetzt kann man andere, engere, näher benachbarte Kontaktpersonen finden. Und schließlich ist man in der richtigen Straße.

Fast genau ein Jahr hat es gedauert, bis wir unseren ersten gekoppelten Marker gefunden hatten. Er heißt ganz prosaisch *D4S412* und liegt auf dem Chromosom Nummer 4. Genauer gesagt, befindet sich der Marker im kurzen Chromosomenarm. Jetzt brauchen wir Marker auf beiden Seiten des Gens, und wir brauchen Marker näher beim Gen. Dann können wir auf dem Chromosom in Richtung unseres Ziels wandern. Wir kreisen es ein, kommen meiner eigenen Existenz immer näher. Schon bald werden wir die Straße identifiziert haben, schließlich die Hausnummer, und an einem ruhigen Nachmittag, wenn niemand in der Nähe ist, wenn die Kinder in der Schule und die Hausfrauen beim Einkaufen sind, gehen wir den Weg zu der unauffälligen Haustür hinauf und drücken auf die Klingel.

Eines Tages kam Jean nicht zur Arbeit. Zufällig mußte ich
aus irgendeinem Grund in die Bibliothek, und sie saß nicht
hinter der Theke.

«Wo ist Miss Piercey?» fragte ich den Oberbibliothekar.

«Wer ist Miss Piercey?»

«Miller. Mrs. Miller.»

Der Mann zuckte die Achseln. «Die hat angerufen und
gesagt, daß sie krank ist.»

Ich stellte mir ein verführerisches Fieber vor, mit geröteten Wangen und zerknüllter Bettwäsche. Aber am späten
Vormittag wurde ein Anruf in mein Labor durchgestellt.
«Ich bin's», sagte eine Stimme, «Jean. Können wir uns treffen?»

«Treffen? Wo steckst du? Bist du nicht zu Hause?»

«Eigentlich nicht.» Eigentlich nicht? Wie kann man eigentlich nicht zu Hause sein? Die Worte machten mich wütend. Sie machte mich manchmal wütend mit ihrer gewoll-
ten Dummheit, ihrer genau berechneten Entschlossenheit,
nicht zu verstehen, nicht selbst zu denken, nicht zu erkennen, daß sie ein eigenes Gehirn hatte. Wie um alles in der
Welt konnte man *eigentlich* nicht zu Hause sein? «Ich erklär' es dir, wenn wir uns sehen», sagte sie.

«Wo?»

«Die Kneipe?»

«Aber warum bist du nicht …»

«Treffen wir uns einfach dort zur üblichen Zeit. Und
sieh zu, daß niemand anderes mitkommt.» Ein Unterton
der Entschlossenheit klang in ihrer Stimme mit, ein schwacher Schimmer von Unnachgiebigkeit. «Komm einfach
hin.»

170

In der «Katze im Sack» nahm ich mein Glas und ein Stück Quiche, und dann zog ich mich in die Ecke zurück, die im Laufe der Wochen die unsere geworden war. «Die junge Dame hat dich wohl sitzenlassen!» rief Eric herüber, während er ein Bitter zapfte. «Hör mal, wie wär's damit? Der wird dir gefallen. Wie erkennt man, ob ein Chromosom etwas taugt?»

«Sieh dir an, was es geerbt hat!»

Sein Gesicht wurde länger. «Den kennst du schon.» Dann hellte es sich wieder auf, weil ein anderer Stammkunde hereinkam. Der Witz wiederholte sich, begleitet von lautem Gelächter bei der Pointe und anerkennenden Gesten in meine Richtung. «Erben und vererben, das macht der Professor, guckt nach, was die Gene geerbt haben. Stimmt's, Prof?»

Ich gab ihm recht: Es stimme so ungefähr. Eine Gruppe belgischer Touristen kam herein und sorgte für eine segensreiche Ablenkung. Ich wandte mich wieder meinem Glas und dem trostlosen Stück Quiche zu, und plötzlich saß Jean neben mir auf der Bank. Ihr Erscheinen hatte etwas Körperloses, als sei sie nicht auf normalem Weg hereingekommen, sondern wie ein Geist durch die Wand geschlüpft. Sie hielt den Kopf seitwärts und leicht nach vorn geneigt, als untersuche sie aufmerksam irgend etwas, das vor ihr auf dem Fußboden lag. Die mausweiße Haut über den Wangenknochen war gerötet und geschwollen; die Oberlippe war aufgeplatzt, was die sanfte Rundung ihres Mundes auf plötzliche und befremdliche Weise veränderte. «Er hat mich geschlagen», sagte sie leise. «Ich weiß nicht, was ich machen soll. Ich brauche Hilfe, Benedict.» Ich hätte nie gedacht, daß Weinen so lautlos sein kann. Während ich hilflos dasaß, fragte ich mich nach den physiologischen Ursachen dafür, daß Flüssigkeit so lautlos und unaufhörlich aus zwei winzigen Drüsen unter den Augenlidern sickerte. Es wirkte bizarr. Ich suchte nach Dingen, die ich sagen konnte, aber sie zerfielen mir unter den Händen, und übrig blieben nur nutzlose Bruchstücke.

«Ich möchte nicht hierbleiben», sagte sie. «Wo können wir hingehen?»

«Ich kann nirgendwo hingehen. Ich muß gleich eine Vorlesung halten.» Dann kam mir die Erleuchtung. Ich kramte in meiner Tasche und fand meinen Wohnungsschlüssel. «Hier, nimm das. Bestell dir ein Taxi. Hast du Geld dabei?»

Sie hatte Geld dabei.

Ich sagte ihr die Adresse. «Du kannst dich in der Wohnung ausruhen, solange du willst. Ich komme nach der Vorlesung. Du bist mir jederzeit willkommen …»

Die Tränen verwandelten sich in Tränen der Dankbarkeit. Woher wußte ich das? Wie können Tränen ihre Identität wechseln? Ohne etwas zu sagen, nahm sie den Schlüssel. Ich muß gestehen, daß mich ein gewisses Gefühl von Angst beschlich. Ich wollte nicht, daß sie hinter den Türen der Pearson Street Nummer 28A, in den vier Wänden meiner Höhle, herumstöberte und auf meine sorgfältig gepflegte Sammlung ungewöhnlicher Fotos und Videobänder stieß. Verzweifelt fragte ich mich, ob die wonnevolle Wanda wohl noch ganz ungezwungen mit gespreizten Beinen auf meinem Nachttisch lag? Aber man muß im Leben auch Risiken eingehen. «Ich bin ungefähr um fünf zu Hause», sagte ich zu Jean. «Mach's dir bis dahin einfach bequem.» Womit ich unausgesprochen irgendwie unterstellte, ich würde es ihr hinterher unbequem machen. Sie stand auf, wandte sich von der Bar ab und ging hinaus.

«War das Jean?» rief Eric. «Die hatte es aber eilig, was?»

«Sie hat einen Termin.» Ich wandte mich wieder meiner

Quiche zu, obwohl ich nicht mehr viel Appetit hatte, und stellte mir eine Menge Fragen. Miss Piercey war keine mausgraue Frau mehr; aber um welchen Preis?

Dr. Benedict Lambert hält am Imperial College Vorlesungen über die neuesten Befunde bei Kopplungsanalyse und Homöobox-Genen. Er spricht vor überfüllten Sälen, denn der zu kurz geratene Dr. Lambert, der vertikal zweifelhafte Dr. Lambert, der mißgebildete, bedauernswerte Dr. Lambert hat paradoxerweise einen immer besseren Ruf. Es gibt nur noch Stehplätze. Auch die Gänge zwischen den Sitzreihen sind gefüllt. Die Leute spähen durch die Glasscheiben in den Türen und sehen, daß kein Platz mehr frei ist. Aber glauben Sie nur nicht, sie seien gekommen, um etwas über das Gen HOX7 oder das Wolf-Hirschhorn-Syndrom zu hören. Ich meine, wer interessiert sich schon für so etwas? Nein, sie sind gekommen, um den Vortragenden zu sehen. O ja, ich kann ihnen ein paar gute Dias zeigen, Taufliegen, denen Antennen aus dem Kopf wachsen, und Mäuse mit verkrüppelten Beinen, aber das Monstrum, das sie eigentlich sehen wollen, steht auf dem Podium, verschwindet manchmal hinter dem Rednerpult, reißt Witze über Kleinwüchsigkeit bei Albinomäusen und zeigt Dias zum Beweis, wedelt mit seinem Zeigestock vor projizierten Bildern von Proteinen mit Homöodomänen herum und erläutert, wie sie sich zur Regulation der Genexpression an die DNA heften können. Der Zwerg im Rampenlicht; die hängenden Gärten brüllen und klatschen. Es ist kaum besser als im Zirkus.

Hängende Gärten? Eine literarische Anspielung, geneigter Leser. Wieder einmal Aldous Huxley. Ein Gedicht.

Und die ganze Zeit geht mir nur eines im Kopf herum – so sehr, daß ich das *HoxA3*-Gen der Maus (komplizierte

Fehlbildungen von Kopf und Hals) mit dem *HoxA7*-Gen (Fehlbildungen von Ohren und Gaumen) durcheinanderbringe; aber das bemerkt keiner – während ich meine Vorlesung zelebriere, denke ich nur an die piercende Miss Jean Piercey, die in meiner düsteren Souterrainwohnung wartet. Leicht mitgenommen liegt sie da, schläft den Schlaf der Verfolgten auf meinem Bett. Das Bett hat die normale Größe; ich habe einen kleinen Stuhl und einen niedrigeren Schreibtisch, aber ich schlafe auf den großzügig bemessenen Quadratmetern eines normalen Bettes. Vorsichtig öffne ich die Tür (niedrig montierte Klinke), damit sie nicht aufwacht, und starre unbemerkt auf ihre schlafende Gestalt. Ihre Maushaare breiten sich über das Kissen. Der Mund ist halb geöffnet, und ihr Atem (säuerlich, angstgeschwängert) rasselt sanft zwischen den geschwollenen Lippen. Eine Hand stützt die Wange, die andere liegt achtlos auf dem Laken. Miss Piercey. Schneewittchen, den Blicken seines einzigen, bewundernden Zwerges dargeboten. Sie hat ihre Kleidung beiseite gelegt und trägt nur einen Unterrock. Die Beine sind gespreizt, fast als hätte man sie mitten in einem verzweifelten Wettlauf festgehalten, und ihr Unterrock ist in der ganzen stummen Hatz nach oben gerutscht, so daß die seidene Haut eines blassen Schenkels in dem farblosen Nachmittagslicht schimmert, das aus dem Luftschacht über uns ins Souterrain dringt. Wenn ich den Kopf neige, kann ich in den duftenden Schatten unter dem Rock spähen und einen Blick auf rosa Blüten erhaschen, die dort versammelt sind, ein Strauß von Gartenwicken auf einem Boden aus weißer Baumwolle.

«O Gott, du bist es!»

Ein seltsamer Ausbruch unter diesen Umständen. Angst? Enttäuschung? Erleichterung? Wer kann das sagen? «Ich muß völlig weg gewesen sein», sagt sie und setzt sich auf, wobei sie ihren Rock zurechtzupft, so daß nicht mehr die Schenkel, sondern nur noch die Zwillingsaustern der Kniescheiben zu sehen sind. Hat sie die nachdenkliche, ehrerbietige Haltung meines Kopfes bemerkt, geneigt wie vor einem Heiligenbild? «Mein Gott, wie peinlich!»

Ist es peinlich? «Ich mach' uns Tee», schlage ich hastig vor. «Möchtest du Tee? Dann kannst du mir alles erzählen.»

Aber zuvor? Zuvor muß ich mich, genötigt durch das Drängen der menschlichen Natur, ins Badezimmer begeben, meine Hose öffnen und in meiner atemlosen Erinnerung noch einmal diese blanken Schenkel sehen, diese kleine Ansammlung von Blumen. «Ich mach' den Tee!» ruft sie durch die Tür. Ich grummele eine Antwort. Perlmuttfarbene, verräterische Flüssigkeit liegt in gallertigen Fäden im Bidet. «Wenn ich die Sachen finde», fügt sie hinzu.

Ich kehre in eine ruhigere, entspanntere Welt zurück. Es ist an der Zeit, ins Schlafzimmer zu eilen, um *Playmate* und *Stud* unter einen Stapel zu verbannen, der auch *Science, Trends in Genetics* und Sonderdrucke meines neuesten Fachartikels enthält. In der Küche entschuldigt sich Miss Piercey; sie hantiert mit der Teekanne und einem Paket Vollwert-Schokoladenplätzchen, das sie zwischen Cornflakes und Nudeln gefunden hat. «Hast du eine Lieblingstasse?» fragt sie, während sie sich bückt und einen Schrank öffnet, der für mich genau auf der richtigen Höhe ist. «Wie ist die Vorlesung gelaufen? Mensch, mußt du nervös sein, vor so vielen Leuten, und die wissen doch alle eine Menge, oder? Hast du keine Angst, daß sie dich bei einem Fehler erwischen?»

Nicht entfernt so viel, wie ich Angst habe, mit dir erwischt zu werden. Ein Naturforscher mit einem Schmetterling, der sich auf seiner Hand niedergelassen hat; die Flügel öffnen und schließen sich, als überlegte er, ob er wegfliegen soll: ein Falter, eine Motte, die in einem weit entfernten, fremden Land einen Wirbelsturm entstehen läßt.

«Setz dich hin und beruhige dich», befehle ich ihr. «Entspann dich einfach.»

Sie tut, wie ich ihr geheißen habe, plötzlich und ohne zu diskutieren. «Mit 'nem Täßchen Tee geht's mir wieder gut», versichert sie mir. «Wirklich. Dann falle ich dir nicht mehr zur Last. Ich will dir keine Mühe machen. Es ist schrecklich lieb von dir, daß du mir hilfst, aber …»

«Wohin willst du gehen?»

«Nach Hause zu meiner Tante, denke ich. Zurück kann ich nicht, nicht zu ihm.»

«Was ist passiert?»

Sie schüttelt den Kopf.

«Erzähl mir davon», schlage ich vor.

Sie zuckt mit den Achseln. «So einfach ist das nicht. Nicht daß ich nicht wollte. Ich meine, ich muß jemandem mein Herz ausschütten, aber es ist nicht so einfach zu erklären.»

«Aber er hat dich geschlagen? Das ist doch ziemlich eindeutig, oder?»

«Er schlägt mich tatsächlich, manchmal. Nur Klapse. Diesmal war es vielleicht schlimmer als sonst, ich weiß es nicht. Aber er tut es.» Noch ein Achselzucken. Die Geste ist in Jean Pierceys Leben wichtig. Sie kennzeichnet alles, was man nicht ändern kann, und das ist eine Menge. Ich nehme an, ich zucke auch oft mit den Achseln. Aber eigentlich ist mir ein finsteres, humorloses Lächeln lieber.

«Warum gehst du nicht zur Polizei?»

«Dann würde er durchdrehen.»

«Wie es aussieht, tut er das auch so. Was hat er für einen Grund?»

176

«Grund?» Wieder das Achselzucken. Sie starrt in ihre Teetasse, als könnte sie dort einen Grund finden. «Wahrscheinlich haßt er mich. Hat einfach die Nase voll von mir.»

«Wie lange seid ihr verheiratet?»

«Sechs Jahre.»

«Und keine Kinder?»

«Hugo sagt, es sei meine Schuld.»

«Und dann schlägt er dich?»

Sie antwortete nicht direkt. «Das Komische ist, er ist nicht größer als ich. Du hast ihn ja kennengelernt. Er ist nicht größer als ich.»

E. B. Ford, Allerseelen-Mitglied und Ehrenmitglied des Waldham College, irgendwann auch emeritierter Professor für Ökologische Genetik der Universität Oxford, bei Generationen von Studienanfängern nur als Henry bekannt:

«... Der Typ XYY ist in der Regel unausgeglichen und deshalb aggressiv auf eine Weise, die häufig zu Gewaltverbrechen führt, so daß solche Menschen im Gefängnis landen. Hier haben wir ein Beispiel für die allgemein anerkannte Tatsache, daß Intelligenz und Psychologie unter genetischer Kontrolle stehen[1].»

Hier haben wir ein Beispiel für die allgemein anerkannte Tatsache, daß Fachleute häufig dumm und voller Vorurteile sind und ein dickes Brett vorm Kopf haben. Zu der Zeit, als der gute Henry diese Worte schrieb, hatte man in den Vereinigten Staaten nachgewiesen (Pyeritz et al., 1977), daß *höchstens* ein Prozent der XYY-Männer einen Teil ihres Lebens in Strafanstalten für geistig Behinderte verbringen.

Bleiben *mindestens* neunundneunzig Prozent, bei denen das nicht der Fall ist.

[1] *Understanding Genetics*, Faber 1979, S. 42

Ich frage mich, welcher Prozentsatz von emeritierten Professoren für ökologische Genetik einen Teil ihres Lebens in Anstalten für geistig Behinderte verbringen sollte. Spielt Allerseelen dabei eine Rolle?

Ich fühle mich verpflichtet zu berichten, daß ich, Benedict Lambert vom Royal Institute for Genetics, im Laufe meiner eigenen Forschungsarbeiten einen erblichen Faktor entdeckt habe, der mit *Sicherheit* eine Ursache kriminellen Verhaltens ist. Besonders eng hängt er mit krimineller Gewalttätigkeit zusammen. Daran gibt es keinen Zweifel. Die Zahlen sind unbestreitbar. Ich spreche über ein Zuverlässigkeitsintervall von neunundneunzig Komma neun Prozent. Vielleicht sollte man diesem Faktor meinen Namen geben, in der Art, wie Entdecker so oft zu Namengebern werden. Man denke nur an Down und sein Syndrom; an Huntington und seine Krankheit. Diesen hier sollte man vielleicht Benny-Faktor nennen. Aber dann würde man mir wahrscheinlich Frivolität vorwerfen.

Fünfundneunzig Prozent der britischen Gefängnisinsassen besitzen den Benny-Faktor, und wenn man nur die Gewaltverbrecher betrachtet, steigt der Anteil auf siebenundneunzig Prozent. Bei Sexualstraftätern ist der Zusammenhang zwischen Benny-Faktor und Verbrechen praktisch lückenlos, vollständig, hundert Prozent. Um also die Argumentation des guten E. B. Ford und anderer zu ihrer logischen Schlußfolgerung zu führen: Wir brauchen nur diejenigen Menschen zu identifizieren, die den Faktor besitzen (eine einfache Aufgabe, das kann ich Ihnen versichern; dazu kann man jeden Menschen mit einem Fünkchen Intelligenz ausbilden), und sie von der übrigen Bevölkerung zu isolieren. Vielleicht könnten wir sie veranlassen, irgendein Erkennungszeichen an der Kleidung zu tragen; möglicherweise könnte man auch eine Art Vorbeugehaft einführen, Lager, in denen die Träger des Faktors sorgfältig beaufsichtigt werden. Natürlich käme es bei dieser Vorgehensweise zu bedauerlichen Maßnahmen, aber die Vorteile für die Gesellschaft würden gegenüber den Nachteilen weit überwiegen, denn wenn dieser genetische Marker identifiziert ist und das Verbrechen von den Straßen verbannt wird, wen kümmert es dann noch, daß diese Menschen von allen anständigen Bürgern gemieden werden, daß man sie am Arbeitsplatz diskriminiert, ihnen Versicherungen und Kredite verweigert? Wen wird es stören, daß ihr Dispokredit bei Null liegt, daß die Menschen sie auf der Straße anstarren und daß die Kinder mit Steinen nach ihnen werfen? Die Welt wird ohne sie sicherer sein.

Und später, wenn die Öffentlichkeit sich an die neue Lage gewöhnt hat, könnte man sogar eine … Endlösung ins Auge fassen.

Sie haben es schon erraten, stimmt's? Der Benny-Faktor ist das Y-Chromosom. Nicht ein *überzähliges* Y-Chromosom, sondern der Besitz *eines einzigen*. Es handelt sich um die einfache Tatsache, daß man ein Mann ist. Wenn die biologischen Deterministen, die Eugeniker, die E. B. Fords dieser Welt ihren Blödsinn von sich geben, sollte man immer daran denken: Man braucht nur alle Männer einzusperren, und die Gewalt wird von den Straßen verschwinden.

«Du bleibst hier», sagte ich zu Jean.

«Ich kann nicht.»

«Natürlich kannst du.»

«Was werden die Leute sagen?» Sie weinte still vor sich hin, ihr Gesicht war fleckig und häßlich. «Was werden sie sagen?»

«Um Gottes willen, was glaubst du, was sie sagen werden? Sie können sich doch nicht vorstellen, daß zwischen uns etwas ist, oder? *Das* können sie sich doch um nichts in der Welt vorstellen!»

Die Tränen trockneten. Sie sah mich mit einer seltsamen Traurigkeit an. «Du sollst so etwas nicht sagen.»

Ich lachte. «Meine liebe Mrs. Miller, ich sage so etwas schon mein ganzes Leben lang. Und ich habe nicht vor, jetzt damit aufzuhören. Ich biete dir eine Art Zuflucht vor deinem bösen Ehemann – übrigens dachte ich, er hätte richtig randaliert –»

«So ist er eigentlich nicht –»

«Ach du lieber Gott! Ich biete dir eine Zuflucht an, und es ist ganz und gar deine Sache, ob du das Angebot annimmst oder nicht. Aber versuche nicht zu erreichen, daß ich etwas vortäusche, was ich nicht bin. Oder daß er nicht das ist, was er ist, wo wir schon dabei sind.»

«Aber du mußt -»

Ich hob die Hand, meine kleine, plumpe Hand, die in den intimen Geheimnissen des menschlichen Genoms herumstochert. «Ich werde nicht mit dir diskutieren. Du bleibst einfach so lange bei mir und in Sicherheit, wie du willst.»

Natürlich fühlte sie sich in Sicherheit, denn sie wußte, daß ich die Wahrheit gesagt hatte: Es bestand keine Gefahr. Keine Gefahr von mir, meine ich. Also blieb sie zum Abendessen, danach unterhielten wir uns ein wenig, und dann legte sie sich in meinem Bett schlafen, während ich ins Wohnzimmer ging und mir auf dem Sofa eine Art Bett machte; und als sie eingeschlafen war, schlich ich leise zurück ins Schlafzimmer, um sie anzusehen.

Sie war nicht in Gefahr. Ich sehnte mich nur nach dem Anblick ihres zerknitterten Gesichts auf meinem Kissen, dem Anblick der Maushaare, die achtlos auf dem Baumwollstoff verteilt waren. Während ich dastand und sie ansah, bewegte sie sich sanft, ohne meine Gegenwart im geringsten zu bemerken. Während sie schlief, zog ich vorsichtig die Unterwäsche aus dem ordentlich gefalteten Kleiderstapel auf dem Stuhl – Slip, Büstenhalter, Strumpfhose, das ganze köstliche, duftende Bündel – und schlich auf Zehenspitzen in das Heiligtum meines Badezimmers. Ich inspizierte meine Trophäen in einem Taumel der Schwellung und Erwartung. Der BH war Größe 34 A. Die Unterhose trug den Namen des Schutzheiligen jüdisch-christlichen Handels, St. Michael, und war mit rosafarbenen, roten und gelben Blüten verziert. Gartenwicken? Im Zwickel war ein blasser Fleck wie von einem Pinselstrich mit Pollen – eine köstliche Erinnerung an die unteren, vielleicht ebenfalls geschwollenen Lippen. Ich drückte das Stückchen Baumwolle auf mein Gesicht, sog ihren scharfen, sauren, süßen, geheimen Duft ein und wußte Dinge über Miss Piercey, die ich mir bis dahin nur ausgemalt hatte …

Als sie am nächsten Morgen in die Küche kam, hatte sie ein klägliches Lächeln auf den Lippen. «Du hast mein Unterzeug gewaschen.»

«Ich dachte, du hättest gern saubere Sachen.»

«Das wäre doch nicht nötig gewesen.»

«Ein Liebesdienst.»

Sie lächelte auf eine Art, die einen warnen sollte, nicht albern zu sein. Vielleicht wußte sie es. Ich hatte ihr in Sachen Verständnis nie besonders viel zugetraut, aber vielleicht verstand sie. «Normalerweise mache ich so etwas nicht, weißt du», stellte sie fest, während sie am Kaffee nippte.

«Was machst du nicht?»

«Über Nacht bei einem anderen Mann bleiben.» Sie kicherte sogar.

Wir gingen an diesem Morgen zusammen zur Arbeit, stiegen zusammen die Stufen zum Institut hoch, riefen zusammen der Empfangsdame ein «Guten Morgen» zu und gingen nebeneinander die protzige Treppe hinauf in den ersten Stock. Sie mußte sich bremsen, damit ich mithalten konnte. Als sie hineinging, sah der Bibliothekar sie mißtrauisch an.

«Es tut mir leid, daß ich gestern nicht kommen konnte, Mr. Blackwall», sagte sie, «aber mir war nicht gut.»

Der Mann schnaubte mißbilligend. «Da war ein Anruf für Sie. Ihr Mann. Sie sollen ihn sofort anrufen, wenn Sie kommen.»

Ich beobachtete ihren Gesichtsausdruck. Ich sah Angst. Ich kenne die Angst gut. Ich habe mich daran gewöhnt. Angst ist für mich ein existentielles Thema. Ich laufe zwischen Riesen herum, und ich kenne die Angst. Ich stand voller Furcht bei den Fahrradständern meiner Schule und sah nackte, schmutzige Knie auf mich zukommen, und ich kenne die Angst. Ich stochere mit kleinen, plumpen Fingern in den Erbmolekülen herum, und ich kenne die Angst. Der schlichte Akt des Daseins ist für mich ein Akt voller Angst. Es macht mir schon angst, daß ich existiere; aber das alles ist nichts gegen die Angst, die ich auf Jeans Gesicht sah, als sie ins Bibliotheksbüro ging, um Hugo Miller anzurufen.

«Geh zurück, wenn du meinst, es muß sein», sagte ich bei einer faden Fleischpastete in der «Katze im Sack». Ihr Mann hatte am anderen Ende der Leitung geweint, hatte sie gebeten zurückzukommen, um Vergebung gebettelt, ihr seine Liebe geschworen, das Übliche. Angeblich brauchte er sie mehr als alles andere auf der Welt.

Sie dachte angestrengt darüber nach. Dumm war sie nicht, Jean Piercey. War sie nicht, ist sie nicht. Sie gehört nur zu den Menschen, denen man beigebracht hat, dumm zu sein, das ist alles. War im Elfjährigenexamen durchgefallen. Kanonenfutter. Irgend jemand muß ja die Postkarten stempeln. Irgend jemand muß die Straßen fegen und die Mülltonnen leeren, irgend jemand muß die Briefmarken anfeuchten und darauf achten, daß die Formulare richtig ausgefüllt sind. Irgend jemand muß «ja, Sir, nein Sir» sagen. Irgend jemand muß einen engen Horizont haben.

«Wenn du zum zweitenmal gehst, wird es nicht mehr ein solcher Schock für ihn sein», warnte ich sie. «Den Vorteil solltest du dir nicht nehmen lassen.»

Ich wollte mir den Gewinn nicht nehmen lassen.

«Ich kann nicht bleiben. Ich hab' keine Sachen mit.»

«Geh und hol sie. Wann hat er Feierabend? Geh hin und hol sie. Jetzt sofort.»

Sie kicherte. Das Wort «kichern» hat eine schlechte Presse. Kinder kichern, Schulmädchen kichern, man kichert hinter den Fahrradschuppen, wenn sie ihre Schwänze herausholen, um sie vorzuzeigen. In Jean Pierceys Kichern blubberte etwas anderes – echtes Vergnügen, das großartige, unheimliche, unerwartete Vergnügen der Anarchie. «Das wäre eine Lehre für das Arschloch, was?»

Arschloch? Das war überhaupt nicht die mausgraue Miss Piercey.

Also fuhr ich sie hinaus nach Ruislip. Um drei Uhr verließen wir das Institut, und ich brachte sie zur Galton Avenue; ich wartete im Auto gegenüber von Nummer 35, während sie sich wie eine Einbrecherin zur Haustür schlich. Drinnen brauchte sie nur wenige Minuten, dann kam sie wieder heraus und eilte mit einem kleinen Koffer in der Hand die Einfahrt herunter.

«Hast du die Gardinen gesehen?» fragte sie atemlos, als wir wegfuhren. «Hast du sie gesehen?»

«Welche Gardinen?»

«Nebenan natürlich. Sie haben sich bewegt. Das ist hier das Land der raschelnden Gardinen. Sie sehen alles, sie wissen alles. Jetzt haben sie mich abgestempelt. Nutte. Fährt mit …», ich bemerkte die Pause, «… einem seltsamen Mann weg. Sieh mal an!»

«Was wird er tun, wenn er es merkt?»

«Im eigenen Saft schmoren.»

Zum Abendessen gingen wir in ein kleines Lokal an der Old Brompton Road. Um die Flucht aus der Kalten Heimat zu feiern. So nannte sie es. «Ist das nicht da, wo sie alle eingesperrt haben? Ich hab' es vor urlanger Zeit im Fernsehen gesehen.» Sie bestand auf *truite aux amandes*, weil es das einzige auf der Speisekarte war, worunter sie sich etwas vorstellen konnte. Ich bot ihr an, das übrige zu übersetzen, aber sie schien mit ihrer Wahl ganz zufrieden. «Hugo sagt immer, französisches Essen sei ein Haufen hochgestochener Unsinn. Normalerweise essen wir indisch. Oder chinesisch. Magst du chinesische Küche?»

Ich gab zu, daß ich gern chinesisch aß. «Reistafel», sagte sie genüßlich. «Das haben wir fast jeden Freitag gegessen, Hugo und ich. Es hat Spaß gemacht.» Sie führte dünne Stücke aus weißem Fleisch zum Mund. «Forelle hatten wir nie.»

Forellenzucht

In der Forellenzucht will man keine Männchen haben. Männchen sind lästig. Ganz abgesehen davon, daß sie keinen Nachwuchs zeugen, reifen sie auch früher heran als die Weibchen, und wenn sie ausgewachsen sind, zeigen sie aggressive Neigungen, insbesondere bei hoher Populationsdichte. In einer normalen Forellenpopulation (Männchen und Weibchen im Verhältnis fünfzig zu fünfzig) ist deshalb die eine Hälfte der Tiere eine potentielle Gefahr für die andere Hälfte. Warum also beseitigt man die Männchen nicht einfach?

Aber man braucht die Männchen doch für die Fortpflanzung, höre ich Sie rufen. Ich muß zugeben, Ihr Ton klingt ein wenig verzweifelt, denn vermutlich haben Sie es schon begriffen: Bei den vielen Samenzellen, die eine männliche Forelle produziert (oder auch ein männlicher Mensch, denn darauf läuft es hinaus), braucht man nicht viele; aber eine oder zwei sind tatsächlich nötig.

Eine kurze und hoffentlich unnötige Lektion in Biologie: Männliche Forellen sind wie männliche Menschen XY, das heißt, in jeder Körperzelle befindet sich ein X- und ein Y-Chromosom. Das macht sie männlich (und verleiht ihnen wie beim Menschen kriminelle Neigungen). Weibchen dagegen sind XX. Die Samenzellen eines Männchens tragen also *entweder* ein X- *oder* ein Y-Chromosom, während alle weiblichen Eizellen ein X-Chromosom enthalten. Befruchtet eine Samenzelle mit einem Y-Chromosom die Eizelle, entsteht ein Jungtier mit der Kombination XY – ein Männchen. Handelt es sich um eine Samenzelle mit dem X-Chromosom, wird es ein Weibchen mit der Kombination XX. Deshalb sind Forellen wie Menschen zur Hälfte weiblich und zur Hälfte männlich. Und die nächste Generation besteht zu fünfzig Prozent aus unproduktiven Individuen, fünfzig Prozent, die nichts anderes sind als Samenbehälter, fünfzig Prozent mit kriminellen Neigungen.

Schon wieder das verdammte Y-Chromosom.

Deshalb macht man es zumindest in der Forellenzucht folgendermaßen:

Man zieht ein paar Forellenweibchen heran (natürlich XX), denen man ein männliches Geschlechtshormon gibt. Daraufhin werden sie zu einer Art Männchen – unter anderem produzieren sie Samenzellen. Genetisch bleiben sie aber XX, so daß auch alle Samenzellen, die sie produzieren, ein X-Chromosom tragen. Nimmt man diese «Männchen» als Samenspender, verbindet sich bei jeder Befruchtung eine X-Eizelle mit einer X-Samenzelle. Die Forellenbabys, die von solchen «Vätern» (wenn Sie mir den Ausdruck verzeihen) gezeugt werden, sind also ausnahmslos Weibchen.

«Das ist ja widerlich», sagte Miss Piercey, aber es hielt sie nicht davon ab, den Fisch zu essen. Ich bestellte eine Flasche weißen Burgunder und dann noch eine. Sie aß und trank voller Hingabe, und ihr Lachen wurde immer lauter. Wir tranken auf die Freiheit und auf den Tod der Tyrannen. «Ich dachte immer, Burgunder sei rot», sagte Jean, während sie ihr fünftes oder sechstes Glas mißtrauisch beäugte. «Zu Hause habe ich einen burgunderroten Mantel.»

«Es gibt roten und weißen. Wenn man sie mischt, hat man Rosé.»

Sie sah mich verschmitzt an. «So macht man das nicht. Ich hab' es in einer Zeitschrift gelesen.»

«Na klar macht man das so. Reines Rot, gekreuzt mit reinem Weiß ergibt *rosé* wie bei den Gartenwicken. Unvollständige Dominanz, wie bei den Gartenwicken.

«Gartenficken klingt aber gemein …»

«Oder wie bei der Zuckerkrankheit. Autosomale Kontrolle mit geringer Penetranz.»

Sie kicherte über der zerlegten Leiche ihrer Forelle. «Wovon redest du eigentlich? Du sprichst in Rätseln, weißt du das? Manchmal verstehe ich nicht die Hälfte von dem, was du sagst, ehrlich. Was ist Penetranz, wenn ich fragen darf? Das klingt schon wieder unanständig.»

«Penetranz ist so unschuldig wie Neuschnee. Reine Genetiker-Fachsprache.»

«Weißt du, Hugo redet eigentlich nie richtig mit mir. Vielleicht liegt da das Problem. Was er wohl denken würde, wenn er wüßte, wo ich jetzt bin? Wenn die Leute reden, weiß man wenigstens, was sie denken, oder?»

«Wirklich? Weißt du, was ich denke?»

Sie hielt inne und betrachtete mich, den Kopf auf die Seite gelegt; sie sah mich geradeheraus an, nicht mit diesem seitlichen, ausweichenden Blick, den so viele Leute draufhaben. «Du denkst wahrscheinlich, daß ich ziemlich schwatzhaft bin.»

«Das denke ich überhaupt nicht», sagte ich völlig wahrheitsgemäß.

«Ich frage mich, was du wohl damals zu Hause in all den Jahren in der Bibliothek über mich gedacht hast?» Sie lächelte seltsam distanziert. Die Frage schien nicht an mich gerichtet zu sein, also gab ich keine Antwort; aber ich konnte sehen, daß sie es mehr oder weniger wußte. Sie war nicht dumm. Ich glaube, das habe ich schon einmal gesagt.

Unser absurdes, banales Geschwätz zog sich hin. Als wir aufgegessen hatten, war Jean ziemlich beschwipst und ein wenig unsicher auf den Beinen, aber sie machte zu allem ein tapferes, ernstes Gesicht. «Ich hab' zuviel getrunken. Und dabei vertrage ich doch nichts. Mein Vater war ein überzeugter Antialkoholiker, habe ich dir das erzählt? Kein Schnaps im Haus. O Gott, ist mir das peinlich!»

Wir schafften es bis zu meiner Wohnung und gingen mit verschwörerischem Geflüster hinein. «Was würde Hugo bloß denken, wenn er mich jetzt sehen könnte?» fragte sie laut. «Daß ich bei einem seltsamen Mann bin, meine ich. Was würde er denken?» Sie hüpfte auf einem Bein und versuchte, die Schuhe auszuziehen. «Was denkst du, was er denken würde?» Sie gluckste vor Lachen über ihre benebelten Worte – «Was denkst du, was er denken würde, was ich denken würde?» – und torkelte durch den Türrahmen. Um nicht zu fallen, stützte sie sich mit einer Hand auf meinem Kopf ab. Es war das erste Mal, daß sie mich berührt hatte. Schließlich bekam sie den zweiten Schuh los und schleuderte ihn ins Schlafzimmer. Ich folgte ihren bestrumpften Füßen (die großen Zehen von engen Schuhen traurig verbogen) durch die Schlafzimmertür. «Was denkt er, Benedict? Was denkt Benedict?»

Ich gab keine Antwort. Ich weiß nicht, ob ich dazu in der Lage war. Ich war stocknüchtern, aber weitaus mehr berauscht, als sie je gewesen war. Ich sah zu, wie sie sich auszog. «Was guckst du so?» wollte sie wissen, aber sie hörte nicht auf. Jacke, Bluse, Rock, Strumpfhose, alles fiel von ihr ab. Die Sachen lagen in einem Haufen auf dem Fußboden. «Was guckst du so, junger Mann?» Ihre Haut war sehr weiß, als hätte sie noch nie das Tageslicht gesehen. Ein wenig ungesund. Fast Albino. Die Brüste sahen in ihren Nylonkörbchen armselig aus. Über dem oberen Saum des Slips war eine weiche Hautfalte zu sehen, und ihre Oberschenkel waren ein bißchen uneben. Auf der Innenseite des rechten Schenkels hatte sie ein großes Muttermal von etwa fünf Zentimetern Durchmesser – eine somatische Zellmutation, die jederzeit zu einem malignen Melanom entarten konnte. Das war mir neu. Alles andere hatte ich mir zum größten Teil schon ausgemalt – den vorstehenden Nabel, die leicht fleckige Haut, den Haarflaum unterhalb der Leistengegend; aber nicht diesen melanotischen Makel. «Mehr ziehe ich nicht aus, solange du da rumstehst, damit du's weißt.» Ihr Becken war breit und ziemlich plump. Sie stemmte die Hände in die Hüften. «Das mach' ich nicht, damit du's weißt.»

«Ich dachte, du möchtest vielleicht, daß ich deine Sachen wasche.»

«Das hast du doch schon, oder?» Es klang streitsüchtig, der Alkohol war am Werk. Miss Piercey war alles andere als mausgrau. Voll wie eine Haubitze. Sie nahm meinen Vorschlag mit benebeltem Verstand und mich mit getrübten Augen wahr. «Genau das willst du doch, stimmt's?»

Ich zuckte die Achseln. Es stimmte nicht, aber ich hätte es getan.

«Dreh dich um», sagte sie schließlich. «Und nicht gucken.»

Ich tat wie mir befohlen war. Hinter mir gab es eine verworrene Bewegung, und als ich mich umdrehte, sah ich das Aufleuchten weißen Fleisches, ein Heben und Senken von Bettwäsche, und Miss Piercey, die steif wie eine Leiche unter der Decke lag und mich über ihren Rand beäugte. Die fraglichen Kleidungsstücke lagen vor mir auf dem Fußboden. «Nacht, nacht», sagte sie und kicherte.

Am nächsten Morgen war sie zerknirscht. Als sie in der Küchentür stand, sah sie blaß und kränklich aus. Und seltsam jung, wie ein auf frischer Tat ertapptes Kind. «Es ist mir entsetzlich peinlich.»

«Dazu besteht kein Anlaß.»

«Ich muß widerlich gewesen sein.»

«Süß warst du. Lustig.»

«Betrunken. Daran ist nichts Lustiges, wenn man betrunken ist. Mein Vater war immer richtig sauer, wenn in einer Comedy-Show einer den Betrunkenen spielte. Verdirbt die Jugend, sagte er immer. Ich glaube, ich gehe jetzt besser.»

«Nein. Bitte nicht.»

Ich hatte es als Bitte formuliert, und das wirkte. Sie war es gewohnt, daß man ihr sagte, was sie zu tun hatte, aber ich *bat* sie zu bleiben, und das in geradezu flehendem Ton. Ich nehme an, sie war überrascht, so etwas von mir zu hören. Sie kam in die Küche und setzte sich. Es war alles ein wenig absurd: ich auf meinem eigenen Stuhl an dem niedrigen Tisch, und sie, auf einem Stuhl seltsam hingekauert, über mir. «Du *möchtest*, daß ich bleibe», sagte sie. Eine Bestätigung erwartete sie nicht. Es war die Feststellung einer Tatsache, eingerahmt von Verblüffung.

«Natürlich.»

Zur Mittagszeit gab es in der Albert Hall diesmal Janáčeks *Sinfonietta* für Orchester mit einer Blechbläsergruppe wie beim Militär. 1864, mit zehn Jahren, war Leoš Janáček in den Knabenchor des Augustinerklosters in Brünn eingetreten, wo er unter dem Chorleiter Pavel Křižkovsky studiert hatte. So stand es im Programmheft.

Wie Mendel, stammte auch Janáček aus Nordmähren. Sie hatten den gleichen Akzent. Wie Mendel war Janáček fasziniert von Landleben und Getier. Er muß mit dem Mönch durch den Klostergarten gegangen sein; er muß die Mäuse in ihren Käfigen und die Bienen in ihren Stöcken auf der Böschung hinter dem Kapitelhaus gesehen haben; er muß mit der zahmen Füchsin gespielt haben, einem elternlosen Tier, das ein Freund Mendels als Junges gerettet hatte; er muß gehört haben, wie der Mönch von Tieren erzählte und in seinen Vorlesungen die Steinschleudern verdammte. Profane Dinge, Kinderkram, der sich tiefer ins Gedächtnis einprägt als alle Erlebnisse des Erwachsenenalters.

Genetik ist für Musiker nur von geringem Interesse, und die wenigsten Genetiker kümmern sich viel um Musik (auch wenn fehlende Musikalität [Dysmelodie] und absolutes Gehör vermutlich autosomal-dominante Merkmale mit unvollständiger Penetranz sind[1]); deshalb wird Janáček in Biographien Mendels nie erwähnt, und in Biographien über den Komponisten des *Schlauen Füchslein* ist nie von Mendel die Rede. So engstirnig nehmen wir die Vergangenheit wahr. Als Janáček mit neunzehn Jahren die Chorleiterstelle des Pater Pavel Křižkovský erhielt, war Mendel der Abt, der ihn berief.

«Tut, tut, tut. Ich *hasse* so etwas», beklagte Jean sich genüßlich. «Und es macht meine Kopfschmerzen nur noch schlimmer.» Sie lachte über das Getöse der Blechbläser, und die Leute neben uns starrten, sowohl wegen ihres Gelächters als auch wegen ihres winzigen Begleiters. Sie beugte sich zu mir und kicherte. «Blasierte Idioten», hauchte sie mir in

[1] Kalmus und Fry, *Annals of Human Genetics* 43, 1980; Profita und Bidder, *American Journal of Medical Genetics* 29, 1988

verblüffendem Ton ins Ohr. Ich fragte mich, ob die Wirkung des Alkohols vom Abend zuvor sich schon völlig verflüchtigt hatte. Und dann: «Was Hugo wohl denken würde.»

«Vergiß Hugo.» Aber sie konnte es nicht. Natürlich konnte sie es nicht. Das Konzert ging zu Ende, das spärliche Publikum ergoß sich nach draußen in die Wintersonne, und sie dachte immer noch an Hugo.

«Hast du ihn geliebt?» fragte ich.

«Ihn geliebt? Die Frage bedeutet nicht viel, stimmt's? Ich hatte mich an ihn gewöhnt. Gewöhnung wird so stark wie Liebe, weißt du das? Wie du deine Eltern liebst, nehme ich an. Du bist an sie gewöhnt. Das ist keine Herabsetzung. Es ist einfach so.»

«Und hattest du solche Gefühle für Hugo? Obwohl er dich sogar geschlagen hat?»

«Hatte, habe – ich glaube, ich habe sie immer noch. Er kann …» Sie hielt inne. Wir bogen in die Cromwell Road ein.

«Kann was?»

«Sehr liebevoll sein», sagte sie.

Wir wiesen uns an der Einfahrt aus und stiegen die Stufen vor dem Institut hinauf. Vor der Tür blieb sie stehen. «Ach du großer Gott», sagte sie. Es war nicht die Sprache, deren Miss Piercey sich sonst bediente. Aber an Miss Piercey war jetzt schon eine ganze Menge anders.

«Was ist los?»

«Was los ist?» Sie konnte durch die Scheiben in der Tür sehen. In meiner eigenen Miniaturwelt sah ich nur polierte Eiche. Sie blickte zu mir herab. «Er ist es.» Mit einem tiefen Atemzug stieß sie die Tür auf. «Er ist es», wiederholte sie.

Hugo Miller stand in der Eingangshalle unter der Büste

von Karl Pearson und sah aus, als hätte man ihn ins falsche Krematorium geschickt. Er hatte etwas Schwankendes, als ob er am Rand einer Klippe, auf der Schneide eines Messers oder etwas Ähnlichem balancierte. «Wo bist du gewesen?» wollte er wissen, als er sah, wer da durch die Tür kam. «Wo zum Teufel bist du gewesen?»

Ich wurde übersehen. Ich besetze ein Existenzniveau, auf dem sich kleine Kinder bewegen. Auf Partys, beispielsweise auf der Weihnachtsfeier im Institut, existiere ich in einer Welt der Beine und Knie und Hüften, und wenn ich die Unterhaltung nicht an einem Rand des Raumes führen kann, wo vielleicht ein Sofa oder etwas Ähnliches steht, muß ich auf und ab springen und mit den Armen wedeln, um mich bemerkbar zu machen.

«Hugo», sagte sie.

Ich drückte mich an ihr vorbei und stellte mich zwischen die beiden. Piggy in der Mitte. Aber Hugo Miller blickte über mich hinweg, übersah mich, ließ mich nicht einmal in die unteren Bereiche seines Bewußtseins vordringen. «Wie kannst du es wagen, mir derart wegzulaufen?» schrie er über meinen Kopf hinweg. Es klang ungläubig. Das fand wohl auch Miss Conway, die gefürchtete Pförtnerin, die den Gerüchten zufolge schon seit der Zeit Batesons und Pearsons am Institut war. «In Gottes Namen, wo zum Teufel bist du gewesen?»

«Deine Theologie stimmt nicht ganz», warnte ich ihn.

Er wandte sich zu mir, wandte sich zu mir *herunter*. «Du hältst die Klappe, du kleiner Gnom. Wahrscheinlich ist es deine Schuld.»

«Bitte mach hier keine Szene, Hugo», sagte sie leise. Sie hatte den unterwürfigen Tonfall der Verliererin.

«Szene? Von wegen Szene! Du kommst jetzt sofort hierher!» Er griff nach ihrem Arm. Einen Augenblick lang gab es über meinem Kopf ein Handgemenge. Hugo grapschte einen Arm von Jean, ich grapschte den anderen. Wir zogen. Für Außenstehende, beispielsweise für Miss Conway, muß es absurd gewirkt haben, wie aus einem Film von Fellini: Ein Zwerg und ein ausgewachsener Mann zerren auf beiden Seiten an einer dünnen, ziemlich konfusen Frau. «Willst du mit ihm gehen?» schrie ich ihr zu. «Willst du das wirklich?»

Er stieß mich aus dem Weg. «Hau ab, du Mißgeburt!» Aber ich hielt fest, so daß er Jean in Richtung der Tür zog, während ich wie ein Terrier an der anderen Seite hing. «Laß los, Benedict», schrie Jean, «sonst tut er dir noch weh!»

Sonst tut er dir noch weh.

«Laß los, Benedict!» kreischte sie noch einmal.

Lockerte ich meinen Griff, oder entglitt sie mir einfach? Darüber dachte ich hinterher lange nach. Wie dem auch sei, jedenfalls zog Miller sie von mir weg und stieß sie durch die Tür. Dann sah er sich nach mir um, wie ich hilflos mitten auf dem Schachbrettmuster des Fußbodens in der Eingangshalle stand, und sein Gesicht verzog sich zu einer Grimasse des Ekels. «Das ist verdammt noch mal nicht deine Angelegenheit, ist das klar? Du bist nur …» Er hielt inne, als suchte er in seinem Vokabular nach dem richtigen Wort. Dann fand er es, schoß es ab, traf sein Ziel: «Nur eine widerliche kleine Mutante.»

«Richtig!» rief Miss Conway.

«Was ist richtig?» fragte ich.

«Richtig gemein ist er.»

Ich zog mich ins Labor zurück. Gefühlsgeladen? Aufgeregt? Das sind die Empfindungen normaler Menschen. Ich bin eine kleine Mutante.

«Ist alles in Ordnung, Ben?» fragte Olga. «Du siehst ein bißchen mitgenommen aus.»

«Ich doch nicht.»

Sie war gerade dabei, im Auftrag der wissenschaftlichen Abteilung der Stadtpolizei die DNA eines Verdächtigen zu vermehren, der jemanden vergewaltigt haben sollte. Mit der Polymerasekettenreaktion (PCR) kann man die DNA aus einer winzigen Probe (in diesem Fall aus einem eingetrockneten Spermafleck in der Unterwäsche des Opfers) so stark vermehren, daß man Vergleichsuntersuchungen vornehmen und den Besitzer identifizieren kann. Die PCR ist das Fotokopiergerät der Genetik – schnell, einfach und zuverlässig. Man bringt die DNA-Probe, die man vermehren möchte, in ein Reagenzglas und erwärmt sie. Bei 94 °C gibt das Doppelstrangmolekül nach: Es schmilzt und trennt sich zu zwei Einzelsträngen, so daß seine molekulare Information freiliegt. Nun kühlt man die Mischung auf 70 °C ab, und dabei setzt das Enzym DNA-Polymerase an jeder Hälfte des ursprünglichen Moleküls einen neuen Strang zusammen, ein neues Abbild der freigelegten Information, einen Abguß der anfänglichen Form. Dann erhitzt man die Probe (jetzt die doppelte DNA-Menge) aufs neue. Wieder öffnen sich die Doppelstränge, die Form trennt sich von ihrem Abguß. Wieder kühlt man ab, wieder werden komplementäre Stränge zusammengesetzt, wieder wird die genetische Information genau verdoppelt, eine neue Form am Abguß, ein neuer Abguß an der Form. Und wieder erhitzt man die Probe, wieder öffnet sich die DNA, wieder wird sie abgekühlt und verdoppelt …

So geht es immer weiter, und in jedem Zyklus verdoppelt sich die Zahl der DNA-Moleküle: 2 – 4 – 8 – 16 – 32 – 64 – 128 – 256 – 512 … Man sieht nichts davon. Alles spielt sich in einem winzigen Reagenzgefäß in einem automati-

schen Heizblock ab. Die Botschaft des Lebens wird foto-
kopiert.

Was hätte Ururgroßonkel Gregor dazu gesagt? Er, der
nur durch Zählen, durch das Berechnen von Verhältnissen
auf die Existenz der Erbteilchen schließen konnte, der unbeholfen nach Begriffen – *Merkmal, Anlage* – suchte, um
diesen unbekannten, ungesehenen, unvorstellbaren Gebil-
den semantischen Gehalt zu verleihen, wie wäre er wohl
mit der heutigen Wirklichkeit zurechtgekommen, mit der
Möglichkeit, ein Gen nach Belieben in unbegrenzten Men-
gen herzustellen?

«Ich frage mich, wie er wohl war», sagte Olga nachdenklich.

«Wer?»

Sie beugte sich über den Labortisch und biß sich konzentriert auf die Unterlippe, während sie Flüssigkeit in ein
winziges Kunststoffgefäß pipettierte. «Unser Vergewaltiger.»

«Ein Mann.»

Eine Pause, und dann ein spöttischer Blick zu mir. «Alle
Männer?»

«Nicht alle.»

Sie müssen sich Dr. Benedict Lambert im weißen Kittel
mit Gesichtsmaske und Gummihandschuhen vorstellen.
Mit derart winzigen DNA-Mengen muß man unter Bedingungen peinlichster Keimfreiheit arbeiten, damit nicht ein
versprengtes Bakterium dazwischenkommt und die sorgfältig verwahrte Probe auffrißt. DNA ist eine höchst nahr-
hafte Verbindung: Sie liefert Zucker und organischen Stick-
stoff im Überfluß, und dazu noch den lebenswichtigen
Phosphor. Ein richtiger Festschmaus. Außerdem besteht
die Gefahr, daß DNA aus den Zellen der eigenen Haut die
Probe verunreinigt – wenn man nicht aufpaßt, vermehrt

man am Ende die eigene DNA statt der des Vergewaltigers. Es wäre, als ob der Zeuge eines Verbrechens nicht den Verdächtigen identifiziert, sondern einen der Unschuldigen, die bei der Gegenüberstellung neben ihm stehen.

Olga ging quer durch den Raum zum PCR-Gerät und tippte ihre Einstellungen ein – Temperatur, Zeit, Zahl der Zyklen; dann drückte sie das Röhrchen in eine Bohrung in dem Heizblock. Sie summte eine ihrer geistlosen Melodien.

«Warst du wieder mit Miss Bücherei zum Mittagessen?»

«Mrs. Miller.»

«Du weißt schon, wen ich meine. Sie ist ganz hübsch. Auf ihre mausgraue Art. Wo wart ihr? Doch nicht in dieser entsetzlichen ‹Katze im Sack›?»

«Ich finde das Lokal nett.»

Wieder einer von diesen Blicken. Von mir aus. Sag doch, was du willst. «Du magst sie?»

«Sie gefällt mir.»

«Ach ja? Sie *gefällt* dir? Das hab' ich schon oft gehört. Ich nehme an, dem geilen Bock hier – sie zeigte auf das Röhrchen mit der DNA – hat sein Opfer auch gefallen. Gefallen ist ein Wort für prüde, Ben. Du *magst* sie. Das willst du sagen. Du magst Miss Bücherei, und es ist dir peinlich. Aber wer weiß?» – sie grinste und zeigte ihre Zahnlücken wie eine alte Kupplerin –, «vielleicht mag sie dich auch.»

Wenn die Vermehrung abgeschlossen ist, spaltet man die DNA mit Enzymen, und dann trennt man die Fragmente durch Gelelektrophorese. Anschließend denaturiert man die Fragmente mit 0,5-molarer Natriumhydoxidlösung zu Einzelsträngen und überträgt sie durch Southern Blotting auf ein Nitrocellulosefilter. Auf das Filter bringt man die radioaktive Sonde, mit der man bestimmte, vielfach wiederholte DNA-Sequenzen nachweisen kann. Sie heißen

«Tandemwiederholungen mit variabler Anzahl» oder – nach dem englischen *Variable Number Tandem Repeats* – VNTRs. Das Muster dieser Sequenzen fotografiert man. Ein solches Bild sieht fast aus wie der Strichcode auf einer Packung Fischstäbchen im Supermarkt. Es ist bei jedem Menschen anders, das ist der springende Punkt. Dein Sperma ist dein Verderben.

Ich fragte mich und frage mich immer noch: Enthält Hugo Millers DNA, irgendwo in der komplizierten Sequenz ihrer Basen, den Samen für seine Gewalttätigkeit? Vielleicht einen Mangel an Monoaminoxidase A oder irgend so etwas – einen einfachen *Grund* für sein Verhalten anstelle der rätselhaften Vielschichtigkeit von Erziehung und Umwelt?

Als ich an diesem Abend nach Hause kam, klingelte in meiner Wohnung das Telefon: eine Frauenstimme mit mehr als nur einer Spur von Verärgerung und mit mehr als nur einer Spur von Schottisch. «Ist da Dr. Lambert?»

Ja.

»Hier Polizeiwache Ruislip. Bei uns ist eine Mrs. Miller. Sie ist verletzt.»

«Geschlagen?»

«Das habe ich nicht gesagt, Sir.»

«Ich habe nicht gesagt, daß Sie das gesagt haben. Ich habe eine Frage gestellt.»

Am anderen Ende der Leitung trat eine Pause ein, und aus dem Hörer kam ein leises elektronisches Zischen von Verärgerung. «Mrs. Miller hat uns Ihren Namen gegeben, Dr. Lambert. Ich glaube, Sie kommen am besten auf der Wache vorbei.»

Als sie mich sahen, waren sie natürlich verblüfft. Alle sind verblüfft, wenn sie mich sehen. Sie sehen über mich hinweg, als erwarteten sie, daß in der Leere über meinem Kopf ein normaler Rumpf auftaucht wie der Körper der Cheshire-Katze, der sich hinter ihrem Grinsen materialisiert; und wenn das nicht geschieht, sehen sie zu mir herab – mit einer Art Überraschung, einer Art Widerwillen, einem Gesichtsausdruck, als hätten sie in die Tiefkühltruhe geblickt und dort ganz unten zwischen gefrorenen Erbsen und Fischstäbchen einen Menschenkopf entdeckt. «Sind Sie zufällig Arzt, Sir?» Der schottische Akzent war in natura sogar noch stärker ausgeprägt – die ganze Frau war eine beträchtliche Menge Natur. Eindeutig Fettsucht. Und unglücklich darüber.

«Ich bin Genetiker.»

Sie runzelte die Stirn, als hätte ich einen Witz gemacht, obwohl jetzt nicht der Zeitpunkt für Witze war. Oder als sei ich sarkastisch gewesen. Aber für Sarkasmus war es tatsächlich der richtige Zeitpunkt. «Ist Mrs. Miller Ihre Patientin, Sir?»

«Sie ist eine Freundin, eine Kollegin. Ist sie verletzt?»

«Der Arzt hat sie schon untersucht», sagte sie. «Es ist nicht so schlimm.»

Ich folgte dem großen blauen Hintern der Polizistin einen Flur entlang. Ich befand mich ungefähr auf der gleichen Höhe. Blauer Wollstoff und schwarze Baumwollsocken. Beine wie Keulen. Einen Augenblick lang fragte ich mich, wie diese Frau wohl ohne die Uniform der Staatsgewalt aussehen würde, splitternackt und wabbelnd bei jeder Bewegung. Kaum reizvoller als ich, nehme ich an. Sie öffnete die Tür zu einem Verhörzimmer, und ich vergaß das alles, denn dort saß Jean, die Hände um einen Becher Tee geklammert. Sie hatte eine Schnittwunde, eine geschwollene Lippe und ein blaues Auge. Die eine Wange war verquollen, und auf der linken Augenbraue klebte ein Pflaster.

«Ich wußte nicht, ob du kommen würdest», sagte sie leise. Und sie entschuldigte sich, entschuldigte sich tatsächlich, als sei es ihre Schuld; als hätte man sie hierhergebracht, weil sie betrunken im Dienst war oder so etwas. «Es tut mir leid, Benedict. Es tut mir entsetzlich leid. Sie wollten mich zur Beobachtung ins Krankenhaus schicken, aber ich habe nein gesagt. Ich habe ihnen nur deinen Namen gegeben. Ich weiß, es war verrückt, aber ich hab's getan. Das Dumme ist, wenn man ein paar Jahre verheiratet ist, dann hat man nicht mehr viele Leute, an die man sich wenden kann, stimmt's?»

Die Polizistin sah mich zweifelnd an. «Mrs. Miller hatte ein schlimmes Erlebnis. Sie braucht ein bißchen Ruhe und Frieden.»

«Was ist passiert?» fragte ich. Natürlich wollte ich den Arm um sie legen, um ihr dieses zerbrechliche Etwas zu spenden, das wir Trost nennen. Aber natürlich konnte ich sie nicht erreichen.

«Wir wurden von den Nachbarn gerufen», sagte die Polizistin, aber eigentlich hatte ich nicht sie gefragt.

«Und Hugo? Was ist mit Hugo?»

Wieder antwortete die Polizistin. «Mr. Miller ist im Augenblick in Gewahrsam. Aber solange Mrs. Miller keine Anzeige erstattet, können wir nicht viel unternehmen.»

Jean sah mich mit diesen absurden Augen an. «Ich will das nicht. Das wäre doch schrecklich, oder?»

«Nicht so schrecklich wie das, was passiert ist.»

Sie nippte an ihrem Tee und schüttelte den Kopf. «Schrecklich», wiederholte sie.

Und so kam es, daß sie bei mir blieb. Ich war ihr barmherziger Engel. Cherub. Ein Cherub der Barmherzigkeit. Ein häßlicher, betagter Cherub der Barmherzigkeit, der seiner Flügel beraubt war. Sie hatte noch ein paar Sachen bei mir, und wir kauften andere, liefen fast wie Mann und Frau durch die Geschäfte und lachten über die Blicke, die wir ernteten. Irgendwie waren wir glücklich. Ich glaube, in meiner düsteren Souterrainwohnung fühlte sie sich seit Jahren zum erstenmal frei, denn ich legte ihr natürlich keinerlei Zwang auf. Das konnte ich nicht wagen. Sie machte es sich in der Wohnung bequem und schien völlig unbesorgt über die Widersinnigkeit des Ganzen. «Schneewittchen und sein einziger Zwerg», sagte ich einmal, und daraufhin wurde sie richtig wütend. Ein genußvoller Anblick – Miss Piercey wütend, so wütend wie ich sie von früher in Erinnerung hatte, wenn sie in der Bibliothek jemanden mit einem gestohlenen Buch in der Tasche erwischte. «Benedict Lambert, wage es nicht, so etwas zu sagen! Wir sind so, wie wir innerlich sind, und nicht so, wie wir aussehen.»

Das klang wie aus dem Mund meiner Mutter. Sie hatte einen kindlichen Optimismus, und daran änderte auch die Tatsache nichts, daß es mich gab. Sie war überzeugt, es werde sich schon «alles regeln». Wir waren also ein gegensätzliches Gespann: hoffnungsvoll und hoffnungslos, fröhlich und sarkastisch, groß und zwergenhaft.

Sie zeigte ihren Mann nicht wegen tätlicher Beleidigung oder Körperverletzung oder wegen irgendeines anderen Verbrechens an, wie die Polizei es ihr vorschlug, aber das Gericht erlegte ihm dennoch ein Umgangsverbot auf. «Umgangsverbot» klingt nach Maulkorb, aber es hielt ihn nicht davon ab, sie bei der Arbeit anzurufen und zu beschimpfen. «Du hast einen andern, stimmt's?» fragte er. «Du bist doch nur eine dreckige Nutte!»

Sie versuchte, vernünftig mit ihm zu reden, aber es war sinnlos. Hugo Miller war offenbar nicht mehr ganz zurechnungsfähig und wollte unbedingt herausfinden, was im Busch war. «Du sollst mich nicht anrufen, Hugo. Und von allem anderen abgesehen, ist es einfach scheißlästig, wenn du mich bei der Arbeit störst.» Ich weiß nicht, ob sie das Wort von mir hatte. Normalerweise benutzte sie solche Wörter nicht, aber es waren ja auch keine normalen Zeiten, oder? Eigentlich waren die Zeiten scheißunnormal.

«Ich muß irgendwo allein wohnen», sagte Jean zu mir. «Ich kann dir nicht ewig zur Last fallen.»

«Das wirst du nicht tun.»

«Du willst, daß ich dableibe? Du schnauzt mich doch immer an und sagst mir, was richtig und was falsch ist.»

Ich erklärte ihr, das sei einfach meine Gewohnheit, wenn man so lange in meinem Beruf sei, werde die belehrende Art zu etwas Normalem, ich sei einfach nur ein altes Ekel, und sie solle mir ruhig sagen, wenn ich den Mund halten sollte.

«Du meinst, du willst mich haben?» Sie lachte. «Ich meine, du willst mich hierhaben?»

«Ja, natürlich.»

«Aber ich habe dich aus deinem Bett vertrieben und alles. Du kannst doch nicht ewig auf dem Sofa schlafen. Es ist nicht richtig.»

«Zur Zeit ist es für mich richtig.»

«Wie lange?»

«Bis du sagst, daß ich zu dir kommen soll.»

Schwangeres Schweigen, wenn Sie mir den Ausdruck verzeihen.

202

«Stimmt das, was man so hört?» fragte Eric einmal beim Mittagessen.

«Was hört man denn so, Eric?»

Er zapfte ein Glas Bitter und rümpfte die Nase, als ob er sich die Sache überlegte. «Daß ihr beide was miteinander habt.»

«Nicht so wie du denkst», sagte Jean ungehalten.

«Wer sagt das?» forschte ich. Unter anderem empfand ich einen Funken Stolz. Völlig unbegründeten Stolz natürlich, aber schließlich macht sich Stolz nur allzuoft ohne Begründung breit.

«Die Leute», sagte Eric beiläufig.

«Die Leute sollen sich um ihre eigenen Angelegenheiten kümmern.»

Er nickte, als sei das eine der ewigen Wahrheiten. «Das machen sie nie, stimmt's? Na ja, ich wünsch' euch jedenfalls alles Gute.»

Jean sah mich über die Fleischpastete hinweg neugierig an. «Frechdachs.»

«Er oder ich?»

Sie spitzte die Lippen, wie nur sie es konnte. Ihre Augen, das blaue und das grüne, betrachteten mich auf ihre besondere, asymmetrische Art. «Alle beide», sagte sie.

Ich warte natürlich auf einen Augenblick. Auf *den* Augenblick. War er jetzt in der Kneipe gekommen, als Eric das Thema ansprach, es sozusagen in ihr Bewußtsein drängte? Oder war es an dem Morgen, als wir beim Frühstück saßen und sie plötzlich ohne erkennbaren Grund lächelte, über den Tisch langte und meine Wange berührte? Oder als wir in dem französischen Restaurant aßen und uns über Forellen unterhielten? Oder später, als wir zu einem Klavierabend gingen und einen unbekannten tschechischen Pianisten hörten, der *Auf verwachsenem Pfad* so eindringlich spielte, daß Jean tatsächlich weinte, dort im Konzertsaal, umgeben von unterdrücktem Husten und einem Hauch von Langeweile?

Oder war es an einem Samstagnachmittag bei einer Toulouse-Lautrec-Ausstellung in der Tate Gallery, als ein paar Schülerinnen uns hinterherstarrten, während wir vom «Moulin Rouge» zu «Jane Avril» schlenderten und eines der Mädchen mit einer Stimme, die von der Decke widerhallte, flüsterte: «Guck mal, das isser!» Jean lachte. Es war ein bitteres, ironisches Lachen.

Sie lernte. Als die ekelhafte Lehrerin ihre Kinder in den nächsten Saal trieb, sah Jean mich an und lachte. War das der Augenblick, war es damals, als sie mich ansah und lachte?

Nach der Ausstellung gingen wir hinaus in den Nachmittag und schlenderten am Themseufer entlang. Es war Ebbe. Möwen kreischten im Wind. Die zähe Brühe des Flusses glitt vorüber wie Galle. Ein kleiner Dampfer stampfte stromaufwärts Richtung Chelsea, und auf den Sandbänken pickten zwei Reiher wählerisch im Unrat. Am anderen Ufer lag der Klotz des Battersea-Kraftwerks wie ein riesiger, auf dem Kopf stehender Eßtisch. Jean sah zu mir herunter. «Darf ich dir etwas sagen, Benedict?» fragte sie, und der Tonfall klang schicksalsschwer; es war der Ton, den ich fürchtete, der Ton des Arztes, der im Begriff steht, ein endgültiges Urteil zu fällen. *Ich fürchte, wir können nichts mehr tun …*

«Bitte nicht.»

«Du bist so tapfer», sagte sie. «Ich meine, ich habe Probleme, aber im Vergleich mit deinen ist das gar nichts. Und du erwähnst die Dinge nie. Nie. Du kannst sogar lachen.»

Dinge.

«Ich bin nicht tapfer», versicherte ich ihr mit der berühmten Benedictschen Beiläufigkeit. «Um tapfer zu sein, muß man die Wahl haben. Man muß die Möglichkeit haben, ein Feigling zu sein. Wenn du bist wie ich, hast du keine Wahl.»

Sie sah mich mit diesen Augen an, und ich las darin einen Mischmasch aus Schmerz und Bedauern. «Wenn du nicht so wärst, wie du bist ...»

«Dann sähe die Welt völlig anders aus.»

Sie starrte in den Wind. In diesen Augen, diesen verschiedenartigen Augen, glitzerten Tränen. Aber das konnte durchaus am Wind liegen. Er kam kalt und schneidend aus den Sümpfen von Essex. «Es wäre einfacher», sagte sie. «Das ist alles. Einfacher.»

Als wir an diesem Nachmittag nach Hause gingen, waren wir in der gleichen Stimmung. Gefühlsduselei – vielleicht. Gefühle – ganz sicher. Beide liegen dicht nebeneinander wie verwandte Bakterien in einer Kultur, die einander mit Plasmiden infizieren und Gene für Rührseligkeit und Heuchelei, Liebe und Wollust austauschen, hin und her. Und Lachen half. Und Alkohol half. Und alle diese Dinge.

«Was hast du jetzt vor?» fragte sie, während sie nach dem Abendessen die Teller wegräumte. Wir hatten mehr von einem sehr ordinären *vin ordinaire* getrunken, als gut für uns war, und hatten maßlos über *Bahndamm Schattenseite* und *Château Migraine* gelacht.

«Das liegt bei dir.»

Miss Piercey war eine andere Frau geworden. Keine Maus mehr. Eine Ratte, eine Laborratte, weiß und hager und mit ihrem eigenen Kopf. Wir sahen einander durch eine Art Dunst aus Alkohol und Bedauern an, und in einem von Peinlichkeit umwölkten Ton sagte sie zu mir, sie habe nichts dagegen. Es sei nur ... Es sei nicht einfach ... Es wür-

de schwierig werden … wenn ich wüßte, was sie meinte …
«So, jetzt ist es gesagt», sagte sie zum Schluß, obwohl
eigentlich noch gar nichts gesagt war. Abrupt fing sie an,
die Teller abzuwaschen, als habe sie sich über etwas geär-
gert.

«Du machst noch das Geschirr kaputt», warnte ich sie,
aber sie beachtete mich nicht. Wir tranken Kaffee, ohne etwas zu sagen; dann stellte sie die Tassen ins Spülbecken und
verkündete, sie werde jetzt ins Bett gehen.

Ich warte auf *den* Augenblick; aber vielleicht gibt es ihn
nicht. Vielleicht liegt es nur an der Vorgehensweise unseres
Geistes, daß wir glauben, ein bedeutsames Ereignis müsse
eine Ursache haben. Vielleicht ist es einfach nur Zufall, eine
beängstigende Machenschaft des Chaos. Ich saß da und
hörte, wie sie in der Wohnung rumorte, ins Badezimmer
ging, die Toilettenspülung betätigte, im Waschbecken oder
im Bidet herumspritzte. Türen knallten zu. Eine Art
Schweigen trat ein. Was war ausgesprochen? Was, wenn
überhaupt, war vereinbart? Die Abmachung mit Eve war
viel einfacher gewesen.

Ich schlich auf Zehenspitzen durch den Flur zu ihrer
Tür und klopfte leise – es hätte ja sein können, daß sie es
hörte.

«Wer ist da?» rief sie – es hätte ja sein können, daß es jemand anderer war.

«Darf ich reinkommen?»

«Einen Au …»

Ich hörte Geräusche hinter der hölzernen Trennwand.
Und dann: «Mach das Licht aus.»

Ich tat, worum sie mich gebeten hatte, und öffnete die
Tür in die undurchdringliche Dunkelheit. Die Luft war
voller Parfüm, ein lebhafter Geruch im Dunkeln – leicht
blumig, leicht aufdringlich, ganz und gar gefährlich. «Hier

drüben», sagte sie leise, als ob mir vielleicht die Einrichtung meines eigenen Zimmers nicht bekannt sei. Ich schloß die Tür hinter mir und durchquerte den Raum zum Bett, streckte die Hand aus und fühlte die kühle Berührung des Lakens; und dann heißes, weiches Fleisch. Sie bewegte sich im Dunkeln. Ich berührte seidige Haut, einen Vorsprung aus Knochen, einen Abhang, der in einem Dickicht aus Haaren endete. Sie gab ein Geräusch von sich, das schwer zu deuten war, ein kleines, stimmhaftes Ausatmen, das von einem Schmerz hätte herrühren können.

«Alles in Ordnung?» fragte ich. Allmählich gewöhnten sich meine Augen an die Dunkelheit. Das spärliche Licht, das aus dem Lichtschacht durch die Vorhänge drang, verlieh dem Zimmer jetzt eine unbestimmte Substanz, auch dem Nachttisch, dem Stuhl und dem geisterhaften Körper, der wie ein Leichnam vor mir hingestreckt lag. Erst nach einer langen Pause, so schien es mir, drang die Stimme des Gespenstes wieder an mein Ohr. «Das dürfen wir nicht», flüsterte sie.

Meine Finger bewegten sich. «Warum nicht?»

Sie seufzte und hatte keine passende Antwort. «Was hast du vor?»

Ich bebte. Vor Angst, vor Erregung, vor unreiner Freude, ich weiß es nicht. Ich habe keinerlei Bedürfnis, meine Gefühle zu klassifizieren und ihnen Grenzen zu setzen. Ich weiß nur, daß ich bebte, als ich vor ihr niederkniete wie ein Gläubiger vor dem Altar (weil es tatsächlich die einfachste Methode war), während sie sich darbot wie eine meiner Mäuse, mit kleinen, mausartigen Geräuschen, einem schwachen Wimmern, einem Miauen, einem verzweifelten *cri-du-chat*. Meine eben noch zitternden Finger hatten plötzlich zu einer überraschenden Geschicklichkeit gefunden.

«O Gott», flüsterte sie, obwohl Gott mit Sicherheit nichts damit zu tun hatte. «O Gott, o Gott, o Gott.»

Ich beugte mich nach vorn und schmeckte sie; sie hatte ein seltsames, bittersüßes Aroma, wie ich es mir nie vorgestellt hatte und niemals beschreiben könnte: Geschmack, vermischt mit Berührung, eine geheimnisvolle Kombination. Unsicher kam ich auf die Füße und balancierte hinter ihr – unter mir schwankte die Matratze, und ihre Pobacken dienten mir als exotische Stütze. «Sei vorsichtig», flüsterte sie absurderweise in der Dunkelheit. «O Gott, sei vorsichtig.» Ich lehnte mich nach vorn gegen sie. «Du bist so groß», sagte sie. «So groß.»

In dieser Nacht steuerte mein Samen seinen Kurs durch gallertige Windungen in das Innerste von Miss Piercey: winzige Geschosse von Potenz, so potent wie von jedem anderen Mann, die sich zuckend aus der sauren Welt der Vagina herausschlängelten, angezogen vom fürsorglichen Rüssel der Zervix, angesaugt, gezerrt, hinaufgetrieben durch die Dunkelheit der Gebärmutter bis hin zu den weit entfernten Eileitern.

Wir schliefen getrennt. Ich wollte nicht, daß sie mich beim Aufwachen neben sich liegen sah.

Im Morgengrauen sah sie grau aus, als hätte sie nicht gut geschlafen. «Was machen wir jetzt?» fragte sie, während sie lustlos mit Teekanne und Wasserkessel hantierte. Eine Szene häuslichen Glücks. Riesenhonigpops zum Frühstück.

«Wir machen weiter wie bisher, mehr oder weniger», schlug ich vor.

«Und was ist, wenn ich schwanger werde?»

Das Geräusch fließenden Wassers. Ein Ausströmen von Dampf. Ansonsten Schweigen. Ob sie, so fragte ich mich, während des Schweigens die Wahrscheinlichkeit berechnete? War ihr überhaupt klar, daß sie bestand?

«Wenn *was*?»

Sie rührte in der Brühe. «Schwanger», wiederholte sie.

«Wie um Gottes willen …»

«Was hat das mit Gott zu tun? Du sagst immer, du glaubst nicht an ihn.»

Aber Gott hatte eine Menge damit zu tun. Der ägyptische Gott Bes war ein achondroplastischer Zwerg. Er war der Gott der Belustigung, der Gott, der die Dämonen verscheuchte; aber er war auch der Gott, der schwangere Frauen beschützte. «Ja, nimmst du denn nicht die Pille oder so was?»

«Ich hab' dir doch gesagt, du sollst vorsichtig sein. Aber ich wollte dich nicht aufhalten, damit du es nicht mißverstehst.» Sie sprach zum Ausguß, zu der Kanne mit dampfendem Tee und zu dem von Rauhreif beschlagenen Fenster, hinter dem sich ein dekorativer Lichtschacht voller Abflußrohre und Elektroleitungen befand. «Ich dachte, du glaubst dann, ich wollte dich nicht», sagte sie leise. «Die Gefahr kann doch nicht groß sein, oder?»

«Du redest wie ein Schulmädchen.»

«Wirklich? Woher weißt du, wie Schulmädchen reden?»

Ich überging die Boshaftigkeit. «Die Wahrscheinlichkeit, mein Liebling, die Wahrscheinlichkeit, daß *ich* mich ereigne, war eins zu fünfzehntausend. Und da bin ich. Wahrscheinlichkeiten haben die Gewohnheit einzutreten. Wann hattest du deine letzte Periode? Und warum zum Teufel nimmst du nicht die Pille?»

Plötzlich blickte sie auf, und ihre verschiedenartigen Augen blitzten vor Wut. «Das war doch nicht nötig. Ich mußte die Pille nicht nehmen, denn Hugo Miller konnte keine Babys machen, oder? Ich dachte, das hätte ich dir erzählt.

Seine Samenzellen sind ...» Sie suchte nach dem Wort und fand es auch, «... alle mißgebildet. Zwei Schwänze, drei Köpfe, was weiß ich.» Sie schniefte. «Und übrigens, meine letzte Periode war ungefähr vor zwei Wochen.»

Sorgfältig strich ich mir die Butter auf den Toast.

Gott.

Sie haben sich schon gefragt, wann ich endlich auf ihn zu sprechen komme, stimmt's? Mendel war immerhin Priester, ein Mönch, der sein Leben dem Dienst am Allmächtigen geweiht hatte. Er muß jeden Tag eine Messe zelebriert haben, entweder allein in einer Seitenkapelle der Klosterkirche oder vor einer Gemeinde oben an dem prächtigen Hochaltar, dem seltsamen, überladenen, phantasievollen Silberaltar, in dessen Mitte eine Ikone der Madonna mit dem Kind aus dem 13. Jahrhundert verborgen war. Mendel wurde 1847 geweiht und war sechsunddreißig Jahre lang Priester. Das macht so ungefähr dreizehntausend Messen. Dreizehntausend Wiederholungen von *Credo in unum Deum, Patrem omnipotentem, factorem coeli et terrae* – Ich glaube an Gott, den Allmächtigen Vater, Schöpfer des Himmels und der Erden. Es hat einen wunderlichen, altmodischen Klang. Die Frage ist: Glaubte er?

Jean ging in die Kirche. Ich muß zugeben, daß ich darüber verblüfft war. Es geschah am allerersten Sonntag, nachdem ich sie sozusagen von der Straße aufgelesen hatte, noch bevor es zwischen uns zu den ersten richtigen Intimitäten kam (auch wenn der kleine Lustmolch Benedict natürlich bereits spekulierte, ständig spekulierte, auf das Mögliche und das Unmögliche). «Ich muß mal kurz weg», sagte sie, während sie das Frühstücksgeschirr abräumte. Es wirkte geheimnisvoll, fast als ob sie etwas zu verbergen hätte.

«Wohin willst du? Heute ist Sonntag!»

«Eben.»

Die Kirche, die sie ausfindig gemacht hatte (sie hatte das Terrain schon im Vorfeld erkundet), war ein überladenes

Gebäude aus rotem Backstein, das William Butterfield im vorigen Jahrhundert errichtet hatte. St. Maria Magdalena. In seiner neugotischen Überspanntheit hätte es eine Außenstation des Royal Institute of Genetics sein können, aber natürlich sah es auch wie eine Zwillingsschwester (zweieiig, nicht eineiig) der Kirche Mariä Himmelfahrt des Augustinerklosters in Brünn aus. Man hätte die beiden Kirchen sogar nebeneinanderstellen können, und das ungeübte Auge hätte kaum Unterschiede in Alter und Stil erkannt – beide hatten ein Schieferdach; beide waren aus dunklen Backsteinen (die eine rot-schwarz, die andere in einem schmutzigen Violett); beide waren stark von Luftverschmutzung mitgenommen; beide waren der Ort geheimnisvoller Riten und abergläubischer Überzeugungen, und in beiden duftete es nach Weihrauch. Natürlich sind sie unterschiedlich alt. Die Augustinerkirche in Brünn wurde im 14. Jahrhundert geweiht, und über St. Maria Magdalena besagt eine Tafel neben dem Haupteingang:

Zur Erinnerung an die Grundsteinlegung
am 28. Mai 1856
durch Dr. Edward Bouverie Pusey
im Namen der Gesellschaft für Kirchenbaukunde

Man beachte das Datum – es war der Höhepunkt des Traktarianismus, als Pusey die Lehre der leiblichen Gegenwart entwickelte und Newman zum römischen Glauben konvertierte. Genau zur gleichen Zeit bewässerte Pater Gregor, römisch-katholisch von Geburt und Erziehung, die erste Generation seiner Erbsen, und er stand im Begriff, tief in ihnen eine leibliche Gegenwart zu entdecken, die Faktoren für groß und zwergwüchsig, für reines Weiß und dunkles, verderbtes Rot.

«Dann glaubst du an Gott?» fragte ich sie.

«Natürlich.» Ihre Antwort hatte etwas Trotziges, als ob sie sich auf eine Diskussion gefaßt machte. Wie sich herausstellte, hatte sie in Ruislip auch im Kirchenchor gesungen. «Die werden mich vermissen. Ich habe oft die Sopransolos übernommen, zusammen mit einem anderen Mädchen.»

«Das muß sie jetzt alleine machen.»

«Dawn heißt sie. Ihre Stimme war nicht so gut wie meine. Ist sie nicht. Sie ist nicht so gut wie meine.»

Und Pater Gregor, woran glaubte er eigentlich? Einige Briefe von ihm sind noch erhalten. Iltis zitiert sie in seiner Biographie. Es gibt Briefe an seinen Neffen Alois Schindler, an seine Eltern und seinen Schwager, an einen seiner Mitbrüder und natürlich die zehn Briefe an Nägeli. Nirgendwo erwähnt er Gott. Keine einzige Stelle, nicht einmal eine der üblichen frommen Floskeln.

Meine lieben Eltern ... Euer dankbarer Sohn Gregor.

Weiter nichts. Als er ihnen über den Anschlag auf den Kaiser in Wien (1853) berichtet, ist Franz Joseph nur «glücklich» entkommen. Nicht «durch Gottes Güte», sondern nur «glücklich». Der erfolglose Attentäter wurde «am 26. des letzten Monats hingerichtet», aber auch hier ruft er nicht Gottes Gnade an. Erfreut nahm Mendel zur Kenntnis, daß es zu Hause allen gutging und daß seine kleine Schwester in ihrer Ehe glücklich war. Er versicherte sie seiner Liebe, erteilte ihr aber nicht seinen Segen. Er schickte nur «alle guten Wünsche für die Osterferien» und unterzeichnete als «dankbarer Sohn Gregor».

Etwas nicht Vorhandenes zu beweisen ist immer schwierig, aber zumindest weisen alle diese brieflichen Indizien auf einen Priester hin, der den Glauben bemerkenswert gut vom täglichen Leben fernhalten konnte. Zu einer Zeit, als Charles Darwin, der einst vorhatte, die geistlichen Weihen zu empfangen, sich mit den religiösen Folgen seiner Arbeit herumschlug, nahm Gregor Mendel sie offenbar überhaupt nicht zur Kenntnis. Als etwa Brünn 1870 von einem Wirbelsturm heimgesucht wurde, schrieb er über dieses Naturereignis einen langen Bericht an die Gesellschaft für Naturforschung (dort wußte man zwar seine Arbeiten mit den Erbsen nicht einzuschätzen, aber zumindest das konnte man nachvollziehen):

> So imposant sich das vorübersausende Schauspiel in einiger Entfernung ausnehmen mag, so ungemütlich und gefährlich gestaltet sich dasselbe für alle, die damit in unmittelbare Berührung kommen. Das letztere kann ich aus eigener Erfahrung bestätigen, da die Windhose vom 13. Oktober über meine Wohnung in der Stiftsprälatur in Altbrünn wegzog und ich es wohl nur einem glücklichen Zufall zu danken habe, daß ich mit dem Schrecken davonkam.

Auffälligerweise nirgendwo die Hand Gottes. Ein glücklicher Zufall. Und das nach einer eingehenden, objektiven, detaillierten Beschreibung des Sturms:

> Unsere Trombe machte demnach eine Ausnahme von dem Gesetze, welches die neuere Meteorologie für Drehstürme auf der nördlichen Halbkugel überhaupt aufgestellt hat, nach welchen die Drehung stets entgegengesetzt der Bewegung eines Uhrzeigers erfolgen soll ... Sämtliche durch die gegen Osten gerichteten Fenster meiner Wohnung geschleuderten Gegenstände (wurden) aus SSO, SO und OSO geworfen ... Nach dem aufgestellten Drehungsgesetz hätte der Wurf aus NNO, NO und ONO kommen müssen ...

214

Anschließend berichtet er von einigen Frauen aus der Gegend, die zur Weinlese in der Stadt waren, und schildert ihre Reaktion auf das Ereignis:

> *... glaubte man, darin den leibhaftigen Gottseibeiuns zu erkennen und verkroch sich schnell in eine nahe Wächterhütte. Doch der Gefürchtete wußte sie auch in diesem Verstecke zu finden; denn einige Augenblicke später wurde das Dach mit einem einzigen Ruck über ihren Köpfen weggerissen, und sie hatten es nur ihren äußersten Anstrengungen zu danken, daß sie nicht mit durch die Luft entführt wurden. Mein Berichterstatter sah dann den Schrecklichen tanzend über die Weingärten hinaufsteigen und oberhalb der Gärten der Schreibwaldstraße gegen den Spielberg hinauflaufen. Er war in großer Besorgnis, daß derselbe die mitgeführten und brennenden Sachen auf die Stadt herabwerfen und diese anzünden könnte.*

Der leibhaftige Gottseibeiuns. Keine Hand des Allmächtigen, kein Gott, der geheimnisvolle Dinge tut (die Ursache der Wirbelstürme ist bis heute nicht geklärt, und Mendels eigene Erklärung beeindruckt durch ihren Versuch, objektive Beobachtung mit physikalischen Theorien zu verbinden), kein gnädiger Schöpfer, der die guten Menschen in der Stadt bis auf ein paar Gebäudeschäden verschont. Eigentlich überhaupt kein Gott. Nur ein Scherz über den Aberglauben der Bauersfrauen.

Ich habe über diesen Sturm eine Theorie. In einem Brief vom September 1870 berichtet Mendel noch sehr zuversichtlich, wie gut es mit seinen Arbeiten vorangeht; aber nur zwei Wochen später brach das Unwetter herein. In seinem Bericht an den Naturforschenden Verein erwähnt er das Ereignis nicht, aber dieser Sturm zerstörte das großartige Gewächshaus im Klostergarten, das er seit über zehn Jahren für einen großen Teil seiner Experimente benutzte. Nach meiner Überzeugung brach ihm die Zerstörung des Gewächshauses, die zu der Gleichgültigkeit der wissenschaftlichen Welt gegenüber seinen Arbeiten noch hinzukam, endgültig das Herz. Natürlich war es nicht Gott; es war einfach nur dieselbe Dame, deren Wesen Mendel so gut verstand, die ein so großer Teil seiner Vererbungstheorie war und ist – die unberechenbare, zerstörerische, aber manchmal auch schöpferische Dame Fortuna.

Und Benedict Lambert? Welches Verhältnis hat er zu dem Unbewegten Beweger?

«Glaubst du nicht an Gott, Ben?» fragte Jean mich bekümmert. Sie stellte die Frage mehrmals, als könnte ich es mir in der Zwischenzeit anders überlegt oder meinen Denkfehler eingesehen haben, oder als hätte ich mein Damaskuserlebnis gehabt. «Glaubst du denn an *gar nichts?*»

«Ich glaube, daß du hier sitzt. Ich glaube an dich.»

«Aber das ist doch offensichtlich!»

«Deshalb glaube ich es. Ein gnädiger, personifizierter Gott ist viel weniger offensichtlich, und deshalb glaube ich nicht an ihn. Eines mußt du zugeben –», ich streckte die Hände aus, als wollte ich auf mich aufmerksam machen, weil sie es vielleicht noch nicht bemerkt hatte – «eigentlich ist es doch schwer zu glauben, daß ein liebender Gott mir so etwas antut.»

Ihre Augen füllten sich mit Tränen. «Ach, Ben», sagte sie, «armer, armer Ben.»

Aber natürlich steckt mehr dahinter als nur die Tatsache, daß ich das Opfer eines grausamen Scherzes der Natur bin. Es hat auch mit meiner Arbeit zu tun. Wissen Sie, in meiner Arbeit habe ich mich mit Gottes großem Bluff befaßt –

ich habe hinter die Kulissen geschaut. Für den Zuschauer sieht die ganze Szene sehr eindrucksvoll aus. Man hat einen annehmbaren räumlichen Effekt, ein Gefühl für Perspektive, eine hinreichende Illusion der Tiefe. Man erliegt sogar noch der Täuschung, wenn man selbst auf der Bühne steht und versucht, sich an die eigenen Zeilen zu erinnern, auf ein Stichwort hin aufzutreten und den einen Schauspieler weder an die Wand zu spielen noch dem anderen den Auftritt zu verderben. Aber ich habe hinter die Kulissen geblickt … und da ist nichts. Nur Dunkelheit und ein paar kleine Gerüste. Sonst nichts. Nicht einmal die Rückwand des Theaters.

Gebt mir einen festen Punkt, und ich hebe die Welt aus den Angeln. Archimedes natürlich. Aber er meinte damit mehr als nur ein bißchen elementare Physik. Er wußte, daß er nicht den Hauch einer Chance hatte, die Erde zu bewegen. Auch er hatte hinter die Kulissen geblickt.

Gebt mir Nucleotide, und ich mache einen Menschen nach meinem Ebenbild.

Wie konnte Jean ihren Glauben mit der Tatsache vereinbaren, daß sie im Zustand der Sünde lebte? Es gelang mir nicht, diese Frage zu beantworten. Ihr auch nicht, nehme ich an. Eines ist sicher: Es belastete sie. In diesen wenigen gemeinsamen Wochen nagten Schuldgefühle an ihr. Wie, ist schwer zu sagen. Ich wollte damals nicht zuviel nachforschen, wollte nicht einmal darüber reden, damit es uns nicht so erging wie bei so vielen Phänomenen in der Wissenschaft: Die bloße Tatsache, daß man beobachtet, verändert den Gegenstand der Beobachtung. Am besten läßt man ihn in Ruhe und wartet ab, was geschieht.

Und dann wieder die Frage: Spielt es eine Rolle? Aus einer anderen Perspektive erscheinen diese Wochen als etwas seltsam Vergängliches, als die flüchtige Vereinigung zweier Menschen zu einem transgenen Geschöpf, das nicht lange überlebt, einer Chimäre.

Die praktische Seite der Beziehung? Natürlich, das möchten Sie wissen. Wie machten wir dieses, wie kamen wir mit jenem zurecht? Wie haben wir ...?

Was wollen Sie? Fotos?

Ich zog nicht zu ihr ins Schlafzimmer. Ich nehme an, ich wollte ihr den Schrecken ersparen, mich so zu sehen, wie ich bin; und da sie es mir auch nie vorschlug, vermute ich, daß sie über diese Rücksicht froh war. Also paarten wir uns tatsächlich in der alles verzeihenden, alles verdeckenden Dunkelheit. Manchmal war es lustig – nein, am Anfang war es immer lustig –, und manchmal war es ekstatisch. Oft lachten wir, manchmal weinten wir; und gelegentlich, nur gelegentlich hatte ich das Gefühl, als sei ich fast von meinen Fesseln befreit. Wer oder was auch die Knoten dieses gequälten, verkrümmten Körpers geknüpft haben mochte – während dieser paar Wochen fingen Jeans geschickte Finger an, sie zu lösen. Manchmal spürte ich, wie ihr vollkommener Körper den meinen fast gänzlich in sich aufnahm, wie das Schöne die Häßlichkeit umschloß, wie das Böse vom Guten verschlungen wurde; aber bei anderen Gelegenheiten merkte ich, daß ich sie betrog.

In diesem Abschnitt haben Sie wahrscheinlich eine Veränderung meines Tonfalls bemerkt. Benedict Lambert hat seinen schneidenden, bitteren Zynismus abgelegt. Nun ja – jedenfalls eine Zeitlang. Er kommt wieder, keine Sorge. Moderne Geschichten haben kein Happy-End. Aber lassen wir es erst einmal dabei: eheliches Glück, häusliche Zufriedenheit, geistige Eintracht; und schräge Blicke von den Nachbarn. Im Laden an der Ecke nahmen sie vermutlich an, wir seien Geschwister. Im Institut hielten wir uns jetzt streng getrennt, ja wir gaben sogar das zweimalige wöchentliche Mittagessen auf; und wie alle jungen Ehefrauen beklagte sie sich, sie sehe mich jetzt weniger als damals, bevor alles anfing.

«Immer kommst du abends spät nach Hause.»

«Möchtest du mich öfter sehen?» fragte ich.

Sie blickte mich nachdenklich an, und ihre verschiedenartigen Augen schienen mehr zu sehen, als ich ihnen jemals zugetraut hätte. «Was willst du von mir hören, Ben? Natürlich möchte ich das.»

«Ist das die Wahrheit?»

«Natürlich ist es die Wahrheit.»

«Die ganze Wahrheit?»

«Ist das hier eine Gerichtsverhandlung?»

«Demnach hast du etwas zu verheimlichen?»

«Um Gottes willen, Ben, ich verheimliche doch nichts.» Sie lachte. Wieder einmal ihr übellauniges, abweisendes Lachen. Aber ich fragte mich, welche Beweggründe sie bei alledem hatte. Ich fragte es mich damals in meiner Unwissenheit; und ich frage es mich heute mit all meinem Wissen.

«Ich verstehe nicht, was du in mir siehst», sagte ich zu ihr, und ihre Antwort berührte meine Frage nur am Rande:

«Wichtig ist genau das, was ich *in* dir sehe.»

Das Schlimme war, daß ich keinerlei Erfahrung hatte, außer der schrecklich fehlgeschlagenen Freundschaft mit dem Mädchen namens Dinah. Ich hatte keinen Maßstab, an dem ich die Dinge messen konnte, keinen Test auf Zuverlässigkeit, kein Prüfverfahren für Zuneigung. Im Labor verstand ich, in welchem Zusammenhang meine Moleküle, meine DNA Fragmente, meine Lieblingsproteine wirkten; aber im Zusammenleben mit Jean hing ich in der Luft. Oft kam sie mir geistesabwesend und unglücklich vor – «Was fehlt dir?» «Nichts.» «Liegt es an mir?» «Nein.» – und ich

hatte kein Hilfsmittel, um zu beurteilen, ob es eine Klei-
nigkeit oder das Ende war. Manchmal lachte sie über etwas
– ein albernes, gereiztes Lachen –, und ich wußte nicht, ob
sie mich auslachte, ob sie uns beide auslachte oder ob sie
einfach nur für sich lachte.

Was konnte ich ihr geben? Ist Liebe nicht ein Austausch,
ein Geben und Nehmen? Was trug ich zu dieser *ménage à
une et demi* bei, abgesehen von Sarkasmus, Ungeduld und
einem Selbstbewußtsein von der Größe meines überdi-
mensionierten Kopfes? Nun ja, es gibt an mir einen Körperteil, der von meiner Krankheit überhaupt nicht betroffen ist, da können Sie sicher sein. Ich habe es bereits gesagt.
Nachdem die Schranken einmal gefallen waren, nachdem
wir sie überwunden und das Land der gemeinsamen Lüste
erreicht hatten, hing Jean Piercey an diesem besonderen
Körperteil mit der Verzweiflung einer Schiffbrüchigen, die
sich an das Wrack klammert.

Ich hatte Sie gewarnt, daß mein Zynismus wiederkommen würde.

Dann begann sie zu lügen. Wahrheit ist letztlich immer nur
relativ, und selbst die DNA, dieses höchst unschuldige Molekül, lügt. Die Dinucleotidsequenz CG ist beispielsweise
ein Mutations-Hotspot[1] – das Cytosin (C) in solchen Paaren ist meist methyliert, und ein methyliertes Cytosin kann
zu Thymin (T) desaminiert werden. Dann lautet die Information nicht mehr CG, sondern TG, und wenn das Molekül
sich verdoppelt, wiederholt sich der Fehler: Der andere
Strang der Leiter enthält dann nicht mehr GC, sondern AC.
Eine Mutation. Die Lüge wird wiederholt, und wie mit je-

---

[1] Duncan und Miller (1980), «Mutagenic deamination of cytosine
residues in DNA», *Nature* 287, S. 560–561

der Lüge geschieht das unter Umständen so oft, daß man sie schließlich für die Wahrheit hält.

Das Resultat bin ich.

Jeans Lügen waren von ihrem Wesen her ebenso banal – hastige Telefongespräche, die abrupt beendet wurden, wenn ich hereinkam («Ach, nichts von Bedeutung. Eine Freundin, sonst nichts»), unentschuldigtes Fehlen in der Bibliothek, solche Dinge. Nichts, was entscheidend oder auch nur wesentlich gewesen wäre, außer für ein Gemüt wie das meine. Ich wußte, daß sie Kontakt mit Hugo hatte, aber das war es nicht. Ich bin geübt darin, die Lüge ausfindig zu machen, die Fehlpaarung zu erkennen, die Mutation zu sehen. Das hier war etwas anderes. Schließlich sprach ich sie darauf an. Ich setzte sie in den Sessel im Wohnzimmer, so daß das gedämpfte Licht des Nachmittags aus dem armseligen Garten durch den Lichtschacht auf ihr Gesicht fiel, und fragte sie. Sie wich meinem Blick aus.

«Was ist los, Jean?» wiederholte ich. «Du verheimlichst mir etwas. Aber was? Sieh mich an, Herrgott noch mal!» Ich weiß noch, daß sie *Auf verwachsenem Pfad* vom Tonband hörte, und zwar den Satz «Das Käuzchen ist nicht weggeflogen» mit seinen eigenartigen Arpeggien und seiner getragenen, hymnenartigen Melodie.

Sie sah mich an. Ein Auge blau, ein Auge grün. Himmel und Erde. «Ich bin schwanger», sagte sie.

Dr. Benedict Lambert und Miss Jean Piercey sprechen über die Zukunft. Die Zukunft ist nur ein winziges Gebilde, eingebettet irgendwo in der Schleimhaut ihrer Gebärmutter, ein Ding, nicht größer als ein Weizenkorn, aber unendlich viel lebendiger. Sie sprechen über die Wahrscheinlichkeit: Die ist genau fünfzig zu fünfzig, eins zu eins, einhalb, null Komma fünf. Es ist immer das gleiche, wie man es auch betrachtet.

Ich wähle meine Worte mit Bedacht. «Es besteht eine Chance von fünfzig Prozent, daß es –», ich halte inne, verabscheue das Wort, finde kein besseres, «– normal ist. Die pränatale Diagnose mit Ultraschall ist zur Zeit nicht sicher. Außerdem ist sie ohnehin erst nach der fünfundzwanzigsten Woche möglich, also ziemlich spät. Es ist wie ein Münzwurf ...»

«Dann müssen wir dem ein Ende machen.»

«Natürlich. Wenn du das willst. Ich kann mich wohl kaum auf die Seite des Kindes stellen.»

Ihre Augen, ihre verschiedenartigen Augen, wund von Tränen. «Du bist ungerecht.»

«Würfeln ist nichts Gerechtes. Es geschieht einfach.»

Plötzlich änderte sich ihr Ton, als hätte sie einen anderen Gang eingelegt. Sie bemühte sich jetzt um Geschäftsmäßigkeit. «Aber wir tragen Verantwortung. Und dann meine Lage. Ich meine, ich bin ja immer noch verheiratet. Und wir sind es nicht. Wie können wir dann ...»

Ich hob die Hand. «Keine Diskussion. Ich bin einverstanden.»

«Aber du mußt das Ganze mal aus meiner Sicht sehen. Aus *seiner* Sicht –»

«Seiner? Auch das ist ein Münzwurf. Die gleiche Chance.»

Sie schnauzte mich an. «Seiner, ihrer, du weißt genau, was ich meine.»

«Ja. Ich bin doch einverstanden. Es gibt nichts mehr zu besprechen.»

«Es wäre ein schreckliches Problem für das Kind, Ben», sagte sie. «Unsere Situation –»

«Ich, das meinst du doch. Ich. Das Kind könnte so sein wie ich.» Für eine kurze Zeit trat Schweigen ein.

«Das ist unfair.»

«Natürlich ist es unfair. Unfair sein ist meine einzige Waffe.»

Sie sah zu mir herunter. Miss Jean Pierccey sah auf mich herab, wie ich so lange auf sie herabgesehen hatte. «Na gut, Ben», sagte sie, «wenn du mich dazu zwingst, sage ich es eben: Das Kind könnte so sein wie du. Und das will ich nicht.»

Ich bin gegen Verletzungen gewappnet. Man baut Schutzwälle um sich herum, Maginotlinien zur Abwehr, eiserne Vorhänge aus Stacheldraht und Fallstricken, Minenfelder und freie Schußlinien. Wachtürme stehen bereit, und Suchscheinwerfer tauchen das ganze Gebiet in eine kalkige, bleiche Helligkeit, die auf alles einen harten Schlagschatten wirft. Einen Durchlaß gibt es nicht. Und Jean Piercey war hindurchgedrungen, an den Wachen vorbei und über die Fallstricke hinweg; sie war unter den Stacheldrahtrollen hindurchgekrochen, hatte die Zäune umgangen und lag vor mir mit diesem magischen, unmöglichen Ding: einem normalen Körper. Ach, wie ich ihren Körper liebte! Ich werde die Frage nach der Seele vermeiden und beim Stofflichen bleiben, bei den Dingen, die ich ermessen und verstehen kann. Wie ich die banalen Unvollkommenheiten ihres Körpers liebte, die rauhe Haut ihrer Knie, die winzigen Nebenflüsse geplatzter Äderchen auf ihren Beinen, die fleckige Färbung ihrer Hände, den zarten Haarflaum auf ihren Armen, den geröteten Mitesser auf ihrem Kinn, das Muttermal auf dem Schenkel, die schlaffen Brüste, die Unebenheiten rund um die Brustwarzen, den seltsamen, betäubenden Duft von wildem Tier und Engel, von Brunst und Myrrhe, der sie umgab. Und dieser Körper wollte mein Kind zerstören, das vielleicht so werden würde wie ich, noch ein Benedict, noch ein plumpes, eingeschrumpftes Geschöpf, betrogen von der Mutation und dem eleganten Tanz der Chromosomen.

Nun ja, natürlich. Was hätten Sie getan?

Der technische Ablauf war einfach: Bescheinigung A nach dem Gesetz von 1967 (*nach dem Eingriff mindestens drei Jahre lang sorgfältig aufzubewahren*), auszustellen von zwei Ärzten: «Hiermit bestätigen wir, daß wir nach bestem Wissen und Gewissen zu der Ansicht gelangt sind, daß die Indikation Nummer 4 zutrifft – *es besteht ein beträchtliches Risiko, daß das Kind, würde es geboren, an so starken körperlichen oder geistigen Anomalien leiden würde, daß es erheblich behindert wäre.*

Anmeldung in einer geeigneten Klinik. Dort waren sehr fürsorgliche Menschen, voller zartfühlender Erklärungen, die sie in beruhigende Worte faßten. Eine Beraterin nahm mich mit in ihr Sprechzimmer. Es war gemütlich eingerichtet, mit fröhlichen Bildern an den Wänden: Die Sonnenblumen von van Gogh, ein Bonnard mit einem halbnackten Mädchen, das sich in einer Zinkwanne wusch, eine Bootspartie auf der Seine von Monet. Ob diese ätherischen Mädchen in ihren seidenen Chiffons wohl jemals schwanger wurden? Es schien unwahrscheinlich. Bei dem Mädchen in der Wanne mit seinem breiten Hintern war das et-

224

was anderes: Sie befand sich wahrscheinlich schon in diesem Zustand, und zwar durch den Mann einer anderen.

«Sind Sie ein Freund von Jean?» fragte die Beraterin. Ihr Phänotyp ließ sich nur schwer mit Sicherheit feststellen: hellsilbern gefärbte Haare, sorgfältig ausgezupfte Augenbrauen, funkelnde Augen hinter getönten Kontaktlinsen, von UV-Licht verbrannte Haut, der Körper eingeschnürt, umgürtet und die Brüste wattiert.

«Ich bin der Vater. Nicht von Jean Piercey», fügte ich mit einem Lächeln hinzu. «Von ihrem Kind.»

Kaum ein Flackern in der nichtssagenden Fassade. «Aha. Ich verstehe.»

«Da bin ich sicher. Damit ist sie ziemlich eindeutig, oder? Ich meine, die Indikation für die Abtreibung. Kein geeigneter pränataler Test. Chance von fünfzig zu fünfzig, daß so etwas wie ich herauskommt. Wer würde schon ein ganzes Leben auf einen Münzwurf setzen?»

Sie schenkte mir ein abstraktes Lächeln, abstrakt in dem Sinn, daß weder Belustigung noch Sympathie darin zum Ausdruck kamen, und auch sonst nichts, das man normalerweise unter dem Begriff «Lächeln» versteht. «Abbruch», verbesserte sie mich. «Nicht Abtreibung. Und wenn die medizinischen Entscheidungen getroffen sind, gehen uns die Gründe nichts an.»

«Natürlich nicht. Aber ich nehme an, man hätte auch dann zugestimmt, wenn nur eine Wahrscheinlichkeit von einem Prozent für eine Gaumenspalte bestanden hätte, also kann sich doch wohl niemand beklagen?»

«Wir müssen uns jetzt um Jean kümmern», sagte sie.

«Ja, klar. Um das Kind kümmern wir uns ja wohl kaum, oder?»

«Das Schwangerschaftsprodukt», sagte sie. «Ein Kind ist ganz etwas anderes.»

«Das stimmt sicher. Wissen Sie, was ich von Beruf bin?»

«Spielt das eine Rolle, Sir? Wir sind hier, um über Jean zu sprechen. Wenn Sie nur von sich selbst reden wollen ...»

«Ich bin Genetiker», sagte ich. «Ich arbeite mit DNA-Sonden und versuche, genetisch bedingte Erkrankungen nachzuweisen. Bisher habe ich keine Sonde gefunden, mit der ich meine eigene Störung identifizieren könnte, und wegen dieses Versagens dulde ich die Tötung meines eigenen Kindes.»

Ihr Ton blieb unverändert. «Möchten Sie mit einem unserer anderen Berater sprechen, Sir? Im Augenblick wäre Mr. Morgan verfügbar.»

«Ich rede mit Ihnen.»

Dieses eisige Lächeln. Sie blickte über meinen Kopf hinweg, als suchte sie auf einer Cocktailparty nach einem interessanteren Gesprächspartner. «Ich habe nur noch wenig Zeit», sagte sie.

«Gehen Sie», erwiderte ich. «Nutzen Sie Ihre Zeit woanders.»

Ich machte mich auf die Suche nach Jean. Sie hatte sich schon in ihrem Zimmer eingerichtet; ihre wenigen Habseligkeiten lagen auf dem Bett – Waschzeug, Nachthemd, Unterwäsche zum Wechseln. Sie starrte aus dem Fenster in den Hinterhof. Über den Dächern erhob sich der Post Office Tower wie ein Totempfahl, wie ein Phallus – nicht gerade das, was man sich hier als Aussicht gewünscht hätte. «Es wird schon klappen», sagte sie. «Du brauchst nicht zu warten. Wir sehen uns danach.»

Über das Danach hatten wir schon gesprochen. Sie würde für eine Woche nach Hause zu ihrer Tante fahren. Sie mußte Abstand gewinnen und mit sich selbst ins reine kommen. Welchen Einfluß hatte ich schon auf sie? Sie würde sich melden, wenn sie über alles nachgedacht hatte. Es tat ihr leid. Schrecklich, schrecklich leid. Bedauern war eine Gewohnheit von ihr.

Also ließ ich sie in der Klinik allein. Zu gegebener Zeit kamen sie, brachten sie in den Operationssaal, betäubten sie und legten sie auf den Tisch. Ihre Beine, diese kindlichen, verwundbaren Beine wurden gespreizt und mit Tüchern abgedeckt, während der Chirurg mit Instrumenten aus Edelstahl in sie eindrang. Und dann wurde das kleine Ding in ihr, erst wenige Millimeter groß und dennoch einem Menschen schon ziemlich ähnlich, dieses Gebilde mit zweifelhafter Genausstattung, das auf seinem Weg in die Welt so oder so Probleme gehabt hätte, ganz gleich wie die Münze gefallen wäre, ins Leere gesaugt.

Mendels Arbeiten fanden erst 1900 weltweite Beachtung, sechzehn Jahre nach seinem Tod. 1905 wurde in Deutschland die Gesellschaft für Rassenhygiene gegründet, gefolgt von der Eugenics Education Society in Großbritannien (1907)[1] und der American Eugenics Society in den Vereinigten Staaten (1923). Angesichts des genetischen Niedergangs, den sie überall um sich herum sahen, drängten diese Organisationen nachdrücklich auf eine Gesetzgebung, die die genetische Tauglichkeit der Bevölkerung bewahren sollte. Sie fragten: «Wie lange noch werden wir Amerikaner großen Wert auf die Stammbäume unserer Schweine, Hühner und Rinder legen – und gleichzeitig die Abstammung unserer Kinder dem Zufall oder blinden Gefühlen überlassen?»[2]

[1] 1926 in «Eugenics Society» umbenannt
[2] Plakat auf einer Ausstellung der American Eugenics Society, zitiert in Kevles, *In the Name of Eugenics*, 1985

Der führende Vertreter der Eugenik in Großbritannien war Sir Ronald Fisher; der Vorreiter in den Vereinigten Staaten war Irving Fisher, ein Wirtschaftswissenschaftler der Yale University; und der erste Direktor des Kaiser-Wilhelm-Instituts für Anthropologie, menschliche Erblehre und Eugenik in Deutschland war Eugen Fischer.

Wenn man Fis(c)her heißt, sollte man lieber vorsichtig sein.

Dinge ändern sich, Menschen ändern sich, die Umstände sind von einer beeindruckenden Wandelbarkeit. Als ich Jean zwei Tage nach dem Eingriff in der Klinik abholte, kam sie mir verändert vor. War sie vorher in jedes Schweigen mit unbedachten Worten hineingestolpert, so war sie jetzt bereit, es beim Schweigen zu belassen. «Ja, es geht mir gut.» Mehr sagte sie nicht. «Nein, ich habe keine Schmerzen. Sie haben mir gesagt, es könnten leichte Blutungen auftreten, wie bei der Periode. Das ist alles.»

Miss Piercey, in ihrem grauen Wollkleid, ihren kleinen Koffer umklammert, eilte die Treppe hinunter und über den Bürgersteig zum Auto. Schmerzen hatte sie nicht.

Ich brachte sie zum Bahnhof, wie sie mich gebeten hatte, und setzte sie in den Zug nach Nottingham. Ihre Tante würde sie abholen. Es war alles in Ordnung. Ich brauchte mir keine Sorgen zu machen.

In den folgenden Tagen rief ich sie oft an und hörte nur Ausflüchte am anderen Ende der Leitung. «Noch nicht» wurde zur stehenden Redewendung. Ein anderes Mittel war das Schweigen, ein ungewohntes Schweigen, bei dem ich mich fragte, ob sie noch am Telefon war. «Natürlich bin ich noch da.» Aber ich begriff nicht, daß es etwas Unausweichliches hatte. «Wann kommst du zurück? Ich möchte dich sehen, Jean. Verstehst du das?» Es fiel mir schwer, es in Worte zu fassen. Ich war in der Kunst des Ausweichens und Verbergens ebenso gut trainiert wie in der Technik der DNA-Analyse. Wenn man so verletzlich ist wie ich, saugt man die Zurückhaltung schon mit der Muttermilch ein: «Du fehlst mir.»

«Bitte, Ben, bitte.» Aber das «bitte» war nie die Einleitung zu einem Wunsch. Es wurde nie zu «bitte, tu dieses» oder «bitte, tu jenes». Es war nicht mehr als eine Ausrede, um etwas aufzuschieben, um keine Entscheidung zu treffen, um die Dinge so zu lassen, wie sie nicht waren und niemals gewesen waren. Vielleicht war es die Hormonwelle, die durch sie hindurchgeströmt war, ich weiß es nicht. Hormone sorgen für Veränderungen: Sie sind die Moleküle, durch die das Gehirn auf die Zellen einwirkt und umgekehrt, Substanzen, die an eingebettete Proteine in der Zellmembran andocken und damit Funktionen in Gang setzen, die man bisher nicht beobachtet hat und sich nicht vorstellen kann. Deshalb wird ein zwittriges Kind zu Mann oder Frau; deshalb werden Jugendliche ungestüm und streitlustig; deshalb wird die Mutter mütterlich, und Hinterbliebene verzweifeln; deshalb wird die Maus zur Ratte.

Als sie schließlich nach London kam, hatte sie eine Tagesrückfahrkarte, fast als ob sie etwas aushandeln wollte. Wir gingen zum Mittagessen in die «Katze im Sack», und es war, als ob wir uns auf neutralem Terrain trafen. Eric war hinter seiner Theke seltsam still. «Schön, dich mal wieder zu sehen», sagte er in einem Tonfall, als könnte es eine Frage sein, falls ihr etwas daran läge, sie zu beantworten. Aber sie lächelte nur, bedankte sich, bestellte ein Stück Quiche – «dein Lieblingsessen, stimmt's?» –, drehte sich um und setzte sich zu mir.

«Ich weiß nicht, Benedict», sagte sie, als wir endlich zu reden begannen. «Ich weiß es einfach nicht. Ich fühle mich

... anders.» Sie stocherte lustlos in ihrem Essen und wich meinen Blicken aus. «Du wirst es doch Hugo nicht erzählen? Was wir getan haben?» Ich hoffe, Sie haben die Vergangenheitsform bemerkt, geneigter Leser. Ich bemerkte sie; o ja. Dies ist eine wortwörtliche Wiedergabe, da können Sie sicher sein. Ich registrierte die kleinste Nuance, den winzigsten Anhaltspunkt, den kleinsten Hauch von Verrat. Ich hatte ein Tonbandgerät im Gehirn. «Ich habe lange über uns nachgedacht», sagte sie.

«Ich auch.»

Sie ließ ein kleines, graues, geistesabwesendes Lächeln sehen. «Das ist mir klar.»

«Und zu welchem Entschluß bist du gelangt?»

Schweigen. Sie brauchte Zeit, um ihre Worte zu wählen, das Wichtige vom Wertlosen zu trennen, das Wesentliche von den Gemeinplätzen. Und mit schlafwandlerischer Sicherheit wählte sie die Gemeinplätze. «Es war seltsam. Seltsam», wiederholte sie. «Seltsam und wunderschön ...»

«Aber?»

«Aber nicht richtig.» Sie blickte mich an und wartete auf Zustimmung.

«Mir schien es völlig in Ordnung –»

«Weißt du, eigentlich war das nicht ich –»

«Vielleicht warst du zum erstenmal in deinem Leben du selbst –»

«Und ich habe Dinge getan, die ich nicht hätte tun sollen. Wir –», korrigierte sie sich, «*wir* haben Dinge getan, die wir nicht hätten tun sollen.»

«Nicht hätten tun sollen? Wer stellt denn hier die Regeln auf, um Gottes willen?»

Sie blickte zur Seite, hinüber zur Theke, zu dem Flipperautomaten, seinen blinkenden Lichtern, seinen Raumschiffen und seinen intergalaktischen Weltraumfrauen mit spitzen Brüsten, blonden Mähnen und Laserkanonen. Die mausgraue Miss Piercey, die Überlebende einer Abtreibung, einer außerehelichen Affäre, des Lebens selbst. «Ich weiß nicht», sagte sie. «Aber es *gibt* Regeln. Es *muß* Regeln geben.»

«Ach, komm, Jean», gab ich zurück, «werd doch um Gottes willen endlich erwachsen!»

Sie erwiderte meinen Blick mit diesem nachdenklichen Lächeln. «Ist es nicht seltsam? Je weniger die Leute an Gott glauben, desto öfter rufen sie ihn an.»

«Wo hast du denn das her? Aus dem *Readers Digest*?»

Sie spielte mit ihrem Essen herum. Ihre Hände waren wunderschön. Habe ich das schon einmal gesagt? Ihre Hände waren wirklich schön – schlank, seidig und ausdrucksvoll. «Ich habe von Hugo gehört», sagte sie schließlich. «Ich habe mit ihm gesprochen. Er hat mich angerufen – keine Ahnung, woher er wußte, daß ich bei Tantchen war, aber er wußte es. Er war völlig durcheinander.»

«Sind wir das nicht alle? Ich bin wirklich froh, daß es ihm nicht anders als dem Rest der Menschheit geht.»

«Du bist sarkastisch wie immer. Er hat geweint.»

«Geweint? Daß ich nicht lache!»

«Und er will mich wiederhaben. Zu meinen Bedingungen, nicht zu seinen.»

Ein anderer Gast kam herübergeschlendert und fing an, am Flipperautomaten zu spielen. Das Gerät summte und piepte und blinkte, als könne es auch nicht glauben, was sie gerade gesagt hatte. *Tilt!* piepte es.

«Und was sind deine Bedingungen?»

Sie überging meine Frage. «Das arme kleine Wurm», sagte sie, als ihr plötzlich unvermittelt das Kind einfiel, das nie dagewesen war.

«Hätte es sein können», gab ich zurück.

«Versuch nicht oberschlau zu sein, Benedict.»

«Das arme kleine Wurm ist tot, Jean. Du kannst es jetzt nicht ändern.»

Sie starrte mich überrascht an, als sei ihr diese Idee noch gar nicht gekommen. «Es war doch eine Art Mord, oder? Ein nützlicher Mord.» So hatte ich sie noch nie reden hören. Es war fast noch erschreckender, als wenn sie «Scheiße» gesagt hätte. Natürlich hatte sie recht. Man kann nicht darum herumreden. Mord.

1924 verabschiedete der amerikanische Kongreß das Einwanderungsgesetz. Es sollte dazu dienen, die Zuwanderung aus Ost- und Südeuropa aus eugenischen Gründen einzuschränken. Bis 1935 standen Sterilisationsgesetze in den Gesetzbüchern von neunundzwanzig Bundesstaaten der USA. In Deutschland hatte man 1933 ein Sterilisationsgesetz verabschiedet und ein System von «Erbgesundheitsgerichten» aufgebaut. Die Wissenschaft brachte ihren eigenen Wortschatz hervor. Es gab «Rasseämter», die in «Erbkliniken» die «erbbiologischen Karteien» nach Hinweisen auf «Erbkrankheiten» durchforsteten. Das alles hatte nichts mit dem Judentum zu tun – in Deutschland wie in den Vereinigten Staaten waren es die Schwachsinnigen, die Schizophrenen, die Epileptiker, die Alkoholiker und die Menschen mit schweren körperlichen Mißbildungen, die unter das Messer der Chirurgen kamen. Das Seltsame dabei: In beiden Ländern wurde die Abtreibung nicht nachdrücklich befürwortet. Man nahm sie nur unter ganz bestimmten, eingeschränkten Voraussetzungen vor. Sie galt selbst bei den Eugenikern als unmoralisch, wissen Sie.

Jean fuhr danach wieder zu ihrer Tante. Sie hatte im Institut gekündigt und behauptete, sie habe eine Art Anstellung auf Zeit bei der örtlichen Bibliothek, Aushilfe beim Katalogisieren oder so etwas. Sie war meinem Einfluß entglitten.

Aber hatte sie jemals unter meinem Einfluß gestanden? Das bezweifelte ich damals, und ich bezweifle es heute. Ein zartes Geschöpf, ein Falter, der sich einen Augenblick lang niederläßt, sanft und kapriziös die Flügel bewegt und dann eigensinnig weiterflattert. Ich ziehe meine Vergleiche mit der ganzen Begeisterung des Sammlers: ein Nachtfalter, grau und gefleckt, eine Motte. Ich hätte sie mit meinen kurzen, plumpen Fingern nicht festhalten können.

Ein paar Tage später rief Hugo Miller mich an. Ich war in meiner Wohnung, legte letzte Hand an meinen neuesten Fachartikel, arbeitete mich durch eine Zusammenfassung der Kopplungsanalyse durch, betrachtete die Zahlen, die auf dem Monitor flimmerten, und sah darin den Höhepunkt eines Lebenswerkes – klingt das ein bißchen stark? Ich finde nicht –, als das Telefon klingelte. «Kann ich vorbeikommen und mit dir reden, Ben? Ich weiß, du willst mich nicht sehen und so, aber ich muß dich sprechen. Wirklich. Macht es dir etwas aus?»

«Wer ist da?» Natürlich wußte ich, wer es war. Ich fragte mich, woher er meine Telefonnummer hatte.

«Hier ist Hugo. Jeans Mann. Würde es dir etwas ausmachen?»

Würde es? Ich erwartete seine Ankunft mit distanzierter Neugier, und in seiner Gegenwart empfand ich Gleichgültigkeit. Er ließ sich in einen Sessel fallen – «hübsche kleine Wohnung hast du hier. Bequem –», und seine Art zu reden zeigte eindeutig, daß er keine Ahnung hatte, was zwischen uns gewesen war, genau hier, im Zimmer nebenan, bei ausgeschaltetem Licht, weil sie es nicht sehen sollte. Vermutlich hätte er es selbst dann nicht geglaubt, wenn man es ihm geradeheraus gesagt hätte. Schließlich habe ich ein perfektes Alibi, oder?

«Ich will sie wiederhaben», sagte er.

«Nun ja, ich hab' sie nicht.»

Der Gedanke schien ihn zu amüsieren. Er gluckste ein wenig und zeigte mir die Zähne, als sei ich Zahnarzt. «Ich weiß, daß du eng mit ihr befreundet bist. Ich weiß, daß du immer auf ihrer Seite warst – nein, ich werfe dir das nicht vor, Ben, überhaupt nicht. Ich mache dir nicht den geringsten Vorwurf. Du hast alles so gut gemacht, wie du konntest, und ich weiß, daß ich ein ziemliches Arschloch war … aber ich will sie wiederhaben.»

Er hatte etwas, eine gewisse Schlampigkeit, etwas Billiges, das auf einen Menschen im Niedergang hinwies. Er war unrasiert, aber bei Hugo Miller sah es nicht aus wie ein lässiger Dreitagebart, sondern so, als hätte er sich rostige Eisenfeilspäne ums Kinn geschmiert. «Ich habe Ärger bei der Arbeit, weißt du. Es liegt an der Situation …» Er wedelte unbestimmt mit einer Hand, als wolle er unaussprechliche Probleme andeuten. «Weißt du, letztlich liegt alles daran, daß wir keine Kinder haben können, das ist es. Ich bin zu einer Art Beraterin gegangen, kannst du dir das vorstellen? Sie wollte, daß Jean auch kommt, und sie ist …»

«Wer ist was?»

«Jean ist gekommen.»

«Jean ist mit dir zur Eheberatung gegangen? Das hat sie mir nie erzählt.» Das war ein Ausrutscher. Er bedachte mich mit einem argwöhnischen Blick, und ein Schimmer seines alten Wesens drang aus den müden, resignierten Augen.

«Warum hätte sie es dir erzählen sollen? Jedenfalls hat sie es getan. Diese Beraterin hat eine Menge Fragen gestellt, und wir mußten Fragebogen ausfüllen – getrennt. Wir sollten vorher ausmachen, daß wir die reine Wahrheit sagen würden, und dann haben sie uns in getrennte Zimmer gesetzt, damit wir nichts absprechen konnten, nehme ich an. Es war wie in einer von diesen Shows im Fernsehen. Kennst du die? In einer geht es darum, ob man ein guter Partner ist. Ich kann mir überhaupt nicht vorstellen, wie man da mitmachen und vor dem ganzen Scheißland seine intimsten Geheimnisse ausplaudern kann. Jedenfalls haben wir diese Formulare ausgefüllt, und hinterher haben wir darüber diskutiert, was wir geschrieben hatten. Das war ein ziemlicher Schock, kann ich dir sagen.»

«Schock?»

Er schwieg und starrte mürrisch das Bier an, das ich ihm eingeschenkt hatte. Ich kletterte auf den anderen Stuhl, saß ihm gegenüber und wartete.

«Völlige Ehrlichkeit, hatte die Frau gesagt.»

«Und warst du völlig ehrlich?»

«Es geht nicht um mich, sondern um sie.»

«Sie war nicht ehrlich?»

«Zu ehrlich, wenn überhaupt.»

«Wie kann man ehrlicher als ehrlich sein?»

Er überging das Thema. «Es gab eine Frage nach …» Er hielt inne, als versuchte er, sich einen schwierigen Zug in irgendeinem Brettspiel zu überlegen. Seine Zunge glitt über die Lippen. «Die Szene neulich im Institut tut mir leid, Ben», sagte er. «Ich weiß nicht, was in mich gefahren war. Ich bin … manchmal erkenne ich mich selbst nicht wieder, wirklich.»

«Der Schock», erinnerte ich ihn.

Er lachte lustlos. «Ja, der Schock. Eine Frage in diesem blöden Quiz lautete: Hatten Sie schon einmal eine Affäre? Außerhalb der Ehe, war damit gemeint. Nicht vorher.»

«Und?»

«Sie hatte. Sie sagte, sie hätte eine gehabt.» Er sah mich mit flehendem Blick an, als sollte ich ihm sagen, daß das alles Unsinn war. «Du kennst sie doch, Ben. Hatte sie mit jemandem ein Verhältnis? Hm? Du mußt es doch wissen. Sie war doch eine Zeitlang bei dir, nachdem wir unseren Zusammenstoß hatten? Ich hab' das von jemandem gehört, ich weiß nicht mehr von wem. Du mußt es doch wissen, ob sie einen anderen Mann hatte.»

«Nein», sagte ich.

«Meinst du, sie hatte keinen, oder meinst du, du weißt es nicht? Herrgott noch mal, mir ist es verdammt ernst damit. Ich hätte nie gedacht, daß so etwas in ihr steckt. Sie sagte, sie hätte einen anderen Mann gehabt, und ...»

«Und?»

«Und sie sei schwanger geworden.»

O du bitterer Kuß der Ironie! Ich sah ihn an, wie er dort in dem Sessel saß, wo Jean ihre müden Beine gekreuzt hatte, und spielte alle Möglichkeiten durch. Natürlich tat ich das. Rache, Offenbarung, Geständnis, alle diese Dinge gingen mir durch den Kopf. Und Fragen der Treue. Und Fragen nach einem Gefühl, das von allen das altmodischste war: der Liebe.

«Schwanger», wiederholte er. «Sie hat gesagt, sie hätte sogar eine Abtreibung gehabt.» Und Hugo Miller fing an zu weinen, dort in meinem winzigen Wohnzimmer. In meinem Sessel zusammengekauert wie ein Kind, weinte er wie ein Halbwüchsiger. «Ich würde alles tun, um sie wiederzubekommen, Ben, wirklich alles.»

NONSENSE

Ein bitterkalter Februarabend in der Stadt, erleuchtet von Gaslampen und eingehüllt in Schnee. Durch die Johannesgasse hallen Schritte; vor dem Eingang zur Oberrealschule stampfen zusammengedrängte Gestalten mit den Füßen auf dem Pflaster herum; als man Begrüßungen ruft, steigt der Atem in Wolken durch die Lichtkegel auf. Eine Kutsche spuckt jemanden aus, der von außerhalb der Stadt gekommen ist. Ein anderer hofft, der Hausmeister möge daran gedacht haben, die Heizung anzulassen. In der Eingangshalle werden Mäntel und Hüte abgelegt. An einem Schreibpult hakt von Niessl, der Sekretär des Vereins, Namen auf einer Liste ab und weist den Mitgliedern den Weg in den Versammlungssaal.

Ein Publikum von fünfundvierzig Personen. Auf dem Podium ein Tisch, der mit schwerem, quastenverziertem Tuch bedeckt ist. An einer Wand hängt ein weißes Leintuch, und in der Mitte des Raums steht eine große, blinkende Laterna magica mit Kühlschlitzen in den Seitenwänden und einem Messingschornstein, der den Rauch von der Lampe abziehen läßt. Ein Mitglied des Komitees spielt mit dem Apparätchen herum. «Laterna-Bilder» flüstern die Leute aufgeregt, bis von Niessl die Versammelten zur Ordnung ruft:

«Meine Herren» – er zögert und nickt zwei Personen im Publikum zu –, «meine *Damen* und Herren, auf diesen Augenblick haben wir lange gewartet.» Von Niessl strahlt den Mann an, der neben ihm sitzt. Die Mitglieder der Gesellschaft nicken und lächeln. Der untersetzte, vierschrötige, rundgesichtige Pater Gregor nimmt die Anerkennung mit einer nervösen Geste beider Hände entgegen, als wolle er

Applaus abwehren. «Wer von uns kennt nicht Pater Gregors zahlreiche Sprößlinge?» fragt Niessl. Die Mitglieder glucksen vielsagend. «Wer von uns hatte noch nicht das Vergnügen, den Garten des Königinklosters zu besuchen und sie mit seinen eigenen Augen zu sehen?» Niessl fängt Frau Rotwangs Blick auf und fügt charmant hinzu: «Oder mit *ihren* eigenen Augen»; Frau Rotwang errötet entzückend, und Pater Gregor hustet. «Wer wüßte nicht, daß dieser ruhmreiche Verein sich der Mitgliedschaft eines Mannes erfreut, der Kreuzungen durchgeführt hat, welche für die Zukunft der Landwirtschaft und Naturgeschichte von größter Bedeutung sind? Heute, nach vielen Jahren, haben wir das Vorrecht, diesen Mann selbst über seine Arbeiten sprechen zu hören.»

Während Mendel aufsteht, räuspert er sich noch einmal. Es gibt vereinzelten Applaus, aber er bringt ihn mit einer Handbewegung zum Verstummen. Er hat eine entschuldigende, selbstanklägerische Art. «Ich bin es nicht gewohnt, daß meine Schüler im Unterricht oder meine Gemeinde nach der Predigt applaudieren», sagt er, und das Publikum lacht. Frau Rotwangs Augen glänzen vor Bewunderung. «Außerdem wissen die ehrenwerten Mitglieder des Vereins noch nicht, was ich für sie in petto habe. Vielleicht möchten sie am Ende meines Vortrags nicht mehr applaudieren.»

Wieder Gelächter, diesmal mit Kopfschütteln, und die Versicherung, es werde für alle *höchst* lehrreich sein. Das Lachen verebbt, und die Leute beruhigen sich; die Männer reiben sich die Hände, zwirbeln ihre Schnauzbärte und machen ein tiefernstes Gesicht, und Professor Makowsky schlägt ein Notizbuch auf; der Bleistift schwebt zitternd über der Seite.

Mendel blickt auf seine eigenen Notizen. «Ich habe meinem Vortrag den Titel ‹Versuche über Pflanzenhybriden›

gegeben, unter besonderer Berücksichtigung der Gartenerbse, *Pisum sativum*. Obwohl ich mich mit Erbsen befassen werde, möchte ich die Bemerkung vorausschicken, daß
die Anregung zu diesen Arbeiten die künstliche Befruchtung von Zierpflanzen war, die zur Erzeugung neuer Blütenfarben vorgenommen wurde, insbesondere bei Angehörigen der Gattung *Fuchsia* ...»

Von Niessl nickt und schreibt. Frau Rotwang lächelt
glücklich. Der Vortrag ist im Gange, eines der folgen-
schwersten wissenschaftlichen Ereignisse des 19. Jahrhunderts, ja sogar aller Jahrhunderte.

Und worüber sprach er?

Er sprach über Zahlen und Verhältnisse, über Zufall und
Wahrscheinlichkeiten, über Merkmale und ihre Trennung.
Er zeigte, daß die Nachkommen für jede erbliche Eigenschaft – «betrachten wir beispielsweise die Eigenschaft der
Groß- und Kleinwüchsigkeit bei diesen Pflanzen» – zwei
unveränderliche Merkmale erhalten, ein dominierendes (A)
von dem großen Elternteil und ein rezessives (a) von dem
zwergwüchsigen. Wenn die Elternteile jeweils Hybride
(Aa) sind, kann jeder von ihnen an die Nachkommen entweder das A oder das a weitergeben. Treffen diese Faktoren in einem Nachkommen zusammen, «ist es ausschließlich eine Frage des Zufalls, welche der beiden Pollensorten
sich mit einer einzelnen Keimzelle verbindet. Nach den
Wahrscheinlichkeitsgesetzen wird es im Durchschnitt vie-
ler Fälle immer so sein, daß sich jede Pollenform A und a
gleich häufig mit jeder Keimzelle A und a verbindet. Wenn
es Sie nicht langweilt» – er lächelt in die Runde – «kann ich
dies am besten mit einem Diagramm verdeutlichen.»

Eine Unterbrechung tritt ein, weil die Lampe angezün-
det und die Gasbeleuchtung im Raum gedämpft wird. Im
Schatten wird gemurmelt. Plötzlich erscheint ein Dia-

gramm auf der Wand des Raumes, riesengroß, unscharf und auf dem Kopf stehend. Von der Gestalt an der Laterna magica kommt eine halblaute Entschuldigung, und die Sache wird in Ordnung gebracht – das Dia wird herumgedreht und scharf fokussiert. Zum erstenmal werden die geheimnisvollen Gesetze der Genetik der Welt präsentiert. Mendels untersetzte Gestalt steht wie ein Scherenschnitt vor dem Bild, als ob seine eigene Entdeckung ihn klein erscheinen läßt. «Wie Sie hier sehen, trifft bei der Befruchtung eine der beiden Pollenzellen ‹A› mit einer Keimzelle ‹A› zusammen, die andere mit einer Keimzelle ‹a›. Und ebenso verbindet sich eine Pollenzelle ‹a› mit einer Keimzelle ‹A›, die andere mit einer Keimzelle ‹a›.

Pollenzellen	A	A	a	a
	$\downarrow$	$\times$		$\downarrow$
Keimzellen	A	A	a	a

Individuen entstehen aus	A	$2Aa$	a

«Das Ergebnis der Befruchtung kann man darstellen, indem man die Bezeichnungen für die zusammengehörigen Pollen- und Keimzellen als Brüche schreibt, wobei die Pollenzellen über dem Bruchstrich und die Keimzellen darunter stehen. Auf diese Weise erhält man – Dia, bitte –»

$$\frac{A}{A} \qquad \frac{A}{a} \qquad \frac{a}{A} \qquad \frac{a}{a}$$

Im Dunkeln gibt es Gemurmel. Ein Anzeichen von Unzufriedenheit? Er wirft harte Schatten an die Wand und in die Zukunft, dieser kleine, vierschrötige Mönch mit seiner einfältigen Art und seinen absonderlichen Scherzen. Es ist ein Augenblick wie kaum ein anderer in der Wissenschaftsgeschichte, und sein Publikum hat Mühe, ihm zu folgen.

«Was ich hier zeige, ist der *durchschnittliche* Verlauf der Selbstbefruchtung von Hybriden, in denen zwei verschiedene Merkmale zusammen vorkommen. Bei einzelnen Blüten und einzelnen Pflanzen kann jedoch das Zahlenverhältnis, in dem sich die einzelnen Mitglieder der Reihe bilden, nicht unerheblichen Schwankungen unterliegen. Nächstes Dia bitte. Hier sehen Sie die Reihe für Hybride, in denen zwei verschiedene Merkmale zusammentreffen. Bei der Befruchtung verbindet sich jeder Typ der Pollenzellen im Durchschnitt gleich häufig mit jeder Form der Keimzellen; demnach vereinigt sich jede der vier Pollenzellen *AB* einmal mit jeder der vier Keimzellenformen *AB*, *Ab*, *aB* und *ab*:

$$\frac{AB}{AB} \quad \frac{AB}{Ab} \quad \frac{AB}{aB} \quad \frac{AB}{ab} \quad \frac{Ab}{AB} \quad \frac{Ab}{Ab} \quad \frac{Ab}{aB} \quad \frac{Ab}{ab}$$

$$\frac{aB}{AB} \quad \frac{aB}{Ab} \quad \frac{aB}{aB} \quad \frac{aB}{ab} \quad \frac{ab}{AB} \quad \frac{ab}{Ab} \quad \frac{ab}{aB} \quad \frac{ab}{ab}$$

Ist es verwunderlich, daß sich Schweigen über den Saal senkte, das Schweigen des Unverständnisses, der Gleichgültigkeit, der Langeweile? Ist es verwunderlich, daß der Applaus am Ende dünn und die Glückwünsche lauwarm waren? Es gab höfliche Fragen und eine kleine Diskussion.

Aber als die Mitglieder des Naturforschenden Vereins Brünn in der kalten Nacht auseinandergingen, empfanden sie so etwas wie Unbehagen, ein Gefühl, man habe sie für nichts und wieder nichts in den eisigen Abend hinausgelockt. Sie waren gekommen, um etwas über Pflanzen und Hybride zu hören; und bekommen hatten sie Mathematik.

«Aber das ist ja nicht einmal eine Hybridbildung», hörte man jemanden bemerken, einen Mann, der Darwin gelesen hatte und sich selbst in diesen Dingen für mindestens ebenso beschlagen hielt wie jeden anderen in dem Verein. «Hybridbildung ist die Kreuzung verschiedener Spezies. Das hier ist nur die Kreuzung unterschiedlicher Varietäten.» Er sprach das Wort *Varietäten* voller Abscheu aus, als hätte er *Zigeuner* oder *Jude* gesagt. «Was ist der Witz dabei, wenn man sich fragt, ob sie grüne oder gelbe Samen haben? Entscheidend ist, ob die Arten selbst veränderlich oder voneinander getrennt sind ...»

«Und was hat *Mathematik* mit Biologie zu tun?» beklagte sich ein anderer. «In Gärtners sämtlichen Werken, und übrigens auch in Darwins Arbeiten, steht keine einzige mathematische Formel ...»

Schlaues Nicken, finstere Einmütigkeit. Keine Verärgerung, aber Enttäuschung und Frustration, verbunden mit einem Gefühl des Widerwillens wegen des vergeudeten Abends.

«Das war faszinierend, Gregor», sagte Frau Rotwang beteuernd zu Mendel. Während die Zuhörer gingen, wartete sie in der Eingangshalle. Sie hatte ihn nur mit Vornamen genannt. Sie war bekümmert und besorgt.

«Glauben Sie, daß sie alles begriffen haben?» Er putzte seine Brille und plazierte sie sorgfältig in seinem Gesicht. «Glauben Sie, es war zuviel für sie?»

«Es war gut.» Tröstend legte sie ihm die Hand auf den Arm. Sie hatte kein Wort verstanden.

Und was habe ich mit meinen Zwergen erreicht? Ich höre schon, wie Sie die Frage stellen. Mal ganz abgesehen von den persönlichen Krisen: Was hat Dr. Benedict Lambert vom Royal Institute of Genetics, ein entfernter Nachkomme dieses Gregor Mendel, eigentlich entdeckt?

Das Publikum wartet, schiebt Papier hin und her, hustet und murmelt. Aber auch diese geringfügigen Geräusche ersterben und werden zu erwartungsvoller Stille, als sich seitlich eine Tür öffnet und Benedict Lambert aufs Podium tritt. Aller Augen ruhen auf der kleinen Gestalt, die ihre Papiere und die Transparentfolien für den Tageslichtprojektor zurechtlegt. Er blickt nach oben zu den Rängen voller erwartungsfroher Gesichter und wirkt fast überrascht, fast als sei er aus einem anderen Grund hierhergekommen und habe gar nicht mit dieser Menschenmenge gerechnet.

«Guten Morgen», sagt er ungezwungen. Dann löst er seine Armbanduhr vom Handgelenk, legt sie vorsichtig auf den Hörsaaltisch (reine Effekthascherei: auf allen Seiten des Hörsaals hängen auffällige Wanduhren) und blickt schließlich wieder ins Publikum. Natürlich ist der Direktor da – er sitzt ganz vorn in der Mitte: James Histone CBE (Wann, ach wann, wird er *Sir* James sein?). Wie der Allmächtige auf mittelalterlichen Fresken ist er von einem Kranz untergeordneter Geschöpfe umgeben – Projektleiter, Postdocs, Doktoranden und schließlich, bloßes Fußvolk in den hinteren Reihen, die Studienanfänger. Und irgendwo ist auch Miss Piercey, da drüben links, in der fünften Reihe. Ihr Phänotyp ist verändert. Sie sieht anders aus;

aber schon ihr Erscheinen erschüttert Benedict Lamberts Gleichmut. Sie lächelt.

Er tut einen tiefen, beruhigenden Atemzug und beginnt: «Die häufigste Form der Kleinwüchsigkeit beim Menschen ist die Achondroplasie. Dieser Zustand ist gekennzeichnet durch einen unproportioniert verkürzten Körperbau, proximale Verkürzung der Extremitäten, Makrozephalie, Gesichtshypoplasie, Verkrümmungen der unteren Gliedmaßen und eine ausgeprägte Lumballordose. Sie wird als autosomal-dominantes Merkmal mit hundert Prozent Penetranz vererbt. Symptomfreie Überträger der Störung gibt es also nicht. Wer das Gen besitzt, zeigt auch die Fehlbildungen.» Es herrscht tiefes Schweigen.

«Menschen mit zwei Genen für ACH, die von zwei kleinwüchsigen Eltern übertragen wurden, also homozygot für die Störung sind, sterben bereits im Kindesalter. Infolgedessen sind über neunzig Prozent der Krankheitsfälle sporadisch, das heißt, sie entstehen durch zufällige Mutationen. Ein bedeutender Faktor ist dabei das Alter des Vaters, was darauf schließen läßt, daß Mutationen auf väterlicher Seite der Auslöser sind. Außerdem ist sie mit einer Häufigkeit von einem unter fünfzehntausend Lebendgeborenen für eine durch Neumutation entstehende Krankheit mit Mendelschem Erbgang recht verbreitet; schon das allein rechtfertigt den Versuch, die Ursache zu identifizieren.»

Eine Pause; ein ironisches Lächeln; nur ein kleiner Anflug von Bitterkeit: «Die Klügeren unter Ihnen können sich vielleicht auch noch ein anderes Motiv ausmalen.»

Der Direktor lacht. Nachdem die Heiterkeit vom Zentrum aus gebilligt ist, breitet sie sich bis zu den Rändern des Hörsaals aus wie Wellen in einem Teich, in den man einen Stein geworfen hat. Der berühmte Benedict Lambert hat es

244

wieder einmal geschafft: Er hat mit Gelächter genau das Gen verhöhnt, das seinen eigenen Körper so schrecklich zugerichtet hat. Kapitän Ahab vielleicht? Sicher, wir sind beide verstümmelt. Aber Ahab verfolgte eine riesige Bestie, ein phänotypisches Gebilde aus Muskeln, Knochen, Fett und Nerven, während ich nur einem Molekül auf der Spur bin, einem Molekülfragment, einer Sequenz aus chemischen Basen, die menschliche Augen niemals sehen werden. Und doch folgen wir beide unserer Besessenheit mit einem gewissen Maß an Haß und einem gewissen Maß an Liebe. Sogar Jean lächelt, aber ihr Lächeln hat einen Anflug von Ironie.

«In den letzten Jahren haben meine Mitarbeiter und ich» – ein Nicken in die richtige Richtung – «eine Reihe von Stammbäumen gesammelt, in denen die Störung vorkommt, und wir sind überzeugt, daß wir das Gen endgültig lokalisiert und identifiziert haben.»

Aufgeregtes Raunen geht durch den Saal, obwohl sie es bereits wußten. Aber es ist ja der Grund, warum sie hier sind. Das Ganze hat etwas von der Dramatik eines altbekannten Theaterstücks: Man kennt die Handlung in- und auswendig, aber wenn der dramatische Höhepunkt naht, stellt sich dennoch der Kitzel der Katharsis ein. Lady Macbeth erschreckt immer noch; Onkel Wanja erregt immer noch Mitgefühl; Baumeister Solness steigt immer noch auf seinen Turm und erschreckt die Zuschauer unter sich. Ich zeige auf eine wie ein Strichcode gestreifte Chromosomenkarte, die auf die Leinwand hinter mir projiziert wird: «Die Mehrfaktor-Kopplungsanalyse liefert uns für das Achondroplasie-Gen einen Locus im kurzen Arm des Chromosoms 4, distal vom Gen für Chorea Huntington. Der ACH-Genort liegt nahe beim Locus des Gens *IDUA*, und dieses Gen wurde anfangs sogar als Kandidaten-Gen für die Störung in Betracht gezogen. Es ist aber bereits bekannt, daß Mutationen in *IDUA* eine Reihe von Symptomen hervorrufen, die der ACH in keinerlei Hinsicht ähneln ...»

Schweigen, Erwartung. Die Oberfläche des Ozeans wogt und hebt sich. Wird der große weiße Wal auftauchen und sich in seiner ganzen Kraft zeigen?

«... und mindestens vier weitere Gene in diesem Bereich boten sich als Alternative an. Eines davon war das Gen für den Fibroblasten-Wachstumsfaktorrezeptor 3. Da dieses Gen bei Mäusen in knorpelbildenden Zellen exprimiert wird, erschien es sehr wahrscheinlich, daß es das gesuchte Gen war. Die nachfolgende Sequenzierung hat diesen Verdacht bestätigt ...»

Wir haben den Text gelesen. Wie moderne Bibelforscher, wie Exegeten haben wir die Worte in den Schriftrollen des Lebens gelesen. Ich zitiere eine Botschaft aus dieser rätselhaften molekularen Welt:

5' ... GGC ATC CTC AGC TAC GGG GTG GGC
TTC TTC CTG ... 3'

Und diese hier, den Schrei der Bestie:

5' ... GGC ATC CTC AGC TAC AGG GTG GGC
TTC TTC CTG ... 3'

Das ist alles.[1] Erkennen Sie den Unterschied? In den vielen tausend Buchstaben, aus denen die Botschaft besteht, führt eine einzige Veränderung zur Katastrophe. G nach A, eine einfache Transition an der Nucleotidposition 1138 des

---

[1] Die Sequenzierung erfolgte mit der Didesoxy-Kettenabbruchmethode (Sanger et al., 1977) und dem automatischen Sequenziergerät Pharmacia ALF

Gens FGFR3. Aus Guanin wird Adenin. Es ist eine Banalität in den unendlich vielfältigen Verwicklungen des menschlichen Genoms. Ein Fehler in einem einzigen Basenpaar, ein Fehler beim Abschreiben eines einzigen Buchstabens. Das Genom des Menschen umfaßt $3,3 \times 10^9$ Basenpaare. Also ein einziger Fehler in dreitausenddreihundert Millionen Buchstaben, und auf diesen einen falschen Buchstaben haben wir (B. Lambert et al.) uns konzentriert. Es hört sich nach einer übergeschnappten Textanalyse an. Aber ich kann Ihnen versichern: Dieser Fehler, diese Wahrscheinlichkeit von eins zu dreitausenddreihundert Millionen hat nichts Banales (das hätte Ururgroßonkel Gregor gefallen!). Nein, dieser idiotische Fehler bedeutet, daß eine Aminosäure namens Arginin bei der Synthese eines bestimmten Proteins an eine Stelle rutscht, an der eigentlich Glycin, eine andere Aminosäure, stehen sollte. Um genau zu sein: Dieser Vorgang spielt sich in der Transmembrandomäne des Proteins ab, in dem Teil des Moleküls, der in der Zellmembran liegt. Das Protein ist der Fibroblasten-Wachstumsfaktorrezeptor 3.

Das Resultat bin ich.

Ich möchte eine kleine Anmerkung zu dem Begriff *Domäne* geben, wie ein Schriftgelehrter, der eine Fußnote schreibt. Eine Domäne ist natürlich auch das zu einem Herrenhaus gehörende Land, das der Besitzer zur eigenen Nutzung behält. Im übertragenen Sinn ist sie ein Gebiet, eine Region – das Territorium oder die Einflußsphäre *von*. Ein Blick in das *New Oxford English Dictionary* (Ausgabe von 1993) zeigt weitere Spezialbedeutungen: eine aus der Physik (*ein Bereich in ferromagnetischem Material, in dem alle Atome oder Ionen in derselben Richtung orientiert sind*), zwei aus der Mathematik (*eine Menge mit zwei binären Operationen, definiert durch Postulate, die stärker sind als die für einen Ring, aber schwächer als die für ein Feld* und *eine Menge von Werten, welche die unabhängige Variable einer Funktion annehmen kann*) und eine aus der Logik (*die Klasse aller Begriffe, die zu einem gegebenen Begriff in einer gegebenen Beziehung stehen*); aber nirgendwo ist diese spezielle biochemische Bedeutung aufgeführt. Fast hätte ich selbst eine Definition geschrieben und an den Chefredakteur bei Clarendon Press geschickt – *eine mehr oder weniger funktionell abgegrenzte Region in der Tertiärstruktur eines Proteins* –, aber dann überlegte ich es mir anderes. Ich bleibe bei der treffend gewählten ursprünglichen Definition des *Oxford English Dictionary*: «ein erblicher Besitz, spätmittelengl.». Ich hätte meine Geschichte auch *Die verlorene Domäne* nennen können. Sie hat den gleichen Sinn für Abgelegenes, für geistesabwesende Arglosigkeit, wie Alain Fourniers seltsames Meisterwerk. Aber jetzt haben wir die verlorene Domäne gefunden. Ahab hat den Wal ausgemacht. Und nun?

Das Publikum ist baff vor Bewunderung und spürt den Reiz des Boshaften, den Reiz der – Onkel Gregor hätte das Wort gekannt – Schadenfreude. Jeder einzelne denkt: Da ist es, aber Gott sei Dank hat es mich verschont.

Ich blicke nach oben zu den hängenden Gärten der Akademiker und angehenden Akademiker, und alle blicken zu mir zurück: nahezu tausend Augen. «Von Behandlungsmöglichkeiten für die Störung kann natürlich keine Rede sein.» Ich wechsle die Folie auf dem Overhead-Projektor, und die Botschaft steht groß und breit auf der Projektionsfläche des Hörsaals. «Aber hier ist sie ...»

5' GGC ATC CTC AGC TAC A*GG GTG GGC
TTC TTC CTG 3'

«Das ist der mutierte Abschnitt des Gens. Ich habe die veränderte Base mit einem Stern gekennzeichnet. Der unterstrichene Teil ist eine Erkennungsstelle für die Endonuclease *SfcI*. Diese Restriktionsstelle ist in der unmutierten Sequenz nicht vorhanden. Damit haben wir eine sehr einfache Methode, um die Mutation zu identifizieren.»

Ich mache eine Pause, und sie vollziehen es im Geiste nach; wer aus der Branche ist, versteht es und flüstert mit dem Nachbarn, um ihm zu zeigen, daß er es begriffen hat; die anderen, die nur wegen der Sensation, wegen der bizarren Aufführung hier sind, warten geduldig, bis ich die Lösung nenne wie ein Zauberkünstler, der die Fünfpfundnote unversehrt zurückgibt, nachdem er sie vor aller Augen zerrissen hat.

«Wir haben PCR-Primer entworfen, mit denen wir diesen Abschnitt vermehren können. Der fragliche Bereich umfaßt die gesamte Transmembrandomäne einschließlich der Mutationsstelle. Er ist einhundertvierundsechzig Basenpaare lang und enthält, wie ich bereits sagte, keine Erkennungsstelle für *SfcI*. Die mutierte Form dagegen wird wegen der Restriktionsstelle, die durch die Transition[2] von G nach A entsteht, von *SfcI* in zwei Fragmente gespalten, die fünfundfünfzig beziehungsweise einhundertneun Basenpaare lang sind. Solche Fragmente lassen sich durch Elektrophorese im Polyacrylamidgel sehr einfach trennen und sind von dem ursprünglichen, einhundertvierundsechzig Basenpaare langen Abschnitt ohne weiteres zu unterscheiden. Wir haben nachgewiesen, daß bei Heterozygoten

[2] Transition: Punktmutation mit dem Austausch eines Purins gegen ein anderes Purin oder eines Pyrimidins gegen ein anderes Pyrimidin. Der Austausch eines Purins gegen ein Pyrimidin oder umgekehrt heißt Transversion.

alle drei Fragmente vorhanden sind. Nicht betroffene Kontrollpersonen besitzen nur das Fragment mit der vollen Länge, und bei den drei bisher untersuchten homozygoten Patienten sind nur die beiden kurzen Fragmente nachzuweisen. Damit haben wir einen sehr einfachen pränatalen Test.»

Der Applaus hallt durch den Hörsaal. Die Vorstellung ist zu Ende. Ahab hat den Wal erlegt.

Oder nur gesichtet?

Aha, da liegt der Hase im Pfeffer! Wir haben den Fehler gefunden, die falsche Stelle identifiziert, aber wie werde *ich* daraus? Wie kann dieser eine Buchstabierfehler den kompletten Inhalt des Buches derart verfremden? Entwicklungsgenetik ist in gewisser Weise eine Frage der Musterbildung. Sie hat aber auch mit Komplexität und der starken Reaktion auf die Anfangsbedingungen zu tun, dem sicheren Kennzeichen für diesen modischen Zweig der Mathematik: die Chaostheorie. Immerhin ist der bemerkenswerteste Aspekt der Genetik für die Durchschnittsbürger auf der Straße nicht das, was die Proteine können oder nicht können, und auch nicht die Frage, ob man dunkle oder helle Haut, braune oder blonde Haare hat: Der bemerkenswerteste Aspekt der Genetik ist die Familienähnlichkeit. «Sieht er nicht seiner Mutter ähnlich?» sagt man. «Hat sie nicht die Nase ihres Vaters?» «Ist er seinem Großvater nicht wie aus dem Gesicht geschnitten?» So etwas hört man landauf, landab. Sie beugen sich über die Kinderwagen, heben die Finger und geben ihre kleinen genetischen Urteile ab. Meine Mutter pflegte jedem mit einem Anflug von Verzweiflung zu versichern, ich hätte eindeutig Großonkel Harrys GROSSEN ZEH.

Das ist ja alles ganz nett, aber leider gibt es kein Gen für die Form der Nase, die Wölbung der Augenbrauen oder die

Länge der Zehen. Gene wirken durch Proteine. Die Regel lautet: ein Gen – ein Protein, und nicht ein Gen – ein großer Zeh oder ein Gen – ein Gesicht wie Großvater Reginald. Jedes Gen enthält die Information für eine ganz bestimmte Abfolge von Aminosäuren, die ihrerseits ein ganz bestimmtes Protein ergibt, und ein bestimmtes Protein kann eine Reihe von Tätigkeiten ausführen, aber eines tut es mit Sicherheit nie: Es stellt nie eine bestimmte Form her. Proteine sind Enzyme (kannst du Galaktose im Stoffwechsel umsetzen? Kannst du das Pigment Melanin herstellen?) oder Signalüberträger (wachse schneller, werde eine Frau, werde ein Mann, werde ein wahnsinniger Mörder) oder Arbeiter (die sich zusammenziehen oder etwas transportieren). Vaters Nase oder Mutters Kinn sind sie nicht; und auch nicht Großonkel Harrys großer Zeh.

Und doch existiert in einem gewissen Sinn auch Vaters Nase und Mutters Kinn; und vielleicht auch Onkel Harrys großer Zeh. Irgendwie wirken die Proteine so zusammen, daß bestimmte Muster entstehen, und Muster sind das, was man wiedererkennt; wenn man einige entscheidende Proteine erbt (andere aber nicht), ändert sich das Muster. Ich habe es schon gesagt, oder? – ich ähnle weder meiner Mutter noch meinem Vater oder meiner Schwester. Dieses Gefühl der Verwaistheit hatte ich von Anfang an. Mit der zweifelhaften Ausnahme meines großen Zehs (ohne dir zu nahetreten zu wollen, liebe Mutter) sehe ich nicht aus wie irgendeiner meiner Angehörigen. Aber ich sehe aus wie jeder andere Achondroplastiker auf der Welt. Und alles wegen eines einzigen Buchstabierfehlers unter dreitausenddreihundert Millionen.

Wenn Sie ein richtiges Forschungsprojekt haben wollen, wenn Sie den Ehrgeiz haben, einen oder zwei Nobelpreise zu bekommen, wenn Sie Lord Histone und Mitglied des

Verdienstordens werden wollen (den niedrigen Adel können Sie dann vergessen), wenn Sie im Andenken der Nachwelt so erhalten bleiben wollen wie Onkel Gregor Mendel,
dann
FINDEN SIE HERAUS, WIE ER DAS MACHT.

Nach der Vorlesung machte man die Honneurs. Ich war
von einem ganzen Pulk der Interessierten und Faszinierten
umgeben, die mich in ihrer handgreiflichen Begeisterung
fast erdrückten. Und am Rand: Miss Jean Piercey. Schließlich traf ich sie draußen auf dem Flur.

«Hallo, Benedict.» Sie war zu schüchtern, um sich zu
bücken und mir einen Kuß auf die Wange zu geben, aber immerhin wagte sie es zu bleiben, einen Vorschlag zu machen,
eine Einladung zum Mittagessen auszusprechen. Ich befreite mich vom Zugriff der anderen, und wir gingen zusammen
hinaus – nicht in die übliche Kneipe, sondern in eine Weinstube irgendwo an der King's Road, voller hölzerner Wein-
regale und mit Kreide geschriebener Notizen über die neuesten Lieferungen. Ein Ort ohne Assoziationen.

«Gut gemacht, Benedict», sagte sie, als wir einander über
zwei Gläser Pouilly Fuissé hinweg ansahen (eine Redens-
art: Zwangsläufig sahen wir uns durch die Gläser hindurch).

«Was hältst du davon?»

«Eigentlich habe ich kein Wort verstanden», gestand sie.
«Außer daß du das gefunden hast, was dir wichtig war.»

Hatte sie plötzlich eine Ader für Ironie? Einen oder zwei
Monate früher hätte ich das nicht angenommen, aber jetzt
war ich mir nicht mehr so sicher. «Das eine gefunden, das
andere verloren», sagte ich, und sie antwortete mit einem
gequälten Lächeln. Sie hatte die Haare kurz geschnitten
und trug ein auffälligeres Make-up als früher – nur ein
Hauch von Lippenstift, aber in einem dunkleren, kräftige-

ren Rot. Die Veränderungen verliehen ihr eine seltsam neue Ausstrahlung. Phänokopie. Beim Menschen bringt die künstliche Veränderung des Phänotyps offenbar auch Veränderungen der Persönlichkeit mit sich – das Innere folgt dem Äußeren auf dem Fuße. Man ist, was man sein will. Sie sah jetzt jünger und dennoch weiser aus. Weisheit war nie ein Privileg der Älteren. Keine Maus mehr: eine Füchsin vielleicht. In ihrem knappen Jäckchen (eng geschnitten, tief ausgeschnitten) leuchtete Miss Jean Piercey zwischen den rötlichen Schatten der Weinstube, und der Kellner, der uns die Teller mit Häppchen brachte, blickte mehrfach an ihrer Vorderseite auf und ab, um festzustellen, welche weiblichen Formen sich wohl unter der schwarzen Spitze verbargen. Ich spürte bei mir eine gewisse Steifheit – nicht aus schützender Empörung, sondern aus reiner, animalischer Erregung.

«Ich werde allmählich zum Aushängeschild», erzählte ich ihr, als der Mann seine begehrlichen Blicke einem anderen Tisch zugewandt hatte. «Irgendein Mendel-Verein möchte, daß ich zu einer Tagung nach Brünn komme, kannst du dir das vorstellen? Das Mendel-Symposium oder so etwas. Sie haben Wind von der Sache mit Harry Wise bekommen.»

«Und fährst du hin?»

«Na klar fahre ich hin. Wenn Ruhm und freie Unterkunft winken, fahre ich überall hin. Ich werde ihnen erzählen, daß Großpapa Gottlieb *seine* Verbindung mit Mendel genutzt hat, um eine Monstrositätenschau zu betreiben, und daß ich genau das gleiche mache. Das wird sie aufmuntern.»

Sie lächelte mühsam (ein neuer Gesichtsausdruck) und spielte am Stiel ihres Glases herum. «So etwas darfst du nicht sagen.»

«Versuch mal, mich daran zu hindern.»

Eine Pause trat ein. «Du weißt, daß ich wieder mit Hugo zusammen bin?» Sie versuchte, es beiläufig zu erwähnen, als ob sie etwas über den Wein sagte. «Versuchsweise natürlich. Keine Verpflichtungen, keine Vorwürfe …»

«Keine Prügel?»

Sie errötete ein wenig. «Keine Prügel. Er trinkt überhaupt nicht mehr. Das Trinken hatte eine Menge damit zu tun …»

«Dann bist du jetzt glücklich?»

Sie zuckte die Achseln. «Ich weiß nicht, was du denkst …» Aber die Worte fehlten ihr immer noch. Die richtigen Worte fehlten ihr meistens. Immer noch waren Gemeinplätze ihre Stärke. «Du sollst nicht denken, daß du mir nicht wichtig warst» – eine hastige Verbesserung –, «wichtig *bist*, Ben. Aber …»

Aber. Das Wort hat in meinem Leben eine große Rolle gespielt. Wie hieß die Lüge, die meine Mutter mir immer erzählt hat? «Es kommt nicht auf das Äußerliche an; was zählt, sind die inneren Werte.» Das habe ich schon damals nicht geglaubt, und ich glaube es auch heute nicht. Wissen Sie, der Phänotyp setzt sich durch. Im Mittelalter waren die Guten immer schön, und die Bösen waren häßlich. Heute ist es kaum anders. Heute ist Häßlichkeit unverzeihlich, das ist der einzige Unterschied. «Aber es hätte nicht funktioniert, das willst du doch sagen?»

Sie zuckte die Achseln. «Hätte es doch auch nicht, oder? Wir hätten doch dauernd unter Druck gestanden.»

Ich gab ihr recht. Vielleicht lag es an dieser Zustimmung, daß ihr kleines Abwehrsystem zusammenbrach. Ihre Augen, diese verwirrenden, verschiedenartigen Schmuckstücke, glitzerten. «Mein blöder Lidschatten verschmiert», sagte sie und hielt sich die Kante eines winzigen Spitzentaschentuchs an das Unterlid. «Ich hatte mir vorgenommen, hart zu bleiben, und jetzt guck was du angerichtet hast.»

«Ich?»

Sie lächelte tapfer zwischen den Tränen hindurch. «Nicht du. Das Glück, die Umstände, was weiß ich. Du hast immer gesagt, es ist nur ein Spiel mit Würfeln.»

«Mit einem Würfel», korrigierte ich sie.

«Pedant.»

«Weißt du, daß dein widerlicher Ehemann keine Ahnung hat, wer es war? Er weiß, daß du ein Verhältnis hattest, aber daß ich es war, vermutet er nicht.»

Das saß, wie man so sagt. «Woher weißt du das?»

«Er ist vorbeigekommen und hat mich um Rat gefragt, daher weiß ich das. Der gute alte Ben. Eine Schulter zum Ausweinen, wenn du dich so tief bücken kannst. Und keine Gefahr, keinerlei *Gefahr*. Er ist gekommen und hat mich gefragt, wer es war und ob ich ihm helfen könnte, dich wiederzubekommen, und lauter solches Zeug. ‹Du bist ein guter Freund, Ben. Du hilfst uns doch, oder?› Solche Sachen.»

Ihr Gesicht schien zusammenzuschrumpfen. Es sah aus wie eine Papiermaske, die im Regen jeden Augenblick in sich zusammenfallen kann. «Bitte nicht, Benedict», bettelte sie.

«Nein, ich tue es nicht. Ich werde mich wohlerzogen und anständig benehmen. Ich werde zuhören, wenn du mir *deine* Probleme erzählst, und kann mit meinen Problemen dann sehen, wo ich bleibe.» Wie nicht anders zu erwarten, führte das zu einer gewissen Spannung, einem Augenblick des Schweigens. Wir kauten an unseren Tapas. Miss Pierceys Mund beschäftigte sich genüßlich mit den zarten, feuchten Dingern, wie er sich früher einmal mit … nein.

Nein, ich darf diese Phantasien nicht weiterverfolgen, noch nicht, auf keinen Fall.

«Dann weißt du auch, daß wir zur Beratung waren, Hugo und ich?» fragte sie, als die gefühlsgeladene Atmosphäre sich ein wenig abgekühlt hatte. «Hat er dir das erzählt?»

Ich täuschte Unwissen vor. «Was für eine Beratung?»

«Eheberatung. So nennen sie es heute bloß nicht mehr. Partnerschaftsberatung oder so etwas. Es war wirklich ein Erlebnis.» Sie blickte mich munter an, und die Tränen trockneten. «Weißt du, was die Frau gesagt hat?»

«Sollt ihr euch einen Hund anschaffen?»

«Wir sollten ein Kind haben. Sie hat gesagt, ich brauche ein Kind. Kann man so etwas brauchen? Klingt schrecklich egoistisch. Jedenfalls hat sie gesagt, das alles hatte auch den Grund, daß Hugo es nicht kann, wenn du weißt, was ich meine.»

«Adoption?»

«Sie meinte, ich sollte schwanger werden ...» Schweigen in unserem Teil der Weinstube. Heiseres Gelächter von ein paar Männern in dunklen Anzügen, Flüchtlingen aus einem Aquarium aus Fensterglas. Jean spielte mit ihren Häppchen herum, als hätte sie nichts gesagt. «Das hat sie mir unter vier Augen erklärt. Sie hat gesagt, daß er –», Jean zögerte bei dem Wort, suchte nach einer Beschönigung, «– der Abbruch –»

«Die Abtreibung.»

«Die Abtreibung war ein Teil des Problems, aber ein anderes sind seine Minderwertigkeitsgefühle. Wir sollten also ein Baby haben.»

«Aber er ist unfruchtbar.»

«Ich weiß, aber er glaubt, daß wir eine Chance haben, wenn auch nur eine kleine. Künstliche Befruchtung, weißt du, so etwas. Er glaubt, es könnte klappen ...» Dann hörte sie auf herumzuspielen, mit den Tapas und mit Worten, und sah mir starr in die Augen. «Aber ich *weiß*, daß ich schwanger werden kann, oder?»

«Natürlich.»

Und dann landete sie ihren lautlosen, vernichtenden Treffer: «Ich will ein Kind von dir, Benedict Lambert», sagte sie leise. «Ich will dein Kind.»

Die Launen der Frauen. Wie bei den Rassenvorurteilen bestreitet man verzweifelt, daß es sie gibt, und doch existieren sie. Man kann sie nicht leugnen. Wie die Gewalttätigkeit der Männer, so existieren auch die Launen der Frauen. Jean Piercey, siebenunddreißig Jahre alt, fast fehlerlos, fast schön, wollte mein Kind ... nachdem sie gerade erst eines durch das Saugrohr eines chirurgischen Staubsaugers beseitigt hatte. Sie wollte mein Kind. Über den Tisch an meinen Arm geklammert wie beim freundschaftlichen Armdrücken, sprach sie es aus. «Ich möchte es nicht von einem Fremden, Benedict. Hugos Samen sind nicht in Ordnung, und die von einem Fremden könnte ich nicht in mir haben. Es wäre ... wie eine Art Vergewaltigung. Du hast gesagt, dein» – sie formte das Wort sorgfältig – «*Problem* ist nur ein einziger Buchstabierfehler oder so etwas. Das hast du in dem Vortrag gesagt, stimmt's? Der ganze Kram mit dem AGA. Und hast du am Ende nicht etwas über einen pränatalen Test gesagt?»

«Ja, etwas in der Art.»

«Na ja, könnten wir beide dann nicht ein normales Baby machen? Das war meine erste schlaue Idee, Ben. In meinem ganzen Leben. Können wir beide nicht ein normales Baby machen? Kannst du das nicht künstlich für mich machen? Ist das nicht möglich?»

Die Idee reizte mich. Ich stellte mir weitere Paarungen

vor, erneutes, geplantes Herumwälzen auf meinem zer-
wühlten Bett, den Piercey-Körper – mit neuer Geschicklichkeit, wiederbelebt durch die Schmerzen – noch einmal
weit geöffnet für den einzigen Teil von mir, der die normale Größe hat. Wie lange konnte ich diese wonnevollen
Bemühungen hinziehen? Aber ich war ehrlich zu ihr:
«Aber damit riskierst du noch einen Abbruch. Abbrüche,
Mehrzahl, wenn wir Pech haben. Das Spiel mit dem Würfel, weißt du. Zur Hälfte wären die Befruchtungen ... genau wie ich.»

«Das habe ich eigentlich nicht gemeint. Könnten wir
nicht» – sie sah peinlich berührt aus und blickte über die
Schulter, als wollte sie sich vergewissern, daß es niemand
hörte – «so etwas mit einem Reagenzglasbaby machen?
Und könntest du nicht den richtigen Embryo aussuchen?
Kann man die heutzutage nicht sortieren? Du könntest
doch eine Zelle von dem Embryo nehmen und sie untersuchen?»

Ja, das war nun wirklich schlau. Nicht dumm, Miss Piercey. Ein schlaues Füchslein.

Benedict Lambert ist auch nicht dumm. Er überlegte. Er
beäugte die Frau auf der anderen Seite des Tisches. Er betrachtete es aus seiner und ihrer Sicht. Natürlich lag alles im
Bereich des Möglichen.

«Das ließe sich einrichten. Ich könnte dich in die
Hewison Clinic bringen. Sie könnten die künstliche Befruchtung vornehmen, und wir könnten eine Biopsie für
frühe Embryonen machen. Aber ...»

«Aber?»

«Ich glaube, man hat etwas Ähnliches mit X-gekoppel-
ten Krankheiten gemacht. Ich müßte es der Ethikkommission vorlegen, es sei denn ...»

«Aber wir könnten es schaffen? Möglich ist es?»

Ich sah sie an. Voller Liebe, voller Abscheu? Die beiden gegensätzlichen Gefühle lagen in diesem Augenblick dicht beieinander. «Das hat aber seinen Preis», sagte ich.

Fast hätte sie nach ihrem Portemonnaie gegriffen. «Das können wir bestimmt einrichten, Hugo und ich. Ich kann ihn sicher überreden, Samen zu spenden.» Sie ballte die Fäuste wie in großer Erwartung. «Ben, das alles ist mir eingefallen, als diese Leute nach dem Vortrag über dich hergefallen sind. Ich habe darüber nachgedacht – es ist die erste kluge Idee, die ich jemals hatte, und du könntest mir dabei helfen. Ich könnte ihn überreden, eine Samenprobe abzugeben, und dann nehmen wir statt dessen deine … und du könntest den richtigen Embryo identifizieren. Geld spielt keine Rolle …»

«Das habe ich mit dem Preis nicht gemeint. Nicht den finanziellen Preis.»

Sie zögerte. «Was dann?» Dämmerte es ihr einen Augenblick bevor ich es aussprach? Wurde es ihr klar? Es erscheint doch plausibel, oder? Nicht nur plausibel: logisch. Werden so nicht Babys gemacht?

«Du kannst mich eigentlich nicht abweisen, stimmt's?» betonte ich, und es klang nicht unvernünftig. «Nicht nach allem, was gewesen ist.»

Schweigen.

«Wie kannst du nur, Ben?» In ihrem Tonfall war Enttäuschung, vorwiegend Enttäuschung. Vielleicht auch ein Gefühl von Verrat, vielleicht sogar ein Hauch von Schmach. Aber vor allem Enttäuschung. «Um Gottes willen, wie kannst du nur?»

«Aha, Gott ist wieder da.»

«Das würde alles kaputtmachen.» Ihre Stimme war jetzt am Rand der Verzweiflung. «Es würde eine besondere Erinnerung kaputtmachen, Ben.»

«Ich will keine Erinnerungen», erwiderte ich. «Ich will das Echte. Das ist die einzige Gelegenheit in meinem ganzen Leben. Verstehst du das nicht? Das einzige Mal, daß ich jemanden lieben konnte.»

Ihre Augen glitzerten im gedämpften Licht des Lokals. Auf dem Tisch standen Kerzen. Sie spiegelten sich im Glanz der Tränen. «Ach Ben», sagte sie vorwurfsvoll, «armer, armer Benedict.»

Mein Artikel über die Lokalisierung und Identifizierung des ACH-Gens erschien in *Nature*. Noch im gleichen Monat wurde ich zum Leidwesen von James Histone, CBE, für die Mendel-Medaille der Universität Villanova vorgeschlagen. Von überall kamen Faxe und e-Mails, aus den Vereinigten Staaten, aus Frankreich, aus Deutschland. Wie immer in solchen Fällen sprang ein Dutzend Forschungsgruppen listig auf den fahrenden Zug auf. Wie immer baten mich die Leute um Hinweise, Richtlinien und Ratschläge, um Proben von meinen Zellinien, um einen Platz in meiner Arbeitsgruppe. Und eine Frau Dr. Gravenstein schickte mir von der Cornell University den Vorschlag für eine Tagung. Sie war die Sekretärin der Amerikanischen Mendel-Gesellschaft. Hinter dem albernen elektronischen Gekritzel, das auf meinem Bildschirm erschien, konnte man die breiten, kantigen Vokale von jenseits des Atlantiks hören: *Man hat mir schon letzten Sommer in Cold Spring Harbor von Ihnen erzählt. Man redete über diesen kleinen Burschen, der nach seinem eigenen ACH-Gen sucht. Sollte man es nicht nach Ihnen benennen? Den Benny-Faktor? Das ist ja richtig lustig ... Hören Sie, stimmt das, daß sie ein Verwandter von Gregor Mendel sind? Sie sollten an dem Mendel-Symposium teilnehmen, das wir gerade vorbereiten. Was würden Sie zu einer Woche in Mähren als Gegenleistung für einen Vortrag über Ihre Arbeiten sagen?*

Ein paar Tage später erhielt ich eine weitere Nachricht: *Es wäre uns sehr lieb, wenn Sie den Eröffnungsvortrag halten, Ben. Menschgewordene Molekulargenetik auf dem Podium.*

«Sehen Sie mal.»

«Was denn?» Die schlanke Gestalt – geschnürte Taille, Tournüre, ein absurder kleiner Hut mit einer Fasanenfeder – beugte sich über das Mikroskop und spähte durch das Okular. Sie bot seinen Blicken eine Wange dar, weich wie ein Blütenblatt und rosa wie eine Fuchsie. «Was sieht man da?»

«Schauen Sie genau hin. Sie müssen Geduld haben. In der Pflanzenwelt geht es langsam zu. Geduld, Geduld.»

Eine Scheibe in leuchtendem Weiß, wie eine Sonne, die durch den Nebel dringt; ein Tümpel, ein Tümpel im schrägen Sonnenlicht, das ihn weiß aufleuchten läßt; und in dem Tümpel treibend kleine Kugeln wie Pflanzen, die auf dem Wasser schwimmen, wie Planeten, die vor der Sonne hängen.

«Das sind …?»

«Die Körnchen. Pollen. Von den Erbsen.»

Frau Rotwang blickte ungeduldig auf. «Nichts.»

«Sie müssen zusehen. Es dauert zwanzig Minuten, eine halbe Stunde, ungefähr so lange. Warten Sie einfach und sehen Sie zu.»

«Zwanzig Minuten!»

«Pssst.»

Schweigen in der beengten Atmosphäre des Gewächshauses. Einer ihrer Dackel lag auf dem Steinfußboden und hechelte in der Hitze. Der beobachtende Priester, die beobachtende Frau, und die Luft voller Ausdünstungen von Fuchsien und Löwenmäulchen, Gartenwicken und Akelei, fast ohne jede Bewegung. Ein seltsam trübes Licht umgab sie, umspülte sie wie Fruchtwasser. Im Hintergrund topfte ein Gärtner irgendwelche Pflanzen um, aber seine Gegenwart drang nicht in ihre seltsame Intimität an dem glänzenden Messingmikroskop.

Und plötzlich (wie es geschah, konnte man nicht sehen, aber auf einmal war es da) hatte eines der Körnchen einen Auswuchs, einen blassen, durchscheinenden Finger, der sich daraus hervorstreckte. «Ja!» rief sie.

Er neigte den Kopf bis dicht zu dem ihren und sog einen Hauch ihres Parfüms ein, eine völlig andere Empfindung als der Duft des Grünzeugs, das sie in dem Gewächshaus umgab. «Stimmt. Sehen Sie zu!»

Er zog den Kopf zurück und ließ sie wieder ein himmelblaues Auge an das Okular halten. Haarsträhnen entkamen den Beschränkungen von Hut und Nadeln, berührten sanft sein Gesicht, als er sich aufrichtete. Er fragte sich, ob Blond mit einem schwachen Kupferton wohl das Werk eines Faktors war, der sich in den Zellen ihres zerbrechlichen, köstlichen Körpers verbarg.

Sie beobachtete immer noch und bemerkte nicht, wie er sie betrachtete. «Jetzt sind es noch mehr. Oh, wie außergewöhnlich, Gregor! Wie kommt das? Sind Pflanzen nicht reglose Gebilde, die nur wachsen können? Kann ich sehen, wie sie sich *bewegen*? Wachsen sie tatsächlich vor meinen Augen?»

«Kaum, aber – ja, man kann es tatsächlich sehen.»

«Das ist ja herrlich. Sie sind wie …», peinlich berührt hielt sie inne: Plötzlich war klar, wie sie waren, diese wurzelartigen Wucherungen, die aus den Pollenkörnern ragten, diese schlangenähnlichen Auswüchse. Sie verfolgte den Vergleich nicht weiter, sondern stellte leise eine Frage, als fürchtete sie sich vor der Antwort. «Und was tun sie?»

«Was Sie hier sehen, geschieht im Stempel der Blüte. Der

Pollen kommt natürlich von der männlichen Seite. Er landet auf der Narbe, und diese Röhren wachsen bis hinunter zu den Eianlagen.»

Sie war still. Er sah, wie die Röte sich auf der dargebotenen Wange ausbreitete, eine rechte Wange, überzogen von Rosa. Rotwang.

«Wenn Sie jetzt bitte gestatten ...»

«Natürlich.» Sie richtete sich auf, plötzlich erhitzt, plötzlich unbehaglich; und sah zu, wie er an dem Spiegel unter dem Mikroskop hantierte und irgend etwas scharfstellte. Seine Finger, obwohl dick und grob (Bauernfinger von bäuerlicher Herkunft – er war stolz darauf), waren bemerkenswert geschickt und behende. Das hatte sie schon früher bemerkt.

«Sehen Sie sich jetzt noch einmal die vorderste Spitze des Ganzen an ...»

Die Spitze. Wieder sah sie hinein. Ein Glitzern. «Oh. Es sieht aus ... man kann beim Eindringen zusehen.» Ein Schlauch, eine Schlange, ein ... das Wort *Penis* leuchtete einen Augenblick lang an der Oberfläche ihrer Gedanken auf und verflüchtigte sich gnädig wieder.

«Achten Sie genau auf die Spitze», sagte er. «Sehen Sie etwas *in* der Spitze? Ein kleines Körperchen ...»

Sie sah es. Ein schemenhaftes, durchscheinendes, ovales Gebilde, kaum zu unterscheiden von dem Rohr, in dem es sich befand. «Ich sehe es, ja, ich sehe es.»

«Ich glaube, das ist ... die männliche Zelle.»

«Du meine Güte!»

«Sie trägt die Faktoren. Ich bin sicher, daß sie irgendwie in diesem ovalen Körperchen in der Spitze des Pollenschlauches liegen. Können Sie das verstehen? Sie sind etwas Materielles, etwas Chemisches ...»

Sie blickte zu ihm auf, versuchte das Wesentliche an seinen Worten zu begreifen, versuchte, nicht an ihren Mann zu denken, versuchte, sich nicht an Scham und Schmerzen zu erinnern. «Aber wie sind sie dort? Da drin können doch nicht alle Eigenschaften einer Pflanze sein.»

Er nickte. «Irgendwie doch. Es muß so sein. Das entnehme ich aus meinen Arbeiten. Ein Satz von Faktoren in der Eizelle, und ein Satz im Pollen. Und ich glaube, sie sind in der Zelle zusammengedrängt, die Sie da sehen. Oh, ich weiß nicht genau, wie. Ich habe keine Ahnung, was ihre chemische Substanz ist. Aber sie sind da. Bei den Tieren ist es genauso.»

«Und bei uns?»

«Wir sind Tiere.»

«Gregor!» Sie war leicht schockiert und verbarg ihre Verwirrung, indem sie noch einmal hinsah, aber offenbar war sie an das Mikroskop gestoßen, denn der Anblick war so vollständig verschwunden, als hätte man einen Rolladen heruntergelassen. Im Okular war nur noch Schwärze.

«Es ist zu Ende, Gregor», sagte sie, und als er sich beeilte, das Instrument neu einzustellen, fügte sie ganz unverblümt und sachlich hinzu, als habe es nichts zu bedeuten: «Wir gehen.»

Seine Finger unterbrachen ihre ordentlichen, präzisen Bewegungen; dann setzten sie ihre Arbeit fort. «Warten Sie noch einen Augenblick, dann habe ich es. Sie müssen den Spiegel verstellt haben.»

«Brünn, Gregor. Wir gehen weg von Brünn.»

Er hielt inne, richtete sich auf. Sie blickte sich geistesabwesend um und suchte nach ihrem Schirm. Der Hund sprang auf, wedelte mit dem Schwanz, wollte den Ort verlassen. «Warum?»

«Warum was?»

«Warum gehen Sie?»

«Oh.» Sie zuckte unbestimmt mit den Achseln. «Man erwartet mich zu Hause. Zum Mittagessen.»

«Nein, Brünn: Warum gehen Sie von Brünn weg? Und für wie lange?»

Sie errötete, nahm ihren Schirm, stolperte fast über den Hund. «Für immer. Es hat natürlich geschäftliche Gründe, aber Herr Rotwang hält auch die politische Lage für zu … unsicher. Ach, ich verstehe nichts davon. Dieser Ärger mit den Preußen in Dänemark. Holstein, heißt es so? Er glaubt, es könnte Krieg geben, und in Wien ist es sicherer. Kann es wirklich zum Krieg kommen? Wegen eines Streits in einer Gegend, die so weit weg ist und von der wir nichts wissen?»

Der Priester zuckte mit den Achseln. Er sprach selten über Politik. Natürlich hatte er Meinungen, in seiner Jugend sogar sehr entschiedene. Aber vor einer Beteiligung schreckte er zurück. Im Konvent diskutierten sie über Politik, Klacel und die anderen, aber er versuchte, sich nicht hineinziehen zu lassen. Wer sich hineinziehen ließ, wurde angesteckt. Er betrachtete Frau Rotwang. Eine so bewundernswerte, anständige Dame. «Wir behalten natürlich das Haus auf dem Land», sagte sie, «aber ich fürchte, wir werden nicht oft hier in Brünn sein. Das Stadthaus steht zum Verkauf.»

«Es wird anders sein», sagte er. «Ohne Sie, meine ich.» Die Unzulänglichkeiten der Sprache; aber was gab es sonst? Es gab nur Worte. Keine andere Sprache kam in Frage. Und Worte konnten sowohl ein Hemmnis als auch eine Offenbarung sein. Man brauchte sich nur anzusehen, was bei dem Vortrag über die Gartenerbsen geschehen oder nicht geschehen war. Er räumte das Mikroskop weg. «Ich werde unsere Gespräche vermissen.»

Sie streckte die Hand aus und berührte seinen Arm. «Ich

will nicht weggehen, Gregor», sagte sie; er wandte sich wieder zu ihr, und dann gab es einen Augenblick, nur wenige Sekunden lang, in dem sie sich irgendwie bei den Händen hielten: ungeschickt faßte er die Rückseite der ihren – sehr schmal, in Spitzenhandschuhen –, und sie drehte die Hand halb um, so daß ihre Finger die seinen greifen konnten. Der Hund winselte. Im Hintergrund drehte der Gärtner einen Topf um, klopfte kräftig dagegen und nahm eine ganze Pflanze heraus. In diesem Augenblick beugte Frau Rotwang sich nach vorn und küßte den Mönch auf die Wange. Dann hatte sie auch schon den Hund gerufen und ging über den Steinfußboden zwischen den Pflanzen hindurch in Richtung der Tür, in Richtung des hellen, kühlen Tages. Sie blieb stehen und bückte sich, um den Hund an die Leine zu legen; dann spannte sie den Schirm auf (hellrosa mit einer Borte am Rand) und trat hinaus. Er blieb und blickte ihr durch die milchigen Glasscheiben nach, während sie den Weg zum Tor hinunterging, das auf den Klosterplatz mit ihrer wartenden Kutsche führte.

Miss Jean Piercey, Mrs. Jean Miller, flaumweich, angoraweich, zart duftend nach Jasmin und Orangenblüten, mit dem Geschmack von Gartenwicken, und Garten, und Ficken, eine raffinierte, verdorbene Mischung von Aromen, die Benedict Lambert in Krämpfe der Erregung trieb: Miss Piercey lag wieder auf meinem Bett, lag im Licht des Tages, das durch die Vorhänge in meine unterirdische Behausung drang, lag da mit ihrem Lächeln, sagte mit ihren geschlossenen, abwesenden Augen die Wahrheit.

«Oh, Ben», flüsterte sie, «sei vorsichtig.»

Natürlich. Wir durften nichts riskieren. Wir mußten vorsichtig sein, wenn man bei so etwas überhaupt vorsichtig sein kann. Also lag sie passiv da und war vorsichtig, während ich sie so und so in Positur rückte, am geheimen Lächeln ihrer Vulva leckte, wie ein Trüffelschwein an der flaumigen Erhebung des Muttermals auf ihrem Schenkel schnupperte, sanft in die seidige Haut ihrer Leisten und das Mausgrau ihres Damms biß, sie umdrehte und die Kuppeln ihrer Pobacken spreizte, um die schiefergraue Knospe in ihrem Innersten zu küssen. Sie wand sich und ächzte wie ein gequältes Tier. Straffe Muskeln lockerten sich und gestatteten das Eindringen meiner bebenden Zungenspitze. Ich balancierte hinter ihr auf dem Bett und lehnte mich gegen sie. «Ben!» schrie sie irgendwo aus großer, unbestimmter Entfernung. «Oh, Ben, das nicht. Das bitte nicht!»

Aber das war es. Während sie das Gesicht im Kissen vergrub und dumpfe Mausgeräusche des Schmerzes von sich gab, *war* es das. Eine plötzliche Explosion ins Leere. Und ganz ungefährlich.

Sind Sie jetzt schockiert? Der geniale, mutige Benedict Lambert wird plötzlich zum Feigling, zum Perversen. Aber was hatten Sie erwartet? Was würden Sie tun, wenn Sie lebenslänglich im Gefängnis sitzen und eine kümmerliche Stunde der Freiheit haben? Wären Sie nicht auch versucht, ein paar Regeln zu übertreten?

Hinterher gab es leise Tränen, sanfte Vorwürfe und Entschuldigungen. Ich konnte nicht anders, verteidigte ich mich. Du mußt mich verstehen. Dich zu besitzen, wie kein anderer dich jemals besessen hat oder besitzen wird. Sehr poetisch. Dir eine Jungfräulichkeit zu nehmen, die nie einem anderen gehören wird. Das verstehst du doch sicher. Und sie sagte, sie verstünde es, so ungefähr, auch wenn sie es nicht richtig fand, das sei alles. Nicht natürlich.

Aber was ist natürlich? Natürlich ist, was die Natur tut. Bin ich etwas Natürliches? Ist die Superovulation nach der transvaginalen, ultraschallkontrollierten Oozytenentnahme etwas Natürliches? Und die *In-vitro*-Befruchtung, das Wachstum mehrerer Embryonen in einer Kulturschale, ist das alles etwas Natürliches? Zwei Monate später sah ich in der Hewison Clinic for Human Fertility zu, wie wimmelnde Samenzellen sich um Eizellen sammelten, wie *meine* Samenzellen sich um *ihre* Eizellen sammelten. Ehelicher Vollzug unter dem Mikroskop. Ist das natürlich? Sie leuchteten in dem Lichtkreis wie Tänzer im Scheinwerferkegel, eine ganze Baletttruppe, die um die Primaballerina flatterte und drängelte. Jeans Beitrag war der schweren, schmeichelnden Hand der Hormone zu verdanken, gefolgt vom Absaugen sekundärer Oozyten unmittelbar aus den Eierstöcken. Meinen Beitrag verdankte ich der schweren Schmeichelei meiner eigenen Hand und einer eingehenden Beschäftigung mit Suzanne, einem drallen Mädchen mit dem Hang, ihre *Labia minora* vor der Kamera zu untersuchen.

Ist das natürlich?

Natur ist, was die Natur tut.

War Ururgroßonkel Gregors künstliche Bestäubung natürlich?

«Ich finde das wirklich nicht gut, Ben.» Dr. Anthony Lupron ist ein Freund und Kollege. Wir haben gemeinsam Veröffentlichungen geschrieben. Wir haben zusammen getrunken, und einmal – nachdem er im Fußballtoto fünfzig Pfund gewonnen hatte – haben wir uns betrunken. Ich habe die Familie Lupron mehrere Tage lang in ihrem Ferienhaus in Devon besucht. Ich kenne seine Frau und seine Kinder gut. Aber bei Dr. Lupron war Überzeugungsarbeit nötig.

«Wo liegt das Problem? Du hast mit Jean gesprochen.

Du kennst die Situation. Du hast seine Spermaanalyse gesehen. Wo liegt das Problem?»

«Daß der Partner nicht Bescheid weiß, das ist das Problem.»

Ich lachte. «Aber warum machst du dir deswegen Sorgen? Ich meine, selbst wenn ihr Mann fruchtbar wäre, könnte doch niemand sie daran hindern, von irgend jemandem schwanger zu werden und es keinem zu sagen? Du weißt doch genausogut wie ich, daß das andauernd passiert.»

Er wußte es genausogut wie ich: Bei den DNA-Untersuchungen zum Nachweis genetischer Störungen in bestimmten Familien (Fragile-X-Syndrom, zystische Fibrose usw.) hat sich ganz nebenbei herausgestellt, daß etwa zehn Prozent der Kinder aller glücklich verheirateten Paare ohne Wissen des gesetzlichen Vaters von … einem anderen Mann gezeugt wurden.

«Wahrscheinlich schon.»

«Und du weißt, daß sie schon einmal schwanger war. Von mir.»

Er grinste. «Alter Schuft, Ben.»

«Und du weißt, daß die einzige Alternative zu unserem Vorschlag eine Samenspende wäre, und Miller hat es schon abgelehnt, das überhaupt in Erwägung zu ziehen. Und …»

Sie sehen, die Argumentation war nicht zu bestreiten.

Ich stolperte im Wartezimmer über Jean und Hugo, nachdem man die Eizellen entnommen hatte. Hugo schien erleichtert, ein vertrautes Gesicht zu sehen; Jean errötete und blickte zur Seite. Wir wechselten ein paar freundschaftliche Worte – ist schon toll, was die heutzutage können, oder? Wie ich die Aussichten einschätzte? Dr. Lupron hat gesagt, wir würden es übermorgen wissen. Nein, es hat nicht weh getan. Sie haben mich fast eingeschläfert – und dann ließ ich sie allein, damit sie über ihre Zukunft als Eltern nachdenken konnten.

Womit wir bei der nächsten Frage wären: Was geschah mit Hugo Millers Samen, gewonnen in einer ähnlichen Selbstliebkosung wie meiner, in einem Raum auf dem gleichen Korridor wie der, in dem Suzanne und ich unsere flüchtige, einseitige Beziehung pflegten? Was geschah mit diesem Lebenssaft, den er unter heftigem Erröten einer ernst lächelnden Krankenschwester aushändigte?

Hugo Millers Sperma, gallertig, perlmuttgrau und völlig ohne lebensfähige Samenzellen, wurde durch den Abfluß gespült.

Die befruchteten Eizellen teilen sich. Ihre Entwicklung hat etwas seltsam Asymmetrisches: 2, 3, 4, 6, 10. So weit läßt man es kommen, bis zum Zehnzellstadium. Es ist völlig natürlich. Aber ist das vergrößernde Auge, das auf sie hinabblickt, natürlich? Ist das Licht natürlich, das sie während der kurzen Prüfung mit Photonen überflutet? Und die Mikromanipulatoren, raffinierte kleine Produkte der Feinmechanik, die an dem Mikroskop befestigt sind, mechanische Konstruktionen aus Hebeln, Griffen und Getrieben, wie ein überspanntes Kind sie sich erträumen könnte, die mit eleganter Geschicklichkeit (ich sah durch das Hilfsokular zu) von Miss Allele MacMaster bedient wurden, einer Doktorandin aus St. Andrews; sind diese sonderbaren Gerätschaften natürlich? Ist das der Grund, warum der *Australopithecus* mit den ersten Feuersteinbrocken hantierte? Alleles zarte kleine Schottenhand schiebt und dreht, und im öden Blickfeld des Mikroskops sticht die Glasnadel, blitzend und scharf wie eine Lanze, in die Eihülle des

Embryos, um einen Tropfen Tyrode-Lösung hineinzuspritzen. Einen Augenblick lang gibt es unter der Lampe ein Geschiebe und Gedrängel. Die Lanze zieht sich zurück. Durch das Loch wird eine zweite Sonde geschoben; eine einzelne Zelle des Embryos wird den Fängen von Differenzierung und Entwicklung entrissen und in ein eigenes Röhrchen pipettiert.

Die Vermehrung eines Gens aus einer einzelnen Zelle durch PCR ist möglich. Nicht einfach, aber möglich[1]. Ich habe es selbst gemacht. Zwischen den vielen anderen Röhrchen, zwischen Zellkulturen und sonstigem Wirrwarr war es nicht schwer, etwas für mich allein zu haben, beschriftet mit meinem eigenen Geheimcode. Um Verunreinigungen mit vagabundierender DNA zu vermeiden, benutzte ich ganz neue Geräte und Mikropipetten, die ich auseinandergenommen und sterilisiert hatte. Die Röhrchen füllte ich im Sterilraum. Es ist eine heilsame Arbeit. Man geht in der Methode auf, in der vorgeschriebenen Abfolge der Ereignisse, in Ordnung und Organisation. Die Ethik vergißt man. Man vergißt, daß man im Erbmaterial der eigenen potentiellen Kinder herumstöbert. Die Methode ist alles.

Wenn man den richtigen DNA-Abschnitt vervielfältigt hat (sechzig PCR-Zyklen mit verschachtelten Primern, um die Reinheit zu gewährleisten), ist es die einfachste Sache der Welt, eine Restriktionsspaltung durchzuführen[2] und festzustellen, ob der boshafte Buchstabierfehler vorliegt, dieses *ekel* statt *edel*, dieses AGG statt GGG tief im Inneren des Gens für FGFR3. Das Enzym spaltet … oder spaltet nicht; dann bringt man die Probe mit der gespalten …

---

[1] Handyside et al., *Lancet i*; S. 347–349 (1989)
Coutelle et al., *British Medical Journal* 299, S. 22–24 (1989)
[2] Restriktionsenzym SfcI

oder ungespaltenen DNA auf ein Gel, und eine sanfte elektrische Spannung zieht die Fragmente vorwärts, wobei sie sich zusammenrollen und wieder strecken. Gespaltene Fragmente sind kleiner und wandern deshalb weiter als ungespaltene. Man färbt die DNA mit Ethidiumbromid, so daß man im ultravioletten Licht unmittelbar sehen kann, wie weit die Fragmente vorwärts gekommen sind und ob die verräterischen Stücke dabei sind, die besagen:

MUTATION

das heißt

ZWERG

oder nicht. Ein Fragment von 164 Basenpaaren ist normal. Jean hatte es an alle ihre Eizellen weitergegeben. Wenn die Probe aus einem bestimmten Embryo ausschließlich Fragmente dieser Größe enthält, hat sich ihr Beitrag von 164 Bp mit einem ebensolchen von mir vereinigt, und der Embryo ist nicht betroffen. Zeigt die Spur des Gels aber außer ihrem Fragment von 164 Bp auch eines von 109 und eines von 55 Bp, hat der Embryo von mir die Mutation geerbt.

Als ich endlich Gummihandschuhe anzog und die Gelplatte aus ihrem Behälter nahm, war es Abend. Sie zitterte in meiner Hand wie ein Gebilde am Rand des Lebens, wie ein trübes, graues Meeresgeschöpf, eine Qualle. Ich zog mich in die Dunkelkammer zurück. Es dauerte nur wenige Augenblicke, bis ich die Schutzmaske angelegt hatte, auf einen Stuhl geklettert war, das Gel auf den Leuchttisch gelegt hatte und die glitschige Platte mit dem Anschalten des UV-Lichts zum Leben erweckte. In seinem Inneren glühten Banden in geisterhaftem Lila.

· «Was ist das?» fragte Anthony, der aus irgendeinem Grund hereingeplatzt war.

«Ach, nichts Besonderes.»

Er setzte eine Schutzbrille auf und blickte mir über die Schulter. «Ist das eines von unseren?»

«Ich überprüfe nur etwas.»

Er schlenderte wieder hinaus. Die schlüpfrige Platte sah aus wie jedes andere von den vielen hundert Gelen, die wir schon gefahren hatten. Es *hätte* jedes davon sein können; aber es gehörte mir.

Neben den Kontrollen enthielt es acht Spuren. Acht Spuren, acht Embryonen:

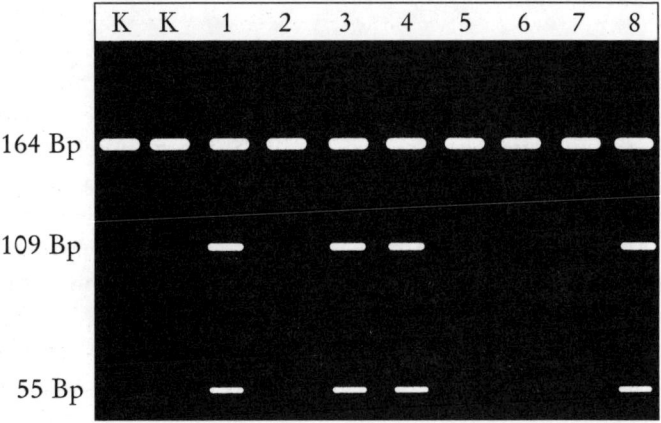

Um es zu lesen, braucht man kein Experte zu sein, oder? Es war eines von Onkel Gregors Zahlenverhältnissen. Die Embryonen 2, 5, 6 und 7 waren nicht betroffen. Nummer 1, 3, 4 und 8 trugen die Mutation. Fünfzig zu fünfzig. Eins zu eins. Einhalb. Zufall, reiner Zufall hatte bei einer derart kleinen Stichprobe von acht Einzelfällen dafür gesorgt, daß es genau stimmte. Vier dieser empfindlichen Gallerthäufchen, vier dieser Proto-Benedicts oder Proto-Jeans hatten von ihrem eigentlichen Vater die zusätzliche Restriktions-

274

schnittstelle geerbt. Sie trugen das Gen für Achondroplasie und würden ohne den Schatten eines Zweifels so werden wie ich. Die anderen vier waren in Ordnung. Und ich konnte entscheiden.

Die Familie Rotwang zog nach Wien, wie so viele andere Familien es in der Vergangenheit getan hatten und in Zukunft tun würden, um vor politischen Unruhen zu flüchten. Fürs erste war Wien weit genug weg, aber siebzig Jahre später mußte man schon in einen anderen Kontinent reisen, um sich ganz und gar in Sicherheit zu bringen, und die Menschen, vor denen man flüchtete, waren diejenigen, die aus der Genetik eine Weltanschauung gemacht hatten.

In diesem glühendheißen Sommer dachte Mendel nicht mehr an Frau Rotwang. Erinnerungen sind etwas Labiles. Was er auch von ihr gehalten hatte – er vergaß sie. Zumindest vertrieb er sie von der Oberfläche seines Gedächtnisses, von jenem Teil, der sich mit dem verwickelten Tanz der Gene herumschlug. In dem sengenden Sommer dezimierte der Erbsenkäfer *Bruchus pisi* seine Pflanzungen, und er war gezwungen, die Pflanzen aufzugeben, die fast ein Jahrzehnt lang seine Kinder gewesen waren. Er schniefte, zuckte die Achseln und wandte sich den anderen Arten zu. Halsstarrig, bebrillt und in sich gekehrt wanderte er zwischen Bohnen und Wunderblumen umher, zwischen Glockenblumen und Löwenmäulchen; seine Schere schnitt die Staubbeutel ab, und sein Kamelhaarpinsel glitt wie ein Penis zwischen die Blütenblätter und stäubte den Pollen einer Blüte auf die andere. Er sammelte die Samen, beschriftete und verwahrte sie; im nächsten Jahr säte er sie wieder aus, und dann wartete er. Wieder schwollen und sprossen die Samen, eine Abstammungslinie nach der anderen – Würzelchen gruben sich in den Boden, Sproßknospen erhoben sich in die Luft,

Keimblätter öffneten sich der Sonne wie ein Paar greifende Hände. Reihe um Reihe der empfindlichen Sprößlinge beaufsichtigte der Mönch, der zählte, rechnete, ausglich – Levkojen, Mais, Wunderblumen …

Seine Ideen blieben im wesentlichen unverändert (auch wenn er sich nur allzuoft bei jedem, der ihm zuhörte, beklagte – es sei schwierig, geeignete Pflanzen zu finden, er habe keine Zeit, und niemand nehme Notiz von ihm): Wenn man zwei verschiedene Varietäten künstlich kreuzt, gleichen die Nachkommen einem Elternteil. (So war es allerdings nicht immer: Bei der Wunderblume *Mirabilis jalapa* zum Beispiel stehen die Hybride, was die Blütenfarbe angeht, häufig in der Mitte zwischen den Eltern; aber das beunruhigte ihn nicht. Die Dominanz war nicht immer vollständig.) Läßt man die Hybride anschließend sich selbst bestäuben, erhält man in der folgenden Generation für jedes einzelne Merkmalspaar ein Verhältnis von drei zu eins; oder, wenn die Dominanz wie bei *Mirabilis* unvollständig ist, von eins zu zwei zu eins. Genauso machte er es mit den Mäusen. Das hieß, daß das einfache mathematische Modell stimmte: Vererbung war von Teilchen abhängig, von denen jeder Elternteil eines beisteuerte. Eine Vermischung von Blut fand nicht statt. Es gab dabei nichts Geheimnisvolles, nichts Unbestimmtes oder Mystisches, keine namenlosen Flüssigkeiten oder Einflüsse, keine göttliche Hand. Nur die schlichten Tatsachen der Wahrscheinlichkeit, das Verteilen von Murmeln an Kinder, wie ein Geschenk von jedem Elternteil, eine Murmel von jeder Seite für jede erbliche Eigenschaft.

Natürlich gab es Komplikationen – zum Beispiel die Farbe der Schoten bei *Phaseolos* (der Bohne). Er kreuzte zwergwüchsige Bohnen, die weiße Blüten haben, mit rotblühenden Feuerbohnen. Die Hybride waren fast unfruchtbar und hatten die verschiedensten Blütenfarben, von Scharlachrot bis Blaßviolett, und weiße Blüten tauchten nur selten auf (jeweils eine unter einunddreißig). Andere Merkmale jedoch (zum Beispiel die Größe) gehorchten den gleichen Regeln wie zuvor bei seinen Erbsen, und sogar die Blütenfarbe war schließlich zu erklären, wenn man sie nicht nur einem Erbfaktor zuschrieb, sondern zweien oder dreien, die zusammenwirkten[3]. Das würde auch das beobachtete Farbenspektrum verständlich machen. Außerdem erzielte er bei den Levkojen (*Matthiola*) ganz ähnliche Ergebnisse wie bei den Erbsen … Aber wer hörte ihm zu?

Er nahm sogar Befruchtungen mit einzelnen Pollenkörnern unter dem Mikroskop vor, um nachzuweisen, daß seine Vorstellung von einem Pollenkorn je Eianlage stimmte[4]. Aber wen kümmerte es?

Noch einmal führte er dem Naturforschenden Verein Hybride vor, Arthybride diesmal, Dinge, die die Mitglieder verstehen konnten, Maultiere der Pflanzenwelt, Promenadenmischungen, Bastarde, Mulatten, Halbbluts, komplizierte Exemplare mit einer Vermischung der Merkmale, so daß das Publikum damit etwas anfangen konnte, obwohl sie sich im wesentlichen nicht zählen ließen, so daß sie wissenschaftlich nicht von großem Interesse waren. Über die Mathematik von Zufall und Wahrscheinlichkeit oder den Nachweis der Existenz erblicher, abgegrenzter Faktoren wollten sie nichts hören. Und ganz gewiß wollten sie der

[3] Versuche über Pflanzen-Hybriden, 1866. Heute würde man von polygener Vererbung sprechen – eine weitere geniale Erkenntnis in der Vererbungstheorie. Der Gedanke entging den sogenannten Wiederentdeckern seiner Arbeiten zu Beginn des folgenden Jahrhunderts völlig.

[4] Briefe an Nägeli, Juli 1870 und September 1870

Zukunft nicht ins Auge sehen. «Wissenschaft ist Physik; oder es ist Briefmarkensammeln», sagte Ernest Rutherford. Briefmarkensammeln war das einzige, wofür der Naturforschende Verein in Brünn sich interessierte. Sie wollten bizarre Kreuzungen und seltsame Mißgeburten sehen, nicht das eine oder das andere, nicht Fisch oder Fleisch. Es war für die gebildeten Stände das gleiche wie für andere die Monstrositätenschau auf dem Klosterplatz. Fast kam es überraschend, als von Niessl (das «von» ist zweifelhaft) ihn 1865 bat, seinen Vortrag über die Erbsen als Aufsatz für das Jahrbuch der Gesellschaft niederzuschreiben.

Für die Veröffentlichung griff Mendel auf seine ursprünglichen Befunde zurück. Das berichtet er in einem seiner Briefe. Er nahm seine ursprünglichen Befunde und brütete viele Stunden über den Zahlen und Rechnungen, überprüfte sie, berechnete Verhältnisse neu, fand nichts Außergewöhnliches; und dann noch längere Stunden des Abschreibens in seiner gestochen scharfen Handschrift.

In diesen glühenden Sommer brach wie ein Gewitter, das den Nachmittagshimmel verdunkelt, die politische Krise herein. Wer erinnert sich heute noch an die Schleswig-Holstein-Frage oder an den Siebenwochenkrieg zwischen Preußen und Österreich? Aber in jenem sengenden Sommer, nach dem Triumph oder der Katastrophe (je nach dem eigenen Standpunkt) der Schlacht bei Königgrätz, wurde die österreichische Armee vertrieben, und preußische Truppen besetzten Brünn. Sie kamen überraschend, als Sturm an einem ruhigen Sommertag, angekündigt nur durch ein vages Gefühl von Unbehagen und ein paar phantastische Gerüchte. Eben noch pulsierte das übliche Leben in der Stadt, da marschierten plötzlich preußische Soldaten mit Pickelhauben und ihren neuen Hinterladergewehren

278

über den Großen Platz. Ihre Kapelle spielte im Augarten, und in den Parks am Schramm-Ring und Kaiser-Ring hielten sie ausgetüftelte Manöver ab. Der preußische König kam in die Stadt, wie Napoleon es vor der Schlacht bei Austerlitz getan hatte (und wer hätte daran gezweifelt, daß alle die Parallele erkannten?). Im Kloster wurde eine Kavallerieschwadron einquartiert.

Die Eroberer brachten Hungersnot und Cholera mit. Das Krankenhaus gleich oberhalb des Klosters füllte sich bis zum Bersten. Fast ununterbrochen läuteten die Totenglocken der Augustinerkirche (bis die Behörden diese Praxis verboten, weil sie der Moral der Bürger schadete). Und während dieses heißen Seuchensommers war Mendel mit Schreiben, Überarbeiten und Neuschreiben beschäftigt.

Der Aufsatz über die Hybridisierung bei der Gartenerbse erschien in den Verhandlungen des Naturforschenden Vereins in Brünn. Er wurde an hundertzwanzig andere wissenschaftliche Gesellschaften und Organisationen überall in Europa verschickt. Exemplare gingen an die Universitäten Wien und Berlin, an die Royal Society und die Linnean Society in London, an die Royal Horticultural Society in Kew, nach Uppsala, Paris, Rom und St. Petersburg. Niemand las sie. Es war einer der drei wichtigsten Aufsätze in der gesamten Geschichte der Biologie[5], und keiner nahm ihn zur Kenntnis. Er ließ sogar vierzig Sonderdrucke von

[5] Das ist unumstritten. Die beiden anderen sind der Artikel von Wallace und Darwin über die Evolution durch natürliche Selektion bei der Londoner Linnean Society (1858), und der Brief von Crick und Watson über die vermutliche Struktur der DNA (*Nature*, 1953). Großartigere Veröffentlichungen als diese gibt es nicht; von ihnen sind alle Gesetze und alle Propheten abhängig.

dem Aufsatz herstellen, aber wir kennen nur das Schicksal von fünf davon. An wen die anderen geschickt wurden, wissen wir ganz einfach nicht. Man denkt an Darwin, man denkt an Haeckel, man denkt an Huxley, man denkt an Purkyně. Aber wir wissen es nicht.

Als er veröffentlicht wurde, waren die Preußen abgezogen, und die Stadt Brünn erschien wieder friedlich. Und nicht nur das: Sie schien auch unverändert. Der Vertreter der Krone hatte seinen Posten in der Stadt wieder eingenommen, und die bessere Gesellschaft traf sich wieder im Landhaus. Das Kaiserreich, diese wirre Mischung aus Deutschem, Ungarischem, Slawischem, Italienischem und Jüdischem, war unangetastet. Seine Grenzen waren unversehrt. Wieder spielten Militärkapellen im Augarten – Strauß spielten sie, Strauß, Strauß, Strauß – für die ganze Welt, als hätte die kaiserliche Armee nicht gerade erst den Krieg verloren.

Eine Gefahr bei historischen Betrachtungen besteht darin, daß man das Alltägliche mit dem Schicksalhaften verwechselt. Es hatte sich nicht viel verändert, außer daß sich das Gleichgewicht in Mitteleuropa neu eingependelt hatte. Es hatte sich nicht viel verändert, außer daß das deutsche Volk unstet – besondere Effizienz kann man ihm in dieser Hinsicht nicht vorwerfen – einen Schritt weiter in Richtung der Apokalypse gestolpert war. Es hatte sich nicht viel verändert, außer daß der unbekannte Mönch, der kurz darauf zum Abt gewählt werden sollte, den Mechanismus der Vererbung entdeckt und völlig ohne es zu wissen eine neue Wissenschaft geschaffen hatte, die 1905 von der «Gesellschaft für Rassenhygiene» und zwei Jahrzehnte später von den Nazis aufgegriffen wurde. Es war eine Wissenschaft, die letztlich zu den Gaskammern von Auschwitz führen sollte.

Mendel hat geschummelt. O ja, das erzählt man sich. Nützliche Geschichte, oder? Die Stalinisten mit ihrem verzweifelten Wunsch zu beweisen, daß Mendels Lehre ein Betrug, nichts als eine kapitalistisch-imperialistische Verschwörung war, bedienten sich dieser Verleumdung, um ihre Weltanschauung zu untermauern: Mendel war ein Betrüger, die Genetik ist eine Lüge, Lyssenko hat recht, die Umwelt ist alles, der Mensch kann von den Lebensbedingungen geformt werden, die Revolution schafft eine wahrhaft sozialistische Umwelt, und der Mensch wird in dieses Paradies auf Erden so nahtlos hineinpassen wie eine Hand in den Handschuh. Damit hat der Kommunismus, das große Experiment, eine Rechtfertigung für seine Ansichten, und Millionen müssen sterben, bevor jeder (nun ja, zumindest die Mehrheit) kapiert, daß die Belege heute gegen die Hypothese von einem Paradies auf Erden sprechen und daß man das große Experiment zum Abschluß bringen kann.

Mendel hat geschummelt.

Aber ertappt wurde der berühmte Mann nicht von einem sowjetischen Speichellecker, der sich in einem genetischen Labor irgendwo in Omsk oder Tomsk abmühte, sondern von Sir Ronald Fisher. Den Adelstitel schätze ich besonders – er verleiht der Anschuldigung nur noch mehr Nachdruck. *Sir* Ronald Aylmer Fisher (1890-1962), Examen in Mathematik an der Universität Cambridge, eine Zeitlang Professor für Eugenik an der Londoner Universität.

Eugenik? Sperrt sich Ihr Verstand? Spüren Sie, wie es Ihnen kalt den Rücken herunterläuft? Sträuben sich Ihre

Nackenhaare? O ja: An der Universität London gab es einen Professor für Eugenik. Fisher hatte den Galton-Lehrstuhl für Eugenik inne, den Charles Darwins Cousin begründet hatte und dessen erster Inhaber ein hochintelligenter Rassist namens Karl Pearson war (Biologen und Statistiker, aufgepaßt: der mit dem Chi-Quadrat-Test und dem Pearson-Korrelationskoeffizienten). Auch in Cambridge gab es einen Lehrstuhl für Eugenik, aber 1943, als Fisher dorthin wechselte, besaß die Universität den Anstand, den Namen der Abteilung schlicht in *Genetik* zu ändern; vermutlich wurde der üble Geruch vom europäischen Kontinent zu jener Zeit unerträglich. In London waren die Sinne offenbar weniger geschärft: Der Galton-Lehrstuhl wurde erst 1961 in «Lehrstuhl für Genetik» umbenannt.

Mendel hat also geschummelt. Wissen Sie, das Problem besteht darin, daß seine Ergebnisse einfach zu gut sind:

BEISPIEL:
F_1-Generation insgesamt: 1064 Erbsenpflanzen; davon 787 große und 277 zwergwüchsige.
Theoretisches Verhältnis: 3:1; tatsächliches Verhältnis: 2,84:1.

Das ist ziemlich nahe dran, oder? Aber darum geht es eigentlich nicht. Man kann hundertmal eine Münze werfen und feststellen, daß achtundvierzigmal Kopf und zweiundfünfzigmal Zahl oben liegt; das würde niemanden überraschen. Wenn man aber behaupten würde, man sei bei jeder Wiederholung des Experiments ähnlich nahe an das Verhältnis von 50:50 herangekommen, könnten manche Leute Verdacht schöpfen. Die Werte für groß und zwergwüchsig, die ich gerade angeführt habe, sind fast die *schlechtesten*, die Pater Gregor fand. In seinen anderen Experimenten lag das Verhältnis genauso nah oder noch näher an dem Idealwert von 3:1.

2,96:1 3,01:1 2,95:1 3,15:1 2,82:1 3,14:1

Das sind sie, die tatsächlichen Werte. Bei Mendels Arbeiten ergibt sich das Problem, daß die Ergebnisse jedesmal, bei jeder Wiederholung, einfach zu nahe bei den erwarteten Verhältnissen liegen. Erwartet von wem? Von Mendel natürlich. Wie Sir Ronald Fisher nachweisen konnte, ist die Wahrscheinlichkeit, daß Mendel durch reinen Zufall ständig so dicht an die erwarteten Verhältnisse herankam, so gering, daß man sie vernachlässigen kann. Betrachtet man nur Mendels Verhältnisse von 3:1, so hätte er mit einer Wahrscheinlichkeit von 0,95 größere Abweichungen von den erwarteten Werten finden müssen. Oder laienhaft ausgedrückt: Mendel hatte eine Chance von 95 Prozent, *schlechtere* Ergebnisse zu erhalten, als es tatsächlich der Fall war. *Ergo* hat Mendel geschummelt. Nimmt man alle seine bekannten Befunde zusammen, liegt die Wahrscheinlichkeit, daß die Abweichungen von den erwarteten Werten größer waren als die tatsächlich beobachteten, bei 0,99993. Das heißt, die Chance, *schlechtere* Ergebnisse zu erhalten als er, betrug 99,993 Prozent. Umgekehrt hatte er nur eine Chance von 0,007 Prozent, derart perfekte Befunde zu erzielen, das heißt, er hatte eigentlich überhaupt keine Chance.

Also hat er geschummelt. Mendel verwendete zehn Jahre seines Lebens auf die Kreuzungsexperimente mit den Gartenerbsen und überprüfte seine Theorie später auch an *Antirrhinum, Matthiola, Fuchsia, Campanula* und etwa achtzehn weiteren Arten; dank des Idioten Nägeli *vergeudete* er außerdem wer weiß wieviel Zeit auf den Versuch, die Arbeiten mit *Hieracium* zu wiederholen – und die ganze Zeit schummelte er.

Das Schlimme dabei: Er hatte recht.

In der neunten Auflage der *Encyclopedia Britannica* stand unter dem Stichwort *Hybridisierung* ein Artikel von G. J. Romanes. Er war einer der ergebensten Schüler Darwins und hatte ihn ausgiebig befragt, während er den Aufsatz verfaßte. Darwin empfahl ihm das Buch *Die Pflanzenmischlinge* von W. O. Focke und lieh Romanes sogar sein eigenes Exemplar. Dieses Buch, das 1881 erschienen war, beschreibt in Umrissen Mendels Arbeiten mit *Pisum*, *Phaseolus* und *Hieracium*, und er wird auch im historischen Teil erwähnt, den Darwin seinem Schüler Romanes besonders ans Herz legte. Romanes forschte ordnungsgemäß und schrieb den Artikel, und ordnungsgemäß taucht Mendels Name auch im Literaturverzeichnis auf.

Darwins Exemplar von *Die Pflanzenmischlinge* wurde ordnungsgemäß zurückgegeben, aber die Seiten über die Arbeiten mit Schmetterlingsblütlern waren noch nicht aufgeschnitten und sind es bis heute nicht; das ist doppelt seltsam, denn auf einer dieser Seiten (S. 110) werden auch Darwins eigene Arbeiten mit den Gartenerbsen erwähnt. Tatsächlich werden Mendel und Darwin unmittelbar nebeneinander erwähnt; die beiden Namen sind nur durch «(op. cit.)» und einen Punkt getrennt.

Wer hat gesagt: «Es ist eine gute Angewohnheit, Literaturangaben immer zu überprüfen»? Darwin prüfte seine Literaturangaben nicht, und Romanes tat es ebensowenig. Sie schummelten. Und Darwin brauchte Mendel. O ja, wirklich, Darwin *brauchte* Mendel. Soweit der Engländer überhaupt klare Vorstellungen von einer Materie hatte, die für seine Theorie der Evolution durch natürliche Selektion von vorrangiger Bedeutung war, glaubte er an die Theorie der Vererbung durch Vermischung. Das heißt, nach Darwins Überzeugung sind die Nachkommen eine *Mischung* aus den Merkmalen der Eltern.

Das Schlimme dabei: Er hatte unrecht.

Denkt man seine Vermischungstheorie logisch weiter, sollte es bei einer biologischen Art über mehrere Generationen hinweg immer weniger Variationen geben. Das Prinzip kennt jeder Künstler: Wenn man die Palette mit allen Farben nimmt und sie systematisch paarweise mischt, kommt am Ende unweigerlich ein schmutziges Braun heraus. Und jeder Naturforscher weiß, daß so etwas bei Pflanzen und Tieren nicht geschieht. Wie jeder andere, der Augen im Kopf hat, sah auch Darwin sich um, und statt schmutzigem Einheitsbraun fand er innerhalb jeder Spezies eine verwirrende, schwindelerregende Variationsbreite. Er sah, um den Fachausdruck zu benutzen, Polymorphismen. Um diese unübersehbare Variationsbreite zu erklären, postulierte er ein hohes Maß an spontanen Abweichungen – die wir heute Mutationen nennen würden. Das Schlimme dabei: Er hatte wieder unrecht. Eine hohe Mutationsrate bedeutet hohe Instabilität des genetischen Materials, und das wiederum bedeutet, daß es keine Gewähr dafür gibt, was man von den Eltern erbt. Und in diesem Fall würde die natürliche Selektion einfach nicht stattfinden, weil die in einer Generation selektierten Gene nicht unbedingt an die nächste weitergegeben werden. Bis sie dort angelangt sind, haben sie sich wahrscheinlich schon wieder verändert.

Nein, Darwin *brauchte* Mendel. Und er empfahl ein Buch, in dem Mendels Arbeiten erwähnt wurden (in insgesamt vierzehn einzelnen Zitaten), und Romanes zitierte Mendel sogar in seinem Literaturverzeichnis, und keiner von beiden überprüfte die Literaturangaben.

Tatsächlich hatte Mendel diese Schwierigkeiten mit der Vermischungstheorie in der *Entstehung der Arten* bereits erkannt und war Darwin zu Hilfe gekommen – wie er in dem Aufsatz über *Pisum* ausdrücklich betont, erhält man durch Kreuzung von Eltern mit sieben getrennten Merkmalspaaren und anschließende Selbstbefruchtung der Hybride in der zweiten Generation zweitausendeinhundertsiebenundachtzig verschiedene genetische Ausstattungen. Er verallgemeinerte diese Regel sogar und zog damit eine seiner scharfsinnigsten Schlußfolgerungen: Wenn n die Zahl der unterschiedlichen Merkmale bei zwei Elternpflanzen ist, dann ist 3^n die Zahl der genetisch unterschiedlichen Individuen in der zweiten Generation nach der Selbstbefruchtung. Geht man davon aus, daß alle Merkmalspaare vollständige Dominanz zeigen, ist 2^n die Zahl der möglichen Phänotypkombinationen. Mit seinen sieben Merkmalspaaren erhält er also hundertachtundzwanzig verschiedene Zusammenstellungen von Phänotypen. Daher kommt die Vielfalt, die Darwin so dringend brauchte: aus der Umordnung und Neukombination von Pater Gregors Faktoren; und die vollständige Erklärung steht in seinem ursprünglichen Aufsatz. Und niemand nahm es zur Kenntnis.

Später, auf die Kritik an ebendieser Schwäche hin, verlegte Darwin sich auf den Glauben an die Vererbung erworbener Merkmale. In seinem Werk *The Variation of Animals and Plants Under Domestication* (von 1868 – man beachte das Datum; nur zwei Jahre zuvor war Mendels Aufsatz erschienen) beschreibt er Körperzellen, die Erbteilchen, sogenannte Keimchen oder Pangene, ins Blut abgeben. Diese reinen Phantasiegebilde, diese Erfindungen, stellte er sich als Abbild der Zellen vor, von denen sie stammen sollten. Später lagerten sie sich angeblich zu den Geschlechtszellen zusammen und wurden so an die nächste

Generation weitergegeben. Da sie aber von Körperzellen abstammten, konnte alles, was diesen Elternzellen zustieß, sich auch auf die Pangene auswirken. Auf diese Weise sollten Umwelteinflüsse auf die Körperzellen letztlich weitervererbt werden. Soweit Darwin.

Das Schlimme dabei: Er hat schon wieder unrecht. Offenbar war ihm auch nicht klar, daß gerade diese Theorie der Vorstellung von der Vermischung völlig widerspricht. Natürlich ist es für Menschen niemals besonders schwierig, gleichzeitig zwei gegensätzliche Überzeugungen zu haben – man braucht sich nur anzusehen, wie viele Leute trotz aller Belege für das Gegenteil an einen gnädigen, liebenden Gott glauben. O nein, widersprüchliche Ansichten sind keineswegs *unmöglich*; sie sind nur nicht besonders wissenschaftlich.

Genau zur gleichen Zeit, als Mendel so genial, so hartnäckig und mit so scharfsinniger Einsicht an der Frage der Vererbung arbeitete, machte August Weismann von der Universität Freiburg im Breisgau ein Experiment von bodenloser Dummheit, um die Theorie von der Vererbung erworbener Merkmale zu widerlegen. Im Rahmen dieses Experiments wurden Mäusen die Schwänze abgeschnitten. Weismann züchtete Mäuse über fünf Generationen hinweg, mehr als neunhundert unglückliche Tiere, denen er in mühseliger Arbeit die Schwänze entfernte.

Und in der fünften Generation? Mäuse mit Schwänzen.

Ich frage mich, ob seine Kollegen bestrebt waren, die ganze Sache zu vertuschen. Vielleicht versuchte er auch selbst, sie geheimzuhalten, denn er arbeitete spätabends, wenn niemand in der Nähe war, und bewahrte die vielen Käfige mit schwanzlosen Mäusen hinter verschlossenen Türen auf. Hack, hack, hack. Die Entsorgung dürfte problematisch gewesen sein. Was mag die Putzfrau wohl von dem guten Professor gedacht haben? Vielleicht wickelte er die Schwänze auch in Zeitungspapier und ließ sie auf dem Heimweg in irgendeine Kehrichttonne fallen. Hack, hack, hack. Glaubte Weismann, er trage zum geheiligten Wissen der Menschheit bei? Hack, hack, hack. Fünf Generationen. Sogar der Frevel der Väter wird die Kinder nur bis ins dritte und vierte Glied heimsuchen. Es hatte etwas zutiefst Teutonisches, wie Weismann darauf beharrte, weiter zu gehen als Gott. Diese Begabung zeigte er auch in anderer Hinsicht: Er wurde der erste Ehrenvorsitzende der Gesellschaft für Rassenhygiene.

Mendel hielt Mäuse. Das habe ich schon berichtet. Ich wette, er war nicht entfernt so dumm, ihnen die Schwänze abzuschneiden.

Ich halte auch Mäuse. Wir haben Tausende in dem Tierstall neben den Labors, winzige, winselnde Geschöpfe mit rosa Nase und zuckenden Barthaaren. Manche von ihnen sind monströs mißgebildet.

Hören wir einmal E. B. Ford zu, dem früheren emeritierten Professor für Ökologische Genetik der Universität Oxford und Freund des begeisterten Eugenikers Leonard Darwin: «Die Gesamtzahl der bisher beschriebenen Pflanzen- und Tierarten liegt zwischen 1 100 000 und 1 200 000. Zu Mendels Zeit war sie viel niedriger, aber doch schon groß. Dennoch gründete er seine Ansichten auf eine einzige Spezies: die Gartenerbse *Pisum sativum*. Es stimmt, daß er sie in geringem Umfang durch Arbeiten an einer anderen – leider mit der Erbse verwandten – Pflanze bestätigte: der Bohne *Phaseolus*. Auch veröffentlichte er die Ergebnisse seiner Kreuzungsversuche mit dem Habichtskraut *Hieracium* … Demnach wurden Mendels Erkenntnisse zwar vermutlich aufgrund der Betrachtung der Lebewesen im allgemeinen entwickelt, aber bestätigt waren sie eigentlich nur durch seine umfangreichen Untersuchungen an Erbsen. Lassen sich die Prinzipien, die offenbar aus Experimenten an einer einzigen Spezies abgeleitet wurden, wirklich auf über eine Million andere anwenden, welche die gesamte Vielfalt des Tier- und Pflanzenlebens darstellen? Das erscheint in der Tat fraglich. Seltsamerweise wäre das nicht der Fall, hätte Mendel nur eine andere, sorgfältig ausgewählte Art benutzt.»

Antirrhinum, Aquilegia, Calceolaria, Campanula, Carex, Cheiranthus, Cirsium, Dianthus, Ficaria, Fuchsia, Geum, Hieracium, Ipomoea, Linaria, Lychnis, Malus, Matthiola, Mirabilis, Phaseolus, Pirus, Potentilla, Prunus, Tropaeolum, Verbascum, Veronica, Viola, Zea.

Seltsamerweise tat Mendel sein Bestes. Nur waren alle anderen zu dumm, um zu verstehen, was er geleistet hatte. Man fragt sich, wie EB selbst da wohl mithalten könnte …

Cyril Burt hat natürlich gemogelt. Das weiß heute jeder (oder zumindest fast jeder, aber es gibt mittlerweile schon ein paar Revisionisten). Das Merkwürdige dabei: Wir hätten es schon lange wissen können. Wir hätten uns seine Abbildungen ansehen und darin herumstochern sollen, wir hätten seine Literaturangaben überprüfen sollen (gar nicht so einfach, denn eine ganze Reihe davon gibt es überhaupt nicht), hätten ganz allgemein im Gewebe seiner Arbeiten suchen sollen, um zu sehen, wo es an den Rändern ausfranst. Mit *wir* meine ich natürlich *sie* – diejenigen, die das alles für bare Münze nahmen und sogar seine Anwendung in der Ausbildung befürworteten: im Elfjährigenexamen. Schubladen für Elfjährige: Kinder aus der Mittelschicht gingen auf die *grammar school*, die aus der Arbeiterklasse kamen auf die *secondary modern*.

Cyril Burt wollte nachweisen, daß Intelligenz erblich ist,

oder zumindest ein so großer Teil davon, daß der Rest keine Rolle spielt. Dazu testete er die Intelligenz der Menschen. Er testete zufällig ausgewählte Menschen, er testete Familienangehörige bis zur dritten oder vierten Generation, er testete eineiige Zwillinge. Und er gelangte zu der Schlußfolgerung, daß Intelligenz ungefähr ebenso erblich ist wie beispielsweise Kurzsichtigkeit.

Burt bediente sich einer Reihe von Tests und arbeitete dann lange und mühsam an der mathematischen Analyse seiner Ergebnisse. Außerdem benutzte er die unmittelbare persönliche Beobachtung – eine seltsame Methode, die ungefähr so funktioniert: Man unterhält sich mit jemandem; man entscheidet aus dem hohlen Bauch heraus, was der andere für einen IQ hat; und man hat recht. So ging er vor. Er trat damit in die Fußstapfen von Spearman, der zu der Erkenntnis gelangt war, Intelligenz sei ein einheitliches *Ding*, das er *g* nannte; man hat es oder man hat es nicht, und daran kann man nicht viel ändern. Burt entschied, man könne die Intelligenz eines Menschen in einem geeigneten Alter feststellen (elf Jahre war danach das Mindestalter für einen verläßlichen Nachweis) und dann entscheiden, welche Ausbildung ein solcher Mensch braucht und verdient. Schließlich gibt es doch nichts Grausameres, als in einem Kind falsche Hoffnungen zu wecken, oder? Kein Versuch mehr, einen Zwerg als Basketballer zu trainieren oder einem Durchschnittsbürger eine akademische Ausbildung zu verschaffen.

Man soll einen Mann nicht schlagen, wenn er am Boden liegt (tatsächlich tue ich genau das – angesichts meines besonderen Nachteils ist es der einzige Weg, mir diese Gelegenheit zu verschaffen), und ich möchte auch nicht schlecht über Verstorbene reden – wenn allerdings die Verleumdungsgesetze es nicht erlauben, daß man zu Lebzeiten schlecht über sie spricht, sehe ich kaum eine Alternative. Tatsache ist schlicht und einfach: Cyril Burt war ein Betrüger. Er erfand Befunde, die zu seinen Vorurteilen paßten, und erfand sogar Mitarbeiter, die zu seinen Befunden paßten. Er war zeitlebens ein Skandal, und das alles im Namen der Genetik. Aber ich war ihm zufolge in Ordnung. Ich bestand die Elfjährigenprüfung. Sie vermutlich auch, wenn Ihre Eltern sich eine Privatschule leisten konnten, wenn Sie ungefähr in meinem Alter sind und wenn Sie dieses Buch lesen.

Wie wäre es mit diesem kleinen Bonbon: Ein gewisser Henry Goddard wandte 1913 den Binet-Test (angepaßt an den englischen Sprachgebrauch) im Auftrag des US-Gesundheitsministeriums bei Einwanderern auf Ellis Island an. Mit der Durchführung der Tests beauftragte er zwei Frauen, weil Frauen sanfter und einfühlsamer sind. Bei ihrer Arbeit mit Ungarn, Italienern, Russen und Juden stellten diese beiden Damen fest, daß achtzig Prozent der Einwanderer schwachsinnig waren, wobei der Prozentsatz von einer Gruppe zur nächsten geringfügig schwankte. Achtzig Prozent.

Anton Mendel war genau der Typ, der in die Vereinigten Staaten hätte auswandern können. Ich frage mich: Wie hätte er in einem solchen Test abgeschnitten? Ich frage mich: Wie hätte sein kleiner, verängstigter, verwirrter Sohn Johann abgeschnitten?

Aufgrund von Goddards Pionierarbeiten wurde Personen mit verminderter Intelligenz die Einreise in die USA verweigert. Außerdem legte man Quoten fest, so daß nationale Gruppen, bei denen er einen derart hohen Anteil an Schwachsinnigen nachgewiesen hatte, praktisch völlig ausgeschlossen wurden: Süd- und Osteuropäer, Slawen ... und die Juden.

Richard Lynn von der University of Ulster in Coleraine berechnete den Berichten zufolge anhand einer Umfrage über die Intelligenz farbiger Afrikaner den durchschnittlichen IQ für diese Gruppe. Er gelangt dabei zu der Zahl neunundsechzig. Murray und Herrenstein waren in ihrem Buch *The Bell Curve* bescheidener. Sie nahmen die Medianwerte aus elf verschiedenen Untersuchungen und gelangten zu einem Wert von fünfundsiebzig. Demnach sind farbige Afrikaner zur Zeit ebenso schwachsinnig, wie es Südeuropäer, Slawen und Juden zu Beginn unseres Jahrhunderts waren. Ist es nicht verblüffend, was sich in drei Generationen alles ereignen kann?

Sie verstehen natürlich, daß biologische Evolution, eine nennenswerte Veränderung der Genhäufigkeiten, in so kurzer Zeit schlicht und einfach nicht möglich ist? Die plötzliche Entdeckung normaler, «weißer» Intelligenz bei slawischen, jüdischen und italienischen Einwanderern in den Vereinigten Staaten hat also nichts mit Rasse zu tun, nichts mit Genen und Evolution, nichts mit irgendeinem nützlichen *Ding*, das man Intelligenz nennt. Gene codieren Proteine. Sie tun nichts anderes, und es gibt einfach kein Protein mit einer Domäne namens «Intelligenz». Ich habe keine Ahnung, was Intelligenz ist, aber eines kann ich Ihnen versichern: Das ist sie nicht. Wenn es bei den Leistungen der Juden und Slawen in den Intelligenztests eine Veränderung gab, ist sie ausschließlich auf Veränderungen in Umwelt und Gesellschaft zurückzuführen – es muß so sein. Genauso geht es heute den Farbigen in Amerika, und genauso wird es vermutlich auch den Afrikanern ergehen ... es sei denn, Leute wie Lynn und Burt und Goddart befassen sich weiterhin mit ihnen.

Ein Test von mir selbst. Lesen Sie zunächst vollständig die folgenden Zitate:

1. «Das Ergebnis jeder Rassenkreuzung ist also, ganz kurz gesagt, immer folgendes:
   a) Niedersenkung des Niveaus der höheren Rasse,
   b) körperlicher und geistiger Rückgang und damit der Beginn eines, wenn auch langsam, so doch sicher fortschreitenden Siechtums.»
2. «Wenn beide Eltern schwachsinnig sind, werden auch alle Kinder schwachsinnig sein. Es liegt auf der Hand, daß man solche Paarungen nicht zulassen sollte. Es ist völlig klar, daß man keiner schwachsinnigen Person gestatten sollte zu heiraten oder Kinder zu haben. Und damit es soweit kommt, muß der intelligente Teil der Gesellschaft es offensichtlich durchsetzen.»
3. «Betrachtet man den Durchschnitt und beide Geschlechter, ist diese fremde jüdische Bevölkerung körperlich und geistig minderwertiger als die einheimische Bevölkerung. Wir wissen und erkennen an, daß manche Kinder dieser fremden Juden aus akademischer Sicht Hervorragendes geleistet haben; ob sie die Ausdauer der einheimischen Bevölkerung haben, ist eine andere Frage. Aber kein Rinderzüchter würde eine ganze Herde kaufen, nur weil er damit rechnet, darin ein oder zwei gute Exemplare zu finden.»

Jetzt die Aufgabe, und die ist schwierig: Sie sollen herausfinden, welches Zitat aus den Schriften von Henry Goddard stammt; welches stammt aus der Feder von Karl Pearson? Und welches ist von Adolf Hitler? Und nicht mogeln![1]

---

[1] ANTWORT: Es sind in der Reihenfolge Adolf Hitler (*Mein Kampf*, 85.–94. Auflage 1934), Goddard (*Feeblemindedness: its causes and consequences*, 1914) und Pearson (mit Moul, *Annals of Eugenics*, 1925)

Trofim Denissowitsch Lyssenko wurde 1898 geboren. Er hat natürlich geschummelt. Das weiß heute jeder. Das Merkwürdige dabei: Wir wußten es schon damals (jedenfalls wir hier auf der anderen Seite), während die Ideen von Goddard, Pearson und Burt mehr oder weniger anerkannt waren und die Ideen von Jensen, Murray, Lynn und Herrenstein zumindest in Erwägung gezogen werden. Weil Lyssenko im Gegensatz zu Pearson, Goddard, Burt und den anderen auf der falschen Seite stand. Er war ein sowjetischer Kommunist.

In den dreißiger Jahren wollten Trofim Denissowitsch und seine Helfershelfer beweisen, daß es Vererbung in einheitlicher, Mendelscher Form nicht gibt. Die Umwelt war angeblich alles. Die Umwelt verursacht Veränderungen im Organismus, und solche Veränderungen werden von nun an erblich. Diese Theorie, in der Darwins Vorstellung von den Pangenen widerhallt, paßte bewundernswert gut zur kommunistischen Weltanschauung, wonach alle Menschen formbar sind und in einer vollkommenen, sozialistischen Umwelt zu vollkommenen sozialistischen Wesen heranwachsen werden. Tatsächlich behandelte Lyssenko seine Pflanzen ganz ähnlich, wie Stalin die Völker des Sowjetreiches. Er verpflanzte sie, ließ sie frieren, unterdrückte sie ganz allgemein und mißhandelte sie.

Lyssenko wurde 1940 Direktor des Instituts für Genetik der Akademie der Wissenschaften der UdSSR. Auf der Tagung der Lenin-Allunions-Akademie für Agrarwissenschaft führte er 1939 einen persönlichen Angriff auf Wawilow, den führenden sowjetischen Genetiker, und dieser kam 1940 ins Gefängnis. Er wurde nach Sibirien verbannt und starb 1943 unter der Obhut des Gulag ... und alles, weil er sich mit Mendel-Genetik befaßt hatte. Was, so fragt man sich, hätte Pater Gregor dazu gesagt?

Auf der Tagung der Lenin-Allunions-Akademie im Jahr 1948 drückte Lyssenko der genetischen Wissenschaft in der Sowjetunion endgültig seinen Stempel auf. Die verbliebenen Mendel-Genetiker widerriefen, und die Lehre von Mendels Arbeiten wurde sowohl in der gesamten Sowjetunion als auch darüber hinaus im ganzen Ostblock verboten. Dieses Verbot blieb bis 1965 bestehen, dem gleichen Jahr, in dem rein zufällig auch Pater Gregors Vortrag vor dem Naturforschenden Verein in Brünn sich zum hundertstenmal jährte. Anschließend beraubte man Trofim Denissowitsch zwar seiner politischen Macht, aber aller anderen Dinge beraubte man ihn nicht. Er behielt Rang, Orden und akademische Posten, so daß er einen angenehmen, fürstlichen Ruhestand verbringen konnte, bis er 1976 schließlich starb.

Im Innenraum des Mendel-Museums hängt ein Bild von Mendel im Abtsgewand, auf dem er mürrisch und reizbar aussieht – das sogenannte Porträt des Großen Prälaten. Auf einem Tisch findet sich außerdem eine maschinengeschriebene Liste:

Inhaftierte und erschossene Wissenschaftler

N. M. Tulaikow, 1937

N. K. Belajew, 1937

I. I. Agol, 1938

V. N. Stepkow, 1937

N. P. Gorbunow, 1937

A. I. Geister, 1937

R. I. David, 1937

G. A. Nadson, 1938

S. G. Lewit, 1939

G. K. Meister, 1939

G. K. Muralow, 1939

Selbstmord

D. A. Sabinin, 1951

Inhaftiert und im Gefäng-nis verstorben	Im Gefängnis und im Exil
	S. S. Tschetwerikow,
N. I. Wawilow, 1940–1943	1929–1934
G. D. Karpetschenko,	A. A. Sapegin, 1933–1935
1941–1942	V. P. Efroimson,
L. I. Goworow, 1940–1942	1932–1935; 1948–1955
A. B. Alexandrow, 1938–?	D. D. Romaschow,
G. A. Lewitsky, 1940–?	1939–1954
… und viele andere	N. V. Timofejew-Ressow-sky, 1945–1955
	… und andere

Biologen rechnen eigentlich nicht damit, daß sie in die Schußlinie geraten, aber angesichts dessen, was sie tun, läßt es sich nach meiner Vermutung nicht vermeiden. Man braucht sich nur anzusehen, wie es den Chemikern und Physikern ergangen ist.

Eine andere Frage: Benedict Lambert sitzt in seinem Labor und spielt Gott. Er hat acht Embryonen in acht kleinen Röhrchen. Vier davon sind Proto-Benedicts, Proto-Zwerge; die anderen sind, in Ermangelung eines besseren Wortes, normal. Wie soll er auswählen? Natürlich wissen wir alle, daß Gott sich für den einfachsten Weg entschieden hat. Er hat den Zufall als das Mittel gewählt, das diese oder jene Genkombination aussucht. Wenn man Beschönigungen verabscheut, läßt Gott allein das Glück darüber entscheiden, ob ein mutiertes oder ein normales Kind geboren werden soll. Aber Benedict Lambert hat die Möglichkeit, Gottes Stellvertreter auszuschalten und die Spieltische umzuwerfen. Er kann wählen. Wurde die Möglichkeit des Wählens nicht Adam und Eva zum Verhängnis? Sie wählten die Frucht vom Baum der Erkenntnis des Guten und Bösen, und nachdem sie es getan hatten, wußten sie, daß sie nackt waren, und sie wählten den Versuch, sich zu bedecken. Daran wurden sie von Gott erkannt. Es war der letzte Rest Unschuld, der sie zu Fall brachte. Wären sie schlau gewesen, hätten sie die Sache frech durchgestanden. Sie wären nackt geblieben und hätten so getan, als merkten sie es nicht – sie hätten Gott hinters Licht geführt. Vermutlich würde es uns dann heute allen besser gehen.

Zurück zu Benedict Lambert. Was wählte er? Das ist der Test für Sie. Acht grüne Flaschen an der Wand; acht Kunststoffröhrchen im Kühlschrank. Was tun mit ihnen? Wie soll der Zufall spielen? Ich weiß, Sie brauchen das eigentlich nicht; Sie sind schon so weit wie ich, stimmt's? Sie sehen die Natur aus dem ehrfurchtgebietenden Blickwinkel Gottes. Erlauben Sie dennoch, daß ich es ausspreche. Sie haben folgende Möglichkeiten. Sie können

1. zwei von den vier normalen Embryonen nehmen und sie hinüber in die Klinik schicken, damit sie in die warme, feuchte, erwartungsvolle Gebärmutter von Mrs. Jean Miller geb. Piercey eingepflanzt werden, oder
2. die vier Achondroplastiker auswählen, die vier kurzen kleinen Wesen, die vier Kinder von Ben, und sie statt dessen hinüberschicken und die ganze Welt mit ihren beschissenen Machenschaften und Ungerechtigkeiten verfluchen, oder
3. es ablehnen, sich die Kräfte Gottes anzumaßen, und sich statt dessen entscheiden, so hilflos wie Er zu bleiben … indem Sie einen normalen und einen achondroplastischen Embryo auswählen und das Ergebnis dem blinden, achtlosen Zufall überlassen.

Wie entscheiden Sie sich?

Jean Piercey in Rückenlage auf dem Tisch, die Knie angezogen und die korallenfarbenen Falten ihrer Vulva den
Blicken preisgegeben. Ich fürchte, ich kann es mir nur ausmalen. Anthony Lupron, mit Kittel und Maske, von zwei
hilfreichen Krankenschwestern unterstützt, war derjenige,
der den Embryotransfer vornahm, nicht ich. Er war derjenige, der das Spekulum einführte und Schleim aus der engen kleinen Knospe ihres Gebärmutterhalses absaugte. Er
war derjenige, der über ihr Haarbüschel nach oben blickte
und fragte, ob alles in Ordnung sei, ob sie sich angenehm
entspannt fühlte, ob die Musik, die sanft im Hintergrund
spielte – Klavierzyklus *Auf verwachsenem Pfad* von Janáček –, laut genug sei. Er war derjenige, der die Embryonen
in den Katheterschlauch lud und ihn sanft, ganz sanft durch
die Scheide und den Gebärmutterhals bis in die Gebärmutter schob. Sie wimmerte leise. «Nur Geduld», murmelte er,
«ich bin gleich fertig.» Vorsichtig entlud sich der Katheter.
Ein schwaches Blasgeräusch. Ah.

«Das war's.»

Langsam, langsam senkte sie die Beine. Die zarten Klän-
ge von Janáček beruhigten sie. Eine Schwester streichelte
ihre Stirn, während das Bett nach hinten gekippt wurde, so
daß die Hüften höher lagen als der Kopf. «Jetzt ruhen Sie
sich einfach aus», sagten sie.

Anthony Lupron war also derjenige, der bei Jean Piercey für die letzte Entjungferung sorgte. Ich saß derweil einfach mit ihrem Mann im Wartezimmer.

Eine duftende Höhle, eine Zwergenhöhle mit tropfenden
Stalaktiten und unsichtbaren Rinnsalen, in deren tiefsten

Winkeln irgendwo ein glitzernder Schatz verborgen ist – gleißende, edelsteinbesetzte Eier aus der Werkstatt eines kosmischen Fabergé, Unglaubliches und Unbezahlbares, dem Wissen der Menschen Verlorenes. Dort liegt es verwickelt und knospend, faltet sich zu phantastischen Formen, windet sich und stülpt sich ein, verwandelt und verändert sich. Ein großes Umkrempeln zu etwas Kostbarem, Seltsamem. Da sind Augen, wo nur Perlen waren. Koralle wird zu Knochen ...

Bei der Manipulation von Menschen und Molekülen gibt es immer noch Augenblicke, in denen man machtlos ist. Man baut ein Gen in ein Bakterium ein, überträgt es in eine Nährlösung ... und wartet. Man transfiziert einen Mäuseembryo mit menschlicher DNA und wartet atemlos ab, was geschieht. Man spritzt zwei glitzernde Embryonen durch einen Katheterschlauch in eine aufnahmebereite Gebärmutter ... und wartet und lauscht. Das menschliche Choriongonadotropin, ein Glykoproteinhormon von fünfundzwanzig Kilodalton, ist der erste Schrei, den ein sprießender Säugling ausstößt, ein winziger molekularer Erkennungsschrei mitten im Rauschen und Brüllen des mütterlichen Blutes. Am vierzehnten Tag nimmt man eine Blutprobe, lauscht auf den Schrei, schnuppert mit Antikörpern nach diesem unendlich schwachen Duft. Wie ein Drache kann man den Schatz riechen.

Ich hantierte gerade in der Küche und machte das Frühstück, als das Telefon klingelte. Gefangen zwischen Toaster und Kaffeemaschine, gefangen zwischen Aufregung und Angst, nahm ich vorsichtig den Hörer ab.

«Bist du's, Ben?» Aber es war nicht der entfernte Tonfall von Jean, und auch nicht der distanzierte Tonfall von Anthony Lupron mit dem Ergebnis des HCG-Tests – positiv oder negativ. Es war meine Schwester Beatrice. «Ich wollte dich erreichen, bevor du zur Arbeit gehst», sagte sie. «Ich lese gerade die *Daily Mail*. Du stehst drin.»

«Ich stehe drin?» Meine erste Empfindung war Panik. Die Bilder vom Zwergenschatz verflüchtigten sich. Ich malte mir die prosaischen Tatsachen aus, die kleinen Röhrchen in der Tiefkühltruhe, jedes mit einem winzigen gefrorenen Klümpchen am Boden. Ich dachte daran, wie ich geflissentlich die Ethikkommission umgangen, wie ich eifrig mit den Gefäßen voller Sperma hantiert hatte, um seines gegen meines auszutauschen, um mit einem Taschenspielertrick Ehebruch zu begehen. Hatte Miss Allele MacMaster Wind von irgendeiner Unregelmäßigkeit bekommen und die Geschichte den Zeitungen gesteckt? Oder war Jean selbst, nachdem sie wer weiß was für Gedanken hegte, von Gewissensbissen überwältigt worden?

«Ben? Bist du noch da?»

«Was steht drin?»

Beatrice zögerte. Meine Angehörigen haben immer gezögert, wenn sie sich mit mir auseinandersetzen mußten. Sie mußten immer genau überlegen, wie sie den profansten Gedanken bemänteln, die harmloseste Pille versüßen konnten. Also zögerte sie, und in der Pause schrieb ich meine eigenen Schlagzeilen: GENETIKER WÄHLT SEINE EMBRYONEN; SAMENTAUSCH BEIM EHEBRUCH DER ZUKUNFT; SCHÖNER NEUER ZWERG. Es gab eine Fülle von Möglichkeiten. Ein nachdenklicher Leitartikler in der *Times* würde die ethischen Auswirkungen der Embryonenauswahl in vorsichtigen und gleichzeitig selbstgerechten Formulierungen erörtern. Die *Mail* würde vom Ende der Zivilisation faseln. Mitglieder des Warnock-Komitees würden sich öffentlich an die Brust klopfen. Und mich, den unterwürfigen Zwerg, würden die Hunde der öffentlichen Meinung Stück für Stück zerfleischen. Ich konnte sie aus der Ferne schon bellen hören. «Was steht da, um Gottes willen?»

«Da steht ZWERGWÜCHSIGER BIOLOGE FINDET SICH SELBST.»

«Lies vor.»

«Alles?»

«Nur den Anfang.»

Beatrice räusperte sich. Das Geräusch kam durch die Leitung wie ein Hauch von Verlegenheit. «Es handelt offenbar von dem Vortrag, den du gehalten hast. ‹Der geniale Genetiker Benedict Lambert hat sein Lebenswerk vollendet. Gentechnische Methoden und jahrelange Geduld ermöglichten ihm endlich die Entdeckung des Gens, das sein eigenes Leben bestimmt hat: Ben, der achtunddreißigjährige Wissenschaftler in einem der weltweit führenden genetischen Institute, ist›» – wieder ein Zögern – «‹ein Zwerg. Körperlich klein, aber mit großem Geist, hat er …›» Ihre Stimme erstarb. «Und so geht es noch eineinhalb Spalten lang weiter.»

Ich atmete tief durch. Ich fühlte mich wie ein Mörder, den man wegen zu schnellen Fahrens angehalten hat. Als ich an diesem Morgen am Zeitungsstand vorbeikam, hielt der Verkäufer die *Sun* hoch, damit ich sie sehen konnte. «Bist du das, Ben?» fragte er. «Das mußt du ja wohl sein, was? Gibt ja nicht viele von euch, oder?» Irgendwie, durch einen dieser verrückten Zufälle, die solche Dinge bestimmen, war die Geschichte aus den Fachzeitschriften durchgesickert und hatte die vielfältigen Nebenflüsse der Tagespresse einschließlich ihrer Abwässerkanäle und Kloaken überschwemmt. Dort auf einer Innenseite der *Sun*, gegenüber der Perfekt Platinblonden Pamela, stand der Tapfere Benedict. Der Zeitungsverkäufer sah mich mit wiedererwachter Neugier an, als sei Ruhm mindestens ebenso interessant wie Mißbildungen. «Sieht aus, als hättest du was Tolles gemacht. Worum geht's da eigentlich?»

«Gene und Chromosomen.»

«Davon hab' ich schon gehört. Weißt du, was das männliche Chromosom zu dem weiblichen Gen sagt?»

«Nein, aber du wirst es mir sicher gleich verraten.»

«Erst mal sehen, was du geerbt hast, Schätzchen. Es steht auf Seite fünfzehn. Da steht eine ganze Sammlung von genetischen Witzen, und es gibt ein Preisausschreiben für den besten.»

«Versuch's mal mit *mir*», schlug ich vor.

Auf der Straße schienen mich die Passanten mit noch größerer Neugier anzustarren. ZWERG GEHT WEITER ALS ALLE MENSCHEN ZUVOR, stand in einer Zeitung; KLEINER MANN, GROSSE ENTDECKUNG hieß es in einer anderen. «Sind Sie das heute morgen in der Zeitung?» fragte mich jemand im Bus. «Ehrlich? Find' ich ja wirklich toll!» Im Institut stand das Telefon nicht still. Einen großen Teil der Anrufe fing schon die Empfangsdame ab. Sie sagte den Leuten, ich stünde für Interviews und Fotos nicht zur Verfügung, ich sei nicht bereit, bei einer Show im Palladium oder in Chipperfields Zirkus mitzuwirken, ich sei nicht willens, mit drei nackten Models in der Werbung für einen Farbfilm aufzutreten. Aber einen Anruf stellte sie zu mir durch. Entfernt und ängstlich drang Jeans Stimme an mein Ohr. «Ich hab' dich in der Zeitung gesehen.»

«Das haben auch alle anderen. Wie geht's dir?»

«Es ist alles in Ordnung.»

«In Ordnung» ist ein relativer Begriff. Ich wartete, daß sie fortfuhr. «Ich bin in der Klinik», sagte sie. «Ich habe gerade das Ergebnis des Tests bekommen.»

«Und?»

Leises elektronisches Knistern. «Es ist ein Baby da. Ben, ich bin schwanger.»

Gefühle zu rekonstruieren, ist schwierig. Manchmal ist es sogar schwierig, sie einzugestehen. Ich habe lange Zeit fleißig geübt, um betrügerischen Zwillingen wie Triumph und Niederlage oder Liebe und Haß das Eindringen zu verwehren, aber manchmal brechen die Dämme. Also gestehe ich es ein: Als ich dort mit dem Telefonhörer in der Hand im Labor stand, vor mir den Schreibtisch voller Notizen für das bevorstehende Mendel-Symposium, verspürte ich bohrende Angst um die Zukunft des Kindes, vermengt mit einem Gefühl des Triumphes.

In der Hörermuschel war das Rauschen unbewegten Schweigens. Ich hatte Jean fast vergessen. «Bist du noch da?» fragte sie. «Benedict?»

«Ja.»

«Ben, ich hab' Angst. Wird alles in Ordnung sein? Das Baby, meine ich. Wird es in Ordnung sein?»

«Da bin ich ganz sicher. Es wird genau wie seine Mutter.»

Wieder Schweigen. Das Problem beim Telefonieren besteht darin, daß Schweigen die einzige Alternative zum Reden ist. «Ich wünschte mir», sagte sie leise, «ich wünschte mir, es könnte sein wie sein Vater.»

«Das läßt sich machen.»

«Du weißt genau, was ich meine. Hör auf, mir Fallen zu stellen.»

«Du stellst mir Fallen», erwiderte ich spitz. «Hast du es deinem Mann gesagt?»

Sie überging meine Frage. Als sie weitersprach, war ein Anflug von Furcht in ihrer Stimme. Selbst über ein paar Kilometer Draht hinweg konnte ich den Schauder des Zweifels spüren. «Es *ist* doch in Ordnung, oder, Ben?» Die Stimme verlor sich im schwachen Flüstern des Äthers. «Ben ...?» Und ich konnte mir ausmalen, wie ihr mausgrauer Kopf sich mit Zweifeln füllte, wie dieses sanfte, störrische Gesicht verwirrt war durch das Gefühl des Spielers für das wechselnde Wesen der Dinge, für die launischen Ideen einer Welt der Zufälle. «Ben, du hast doch alles richtig gemacht, oder?»

«Du meinst, ob ich dich reingelegt habe? Du meinst, ob ich dir den gleichen Streich gespielt habe, den das Leben mir gespielt hat? Das willst du doch wissen, stimmt's? Ob ich die Augen zugemacht und zufällig eines herausgegriffen habe? Gott weiß, daß Gott genau das mit mir gemacht hat.»

Sie machte ein Geräusch wie ein Tier, das vor Schmerzen schreit. «Ben», wimmerte sie. «Ben ... bitte ...»

Und plötzlich verwandelte sich die Genugtuung in Wut. Wut über ihre fügsame Dummheit, über ihre bettelnde, weinerliche Freundlichkeit, über ihre Naivität. «Na ja, jetzt mußt du einfach abwarten, was?» sagte ich. Dann legte ich auf.

Unverzeihlich? Habe ich mir jetzt jedes Mitleid verscherzt? Aber Sie müssen das verstehen: Es ging mir nie um Ihr Mitleid. Selbst wenn ich es zeitweilig hatte, kann ich Ihnen versichern, daß ich nie darum gebuhlt habe. Mitleid ist ein schmieriges, schleimiges Gefühl. Es ist mit Schadenfreude besudelt, ekelhaft vor Verachtung, stinkend von der unausgesprochenen Folgerung, daß ich, der Bemitleidete, irgendwie weniger bin als Sie, der Mitleid hat. Ich will Ihr Mitleid nicht. Ich habe Sie nie darum gebeten. Nicht mehr als ich jemals den armen, traurigen Zwerg gespielt habe, der trotz seiner Tränen lacht.

Ein anderer Anruf, der an diesem Vormittag zu mir

durchgestellt wurde, kam von der BBC. Ein gewisser Jake Toogood. «Sie haben sicher die Nase voll von den vielen Leuten, die jetzt anrufen», sagte er, und ich gab ihm aus ganzem Herzen recht. «Aber vielleicht können wir uns treffen und darüber reden, ob wir einen Dokumentarfilm über Sie machen. Nicht nur über die wissenschaftliche Seite, sondern auch über Persönliches. Na, wie klingt das?»

«Ich glaube wirklich nicht –»

«Nur eine kleine Unterhaltung, damit wir sehen, wohin die Reise geht. Hören Sie sich erst mal an, was ich zu sagen habe.»

Jean steht im Eingang meiner Höhle. Jean ist bleich um den Mund, und das eiserne Treppengeländer erhebt sich über ihr wie eine Krone der Tugend. Jean überhäuft mich mit Vorwürfen und Beschimpfungen. Jean klettert auf das hohe moralische Podest, während sie die Treppen zur Tür hinuntersteigt, eine andere Jean als der scheue kleine Falter von früher. «Wie *konntest* du nur, Ben?» Sie spricht kursiv, fast als ob sie mit einem dummen Kind redet, das auf den Teppich gemacht hat. «Wie *konntest* du mir das antun?» Sie war ganz in schwarz gekleidet, als sei sie gekommen, um etwas zu betrauern.

«Komm lieber rein.»

«Versuchst du Rache zu nehmen oder so was? Ist es das?»

«Nein, das ist es nicht.»

«Weil du es geschafft hast. O ja, du hast es geschafft.» Wenn sie wütend war, kam ihr Akzent durch – die häßlichen Vokale der Midlands brachen durch die Tünche, die sie sich zugelegt hatte, seit sie nach London gezogen war. «Du hattest doch deine Rache. Du *hattest* sie.»

Ich führte sie durch die Wohnungstür, beobachtete, wie sie sich bewegte, beäugte sie aus dem Blickwinkel von Ben, untersuchte die geschmeidigen, sparsamen Bewegungen ihrer Beine und die zarte Beugung des Arms, als sie sich auf einen der Stühle setzte (auf einen, der für normale Menschen gedacht war). «Sieh mich nicht so an.» Sie wandte sich von mir ab, und ihre Hand fuhr geistesabwesend durch ihr Haar, als habe sie gespürt, daß etwas in Unordnung war. Ihre Augen, diese verschiedenartigen Augen, sahen sich mit unstetem Blick in meiner Höhle um. «Du hast andere Vorhänge.»

«Ich habe ein anderes Leben.»

«Versuch das nicht.» Sie sah mich wieder an und schüttelte den Kopf. «Versuch um Gottes willen nicht, mein Mitleid zu erregen, Ben.»

«Weil du keins hast?»

«Ich habe keins *mehr*», fauchte sie. «Du hast es aufgebraucht, begreifst du das nicht? Es ist am Ende.» Sie streckte hilflos die Hände aus. «Du mußt es mir sagen, Ben. Du kannst mich nicht so hängen lassen … Wenn du's mir nicht sagst, lasse ich es wieder wegmachen –»

«Es ist nicht es.»

Sie starrte mich an, als hätte sie gerade erst bemerkt, daß ich da hockte. «Was ist nicht es? Was zum Teufel meinst du? Immer spielst du mit Worten. Immer spielst du mit Menschen, Herrgott noch mal. Als ob es eine Art Spiel wäre.»

«Es?»

«Ach, halt die Klappe!»

Einen Augenblick herrschte Waffenruhe. Sie versuchte es noch einmal: «Was ist nicht es?»

«Das Baby ist nicht es.»

«Was meinst du damit?» Sie faßte sich an den Bauch. Ach, wie gut ich es kannte, dieses blasse, schlanke Etwas unter den Falten ihrer Kleidung, diese Falte seidiger Haut, den leicht vorstehenden Nabel, den Bauch, der sich sanft in ein schattiges Tal senkte. Wie gut hatte ich seine duftenden Gefilde, seine verborgenen, flaumigen Lüste gekannt. «Was meinst du damit?» wiederholte sie.

«Es ist nicht *es*. Es ist ein Junge.»

Stille. Da saß sie in meiner Zwergenhöhle, eine Riesin unter normalen Menschen, schwanger mit einem Jungen. «Das *weißt* du?»

«Natürlich weiß ich es. Es ist ein Er. Er wird die blonden Haare von deiner Mutter haben – stimmt doch, oder? – und den spitz zulaufenden Haaransatz von meinem Vater. Seine Haut wird blaß und gefleckt sein wie deine, und die Augen sind braun wie meine. Die Adlernase wird die von meinem Vater sein, aber die Kinnspalte wird er nicht von ihm haben. Er wird wie meine Mutter Linkshänder sein. Das ist übrigens ein Nachteil, linkshändige Menschen haben eine geringere Lebenserwartung als rechtshändige; aber ich glaube, darum brauchst du dir nicht allzuviel Sorgen zu machen. Vor allem aber, vor allen anderen kleinen Eigenarten und Seltsamkeiten, wird er gerade und schlank heranwachsen und schließlich einen Meter achtundsiebzig groß werden. Er wird ... *normal* sein.»

Jean beobachtete mich genau. Der Gesichtsausdruck war ganz neu an ihr. Aber sie war ja schon in vielerlei Hinsicht verändert. «Das kannst du nicht alles wissen. Das geht einfach nicht.» Ihr Gesichtsausdruck wandelte sich. Der Blick wurde härter. Ihre Lippen preßten sich aufeinander und wurden in den Winkeln weiß. Der Hals nahm eine gewisse Blässe an. «Das kannst du nicht alles wissen», wiederholte sie, und ihre Stimme wurde lauter, als steckte eine verstärkende Kraft dahinter, die den Klang gewaltsam durch die Zähne stieß. «Das ist wieder mal einer von deinen überheblichen Scheißwitzen. Du kannst nicht über alles Bescheid wissen mit deinen blöden Genen, du *kannst* einfach nicht alles wissen! Du kannst nicht Gott spielen!»

Jetzt schrie sie. Es war eine positive Rückkopplung: Die Wut machte sie noch wütender, wie beim Kaskadeneffekt der Enzyme, wenn ein zweites das erste dazu anregt, das zweite zu stimulieren, ein gefährlicher, labiler Kreislauf aus Abscheu und Haß, Haß und Abscheu, bis sie schließlich über mir stand wie ein Geier, mit geballten Fäusten und verzerrtem Gesicht. «SO KANNST DU NICHT MIT MIR SPIELEN!» kreischte sie. «DU BIST NICHT GOTT!»

Und dann schlug sie mich.

Das, nehme ich an, durchbrach den Kreislauf. Nach dem Sturm kommt die plötzliche Ruhe, und dann ein kleines Rinnsal aus Tränen. Sie setzte sich auf ihren Stuhl und bedeckte das Gesicht mit den Händen. «Es tut mir leid, Ben. O Gott, es tut mir so leid.»

Ich rappelte mich hoch und faßte mich seitlich an den Kopf, wo die Haut brannte. Sie wollte aufstehen, aber ich hob die Hand, wie um sie abzuwehren. «Mir fehlt nichts», sagte ich. «Mach dir um mich keine Sorgen. Mir geht's ganz gut. Und ich weiß *doch*, daß es ein Junge ist. Ich weiß, daß es ein Junge ist, und ich weiß, daß er groß sein wird. Ich habe nicht Gott gespielt, Jean. Im Gegensatz zu Gott habe ich ausgewählt … und zwar fast mit so etwas wie Liebe.»

Sie lächelte bitter. Miss Jean Piercey lächelte zwischen Tränen und Qualen hindurch ihren Zwerg an. «Liebe für wen, Ben?» fragte sie. «Für dich selbst?»

«Natürlich wollen wir die Labors und alles. Ich meine, es wäre toll, wenn Sie ein paar einfache Methoden erklären, die Genmaschine vorführen, solche Sachen – Sie können *wirklich* Ihre eigenen Gene bauen? – aber …»

«Nein, das können wir nicht. Noch nicht. Aber was?»

«Aber uns geht es auch um die persönliche Seite …»

Jake Toogood war stämmig und leger, mit einer schlecht sitzenden Lederjacke und einem zerknitterten marineblauen Hemd, auf dessen Brusttasche diskret der Name *Armani* gestickt war. Er hatte eine Kinnspalte (autosomal-dominant) und blonde Haarfransen (autosomal-rezessiv), die als langer Vorhang um den Rand eines kahlen Schädels (geschlechtsgebunden autosomal-dominant) hingen. Sein Akzent war ein Hybrid aus Cockney und Transatlantischem. Er rümpfte die Nase über die Quiche, bestellte Wein statt Bier und fragte mich, ob ich nicht doch lieber woanders hingehen wollte als ausgerechnet in die «Katze im Sack». Ich erklärte, daß mir die Kneipe ganz gut gefiel, daß sie mein Stammlokal war, daß ich mich hier zu Hause fühlte und daß es wenigstens keine hochgestochene kleine Weinstube war, die jemandem namens Damien gehörte; und plötzlich entdeckte Toogood an dem Lokal Qualitäten, die er zuvor nicht bemerkt hatte.

«Der tolle Ben», erklärte er entschieden, «einfach toll. Genau hinter solchen Sachen sind wir her – die persönliche Seite. Freunde, Angehörige, wie du im Leben zurechtkommst. Wie du morgens aufstehst, wie du zur Arbeit gehst, wie du einkaufst, in der Kneipe ein Bier trinkst, lauter solche Dinge. Und natürlich auch die Genetik. Übrigens, Ben, sind deine Eltern –»

«Ich habe nur noch meine Mutter.»

«Ist sie …»

«Ist sie was?»

Er blickte seltsam drein. «*Normal.*»

«Sie ist normal.»

«Und dein alter Herr?»

«Auch normal.» Ich sah ihm unverwandt in die Augen. «Ich bin eine Mutante.»

Er zuckte kaum mit der Wimper. «Das ist toll, Ben. Toll. Könnte deine Mutter …?»

«Ich habe ja noch nicht einmal gesagt, daß *ich* will. Ich bin kein blöder Zirkusclown.»

«Zirkus? Um Himmels willen, Ben, nein. Ein bißchen mehr Geschmack traust du mir doch wohl zu. Ich bin von BBC 2, um Gottes willen – ein bißchen Brot zu den Spielen, das ist der Gedanke dabei. Ein bißchen Alltagsleben, ein bißchen richtige Wissenschaft. Ich möchte den Leuten zeigen, daß du … ein Mensch bist wie ich. Nur kleiner. Verstehst du, was ich meine? Ich hab' deine Sendung in *Science Scene* gesehen. Alles schön und gut, aber die Burschen, die Wissenschaftsmagazine machen, sind eher der Typ langweiliger Schuljunge, stimmt's? Du weißt schon – Mann, wieviel Megabyte sind das? Kann man damit zum Mond fliegen? So ungefähr. Nein, ich stelle mir einen Film über den Menschen Benedict vor, der sich im Leben durchschlagen muß wie jeder andere, nur …»

«Nur?»

«Nur ein bißchen mehr. Du erklärst aus dem Off, wie du zurechtkommst, was dich antreibt, woran du glaubst oder nicht glaubst, weißt du, solche Sachen. Es soll deine Geschichte werden, aus deiner Sicht. Natürlich auch im wahrsten Sinne des Wortes.» Er hockte sich hin, um es zu verdeutlichen. «Jede Menge niedrige Kameraeinstellungen. Wie Ben die Welt sieht.» Er zerteilte die Luft mit seiner Handkante.

«Was will der Kerl?» rief Eric von der Theke herüber. «Macht dir wohl Schwierigkeiten?»

«Er ist vom Fernsehen.»

310

Er nickte, als wäre damit alles erklärt. «Übrigens, wie geht's eigentlich Jean? Ich hab' sie ewig nicht gesehen.»

Bei diesen Worten hoben sich Toogoods Augenbrauen. Er straffte sich sichtlich, wie ein Jagdhund, der das Wild riecht. «Wer ist Jean?»

«Eine Freundin.»

Die Tatsache einer Freundin stand zwischen uns. Toogood schluckte, wischte sich den Mund mit einer Papierserviette ab und beugte sich zu mir. Hinter ihm gab der Flipperautomat ein freudiges Piepen von sich und zählte klingelnd Tausende von Punkten. «Aber keine richtige Freundin, oder?» fragte er flüsternd. «Heutzutage können wir im Fernsehen fast alles bringen. Ich meine, hast du ein Mädchen, Ben?» Er ließ ein Zahnlückenlächeln sehen, das Olga schon erregt hatte, als wir uns im Labor umsahen. «Oder einen Jungen, von mir aus, wenn dir das besser gefällt. So oder so, das spielt keine Rolle. Aber was macht ein Bursche wie du beim Sex?»

Ein Wissenschaftler von heute wurde ein paar Monate später ausgestrahlt. Vielleicht haben Sie die nachdenkliche Sendung gesehen. Dann haben Sie die Welt gesehen, wie Ben sie sieht, eine Welt der niedrigen Kameraeinstellungen, mit stürzenden Linien, mit den Hindernissen der alltäglichen Dinge – Stühle, Labortische, öffentliche Toiletten, Busse und natürlich Menschen. Vielleicht haben Sie sich gefragt: Warum? Warum geht Benedict Lambert überhaupt hinaus auf die Straßen von London angesichts seiner eigenen bissigen Bemerkungen über die ablaufende Zeit der Menschheit, über ihre genetischen Eigenarten, ihre Mutationen und Variationen? Was hatte er für Beweggründe?

«… Alle diese Menschen auf der King's Road, die mich

voller Entsetzen und Mitleid anstarren, sind nicht weniger die Opfer ihrer Gene als ich. Mein Zustand ist nur leichter zu erkennen und gilt als Störung …» Pause, damit eine Frau mit einem Dackel vorbeigehen kann «… außer bei dieser Hunderasse …»

Warum erörterte er Themen wie Rasse und Geschlecht, Schönheit und Häßlichkeit, Handeln und Verhalten?

«… es gibt nur wenige Beispiele für eindeutig erbliche Verhaltensweisen. Man kennt den Monoaminoxidase-A-Mangel, der zu Aggressionen und Gewalttätigkeit führt; möglicherweise gibt es eine Form der männlichen Homosexualität, deren Gen auf dem langen Arm des X-Chromosoms liegt; das ist bisher fast alles. Aber ich fürchte, es kommt noch mehr …»

Warum hielt er der Welt seine tonnenförmige Brust hin?

«… mit den körperlichen Problemen lernt man zu leben. Was niemals heilt, sind die verletzten Gefühle …»

Warum watschelte er wie ein Zirkusclown über die Fernsehschirme der Nation? Warum kletterte er wie ein unbeholfener Schimpanse auf die Sprossen einer großen, gewundenen DNA-Leiter, die man in den Fernsehwerkstätten aus Kunststoff und Metall gebaut hatte, um sich auf dem Ziel seiner lebenslangen Suche niederzulassen, einem ADENIN-THYMIN-Basenpaar? Warum kauerte er dort wie der große Gott Bes auf seinem Thron und beobachtete die Kamera, das Publikum, die ganze blöde Welt durch ein Gewirr von Plastikatomen, um nach dem Warum zu fragen? Warum liefert sich ein Mensch der Gnade eines solchen molekularen Labyrinths aus? «Nach einer begründeten Schätzung trägt jeder von uns im Durchschnitt vier gefährliche rezessive Mutationen. Und manchmal, wenn man Pech hat wie ich, trägt man eine dominante …»

Warum?

Natürlich ist die Frage falsch gestellt. Wissenschaftlich gesehen, meine ich. Und auch philosophisch, aller Wahrscheinlichkeit nach. Wir sind, was wir sind – mehr gibt es nicht. Und doch stellen Sie fest, daß Sie immer wieder fragen, oder?

WARUM?

Am Silvesterabend 1866 setzte Mendel sich hin und schrieb
an Karl Wilhelm Nägeli. Ein Exemplar seines Aufsatzes
legte er bei. Nägeli war Professor für Botanik an der Universität München. Genau der Richtige, sollte man meinen.
In seinen eigenen Arbeiten hatte Nägeli die Verteilung der
Zellen in den Pflanzen untersucht und die Bereiche der
Zellteilung in Wurzeln und Sprößlingen nachgewiesen. Sogar die Frage der Vererbung hatte er in seinen Schriften an-
geschnitten. Als einer der ersten hatte er zwischen vererb-
ten und erworbenen Merkmalen – zwischen Genen und
Umwelt – unterschieden, und wie die Wissenschaftler aller
Zeiten hatte er versucht, seine unbestimmten Ideen zu prä-
zisieren, indem er neue Begriffe prägte.

Wie können Namen uns doch täuschen, und wie verfüh-
rerisch ist Sprache! Gib einer Idee einen Namen, und plötzlich scheint sie eine konkrete Existenz anzunehmen: *Schönheit* wird ein Maßstab, an dem wir Abscheu oder Bewunderung messen können, *Wahrheit* wird zur Festlegung, die
das Lügen erst möglich macht, die *Liebe* hebt ihr häßliches
Schlangenhaupt und reicht uns die Frucht vom Baum der
Erkenntnis. Ach ja, die Vergegenständlichung des Abstrak-
ten. Wir denken an *Kultur* und greifen nach der Waffe. Wir
denken an *Lebensraum* oder *Volk*, und die Sturmabteilun-
gen setzen sich in Marsch. Wir denken an *Rassenhygiene*,
und die Öfen beginnen zu rauchen. Nägelis eigene Wort-
schöpfung war nicht gerade sehr wohlklingend, aber doch
sehr germanisch: *Idioplasma*, das Material der Vererbung.
Das Idioplasma war nach seiner Vorstellung aus den einzelnen Teilchen der Erbfaktoren aufgebaut, aber bis zu diesem Augenblick hatte er nicht den Hauch eines empiri-

schen Belegs, der seine Idee untermauerte. Und jetzt sollte dieser unbestimmte, phantasievolle Begriff mit Inhalt gefüllt werden.

> *Hochgeehrter Herr,*
> *die anerkannten Verdienste, die Ew. Wohlgeboren in der Bestimmung und Einreihung wildwachsender Pflanzenbastarde erworben haben, machen es mir zur angenehmen Pflicht, die Beschreibung einiger Versuche über künstliche Befruchtung an Pflanzen zur gütigen Kenntnisnahme vorzulegen.*

Ich vermute, es war damals so üblich, aber man würde sich wünschen, Mendel hätte nicht derart gekatzbuckelt. Wenn ich sein Sekretär gewesen wäre, hätte ich die Dinge knapper auf den Punkt gebracht. Vielleicht so:

> *Lieber Nägeli,*
> *beiliegend finden Sie ein Exemplar meines neuen Aufsatzes über die Hybridisierung bei* Pisum, *den Sie nach meiner Überzeugung lesen sollten. Wenn Sie seine Bedeutung nicht begreifen, geben Sie ihn in Gottes Namen an jemand anderes weiter, der dazu in der Lage ist …*

Aber ich fürchte, das ist Wunschdenken. Nägelis Antwort kam zwei Monate später. Sie strotzt von herablassender Leutseligkeit:

> *Verehrter Herr Collcge,*
> *es scheint mir überhaupt, daß die Versuche mit* Pisum *nicht abgeschlossen seien, sondern daß sie erst recht beginnen sollten …*

Erst recht beginnen sollten! Acht Jahre und ungefähr dreiunddreißigtausend Pflanzen! Erst recht beginnen! Ich spüre den Ärger wie einen Kloß in meinem Hals aufsteigen. Ich muß ihn hochwürgen und ausspucken, faul und stinkend muß ich ihn diesem bärtigen Hochstapler ins Gesicht schleudern! Er hätte sich ewigen Ruhm sichern können, wenn er den begeisterten, naiven Mönch aus Brünn anerkannt hätte; er hätte Beifall statt Schmähungen ernten können, Unsterblichkeit statt des staubigen Todes in einem kleinen Lexikonartikel. Aber Professor Karl Wilhelm Nägeli konnte nicht über seine eigene Nasenspitze hinausblicken. Und wir müssen zusehen, wie Mendel sich vor diesem zweitklassigen Geist verneigt:

> *Durch die projektierten Versuche ... betrete ich ein Gebiet, auf welchem Ew. Wohlgeboren die ausgedehnteste Kenntnis besitzen ... Mir fehlt diese Erfahrung großen Teils ... Ich besorge, daß ich im Verlaufe der Versuche, namentlich bei* Hieracium, *auf manche Schwierigkeiten stoßen könne, deshalb wende ich mich vertrauensvoll an Ew. Wohlgeboren mit der Bitte, mir Ihre hochgeschätzte Teilnahme nicht zu versagen, wenn ich in irgendeinem Falle des Rates bedürftig bin ...*

Ausgedehnteste Kenntnis, tatsächlich. Mendel hatte vorgeschlagen, er könne die Arbeiten über die Gartenerbse mit dem Habichtskraut *Hieracium* wiederholen. Diese häßliche Pflanze war Nägelis Lieblings-Untersuchungsobjekt, aber sie für künstliche Kreuzungen zu verwenden, ist absurd. Sie gehört wie Gänseblümchen und Löwenzahn zur Familie der Korbblütler (*Compositae*), das heißt, ihre Blüten sind aus winzigen Einzelblüten mit einem Durchmesser von höchstens einem Millimeter zusammengesetzt. Künstliche Bestäubung muß unter dem Vergrößerungsglas statt-finden. Aber es kommt noch schlimmer, viel schlimmer. Es ist schlicht und einfach eine Tatsache, daß die Gattung der Habichtskräuter in der Regel Samen ausstreut und Nach-kommen hervorbringt, ohne daß zuvor eine Befruchtung stattgefunden hat. Es handelt sich in der blumigen Sprache der Botanik um *Parthenogenese.*

Diesen Begriff liebe ich besonders. *Parthenos* ist eine Jungfrau. Maria, die Mutter Jesu, war eine, und der kirch-lichen Lehre zufolge brachte sie ihren Sohn durch Parthe-nogenese hervor, das heißt ganz einfach: durch Jungfern-zeugung. Mendel glaubte vermutlich an diese Lehre, oder wenn er Zweifel hatte, unterdrückte er sie, aber lassen wir das einmal beiseite. Der Begriff «Parthenogenese» läßt sich auf das Habichtskraut genauso anwenden wie auf die Jung-frau Maria: Habichtskraut macht Babys ohne Sex. Ha-bichtskraut ist für die genetische Forschung nicht zu ge-brauchen.

Es ist zum Heulen. Man möchte über die Kluft von hun-dertdreißig Jahren hinweg schreien, hinweg über die kom-munistische Diktatur und das Großdeutschland der Nazis, hinweg über die rauchenden Ruinen von zwei Weltkriegen; man möchte eine Warnung über die unüberwindliche Bar-riere der Zeit hinweg brüllen. Aber er ist taub für alle Be-schwörungen, der vierschrötige, halsstarrige Mönch mit dem verblüfften Gesichtsausdruck, und seine Kurzsichtig-keit verschlimmert sich weiter, als er sich mit den winzigen Blüten und ihren noch winzigeren Fortpflanzungsorganen herumschlägt, als er das Unmögliche versucht, als er das blöde Habichtskraut *kreuzen* will.

Und doch ist da auch das folgende am Ende seines ach-ten Briefes an Nägeli, den er im Juli 1870 schrieb:

Unter den Experimenten der vergangenen Jahre wurden diejenigen mit Matthiola annua *und M.* glabra *[Levkojen],* Zea *[Mais] und* Mirabilis *[Wunderblume] im letzten Jahr abgeschlossen. Ihre Hybride verhalten sich genau wie die von* Pisum. *Darwins Behauptungen über die Hybridbildung der Gattungen, die er in* The Variations of Animals and Plants under Domestication *erwähnt ... müssen in vielerlei Hinsicht korrigiert werden.*

Diese beiläufige Erwähnung ist höchst bedeutsam. Wenn überhaupt eine Bestätigung notwendig war, daß Mendel die Arbeiten über *Pisum* mit anderen, nicht mit der Erbse verwandten Arten wiederholte und zu den gleichen Ergebnissen gelangte, ist sie hiermit gegeben. Gleichzeitig wird auch Darwin in die Sache hineingezogen. Mendel drängt Nägeli seine Befunde geradezu auf, und der Idiot merkt immer noch nichts. Der Briefwechsel tröpfelt noch über mehrere Jahre hin und her, aber die Arbeit ist jetzt nicht mehr zu retten. Mendel hat den Faden verloren. Er spielt mit ungeeignetem Material und schlecht abgegrenzten Merkmalen herum, und gelegentlich korrespondiert er mit einem Botaniker, der von seinen Befunden nichts verstanden hat. Er ist wieder auf hoher See, aber jetzt irrt er orientierungslos herum, ohne Kompaß, ohne Karte und ohne jede Hoffnung, wieder Land zu sehen.

Der letzte bis heute erhaltene Brief an Nägeli kommt nach einer Pause von vollen drei Jahren:

Meine Vorsätze, im Laufe des heurigen Sommers die Hieracien *auf ihren Standorten zu studieren, sind leider nur in sehr beschränktem Maße zur Ausführung gelangt ... Die* Hieracien *sind auch heuer wieder verblüht, ohne daß ich ihnen mehr als einen oder den andern flüch-*

tigen Besuch schenken konnte. Ich fühle mich wahrhaft
unglücklich, daß ich meine Pflanzen und Bienen so
gänzlich vernachlässigen muß. Da ich jetzt einige Zeit
gewinne und nicht wissen kann, ob ich im nächsten Früh-
jahr in der gleichen Lage sein werde, sende ich Ih-
nen heute einiges aus meinen letzten Versuchen von
1870–1871.

Nur sehr selten ist ein Mensch seiner Zeit wirklich voraus. Selbst die größten wissenschaftlichen Entdeckungen werden zum geeigneten Zeitpunkt gemacht. Crick und Watson schlugen die Struktur der DNA vor, als Franklin und Wilkins sich ebenfalls gerade auf das Thema konzentrierten (die notwendigen Informationen hatten Crick und Watson den beiden anderen mehr oder weniger geklaut) und als die gesamte wissenschaftliche Welt darauf wartete.

Darwin grübelte über die natürliche Selektion und drehte sich eigentlich immer und immer wieder im Kreis; gerade zu dieser Zeit kamen Wallace die gleichen Gedanken, und gerade zu dieser Zeit waren Leute wie Huxley bereit, das Banner hochzuhalten und aus dem Kampf für die natürliche Selektion eine Art Kreuzzug zu machen. Ihrer Zeit voraus sind nur wenige ... und Gregor Mendel war einer davon. Er war ihr so weit voraus (und das ist die Nagelprobe), daß andere selbst dann, als er es aussprach und die Leute (zum Beispiel Nägeli, zum Beispiel Focke) seine Argumente nachlesen konnten, ihre Bedeutung nicht begriffen. Sie konnten sehen, was er getan hatte, sie konnten genau verstehen, was er gefunden hatte (sonst hätten sie schon geistig behindert sein müssen, so klar und prägnant sind Mendels Formulierungen), und doch bemerkten sie nicht, wie wichtig es war. Als schließlich der richtige

Zeitpunkt gekommen war, stolperten drei Männer (de Vries, Correns und von Tschermak) in demselben Jahr über den großartigen Aufsatz, alle völlig unabhängig voneinander, alle, nachdem sie mehr oder weniger die gleichen Experimente wiederholt hatten. Die Welt des wissenschaftlichen Denkens hatte endlich zu dem dicken Mönch aufgeschlossen.

«Meine Zeit wird schon kommen», soll er gesagt haben. Sie mußte kommen, aber als es soweit war, war Pater Gregor, Ururgroßonkel Gregor, tot.

Ein Leben nach Jean? Das war etwas Zerbrechliches. Ich konstruierte neue Gewohnheiten aus den Bruchstücken einer Vergangenheit, die ich fast vergessen hatte. Ich bitte nicht um Mitleid, sondern ich stelle nur Tatsachen fest. Dazu bin ich ausgebildet. Natürlich fand ich Trost in meiner Arbeit.

Am Royal Institute of Genetics wurde das defekte FGFR3-Gen bereits in E. coli-Bakterien kloniert; wir haben die Bakterien bereits dazu veranlaßt, das Protein in ihren Kulturen herzustellen. Damit besteht theoretisch die Möglichkeit, einen Weg zur Inaktivierung des mutierten Gens zu finden. Derzeit laufen In-vitro-Experimente mit Zellkulturen von Hautfibroblasten des ... Autors.[1]

Ich fütterte meine Zellkulturen, und ich zählte die Monate, und ich dachte an sie. Ich spähte durch das Mikroskop und sah meine eigenen Zellen wie Galaxien in der schwarzen

---

[1] Siehe «Progress in the study of Achondroplasia», *Trends in Genetics*, 11. Mai 1995

Leere treiben; sie leuchteten hell in ihrer Fruchtblasen-welt (suchen Sie sich die Metapher aus), nahmen Amino-säuren aus der Nährlösung auf und bauten daraus das boshafte Protein zusammen, das mich betrogen hatte; und ich dachte an sie. Eine andere Art von Trost fand ich in den Armen einer der vielen Schwestern von Eve – sollen wir sie Dawn nennen? Sie war ein ebenso pneumatisches Geschöpf wie ihre zweifelhafte Verwandte, aber mit zwei X-Chromosomen und dem zugehörigen Busch von Schamhaaren gesegnet. Dennoch dachte ich an Jean. Natürlich.

Als es soweit war, kam ihr Anruf unvorbereitet und un-erwartet. Ich hatte ihre sonderbar leise Stimme vergessen, die Sanftheit ihrer Vokale, die scheinbare Teilnahmslosig-keit. Es waren Eigenschaften, die mich auch jetzt wieder är-gerten. «Ben? Bist du's?»

«Was willst du? Ich habe im Augenblick ziemlich viel zu tun.»

«Ben, kannst du bei uns vorbeikommen? Geht das? Hugo möchte es gern.»

«Und du nicht?»

«Ben, bitte. Es wäre ein bißchen verdächtig, wenn du nicht kommst.»

«Das gehört wohl zu deinem Alibi?»

«Sei doch nicht so!»

«Wie soll ich denn sein? Wie in Gottes Namen *soll* ich denn sein?» Einen Augenblick lang spürte ich die Kehrsei-te der Liebe, aber ich gehorchte ihrer Aufforderung, nahm die Einladung an, wie man es auch nennen mag. Ich ging hin. Natürlich ging ich hin. Rückkehr an den Tatort, wenn man so will.

Als Hugo Miller die Tür des Hauses Galton Avenue Nummer 34 öffnete, lag vorgetäuschte Überraschung in seinem Tonfall. Seine blassen Augen starrten mich verblüfft an. «Du lieber Gott, es ist Ben!» rief er, als käme mein Besuch völlig unerwartet. «Schön, dich zu sehen. Komm rein, komm rein. Den Weg kennst du ja wohl noch.» O ja, ich kannte den Weg, aber er zeigte ihn mir dennoch. Er strahlte Gutmütigkeit aus, er strahlte Vaterstolz aus, er strahlte die Selbstgefälligkeit des Kleinbürgers aus. «Schön, daß du kommst. Das muß für dich doch ein Riesenumweg sein. Ich hab' dich neulich im Fernsehen gesehen. Das war ja 'n Ding, was? Toll, daß du uns besuchst.»

Wie ein stolzer Vater, der ins Kinderzimmer kommt, führte er mich ins Wohnzimmer. Dort stand Jean neben dem elektrischen Kohleeffekt-Kaminfeuer – Jean in pinkfarbener Umstandskleidung aus Baumwolle, Jean, die errötete wie ein Kind und mich anlächelte und ihren aufgetriebenen Bauch festhielt, als könne er sonst zu Boden fallen.

«Hallo, Ben», sagte sie, «wir haben uns ja ewig nicht gesehen.»

Voller Ehrfurcht stand ich vor ihr. Stumm stand ich vor der Metamorphose, die der blinde Instinkt der Moleküle bewirkt hatte. Ich staunte über die Verwandlung. Zwei DNA-Stränge – ihrer und meiner, vereinigt in geheimnisvoller Verschwörung – hatten das aus ihr gemacht. Verformt und unproportioniert, war sie dennoch schön. Das war das Verrückte. Schön. Ich wollte ihr etwas über ihre Schönheit sagen. Ich wollte, daß sie es verstand. Ich wollte vor ihr auf die Knie fallen. Klingt das idiotisch? Ich wollte ihre Knie umklammern und ihr sagen, wie schön sie war, und sie bitten, zu mir zurückzukehren. Ich wollte den rothaarigen, sommersprossigen Dummkopf anschreien, der um sie herumfuhrwerkte, wollte ihm sagen, daß es mein Kind war, daß ich über ihrem Körper getobt hatte, daß ich sie mit dem einzigen Teil von mir bearbeitet hatte, der nicht verkümmert ist, daß ich es war, der ihr meinen eigenen, fruchtbaren Samen eingepflanzt hatte. Aber statt dessen stand ich nur da und lächelte sie mit meinem sorgsam konstruierten Lächeln an; mit dem Lächeln, das ich für die ganze Welt aufsetze.

Ob ich mal fühlen wollte, wie der kleine Kerl sich bewegte? fragte Hugo.

Sie ließ sich in einen Sessel fallen. «Das möchte Ben bestimmt nicht …»

«Woher weißt du, was er will? Laß ihn mal fühlen.»

Sie zuckte die Achseln und legte die Hand an den Hügel auf ihrem Schoß. «Genau hier.»

«Na komm, fühl mal», beharrte ihr Mann.

Widerstrebend ging ich zu ihr. Sie nahm meine plumpe Hand in ihre schlanke und drückte sie knapp über dem Knoten des Nabels auf ihren geschwollenen Bauch. Ich roch ihren vertrauten Duft. Ich blickte auf, und unsere Blicke trafen sich über dem Hügel ihres Bauches. War da ein kurzen Aufflackern der Komplizenschaft, oder waren diese nicht zusammenpassenden Augen nur Klumpen aus Gelee und Knorpel? Wenn man die Aufmerksamkeit auf das Äußere eines Körpers richtet, auf die äußere Hülle, auf Haut und Haare, auf die merkwürdigen, gläsernen Augen in ihren glatten Höhlen und auf die seltsam weichtierartigen Ohren, wenn man sich auf all das konzentriert und sich klarmacht, daß es nur Maschinerie ist, nicht mehr als ein Apparat aus Sehnen, Knorpel und Knochen, angetrieben von Muskeln, verdrahtet und gesteuert mit einem überehrgeizigen Nervengeflecht, dann kann man über die Person dahinter hinweggehen. Aber das ist das Schwierige dabei, denn die Maske ist höchst überzeugend.

«Spürst du es?» forschte Hugo.

Ich spürte eine Verdickung. «Da ist eine Verdickung», sagte ich.

«Ich nehme an, das ist das Knie. Der kleine Schuft steht doch auf dem Kopf, oder?»

Und dann bewegte sich die Verdickung, ein kleines, zähes Zucken unter der Oberfläche, als ob man in Sirup schwimmt. Abrupt richtete ich mich auf und trat zurück.

Jean lächelte. «Zu dieser Tageszeit zappelt er immer –»

«*Er*, Schatz?»

Jean errötete, suchte nach einer Ausrede. Schweiß glitzerte auf ihrer Stirn. «Ich *stelle mir vor*, daß es ein er ist. Das habe ich geträumt. Ich möchte ihn Adam nennen. *Wenn* es ein er ist.»

Hugo betrachtete sie fürsorglich, als suchte er nach Symptomen für dieses oder jenes. «Geht es dir gut, Schatz? Hitzewallungen, stimmt's?»

«Mit mir ist alles in Ordnung, Liebling.»

«Natürlich könnten sie uns das Geschlecht sagen», erklärte er, «aber wir wollten es nicht wissen. Natürlich wollten wir das nicht. Na ja, schließlich muß man der Natur doch ihren Lauf lassen, oder? Die Leute in der Klinik waren toll, aber die Medizin hat schon genug für uns getan. Jetzt ist Mutter Natur dran, was, Schatz?»

«Vermutlich.» Sie wechselte das Thema, und der Augenblick der Angst war vorüber. «Was macht deine Arbeit? Ich bin überhaupt nicht auf dem laufenden. Ist Miss Conway noch am Institut? Und wie steht's mit der gefährlichen Olga?»

Aber ich konnte Jeans gereiztem Geplapper und den Erklärungen ihres Mannes über die neuesten Fortschritte bei künstlicher Befruchtung und intrazytoplasmatischer Spermieninjektion wirklich nicht viel abgewinnen. Sobald es die Höflichkeit gestattete, trank ich meinen Tee aus und ließ sie in ihrer elterlichen Zufriedenheit allein. «Weißt du, was Jean und ich gern hätten?» fragte Miller, als er mich zur Tür brachte. «Wir sind dir noch etwas schuldig, weil du uns zu diesen Befruchtungsleuten geschickt hast, diesem Dr. Lupron und so. Weißt du, was wir gerne hätten, Ben?»

Jean ging im Hintergrund ängstlich auf und ab. Sie mußte wissen, was jetzt kommen würde, und offenbar stand es nicht in ihrer Macht, es zu verhindern. «Was hättet ihr denn gern?»

«Wir möchten, daß du der Pate des Kleinen wirst.»

Wir haben am dritten Tag noch einen Termin frei, und ich habe darüber nachgedacht, mailte mir Gravenstein. *Wie wäre es, wenn Sie einen Vortrag über Eugenik halten? Das wäre doch was.*

Ich bin kein Historiker.

Eugenik heute, antwortete sie. *Die neue Eugenik. In-vitro-Befruchtung, Screeninguntersuchungen, Embryonenselektion, Gentherapie, solche Dinge. Da seid ihr doch eingearbeitet, oder? Ich habe auch hier in Cornell jemanden, der das ganz gut machen könnte, aber wenn du es übernimmst, wäre das etwas anderes, Ben.*

Also erschien außer dem Eröffnungsvortrag auch noch der Titel «Die neue Eugenik» auf dem Online-Programm für das Mendel-Symposium, das über die Web-Adressen der Cornell University[2] und der Masaryk-Universität in Brünn[3] abgerufen werden konnte. Ich saß lange in der Bi-

[2] http://www.cornell.edu
[3] http://www.fi.muni.cz/masaryk

bliothek über Galton, Davenport und Pearson. Ich erfuhr etwas über die Gesellschaft für Rassenhygiene und über eugenische Sterilisierungsprogramme in Deutschland und den USA. Ich las die Worte von Francis Crick und Herman Muller – alle beide Nobelpreisträger – sowie von Eysenck, Herrnstein und Jensen – alle drei Professoren. *Das ist ganz toll, Ben,* versicherte mir Gravenstein, als ich ihr meinen Vortragsentwurf schickte. *Wenn du in Brünn ankommst, werde ich dich am Flughafen abholen und ins Hotel bringen. Morgan McClintock, unser Vorsitzender, kommt auch. Er freut sich schon, dich kennenzulernen …*

Also auf nach Mähren. Auf in die vergessene Stadt Brünn. Während in Jeans Bauch mein Kind heranwuchs.

Und ein Leben nach der Gartenerbse? Ein Leben, nachdem sein Aufsatz in hundertzwanzig wissenschaftlichen Bibliotheken in Vergessenheit geraten war? Ein Leben, nachdem die vierzig Sonderdrucke sich ins Nichts verflüchtigt hatten? Ein Leben nach Nägeli?
1868 wurde er zum Abt gewählt.

Das soll mich nicht daran hindern, schrieb er an Nägeli, *meine Hybridisierungsexperimente weiterzuführen, die ich mittlerweile so gern habe; ich hoffe sogar, ihnen mehr Zeit und Aufmerksamkeit widmen zu können, wenn ich mich erst einmal mit meinem neuen Amt vertraut gemacht habe.*

Das war natürlich eine Illusion. Er gab zwar das Unterrichten auf, aber als Abt konnte er seinem Versuchsgarten immer weniger Zeit widmen.

Meine Vorsätze, im Laufe des heurigen Sommers die
Hieracien *auf ihren Standorten zu studieren, sind leider*
nur in sehr beschränktem Maße zur Ausführung ge-
langt ... Die Hieracien *sind auch heuer wieder verblüht,*
ohne daß ich ihnen mehr als einen oder den andern flüch-
tigen Besuch schenken konnte.

Das war's nun wirklich. Begeisterung und Optimismus der
Jugend hatten der Trägheit der mittleren Jahre Platz gemacht. Sein wissenschaftliches Interesse verkam zu bloßem
Briefmarkensammeln – Bienenzucht und Meteorologie –,
und seine angeborene Halsstarrigkeit führte zu einem er-
bitterten, sinnlosen Streit mit den Behörden über das Steu-
eraufkommen des Klosters. Eine Flut von Briefen an das
Finanzamt floß aus seiner Feder. Er argumentierte, debat-
tierte, suchte nach Schlupflöchern, suchte nach Ausflüch-
ten; nie gab er kampflos auf.

Er zog sich in sein Schneckenhaus zurück. *Meine Zeit*
wird kommen, hatte er gesagt. Er zeichnete Temperatur-
werte und Regenmengen auf, okulierte Obstbäume und
züchtete Blumen, rauchte, hustete und nieste, hörte das
Pochen seines Herzens in den Ohren, spürte die großen
Schwellungen der Ödeme an den Beinen und gestattete
niemandem außer seinen beiden Neffen, die Schranken seiner Isolation zu durchbrechen. Theresias beide
Söhne studierten an der medizinischen Fakultät in Wien,
und unterstützt wurden sie von ihrem Onkel. So machte er
die Großzügigkeit des kleinen Mädchens Theresia wieder
gut.

«Sie wollen mich abschieben», erklärte er ihnen.

Man kann sich vorstellen, wie sie über Onkel Gregors
Verdacht gönnerhaft lächelten. «Wer, Onkel? Wer will dich
abschieben?»

«Die Brüder. Sie wollen mich für geistesgestört erklären und in ein Irrenhaus schicken. Sie wollen ihre blöden Steuern bezahlen und ihr klitzekleines Leben weiterleben. Wißt ihr, daß der Bischof sie angewiesen hat, mich zu bespitzeln? Wißt ihr das? Alle wollen, daß ich aufgebe. Aber das tue ich nicht. O nein. Seht mal, das hier möchte ich euch zeigen …»
Und er zog wieder einmal einen Brief hervor, eine engbeschriebene Seite voller Drehungen und Wendungen, die ewigen Wiederholungen eines besessenen Geistes.

Aber noch glühte ein Funke in der Asche des Genies. Es gibt ein Notizblatt, einen Fetzen, den man lange nach Mendels Tod in der Klosterbibliothek entdeckte. Es sind Notizen aus dem Jahr 1875, in pedantischer Handschrift auf die Rückseite eines Briefentwurfs geschrieben, der sich mit geschäftlichen Angelegenheiten des Klosters befaßt:

$$
\begin{array}{llll}
V_1 = 37 & V_1 + gV_1 = 112 & \text{Weiß } V \quad 93 \\
g = 37 & V W + gW = 300 & U. \text{ Violett } 250 - 50 \\
gV_1 = 75 & W = 150 & \text{Weiß } 166 + 16 \\
V W = 150 & gV_1 = 75 & l. \text{ Blau } 65 - 10 \\
gW = 150 \, g & = 37 & d. \text{ Blau } 27 - 10 \\
W = 150 \, V & = 37 & \text{Viol } 93 + 56
\end{array}
$$

So geht es eine ganze Seite lang weiter. Immer noch spielte er mit Zahlen und Verhältnissen, immer noch versuchte er, experimentelle Befunde mit vorausgesagten Werten in Einklang zu bringen, immer noch versuchte er, neue Anwendungsgebiete für die von ihm entdeckten Gesetze ausfindig zu machen. Es gibt seltsame Korrekturen und gelegentlich auch Gekritzel, aber beim Lesen spürt man, wie er dachte – es ist so greifbar, als säße er hier vor uns an seinem großen Schreibtisch im Abtszimmer, die Brille hoch in die Stirn ge-

328

schoben und das Gesicht angespannt vor Konzentration. Es ist, als beobachtete man ein absterbendes Gehirn, das letzte Aufflackern der Neuronen, den letzten Atemzug des Lebens.

EXPRESSION

Die Gleichzeitigkeit der Ereignisse. In Mitteleuropa ein heller Nachmittag: Die Sonne steht schräg über den Äckern und Wäldern Mährens, flimmert auf Beton und Glas der Vorstädte Brünns, und ein Bus bringt die Ausflügler aus dem Norden zurück; auf der Insel vor der Westküste ein trüber Tag mit Nieselregen, der auf dem Asphalt glitzert und in schimmernden Rinnsalen an den Fenstern der Hewison Fertility Clinic herunterläuft. Die beiden Welten berühren sich, treffen vorübergehend zusammen – allerdings nicht räumlich: Das Telefon klingelt in der Hotelrezeption in Brünn genau in dem Augenblick, als die Fahrgäste vom Parkplatz hereinströmen.

Eine entfernte, fast entschuldigende Stimme: «Ben? Ich bin's.»

Was sagt man da? Kann man etwas sagen, das nicht schon so viele Male gesagt wurde, daß die Worte ihren Reiz verloren haben? Also wird daraus nur ganz platt: Hallo.

«Die Wehen haben eingesetzt. Der Arzt hat mir schon gesagt, es wird ziemlich lange dauern ... Na ja, ich dachte nur, ich sag' es dir.»

Dann wird der Hörer auf die Gabel gelegt, und die Welten trennen sich wie Trümmer, die von einer schweigenden, unaufhaltsamen Explosion auseinandergetrieben werden: Die Busfahrgäste stehen Schlange vor dem Aufzug, der sie zu ihren Zimmern bringt (nur ein Aufzug ist in Betrieb, und der faßt nicht mehr als drei Personen); und Jean legt den Hörer auf, schließt die Augen, atmet tief und regelmäßig, wie sie es gelernt hat.

Ihr Mann war abends eine Zeitlang bei ihr. «Schlaf ein bißchen», sagte sie zu ihm. «Es wird noch stundenlang nichts
passieren.» Mit einer Miene des Widerwillens ging er nach
Hause. Sie hatte eine unruhige Nacht, glitt hinüber in den
Schlaf, wurde durch schmerzhafte Krämpfe hellwach, dö-
ste wieder ein bis zum nächsten Anfall. Ab und zu sah eine
Krankenschwester nach, wie es ihr ging, und lächelte dabei
munter und geistesabwesend, wie Krankenschwestern es
eben tun.

«Kampfbereit, Ben?» fragte Gravenstein, als wir uns am
nächsten Morgen am Frühstückstisch niederließen. Voller
Abscheu überblickte sie das Büffet. «Du lieber Gott, wie
schaffen diese Tschechen es bloß, einigermaßen schlank zu
bleiben?»

Wieder ein sonniger Tag in Mitteleuropa. Speere aus
Licht durchschnitten den Speisesaal. Sie teilten die früh-
stückenden Gruppen, beleuchteten ihre wechselnden
Bündnisse und Freundschaften, akzentuierten die Promis-
kuität von Geist und Körper. «Hast du den Burschen aus
Stanford und die Frau aus Manchester gesehen?» fragte
Gravenstein vertraulich. «Na ja, die sind *genau zur gleichen
Zeit* aus dem Aufzug gekommen. Wie findest du das? Heu-
te ist schon der *dritte* Tag, wo das so geht. Und ich weiß *ge-
nau*, daß sie zu Hause einen Mann und zwei Kinder hat.»
Die Frau errötete über etwas, das der Mann aus Stanford
gesagt hatte, und sah sich um, als wollte sie Ausschau nach
Lauschern halten. Gravenstein fing ihren Blick auf und
lächelte ihr quer durch den Raum verschwörerisch zu.

Nach dem Frühstück rief ich in London an. Eine unbekannte Stimme sagte mir, es sei sicher alles in Ordnung,
aber nein, ich könne nicht mit Mrs. Miller sprechen. Mrs.
Miller liege in den Wehen.

Als Hugo an diesem Morgen in die Klinik kam, war es regnerisch und trübe. Fahles Zwielicht erfüllte die Stadt mit einem unbestimmten, unbegründeten Versprechen auf Besserung. Jean, die im Kreißsaal lag, sah alt und mitgenommen aus, ihr Gesicht war von Schweiß verklebt. Sie trug ein einfaches weißes Nachthemd, und an ihrem aufgetriebenen Bauch war ein fetaler Herzmonitor angeschlossen. Eine Schwester drehte an einem Knopf des Geräts, so daß Hugo die seltsam trippelnden Herztöne des Babys hören konnte, wie Pferde, die in weiter elektronischer Entfernung auf den Schauplatz einer unbekannten Schlacht galoppierten.

«Da ist es», sagte die Schwester stolz, als habe sie etwas mit dem Kind zu tun. «So ein kräftiges kleines Ding.»

«Du siehst müde aus», sagte Hugo zu seiner Frau. Jean lächelte ihn an und vollbrachte das Kunststück der Frauen: den werdenden Vater zu trösten, während die Mutter selbst Trost braucht. «Es wird schon gehen», erklärte sie, als habe sie in der Sache etwas zu sagen. «Ein bißchen müde, aber es wird schon gehen.»

Zufälliges Zusammentreffen. Die Gleichzeitigkeit der Ereignisse. Jean liegt in einem Bett in der Hewison Fertility Clinic, während ich in Brünn auf das Podium eines Hörsaals der Masaryk-Universität steige, beobachtet von den Honoratioren der Hochschule, von den Funktionären der Amerikanischen Mendel-Gesellschaft, von Vertretern von Hewison Pharmaceuticals, von den Teilnehmern des Mendel-Symposiums. Jean spendet Trost, während ich Trostlosigkeit verbreite.

«Vor hundertdreißig Jahren hielt ein stiller, introvertierter, halsstarriger Mönch in einem Schulhaus nicht weit von hier einen Vortrag über die Kreuzung von Erbsen. Mit diesem Vortrag entzündete er eine Lunte, die dreißig Jahre lang unbemerkt schwelte, bis die Bombe Anfang unseres Jahrhunderts hochging. Die Explosion dauert auch heute noch an. Sie umfing mich vom Augenblick meiner Empfängnis an …»

Ein Ausdruck von Bekümmerung und Schuldgefühlen auf den Gesichtern im Publikum.

«Vielleicht wird sie uns eines Tages alle umfangen.»

Schweigen. Der Herzrhythmus galoppiert, steuert auf die Entbindung zu.

«Den Ablauf dieser Explosion kann man nachzeichnen, wie ein Kosmologe es mit der Entwicklung einer Supernova tun würde: Sie fing mit Vorurteilen an und blühte mit Gesetzen auf.» Ein Dia erscheint auf der Projektionsfläche, eine Liste bedeutender Ereignisse und Jahreszahlen. «Es begann Anfang des Jahrhunderts mit der Gründung von Organisationen wie der Gesellschaft für Rassenhygiene in Deutschland und der Eugenics Education Society in Großbritannien. Ein wichtiger Meilenstein war 1933 mit dem eugenischen Sterilisationsgesetz in Deutschland erreicht, und der Höhepunkt kam 1939, als man fast vierhunderttausend deutsche Männer und Frauen aus eugenischen Gründen sterilisiert hatte.»

Der Schmerz wächst, schwillt in ihr an, martert diesen schlanken, weißen Körper, als wolle er seine Macht demonstrieren. Sie atmet kleine Stöße Trichlorethylen ein, und der Schmerz vermindert sich. Eine Schwester mißt die Zeit zwischen den Krämpfen, wie ein Vernehmungsbeamter die Zeit zwischen den Foltern messen würde: Man wandelt subjektive Erfahrung in objektive Wissenschaft, wartet auf das Geständnis, wartet auf den Augenblick, da der Körper das einzige preisgibt, was man von ihm will – die Wahrheit. «Bist ein tapferes Mädchen», sagt sie, und: «Es dauert jetzt nicht mehr lange, mein Schatz.»

Um neun Uhr fünfzehn ist der Muttermund vollständig geöffnet. Das Zusammentreffen ist perfekt. Ich halte meinen Vortrag; Jean bringt mein Kind zur Welt. Die unterschiedlichen Zeitzonen sind berücksichtigt. Ich habe an alles gedacht – genau um zehn Uhr fünfzehn mitteleuropäischer Zeit sehe ich auf die Uhr, und dann komme ich von der Vergangenheit zur Gegenwart:

«Die alte Eugenik ging mit dem Dritten Reich zugrunde, aber damit kein Zweifel aufkommt: Die neue Eugenik begleitet uns. Sie liegt nicht irgendwo in der Zukunft, sie ist hier und jetzt. Moderne Eugeniker sitzen in diesem Augenblick hier in diesem Hörsaal.» Die Leute rutschen unbehaglich auf ihren Sitzen herum und lassen verstohlen die Blicke schweifen, weil sie wissen wollen, ob sie einander erkennen. Gibt es eine Art Losung, ein unauffälliges Erkennungszeichen? Der Vorsitzende blickt ängstlich drein. «Jedes Jahr werden allein in den Vereinigten Staaten etwa dreißigtausend Babys durch anonyme Samenspenden gezeugt. Im besten Fall wird dem gespendeten Samen bescheinigt, daß er von genetisch gesunden Männern stammt. Im schlimmsten Fall kommt er von William Shockley.»

Das nervöse Schweigen zerstiebt in Gelächter. Sie lachen voller Erleichterung, die Münder stehen offen wie bei Fischen, die nach Wasser schnappen; während ich, der arme Zwerg, vor ihnen stehe und an mein Kind denke. «Oder wenn nicht von einem Physik-Nobelpreisträger, dann vielleicht von dem Stammvater, von Hermann Muller, dem Mann, der als erster eine Samenbank – wenn Sie mir den Ausdruck verzeihen – konzipierte.» Wieder Gelächter. Der gute alte Ben.

«Muller kennen wir alle, oder? Er ist einer von uns, ein Genetiker, der Mann, der den Zusammenhang zwischen ionisierender Strahlung und Mutationen nachwies, der sich

mit der mutationsauslösenden Wirkung der Hiroshima-
bombe befaßte. Nobelpreis 1946. Er schrieb schon 1922:
‹Vielleicht werden wir eines Tages in der Lage sein, Gene in
einem Mörser zu zerkleinern und in einem Glaskolben
wieder zusammenzusetzen.› Also ein Mann mit Visionen.
Hermann Muller spendete seinen Samen dem Repository
for Germinal Choice unter der Bedingung, daß er frühestens fünfundzwanzig Jahre nach seinem Tod verwendet
werden darf. Womit er gerade jetzt reif wäre.»

Sie lachen über meine Zirkusnummer, aber was ich ihnen
erzähle, ist die reine Wahrheit.

«In der ersten Auflage seines Buches sprach sich Muller
als guter, altmodischer Sozialist für die Züchtung von Kindern aus, die Eigenschaften von Lenin und Marx verkör-
perten. Bis zur zweiten Auflage hatte sich die Lage geändert. Muller war nach einem Rußlandaufenthalt in die Vereinigten Staaten zurückgekehrt. In der zweiten Auflage ließ
er Lenin zugunsten von Descartes fallen; und Marx hatte
ebenfalls ausgespielt … an seine Stelle trat Lincoln.»

In den Gängen wird getrampelt. Ben Lambert ist schon
ein toller Bursche, denken sie. Über das Gesicht des Vorsitzenden laufen Tränen.

«Aber das ist kein Witz.» Sie wollen mir nicht glauben.
Es gibt nichts Lustigeres, als wenn Nobelpreisträger sich
selbst zum Narren machen. Das ist ganz sicher der größte
Scherz. «Heute bieten ganz seriöse Kliniken eine Auswahl
von Samenzellen an, damit Eltern sich das Geschlecht ihres
Kindes aussuchen können.»

Das Lachen gerät ins Stolpern wie ein Zwerg auf der
Türschwelle. Der Clown Ben, die Zirkusnummer Ben, der
tolle Hecht Ben, der so tapfer und so irrsinnig *komisch* ist,
wird doch jetzt nicht einknicken …

«Die Kliniken bezeichnen diese Dienstleistung als ‹Familienausgleich›. Nach einer neueren Meinungsumfrage aus den Vereinigten Staaten würden siebenundsechzig Prozent der Paare sich für einen Sohn entscheiden, wenn sie die Wahl hätten. Man fragt sich, wo da der Ausgleich herkommen soll.» Das verebbende Gelächter klingt matt und ängstlich. Der Clown ist umgefallen, und das ist nicht zum Lachen. Er wedelt nicht mit den Armen wie ein Narr, während die hängenden Gärten brüllen und vor Heiterkeit wogen. Das hier ist kein vorgetäuschter Sturz.

«Und dann gibt es das andere Thema, die Frage der genetisch bedingten Krankheiten. Die Gentherapie kann man vergessen. Gentherapie liegt weit in der Zukunft. Ich rede von heute. Heute bieten die gleichen Kliniken auch den Nachweis genetischer Erkrankungen und die genetische Diagnose für Embryos vor der Einpflanzung an. Wer könnte es ihnen verübeln? Der Bedarf ist doch vorhanden, oder? Möchte von Ihnen vielleicht jemand ein Kind mit Anenzephalie, mit Tay-Sachs-Krankheit oder –», die Kunst der wohlüberlegten Pause, abgemessen bis auf die Nanosekunde, «– mit Achondroplasie?»

Schweigen. Ich kann mit ihnen spielen wie mit einem Fisch, wie mit einer idiotisch rudernden Forelle, die nach Luft schnappt und zuckt und nicht weiß wohin.

«Heute kann man die Embryonen auswählen. Man pflanzt nur die gesunden ein und vermeidet so Unannehmlichkeiten und Aufwand mit der Abtreibung von Feten, die man nicht haben will. So verbessert man die genetischen Reserven, ohne daß man den Ausdruck auch nur erwähnen müßte …»

Im Kreißsaal liegt Jean, die Beine erhöht in einer Art Pferdegeschirr. Ihre Vulva klafft, ein korallenroter Rachen, gesäumt von verfilzten Haaren – eine Zwergenhöhle, aus der sich ein Zwerg hervorkämpft. Oxytocin, ein Polypeptid aus neun Aminosäuren, das in einem Gen auf dem Chromosom 20 codiert ist, peitscht ihre Gebärmuttermuskulatur vorwärts. Die Brüder aus dem Orden der Geburtshelfer drängen sich um sie. Hugo Miller, mit Kittel und Gesichtsschutz ausgerüstet, hält sich im Hintergrund und sieht kaum hin. Jean atmet schwer, die Schwester neben ihr flüstert Ermutigendes, und ein braunes, verschrumpeltes Ding quetscht sich durch den Höhleneingang ...

«Das ist heute. Heute kann man auf etwa tausend Krankheiten testen. Aber wie sieht die Zukunft aus?» Ja, wie? Natürlich wissen sie etwas über die Zukunft, jedenfalls die meisten von ihnen. Die Zukunft ist in den Reagenzgläsern, zu Hause in ihren Labors, in den Gelen und Genbibliotheken. Die Zukunft ist ein seltsames Monster in den letzten Geburtswehen. «In Zukunft – in naher Zukunft – wird man auch andere Eigenschaften des Embryos wählen können: die Augenfarbe des Kindes, die Haarfarbe, die Hautfarbe und die Körpergröße. Die Größe ist oft das Wichtigste, denn von allen Vorlieben ist sie am tiefsten verwurzelt und am heimtückischsten. Wir *lieben* die Größe.» Da stehe ich vor ihnen, mißgebildet und zu klein. Sie winden sich auf ihren Sitzen, als hätte ich sie aufgespießt.

«Hitler», sage ich, für den Fall, daß sie es noch nicht vermutet haben, «Hitler hätte seine Freude gehabt.»

«Los geht's.» Der Kopf kommt zum Vorschein, gleitet über die Schwelle der Höhle, läßt Einzelheiten sehen – eine Augenbraue, zusammengekniffene Augen, eine Nase. Aus dem alten, runzeligen Mund kommt Flüssigkeit. Fast beiläufig dreht sich das Gesicht nach rechts, als hätte man ihm gesagt, es solle sich etwas ansehen, vielleicht das Mut-

337

termal auf ihrem rechten Schenkel. Ein dünner Schrei dringt in die drückende Luft des Kreißsaals. «Liiieb», sagt eine Stimme. Hugo Miller wird ohnmächtig.

«Die alte Eugenik ließ sich wenigstens von einer Art Theorie leiten, so entsetzlich sie auch gewesen sein mag. Die neue Eugenik, *unsere* Eugenik, wird nur von den Marktgesetzen bestimmt. Man bekommt, was man bezahlen kann.»
Im Hörsaal das tiefe Schweigen der Komplizenschaft.
«Sind wir geistig wirklich solche Zwerge» – aha, das läßt sie schaudern –, «daß wir glauben, wir könnten die Gesetze von Angebot und Nachfrage in den Rang einer Philosophie erheben? Genau das haben wir getan. Wir haben die Zukunft der Menschheit in der Hand, und wie es aussieht, wird diese Zukunft nach den gleichen Kriterien ausgesucht werden, nach denen wir uns heute Silikon-Brustimplantate, Fettabsaugung und Haarverpflanzungen aussuchen. Es wird die Eugenik der Verbraucherwünsche sein, die Eugenik der Marktgesetze. Und alles unter dem Deckmantel der Freiheit.»

Das Baby findet seinen Weg nach draußen, unterstützt von den Händen der Hebamme, die an seinem Hals nach der Nabelschnur tastet. «Da ist er ja, der Süße. Pressen, pressen. Da ist er ...» Augenblicklich macht sich Erleichterung im Kreißsaal breit, ein flüchtiges Gefühl des Triumphes. Dann plötzlich eine Störung. «Sauerstoff», ruft eine Stimme, «Sauerstoff!»
Alles geschieht gleichzeitig: Das Baby wird hochgehoben, mit der Nabelschnur, die wie ein grauer Darm herunterhängt; über Jeans Gesicht wird eine Sauerstoffmaske gestülpt; Hugo Miller wird aus dem Raum geschafft. Das Baby ist ein Junge, aber das beachtet niemand.

Ich flog noch am gleichen Nachmittag zurück. «Es war toll, daß du uns deine Gedanken mitgeteilt hast», sagte Gravenstein, als sie mich am Flughafen absetzte. «Wirklich ein Privileg.»

Die Maschine war halbleer, und das Kabinenpersonal interessierte sich nicht für die Passagiere; es war mehr mit einer internen Diskussion über Schichten und Arbeitszeiten beschäftigt. Achtlos servierten sie uns ein vakuumverpacktes Essenstablett, wie man Tieren in einer Käfigbatterie das Futter vorwirft. Durch das Fenster, über die vibrierende, keimfreie Ebene der Tragfläche hinweg, blendete die Sonne wie eine Explosion, wie der große Blitz, der fast vierzig Jahre zuvor über die Nullaborebene gezuckt war. Wir überquerten das neue große Deutschland und die Niederlande, und dann begann der Landeanflug aus einem gleißenden Universum aus Licht hinunter durch die Wolkenschichten in eine zwielichtige Welt, wo Autoscheinwerfer im Regen blinkten und die Touristen aus Ibiza fröstelten, während sie auf ihre Koffer warteten.

Ich rief vom Flughafen aus an. «Es tut mir leid, Sir», sagte eine neutrale Stimme, «wir können am Telefon keine Informationen über Patienten ausplaudern.»

«Aber ich bin ein enger Freund, Herrgott noch mal!»

«Tut mir leid, Sir.»

In der Galton Avenue Nummer 34 ging niemand ans Telefon. Ich zog mich in meine Höhle zurück und legte mich hin wie ein waidwundes Tier. Erst am nächsten Morgen läutete das Telefon: Am anderen Ende war Hugo Miller.

Übergewicht, Ödeme, Atemnot. Mendel wußte, was ihm bevorstand. Er hatte mit seinen Neffen darüber gesprochen, alle beide Medizinstudenten. Er hatte gehört, wie das Herz ihm in den Ohren dröhnte, wenn er im Bett lag. Er hatte im Liegen um Luft gerungen und gespürt, wie die Atemnot beim Hinsetzen nachließ. Selbst zu seiner Zeit war die Diagnose nicht schwer: Sein Herz war schwach, und die Flüssigkeit staute sich im Gewebe, ließ die Beine anschwellen und behinderte die Arbeit von Nieren und Lunge.

Eine Frau aus der Stadt und eine Nonne versorgten ihn. Sie bandagierten Beine und Füße, halfen ihm vom Bett auf das Sofa. Sie wechselten seine Kleidung, brachten ihm das Essen und kümmerten sich um die Bettpfanne, wenn er nicht mehr bis zum Abtritt schlurfen konnte. Er klagte nur selten. Seiner letzten Krankheit sah er mit halsstarriger, stoischer Ruhe ins Gesicht, mit der gleichen Halsstarrigkeit, die ihn dazu getrieben hatte, seine dämlichen Erbsen auszusäen und zu zählen, Tausende und Abertausende, Jahr für Jahr. Und mit der gleichen Halsstarrigkeit hatte er auch bis zuletzt mit der Steuerbehörde gekämpft; mit der gleichen stoischen Ruhe hatte er gesagt: «Meine Zeit wird schon kommen», während die ganze Welt seine Arbeiten ignorierte.

Am 20. Dezember 1883 schrieb er an Josef Liznar, einen früheren Schüler, der jetzt Professor für Meteorologie in Prag war:

Bester Freund!
Sie sind in die Jahre des Wollens und Schaffens eingetreten, während bei mir davon so ziemlich das Gegenteil stattfindet. So habe ich heute bei der Direktion um vollständige Enthebung von sämtlichen meteorologischen Künsten ansuchen müssen, da ich schon seit Mai vom Herzschlage gerührt und so übel daran bin, daß ich ohne fremde Beihilfe die meteorologischen Instrumente nicht einmal abzulesen im Stande bin.

Da wir uns auf diesem Gebiet kaum wieder begegnen dürften, erlaube ich mir, Ihnen ein herzliches Lebewohl zuzurufen und allen Segen der meteorologischen Gottheiten auf Ihr Haupt herabzuleiten.
Mit vorzüglichster Hochachtung für Sie und Ihre gnädige Frau zeichnet Ihr

Gregor Mendel

Sehen Sie? Ganz am Ende ein verschrobener Scherz – keine Anrufung des Christengottes, sondern nur die meteorologischen Gottheiten.

Siebzehn Tage später starb er.

Miller erwartete mich vor der Hewison Clinic. Eine Graufärbung hatte sein Gesicht überzogen. Sie hatte die grellrote Wut vertrieben, die sonst dicht unter der Oberfläche lag, und hatte ihn sämtlicher Kraftreserven beraubt. Geistesabwesend fingerte er an Dingen herum – an den Aufschlägen seines Jacketts, an der Zeitung unter seinem Arm, an dem Blumenstrauß, den er seltsam an die Brust gedrückt hielt –, als sei er plötzlich erblindet und suchte nun nach einer entscheidenden, erklärenden Nachricht. «Gut, daß du kommst, Ben», murmelte er, als ich auf ihn zuging. «Gut, daß du kommst!»

Als ich mich nach ihr erkundigte, zuckte er nur die Achseln. «Anscheinend wissen sie es selbst nicht, das ist das Problem. Eine Embolie, sagen sie. Fruchtwasser oder so etwas. Sie sagen, sie hätten Untersuchungen gemacht, sie sagen alles mögliche. Aber in Wirklichkeit haben sie einfach keine Ahnung.»

Zusammen gingen wir durch die automatische Tür in die Eingangshalle der Klinik. Gedämpftes Licht und Klimaanlage schufen hier eine immer gleiche Atmosphäre, ob es draußen Tag oder Nacht, bewölkt oder sonnig, brütender August oder naßkalter Februar war. In einer Ecke plätscherte leise ein Springbrunnen. An der Wand hing ein echter Klee aus der Privatsammlung von John Hewison und trug seltsame, embryonale Formen zu dem fruchtblasenartigen Charakter des Ortes bei. Die Empfangsdame in ihrem Glaskasten nickte erkennend, als Miller näher kam. «Natürlich», sagte sie, als er seinen Namen nannte. «Natürlich.» Sie sagte die Zimmernummer und schenkte uns ein ermutigendes Lächeln.

Ein Wegweiser besagte:

↑	Genetische Untersuchungen
↑	Molekularbiologie
←	Endokrinologie
→	Kreißsaal
→	Entbindungsstation

Miller ordnete den Blumenstrauß in seinem Arm wie ein unerfahrener Vater, der zum erstenmal auf sein Baby herabblickt. «Alles in Ordnung, Ben?» Ich nickte. Zwischen uns bestand eine absurde Kumpanei, etwas Künstliches, errichtet aus Verwirrung und Bedrohung, aus gemeinsamem Nichtbegreifen. Zusammen machten wir uns auf den Weg zur

→ Entbindungsstation

Was erwartete ich? Das fragen Sie sich doch, stimmt's? Was ging Dr. Benedict Lambert durch den Kopf, während er neben dem zytologisch zum Hahnrei gemachten Hugo Miller über die Flure der Hewison Clinic ging? Nichts Bestimmtes natürlich. Kein einzelner, prägnanter Gedanke machte sich in Lamberts Gehirn breit. Am menschlichen Geist ist besonders bemerkenswert, daß er so viel auf einmal aufnehmen kann, so vielschichtige Gedanken gleichzeitig, einen so verblüffenden Wirrwarr der Empfindungen: Triumph, Neugier, Entsetzen, Erwartung, nackte Angst – das zumindest empfand ich. Vielleicht noch einiges andere. Ein vielfaches Hybridgefühl, ein Monster, hervorgebracht von der bösartigen Hand des Zufalls.

Entbindungsstation

Ein schlichter Korridor, ruhig und doch voller Leben. An jeder Tür stand der Name einer Mutter. Einige prahlten mit einer hellblauen oder rosa Schleife. In der dämmrigen Luft lag ein dünnes Wehgeschrei von Säuglingen.

Mrs. Jean Miller war ganz am hinteren Ende unter einem Zettel mit der warnenden Aufschrift *Bitte keine Besuche*.

Eine Ärztin, knackig und weiß wie ein Blumenkohl, kam gerade heraus, als wir klopfen wollten. Als sie Hugo begrüßte, war ihr Gesichtsausdruck frisch und optimistisch. Sie zeigte kaum Überraschung darüber, mich an seiner Seite zu sehen. Wahrscheinlich hatte sie schon Monster entbunden, hatte ihnen mit geübten Händen durch die gedehnte Vulva ans Licht der Welt geholfen, hatte der Hebamme wissend zugesehen: Zwergwuchs, offener Rücken, Anenzephalie, Mongolismus, Klumpfüße, Hasenscharten, zusammengewachsene Zwillinge, die ganze Palette der Mutationen und Mißbildungen. In Fragen der Fruchtschädigung war sie abgehärtet.

«Das ist der Pate des Kindes», erklärte Hugo. «Ben Lambert.» Offenbar fand die Ärztin das ganz vernünftig – es war der Stellvertreterstatus, den man von mir erwarten konnte. «Sie fühlt sich ganz wohl», sagte sie und hielt uns die Tür auf, so daß wir eintreten konnten.

Woher, so fragte ich mich, wollte die Ärztin das wissen? Jean lag bewegungslos in einem Bett in der Mitte des Zimmers wie ein Leichnam auf einem Katafalk. Aus blinkenden Apparaten führten Schläuche und Drähte in ihre teilnahmslose, mausgraue Gestalt. Aus dem Fenster hinter ihr konnte man die neugotischen Spitzbogen des Royal Institute of Genetics sehen. Am Fuß ihres Bettes stand ein Kinderbettchen, aus dem das schwache, durchdringende Geräusch neugeborenen Lebens kam.

Die Ärztin lächelte strahlend und hoffnungslos. «Sie hat den *Willen*, gesund zu werden, das ist das Entscheidende.» Aber es war klar, daß es nichts mit Willen zu tun hatte. Jean wollte überhaupt nichts. Sie lag unbeweglich unter der Bettdecke, aus Kopf und Brust kamen Drähte, aus der Nase hing ein Schlauch, eine Infusion tropfte in ihren Arm; die ganzen zudringlichen Apparate der modernen Medizin hielten sie gerade eben diesseits der Grenze fest. Bildschirme zeichneten die blitzenden Linien von Herzschlag und Gehirnströmen nach.

«Wo soll ich die Blumen hinstellen?» fragte Miller. Um den Katafalk waren Vasen mit Gladiolen und Chrysanthemen aufgebaut. Eine Schwester bewegte sich zwischen den Blüten wie eine Meßdienerin, die einen geheimnisvollen religiösen Ritus vollzog. Man erwartete fast, daß sie gleich Kerzen anzünden würde.

«Geben Sie sie mir», sagte die Schwester. «Sie sind wunderschön. Ich hole noch eine Vase.» Waren sie wunderschön? Es waren polyploide Hybride, Monster eigener Art – zart, bunt und mißgebildet.

Ich ging zum Bett. Aus meinem Blickwinkel hob Jeans Profil sich vor dem hellen Fenster ab – die sanfte Wölbung ihrer Stirn, der Wulst ihrer Augenbrauen, unterbrochen von der zweiten zarten Erhebung der Nase, die ihrerseits raffiniert nach vorn geneigt war und zur Rundung ihrer Lippen abfiel. Ja, ich hatte dieses Profil beobachtet, hatte gesehen, wie es lachte, trank, aß, sprach, weinte und – im alles verzeihenden Schatten – küßte. Ja, ich hatte alles gesehen! «Jean?» rief ich leise. «Jean?» Aber Jean antwortete nicht. Es war nicht zu erkennen, ob sie überhaupt noch da war.

«Und das Baby?» Miller beugte sich über das Kinderbettchen und betrachtete, was dort lag.

«Ach, er ist süß», sagte die Schwester. «Er ist wirklich lieb, Mr. Miller.»

Ich beugte mich zu Jean – war es Jean? Es schien Jean zu sein, wie eine Skulptur die Person zu sein scheint, die sie darstellt – wenn man sie ansieht, scheint sie sogar zu atmen, scheint kurz davor zu sein zu sprechen – und ich berührte mit meinen Lippen eine glatte, graue Wange. War es Jean? Da war der weiche Flaum, die zarten Härchen, die ich so gut kannte. Würde ein Kuß des Froschprinzen Dornröschen wieder zum Leben erwecken? Aber Jean blieb still, der Brustkorb hob und senkte sich sanft unter der Decke, und Luft strömte in ihre Nase und entwich wieder, wie der schwache Atem einer Maus.

Ich wandte mich vom Bett ab. Aus dem Kinderbettchen am Fußende kam ein schwacher Klagelaut, und die Schwester schob Miller beiseite. «Zeit, daß der kleine Adam was zu essen kriegt, wie?» Sie griff hinunter und hob das Baby heraus, unser Baby, und hielt es hoch, so daß der stolze Vater es sehen konnte. Ich erblickte ein zerknittertes, rotes Gesicht, ein Büschel schwarze Haare, winzige Weichtierohren, unstete Augen und kleine Gliedmaßen, die in der Luft ruderten. Was Miller sah? Ich habe keine Ahnung.

«Ist er nicht ein süßer Kerl?» fragte die Schwester. «Sieht er der Mami oder dem Papi ähnlich?»

Das Baby drehte den Kopf und sah sich im Zimmer um – oder zumindest schien es so. Vermutlich suchte es nach einer Nahrungsquelle. «Da», rief die Schwester, «Adam sieht Sie an, Mr. Miller.»

«Sie können noch nicht scharf sehen, wenn sie gerade erst geboren sind», gab er zurück. «Er sieht überhaupt nichts.»

«Aber er *sieht aus*, als ob er etwas sieht.»

«Darf ich ihn mal halten?» fragte ich.

Ich beobachtete, wie die Schwester mit einem Blick Hugo Millers Zustimmung einholte. «Dr. Lambert ist der Pate», sagte er, als verleihe einem die Stellung des Paten eine Art Stellvertreterrecht. Lächelnd beugte sich die Schwester zu mir herunter, und einen Augenblick lang wand sich das Stückchen Fleisch in meinen Armen. Was ich empfand? Ich muß zugeben: etwas Bemerkenswertes. Aber was eigentlich? Nun ja, ich fühlte mich wie mein Vater. Ist das absurd? Vielleicht. Abgedroschen? Sicher. Sergeant Eric Lambert, Royal Engineers; Mr. Lambert, unfähiger Physiklehrer; Eric, unzulängliche Quelle von Genen, der Mann, der mir nie gerade in die Augen sehen konnte. Ich fühlte mich wie er. Die Empfindung hatte nichts Durchdachtes oder Gewolltes; sie war lebendig und kam aus dem Bauch – vielleicht war sie genetisch, falls die Hervorbringungen des Genoms auch etwas Mystisches haben. Ich fühlte mich wie mein Vater. Und es war noch mehr, mehr als schlichte Illusion, mehr als pathetische Täuschung, wie man es auch nennen will: Einen Augenblick lang *war* ich mein Vater. Ich war der Mann, der ich immer sein wollte. Ich war groß.

«Kleine Maus», sagte ich zu meinem Sohn; und tatsächlich sah er aus wie ein neugeborenes Mäuschen, wie eines dieser rosafarbenen, nackten Dinger, die wir im Labor großziehen.

Kurz danach ging ich. Es lohnte sich wirklich nicht, noch zu bleiben. Ärzte tauchten auf und verströmten das exklusive Flair der Priesterkaste. Sie ließen leichte Ungeduld wegen Hugos Gegenwart erkennen und hatten keinerlei Wunsch, mich hier zu sehen. Ein Facharzt fing an, den anderen den Fall zu erläutern, und predigte dabei wie ein Anwalt vor einer gelehrigen Jury. «Sie wird wieder aufwachen», versicherte mir eine Schwester, als ich hinausging. «Ich weiß es. Es ist nur eine Frage der Zeit. Wir reden immer weiter mit ihr, geben ihr den kleinen Adam zum Streicheln, und sie wird aufwachen. Das Gehirn des Menschen ist etwas Wunderbares.»

Keine Sorge. Die Dinge laufen mir nicht aus dem Ruder. Benedict Lambert wird Sie nicht in Verlegenheit bringen. Er wird ruhig bleiben und sich von dem schlammigen Universum der Gefühle fernhalten. Er wird die Tatsachen beschreiben, die distanzierten Schrecken der modernen Medizin, die Infusionen radioaktiver Kontrastmittel, die Scanaufnahmen des Gehirns, die Elektroenzephalogramme, die künstliche Ernährung, die Schläuche und Kanülen; und er wird bei alledem distanziert bleiben. Die Ärzte redeten von einer Fruchtwasserembolie, von Verletzungen in Jeans Gehirn, von Schäden am Hippokampus, dem Ammonshorn, wo der Geist in Düften und Gerüchen stöbert; und zur gleichen Zeit lag Jean da, unbeweglich und nicht ansprechbar, nur eine Konstruktion aus Zellen, in denen der Stoffwechsel ablief. Ihre DNA wurde in RNA umgeschrieben, die RNA wurde in Protein übersetzt, die Proteine arbeiteten auf ihre verwickelte, erhabene Art, und nichts geschah. Nichts, was Jean gewesen wäre.

Ein paar Tage später suchte Hugo mich in meiner Wohnung auf. Er hatte mir seinen Besuch nicht angekündigt. Plötzlich kam ein Schatten die Treppe vor dem vorderen Fenster herunter, es klingelte an der Tür, und als ich öffnete, stand er da: eine mürrische, unerschütterliche Gestalt wie ein Leichenbestatter, der über dem offenen Grab lauert. Mein Herz pochte – kein Zwergenorgan, sondern ein Gebilde von voller Größe schlug hinter meinem Brustbein und ließ die Rippen beben. «Es geht ihr doch gut, oder?» schrie ich.

«Jean?»

«Ja, klar.»

Er nickte, als stimmte er etwas Selbstverständlichem zu. «Na ja, es ist immer gleich. Sie nennen es stabil, aber das heißt eigentlich nicht viel, oder? Der Tod ist auch stabil. In Wirklichkeit wissen sie nicht, was sie machen sollen. Hör mal, kann ich einen Augenblick reinkommen? Ich war gerade in der Nähe, und da dachte ich …»

Ich trat zur Seite und ließ ihn herein. Natürlich war er nicht «gerade in der Nähe» gewesen. Man ist nicht in der Nähe meiner Wohnung, wenn man irgendwohin will. Er war absichtlich und gezielt gekommen. Ich bot ihm einen Stuhl an, machte ihm Kaffee, so etwas. «Du bist ein Freund, Ben», sagte er, als wollte er Bestätigung für diese Tatsache. «Ich brauche deine Hilfe.»

«Erzähl.»

«Sie sagen, es wird für immer sein. Die Schäden in ihrem Gehirn, meine ich. Selbst wenn sie aufwacht, wird sie nicht mehr so sein wie früher …» Er hockte auf der Stuhlkante wie jemand, der auf einer Klippe sitzt und versucht, seinen Mut zusammenzunehmen und zu springen.

«Du darfst die Hoffnung nicht aufgeben …», sagte ich, aber der Satz verhallte kraftlos. Darf man die Hoffnung nicht aufgeben? Der Vorsatz erschien mir immer zweifelhaft. Jedenfalls nahm Hugo Miller meine Ermahnung nicht zur Kenntnis.

«Eigentlich bin ich nicht deshalb hier», sagte er. Er sah sich verstohlen um, als könnte in den Ecken meines Wohnzimmers ein Dutzend Lauscher versteckt sein. Dann beugte er sich vertraulich nach vorn. «Ich weiß nicht, wie ich es sagen soll, Ben. Vielleicht sollte ich gar nicht darüber reden, bei dem Zustand, in dem Jean ist, aber ich habe in letzter Zeit viel nachgedacht …»

«Nachgedacht? Worüber?»

«Über das Baby.»

«Was ist mit dem Baby? Das Baby ist gesund. Jean ist die Kranke.»

«Darum geht es nicht ...» Er kratzte an seinen Fingernägeln, biß sich in die Lippen und sah sich wieder um. Nachdem er immer noch keine heimlichen Zuhörer entdeckt hatte, holte er tief Luft, sah mich geradeheraus an und sagte: «Weißt du, das Kind ist nicht von mir.»

Ich lachte. Ach, es war ein fröhliches kleines Lachen. «Nicht von dir? Wie kann das sein?»

Nach dem Geständnis schien er mutiger. «Ich hab' meine Hausaufgaben gemacht, Ben. Ich weiß über das ganze Mendel-Zeug Bescheid. Und ich weiß, daß ich blaue Augen habe und daß Jean blaue Augen hat – na ja, eins ist grün, aber das hast du uns ja erklärt, oder? –, und das Baby hat braune Augen. Das ist doch gar nicht möglich, stimmt's?»

«Ja, aber –»

«Es ist doch ganz ungewöhnlich, daß ein so kleines Baby braune Augen hat, stimmt's? Aber es hat braune Augen. Von mir können die nicht stammen.»

«So etwas ist nie ganz sicher ...»

Er sah mir direkt in meine braunen Augen, und seine blauen waren völlig verblüfft, als betrachteten sie etwas Offensichtliches, das aber schwer zu erkennen ist – wie die optischen Täuschungen bei diesen Zeichnungen, auf denen man in dem Gesicht eines alten Mannes ein Bild von Mutter und Kind sehen kann, wenn man den Dreh erst einmal raus hat. «Sie ist mir schon früher untreu gewesen, das weiß ich. Sie hat es zugegeben. Und jetzt glaube ich, sie hat sich mit diesem Arzt zusammengetan und den Samen von jemand anderem benutzt. Und mir haben sie es nicht gesagt. Daß meiner nicht in Ordnung war, ich meine, nicht mal für diese künstlichen Sachen. Und da kommst du ins Spiel.»

Ich suchte nach einer Ausflucht. «Ich?»

«Du kannst es feststellen. Ich habe ein Recht darauf, es zu erfahren, Herrgott noch mal! Du kannst die ganze Sache aufklären. Ich will nur, daß so ein DNA-Test gemacht wird – genetischer Fingerabdruck oder wie ihr das nennt …»

«Ein DNA-Test?»

«Von dem Baby und von mir. Ben, du mußt mir helfen. Du sollst herausfinden, ob es wirklich von mir ist …»

«Und wenn nicht?»

«Dann will ich es nicht. Wenn es nicht von mir ist, will ich es nicht.»

Es gibt da eine Geschichte. Sie stammt aus Holland. Sie hört sich an wie ein modernes Märchen und hat doch die ganze elegante Einfachheit der Wahrheit. Eine Niederländerin unterzog sich der künstlichen Befruchtung und wurde zu ihrer Freude schwanger. Zu gegebener Zeit stellte sich heraus, daß es Zwillinge waren, und natürlich waren Mami und Papi gleichermaßen entzückt. Wunder der Wissenschaft und so. Gemeinsam betrachteten sie die kleinen Geschöpfe auf dem Ultraschallbildschirm, hörten die Zwillingsherzen, begeisterten sich über die Zwillingsbewegungen. Und als die Babys geboren wurden (man hofft – oh, wie man das hofft! – daß der Vater bei dem freudigen Ereignis anwesend war), hatte eines der Babys weiße Haut, blonde Haare und blaue Augen wie Mami und Papi … und das andere war schwarz. Wie man hinterher feststellte, hatte es bei der künstlichen Befruchtung eine Verunreinigung mit dem Samen eines anderen hoffnungsvollen Vaters gegeben …

Wissenschaft als Tücke des Objekts. Mehr sind wir vielleicht nicht wert. Slapstickkomödie. Der Trick geht zur allgemeinen Erheiterung schief, und triumphierend zieht der Zauberkünstler nicht die fügsame weiße Taube aus dem Hut, sondern eine schwarze, heisere Krähe.

Ich sah Hugo Miller an, wie er da in all seiner Engstirnigkeit vor mir saß. «Du brauchst keine Tests», sagte ich. «Du brauchst keine Tests, denn ich kann dir die Antwort hier und jetzt geben. Das Kind hat mit dir nichts zu tun, Hugo. Nicht das geringste.» Ich kostete den Moment aus, genoß den Ausdruck auf seinem Gesicht, das dumme *Oh* der Überraschung. «*Ich* bin der Vater. Der lächerliche kleine Ben Lambert ist der Vater. Adam gehört uns – Jean und mir. Mit dir hat er absolut nichts zu tun. Begreifst du das? Er hat mit dir nichts zu tun. Ich war ihr Geliebter, und du warst so voller blöder Vorurteile, daß du es nicht gemerkt hast.»

Es gab eine lange Pause. Von draußen drangen Geräusche herein – eine verzweifelt heulende Polizeisirene, ein vorüberdonnerndes Motorrad, das Klappern von Schritten auf dem Straßenpflaster. Jemand schrie einen anderen an: »Hau endlich ab, ja?»

«Aha», sagte Hugo ganz leise. Er erhob sich von meinem Stuhl. Sogar ein ironisches Lächeln zeigte sich irgendwo zwischen Sommersprossen und angespannten Nerven. «Ich verstehe.» Er baute sich mit majestätischer Würde vor mir auf (eine seltsame, altmodische Geste) und beugte sich dann halb zu mir herunter wie zum Zwergenkönig auf seinem Thron. «Ich glaube, ich habe es immer vermutet», sagte er, «ganz tief innen.»

Der Hahnrei hat doch etwas Absurdes, oder? Das war immer so und wird immer so sein. Das Hahnrei-Syndrom. Die zehn Prozent aller glücklichen, unwissenden und vor allem treuen Ehemänner, die in Wirklichkeit nicht die Väter ihrer Söhne und Töchter sind. Es ist absurd und gleichzeitig rührend. Man kann ihre Existenz sogar mit einem banalen kleinen Argument aus der Evolution erklären: Es gibt sie, weil Frauen sie als zuverlässige, beschützende Ehemänner auswählen und gleichzeitig nach vitalen, jugendlichen Genen suchen, die sich mit ihren eigenen vereinigen und genetisch gesunde Babys hervorbringen: Die Vogelmutter lädt den Kuckuck ein, in ihr warmes kleines Nest zu kommen.

Hugo nickte, als habe sich sein Verdacht bestätigt. Dann wandte er sich um, steif und behäbig, und schritt zur Tür. Ich sah zu, wie er hinausging und die Treppen aus meiner Höhle hinaufstieg, hinauf zur Straße der normalen Größen. Ich gebe zu, daß ich eine gewisse Erleichterung verspürte. Keinen Triumph, keinen Überschwang – nur das schlichte Gefühl, daß ich gewonnen hatte. Benedict hatte sein Kind zuwege gebracht und seine kostbaren Gene an die nächste Generation weitergegeben. Der Mann Adam gehörte in einem neuen Sinn mir; und auch Jean, ob im Koma oder nicht, würde mir gehören. Ich würde mich mit meiner Schwester in Verbindung setzen und sie bitten, mir zu helfen (der hübsche, praktische Teil der Phantasie). Und ich würde Jean im Krankenhaus besuchen, würde mit ihr reden, ihr zusehen und schließlich sogar ganz nekrophil die Hand unter die Decke gleiten lassen und sie berühren, wenn die Schwester gerade nicht hinsah. O ja, das malte ich mir in meiner Erleichterung aus.

Ein Januartag in Mitteleuropa. Der Himmel hat etwas Hartes, Emailartiges, wie immer, wenn er alle seine Feuchtigkeit abgegeben hat. Vor dem Blau stehen scherenschnittartig die Bäume wie sorgfältig sezierte Lungen: Luftröhren, Bronchien, Bronchiolen verzweigen sich zu unzähligen scharf umrissenen Spitzen. Kein einziges Blatt. Auf dem Dach der gotischen Kirche liegt Schnee, aufgetürmt vor den Wänden und Stützpfeilern, harter, zusammengebackener Schnee, der schon vor Wochen gefallen ist. Die Kälte ist schneidend.

In der Kirche, vor dem Silberaltar und unter den geometrischen Mustern des Gewölbes, singt der Chor *Requiem aeternam dona eis, Domine.* Der vierstimmige Satz stammt von Křižkovsky, und der Chor wird von einem kleinen, drahtigen Burschen geleitet, der früher einmal selbst Chorknabe war. Mit seinem schwarzen Gehrock hat er etwas von einem Zirkusdirektor. Er heißt Leoš Janáček.

«Et lux perpetua luceat eis ...» Der Gesang erstirbt in der eisigen Stille, und der Sarg wird von seinem Katafalk gehoben und zur Tür geschleppt. Draußen auf dem Vorplatz wartet eine Menschenmenge. Die Leute sind ernst und bekümmert, ein schwarzer Klumpen. Der Atem steigt in Wolken von ihren Mündern auf, während der Sarg aus der Kirche getragen und in den Leichenwagen geladen wird. Oben auf dem Sarg prangt eine Mitra mit einem diagonal darüberliegenden Bischofsstab.

Das Schweigen wird nur vom Schnauben der Pferde unterbrochen, vom Knarren ihres Geschirrs und vom Rumpeln der eisenbeschlagenen Räder auf dem Kopfsteinpflaster; gemessenen Schrittes macht sich der Trauerzug zum

Klosterplatz auf. Vom Kirchturm ertönt eine Glocke. Aus den Nüstern der Pferde steigen Dunstfahnen. Auf dem Klosterplatz sind die Bretterhäuschen geschlossen. Die Bude mit der bärtigen Dame, das Zelt mit der Monstrositätenschau, die Schießbude, der Stand, wo sie billigen Flitterschmuck verkaufen, und die Bierhalle, wo die alten Männer trinken – alles geschlossen. Die Leute aus der Stadt säumen schweigend die Straßen, während die Prozession durch die Bürgergasse zum Fluß zieht.

Tränen? Nicht viele. Der Bischof hat selbst die Totenmesse gehalten, aber seine Predigt handelte von Pflichtbewußtsein und dem Festhalten an der Berufung, nicht von Liebe. Auch der Vertreter der Krone in Mähren ist da; seine Gedanken drehen sich um die Frage, ob die Steuerstreitigkeiten der letzten zehn Jahre mit dem Verstorbenen begraben werden und ob der neue Abt wohl zugänglicher sein wird als sein Vorgänger. Die Neffen des Toten tragen den maskenhaften Ausdruck von Resignation zur Schau – sie sind Medizinstudenten und müssen auch im Angesicht des Todes ihre Selbstbeherrschung demonstrieren. Der protestantische Pastor und der jüdische Rabbi zeigen rituellen Ernst; die Professoren, Dozenten und Mitglieder der verschiedenen gelehrten Gesellschaften der Stadt lassen den nichtssagenden Ausdruck von Pflichterfüllung und Unverständnis sehen; Geschäftsleute und Ladeninhaber sind vor allem neugierig. Auch Schüler, ehemalige Schüler und einfache Leute sind da, Tschechen und Deutsche gleichermaßen. Manche haben Erinnerungen an ihn in jüngeren Jahren – diesem Bild trauern sie nach. Auch eine ältere Dame, die Witwe des Herrn Kotwang aus Wien, folgt in einer schwarzen Kutsche dem Leichenwagen. Sie hat sonnendurchflutete Erinnerungen, seltsame Erinnerungen an Erbsen und Fuchsien, an Bohnen und Habichtskraut, an nie verstandene Gespräche und nie ausgedrückte Gefühle.

Die Wagenräder dröhnen auf der Brücke wie das Knattern von Salutschüssen. Die Prozession verläßt die Stadt und zieht durch das Nordtor in den Friedhof ein. Der Zug hält an, damit die Sargträger den Sarg auf die Schultern heben können, und dann schleppen sie ihn über den Kiesweg zu einem frisch ausgehobenen Grab. Unruhig umringen die Trauernden die Grube, während der Prior des Augustinerklosters den Sarg mit Wasser besprengt.

«Anima ejus, et animae omnium fidelium defunctorum, per misericordiam Dei requiescat in pace.»

Die Sargträger hantieren mit den Seilen, und der Sarg findet seinen Weg in die Erde.

Nach den Feierlichkeiten zerstreuen sich die Trauergäste eilig, fast als hätten sie Schuldgefühle, fast als wollten sie vom Schauplatz einer Peinlichkeit entfliehen. Keiner, kein einziger in der ganzen Menschenmenge begreift die Bedeutung des Mannes, den sie gerade beerdigt haben. Am folgenden Tag geht der Prior mit Hilfe eines der Brüder die Habseligkeiten des Toten durch. Außer den gebundenen Büchern finden sie kaum etwas Interessantes. Die Bücher wandern in die Klosterbibliothek. Alles andere, vor allem Papiere, alle beschrieben mit dieser gestochenen Handschrift, scheint wertlos. Sie sehen einige Blätter durch, überfliegen Seite um Seite mit Zeichnungen, Diagrammen und Symbolen, ohne das geringste zu verstehen. Zahlen – Hunderte, Tausende – wimmeln über die Blätter. Pfeile weisen von Buchstaben zu anderen Buchstaben. Listen, Zahlenkolonnen und Summen erstrecken sich vom oberen zum unteren Rand wie in den Geschäftsbüchern eines Ladens oder einer Firma, wuseln wie Insekten von einer Seite zur nächsten. Der Prior schüttelt den Kopf über die Absurdität des Ganzen, über die gewaltige Energie, die der Mann aufgewandt hat, und alles nur aus … ja, aus was? Nur aus purer Eitelkeit?

Das Traurige am Tod ist die Absurdität, die Verblendung, die er offenbart.

Am späten Vormittag bringt der Diener des Mannes den ganzen Plunder in den Garten hinter dem Kloster und schichtet alles zu einem Haufen auf. Das Papier ist trocken. Es fängt schnell Feuer. Geisterhaft leuchten die Flammen in der klaren Luft. Körperlicher ist der Rauch, der in den Himmel steigt und über die von ihm gehegten Obstbäume treibt, über seine Bienenstöcke, über das Buschwerk und über die Dächer der Kirche in Richtung des Spielbergs.

Der protzige Eingang der Hewison Fertility Clinic erglänzt in Spiegelglas und Travertin wie die Fassade eines Flughafengebäudes, das seine Passagiere ins 21. Jahrhundert entläßt. Hugo Miller steigt die Stufen hoch, und wispernd öffnen sich die Türen, um ihm Einlaß in die Zukunft zu gewähren. Sehen wir ihm zu – das tun viele Leute. Die Empfangsdame – Asiatin, geschmeidig wie Karamel und Sahne – heißt ihn sogar mit einem warmen, mitfühlenden Lächeln willkommen. Sehen wir ihm zu: schmutzigrote Haare (Gen RHC auf Chromosom 4), blaue Augen (Chromosom 19), Ohren ohne Ohrläppchen, mittelgroß, träger Geist, schlechte Laune. Was sonst noch? Irgend etwas aus Benedict Lamberts Katalog des Absurden und Bizarren? Vogelsyndrom mit Springschwanz vielleicht? Gutartiges sexuelles Kopfzerbrechen? Photischer Niesreflex? Scheckhaut? Syndrom des pfeifenden Gesichts. Fehlbildung der Zehen. Dicke Lippen und Mundschleimhäute. Kurzer Daumen. Lächelnde Grübchen. Langer Hodensack. Plattfüße. Samenzellen mit runden Köpfen. Nach innen gekehrte Brustwarzen. Irgend so etwas? Sehen wir ihm zu, wie er durch die Eingangshalle der Klinik geht: ein Mischmasch aus Merkmalen und Veranlagungen, aus Transkription und Translation, aus Modifikatoren und Repressoren, aus Neuronen und Synapsen; und wozu summiert sich das alles? Was wird er tun? Was geht in diesem Geist vor?

> Sagt, woher stammt Liebeslust?
> Aus den Sinnen, aus der Brust?

Ja, wirklich, sagen Sie es mir. Wenn Sie die Antwort wissen. Seltsam, daß die tiefsinnigste Frage des großen Barden sich in einem einfältigen kleinen Lied versteckt. Aber wo liegt die Liebe? In den Genen oder in der Umwelt? Behäbig und voller Entschlossenheit geht Hugo Miller an Springbrunnen und Kübelpflanzen vorbei, vorbei an Paul Klee und durch die wäßrige Fruchtblasenwelt in Richtung der Domäne

ENTBINDUNGSSTATION

Und was tue ich inzwischen? Ich warte. Benedict der Tapfere wartet, zitternd vor Aufregung, zwischen den weichen, üppigen Beeten der Molekularbiologie, und die Apparate um ihn flüstern Wahrheiten über den Zustand der Menschen, einen Zustand, über den der Barde nur Liedchen schreiben konnte. Benedict wartet auf er weiß selbst nicht was, und während er wartet, stochert er trickreich im Genom der Menschen herum, wie Gott im Fegefeuer in den Seelen stochert.

«Das ist ja schrecklich mit deiner Bibliotheksdame», sagt Olga, während sie eine Plexiglasscheibe umarmt und dahinter eine radioaktive Sonde herstellt. «Hast du sie besucht, Ben?»

Meine Antwort bleibt unbestimmt; aber meine Gedanken sind konzentriert. In meinen Gedanken bin ich wie immer der Held: Hugo Miller wird an dem Kind kein Interesse haben; um die Adoption zu vermeiden, werde ich einspringen und das Sorgerecht für mich reklamieren. Eine DNA-Analyse wird meine Vaterschaft bestätigen. Adam wird mir gehören; und auch Jean, selbst wenn sie im Koma in ihrem Krankenhausbett liegt und nur durch Infusionen am Leben erhalten wird, gehört in einem gewissen Sinn ebenfalls mir. Dann habe ich gewonnen.

So ungefähr.

Ein stiller, schläfriger Korridor. *Mrs. Jean Miller. Bitte keine Besuche.*

Jean liegt zart in ihrem Bett und träumt von der Zukunft. Das Baby schläft und hat nichts, wovon es träumen könnte. Als die Tür aufgeht, wendet eine Schwester sich von einem Wagen voller Flaschen ab und sieht Hugo Miller im Eingang stehen. Er schwenkt einen Kassettenrecorder. «Ich dachte, vielleicht ihre Lieblingsmusik … Es ist ein Vorschlag von Dr. Lupron …»

Die Schwester lächelt zustimmend. «Warum nicht?»

«Es ist einer dieser osteuropäischen Komponisten. Sie hat es oft gehört.» Er setzt das Gerät auf dem Tisch neben Jeans Kopf ab und steckt den Stecker ein. Kurz darauf beginnt ein körperloses Klavier zu spielen, und ein schmerzlicher, altertümlicher Klang dringt in die stille Luft des Zimmers; die Schwester hält mit ihrer Arbeit einen Augenblick lang inne und hört zu. «Wunderschön», sagt sie. «Ich verstehe zwar nicht viel von klassischer Musik, aber ich mag schöne Melodien.» Dann geht sie wieder an die Arbeit; mit der energischen, geübten Art eines Bestatters, der einen Leichnam zurechtlegt, hantiert sie an den Apparaten, wechselt die Flasche an der Infusionsleitung, zieht an der Decke, die sich über Jeans Körper breitet, und betrachtet das schlafende Baby. Mit der Türklinke in der Hand bleibt sie noch einmal stehen. «Wunderschöne Musik. Aber auch traurig. Was haben Sie gesagt, wie er hieß?» Aber sie wartet die Antwort nicht ab. «Ich komme gleich wieder», sagt sie. «Hier ist die Klingel, wenn Sie etwas brauchen.»

O nein, er braucht nichts. Als sie gegangen ist, durchquert er das Zimmer und dreht an der Tür den Riegel um. Später werden sie nach diesem Riegel fragen. Warum muß eine Krankenhaustür so etwas haben? Werden sie fragen.

Und das wird zu anderen Fragen führen. War es Vorsatz? War alles geplant? Darüber werden sie tagelang diskutieren. Hatte die Idee auf dem Grund seines Bewußtseins gelegen wie ein Fisch, der am Boden eines ruhigen Gewässers entlanggleitet, ein Hai in den Meerwassertanks der Klinik? Hatte er sich das alles ausgedacht? Für welches Motiv werden sie sich entscheiden? Was wird der Grund, die Ursache, der Entstehungsmechanismus sein? Wie werden sie das alles wegerklären?

> Sagt, woher stammt Liebeslust?
> Aus den Sinnen, aus der Brust?
> Wird Liebeslust durch Schaun gepflegt;
> Stirbt das Kindchen, beigelegt
> In der Wiege, die es trägt.

Um zehn Uhr ging ich in mein Büro und rief in der Klinik an. An die Uhrzeit erinnere ich mich genau, denn ich hatte die Zeiger der großen Wanduhr im Labor beobachtet, vor allem weil ich nicht wußte, was ich tun sollte, und mich fragte, wann ich es tun sollte. Also rief ich um zehn Uhr in der Klinik an.

Die Antwort kam in dem heuchlerischen Tonfall der Vertreterzunft: «Hewison Clinic. Was kann ich für Sie tun?» Aber als die Empfangsdame hörte, wer ich war, änderte sich ihr fröhlich-optimistischer Ton. Mittlerweile kannten sie ihn alle, den zu kurz geratenen, bemerkenswerten Benedict Lambert. Mittlerweile wußten sie, daß die geborene Katastrophe auf den Korridoren der Klinik herumlaufen würde, solange der Fall Miller nicht erledigt war. Eine Salve sanfter Musik drang an mein Ohr, und dann versicherte mir eine andere, seriösere Stimme, Mrs. Miller sei bestens versorgt. Nein, ihr Zustand habe sich nicht geändert, aber sie sei bestens versorgt. Die neue Stimme benutzte das Wort *stabil*. «Mr. Miller ist gerade in diesem Augenblick zu ihr gegangen. Soll ich Sie mit ihrem Zimmer verbinden?»

Erst jetzt brach eine Art Dämmern der Erkenntnis an, ähnlich vielleicht jenem ersten Schimmer eines Zweifels, der die Hebamme beschlich, als sie mich, Proto-Benedict, blutig und verbogen zwischen den gespreizten Beinen meiner Mutter in die Höhe hob. «Es ist ein süßer kleiner Junge.» Aber tief unter dem heiteren Optimismus der Geburt nagte der Zweifel – die Gliedmaßen waren allzu kurz, der Kopf zu aufgequollen, der Nasenrücken zu sehr eingedrückt –, ein winziges, verborgenes Aufflackern von Unruhe, die schwache Besorgnis, es sei vielleicht nicht alles in Ordnung. «Ja», sagte ich zu der Frau am Telefon, «verbinden Sie mich, schnell ...»

Er stand neben dem Bett, zweifellos im Bewußtsein des Zeitdrucks, der Dringlichkeit des Augenblicks. Das Telefon schnarrte leise, aber natürlich nahm er nicht ab. Vielleicht spornte es ihn zum Handeln an. Er wandte sich zu dem Kinderbettchen, blickte hinunter auf den schwarzen Kopf, auf die zusammengekniffenen Augen und die eine geballte Faust, während das Klavier *Auf verwachsenem Pfad* spielte, ein plötzliches Arpeggio, dann eine gedankenschwere Melodie, und noch einmal das Arpeggio – der Schrei des Käuzchens, denn das Käuzchen ist nicht weggeflogen; aber es wird bald wegfliegen. Hugo Miller ging ans Werk. Von Mendel in die Zukunft: Die dünne Linie der Abstammung, die Weitergabe der DNA durch die Generationen, war schnell unterbrochen.

Ich nehme an, ich rannte in diesem Augenblick hinaus auf den Vorplatz des Instituts. Es goß in Strömen. Aufgepaßt: ein Zwerg, der panisch durch die Pfützen stürmt.

DANKSAGUNG

Ich bedanke mich bei Josef Jiricny von der Universität Zürich und bei Patricia Novelli von der London School of Hygiene and Tropical Medicine für ihre Hilfe und Unterstützung bei den technischen Aspekten der Molekularbiologie. Eventuelle Fehler sind – selbstverständlich – Benedict Lambert zuzuschreiben.

Der Vers auf Seite 38 ist aus Fifth Philosopher's Song in:
The Collected Poems of Aldous Huxley, hrsg. von
Donald Watt. Die Wiedergabe erfolgt mit freundlicher
Genehmigung von Mrs. Laura Huxley und
Chatto & Windus.

INHALT